ein Winterbuch

Friedenauer Presse

Anton Čechov

Drei kleine Romane

Eine langweilige Geschichte · Ein Duell
Erzählung eines Unbekannten

Neu übersetzt und herausgegeben
von Peter Urban

Friedenauer Presse

Einbandentwurf: Horst Hussel

Die Übersetzung wurde gefördert vom Literarischen Colloquium Berlin mit Mitteln des Auswärtigen Amtes und der Senatsverwaltung für Wissenschaft, Forschung und Kultur, Berlin.

6. Auflage

Gesetzt in der Baskerville-Antiqua von Harald Weller, Berlin.
Gedruckt bei der Druckerei Gerike, Berlin.
Die Buchbindearbeiten besorgte Lüderitz & Bauer, Berlin.
Printed in Germany ISBN 3-932109-05-8

INHALT

Eine langweilige Geschichte

Aus den Aufzeichnungen eines alten Mannes

I

Es gibt in Rußland den verdienten Professor Nikolaj Stepanovič Soundso, Geheimrat und Ritter; er trägt so viele russische und ausländische Orden, daß ihn, wenn er sie anlegen muß, seine Studenten den Ikonostas titulieren. Sein Bekanntenkreis ist der allervornehmste; zumindest gab und gibt es in den vergangenen fünfundzwanzig bis dreißig Jahren keinen bedeutenden Gelehrten, mit dem er nicht eng bekannt gewesen wäre. Heute ist niemand mehr da, mit dem er freundschaftlich verkehren könnte, aber wollte man von der Vergangenheit sprechen, so endete die lange Liste seiner berühmten Freunde mit Namen wie Pirogov, Kavelin und dem Dichter Nekrasov, die ihm ihre aufrichtige und warmherzige Freundschaft schenkten. Er ist Mitglied aller russischen und dreier ausländischer Universitäten und so weiter und so weiter. All das und vieles, was noch gesagt werden könnte, stellt das dar, was man meinen Namen nennt.

Dieser mein Name ist populär. In Rußland ist er jedem bekannt, der nur des Lesens und Schreibens mächtig ist, im Ausland erwähnt man ihn vom Katheder mit dem Zusatz der bekannte und verehrte. Er gehört zu den wenigen glücklichen Namen, die in der Öffentlichkeit und in der Presse zu beschimpfen oder grundlos zu erwähnen als ein Zeichen des schlechten Tones gilt. So soll es auch sein. Denn mit meinem Namen eng verknüpft ist der Begriff eines berühmten, reich begabten und zweifellos nützlichen Menschen. Ich bin arbeitsam und ausdauernd wie ein Kamel, das ist wichtig; und habe Talent, das ist noch wichtiger. Außerdem, um auch das zu sagen, bin ich ein gebildeter, bescheidener und ehrlicher

Bursche. Nie habe ich meine Nase in die Literatur und die Politik gesteckt, habe nie Popularität in der Polemik mit Ignoranten gesucht, habe weder Reden auf Festbanketts gehalten noch an den Gräbern meiner Kollegen... Überhaupt weist mein Gelehrtenname keinen einzigen Makel auf und kann sich nicht beklagen. Er ist glücklich.

Der Träger dieses Namens, das heißt ich, bin ein Mensch von zweiundsechzig Jahren, mit kahlem Kopf, mit künstlichem Gebiß und einem unheilbaren tic. So strahlend und schön mein Name, so glanzlos und häßlich bin ich selbst. Mein Kopf und meine Hände wackeln vor Schwäche; der Hals gleicht, wie der einer Turgenevschen Heldin, dem Griff eines Kontrabasses, die Brust ist eingefallen, der Rücken schmal. Wenn ich spreche oder lese, verzieht sich mein Mund zur Seite; wenn ich lächle – bedeckt sich das ganze Gesicht mit greisenhaften Totenrunzeln. Nichts Achtunggebietendes liegt in meiner jämmerlichen Gestalt; nur wenn ich an meinem tic leide, nehme ich einen besonderen Ausdruck an, der in jedem, der mich sieht, gewiß den grausamen, mahnenden Gedanken erweckt: »Dieser Mensch wird sicher bald sterben.«

Ich lese wie früher nicht schlecht; wie früher kann ich die Aufmerksamkeit der Hörer für den Verlauf zweier Stunden halten. Meine Leidenschaft, der literarische Charakter der Darlegung, mein Humor lassen die Mängel meiner Stimme kaum vermerken, und diese ist trocken, scharf und singend wie die eines Frömmlers. Aber ich schreibe schlecht. Jenes Stückchen meines Gehirns, das die Fähigkeit zu schreiben befehligt, versagt mir den Dienst. Mein Gedächtnis ist schwächer geworden, meinen Gedanken mangelt es an Folgerichtigkeit, und wenn ich sie auf dem Papier darlege, scheint mir jedesmal, als hätte ich das Gespür für ihren organischen Zusammenhang verloren, die Konstruktion ist einförmig, der Satz dürftig und mutlos. Oft schreibe ich nicht das, was ich will; wenn ich den Schluß schreibe, erinnere ich mich nicht an den Anfang. Oft vergesse ich die gewöhnlichsten Wörter, und immer muß ich viel Energie darauf verwenden, um im Geschriebenen überflüssige Sätze und unnötige einführende Worte zu vermeiden – das eine wie das andere bezeugen klar den Verfall der Geistestätigkeit. Und bemerkenswert, je einfacher der Brief, desto qualvoller meine Anstrengung. In einem wissenschaftlichen Aufsatz fühle ich mich bei weitem freier und klüger als bei einem Glückwunschbrief oder einer amtlichen Notiz. Noch eines: deutsch oder englisch zu schreiben fällt mir leichter als russisch.

Was meine derzeitige Lebensweise betrifft, so muß ich vor allem die Schlaflosigkeit anführen, an der ich in letzter Zeit leide. Wenn man mich fragte: Was bildet heute den hauptsächlichen, den Grundzug deiner Existenz? Ich würde antworten: Schlaflosigkeit. Wie früher, aus Gewohnheit, ziehe ich mich um Punkt Mitternacht aus und lege mich zu Bett. Schnell schlafe ich ein, doch noch vor zwei Uhr wache ich auf, und zwar mit einem Gefühl, als hätte ich gar nicht geschlafen. Also muß ich vom Bett aufstehen und die Lampe anzünden. Eine Stunde oder zwei gehe ich im Zimmer auf und ab und betrachte die altbekannten Bilder und Photographien. Wenn ich es leid bin zu gehen, setze ich mich an meinen Tisch. Ich sitze regungslos, ohne an etwas zu denken und ohne irgendwelche Wünsche zu verspüren; wenn ein Buch vor mir liegt, so ziehe ich es automatisch zu mir heran und lese ohne jedes Interesse. So habe ich neulich binnen einer Nacht automatisch einen ganzen Roman gelesen mit dem merkwürdigen Titel: »Was die Schwalbe sang«. Oder aber ich zwinge mich, um meine Aufmerksamkeit zu beschäftigen, bis tausend zu zählen, oder stelle mir das Gesicht eines meiner Kollegen vor und beginne, mich zu erinnern: in welchem Jahr und unter welchen Umständen hat er den Dienst angetreten? Gern höre ich auf Geräusche. Mal spricht zwei Zimmer weiter im Schlaf meine Tochter Liza, mal geht meine Frau mit einer Kerze durch den

Saal und läßt unweigerlich die Streichholzschachtel fallen, mal knarzt ein trockener Schrank oder beginnt plötzlich der Lampendocht zu knistern – und alle diese Geräusche erregen mich aus irgendeinem Grunde.

Nachts nicht zu schlafen bedeutet, sich jede Minute seiner Anomalie bewußt zu sein, deshalb erwarte ich voller Ungeduld den Morgen und den Tag, da ich das Recht habe, nicht zu schlafen. Es vergeht viel peinigende Zeit, bevor auf dem Hof der Hahn kräht. Er ist mein erster Freudenkünder. Sowie er kräht, weiß ich, erwacht einen Augenblick später unten der Portier und kommt, böse hustend, um etwas zu holen, die Treppe herauf. Dann wird vor den Fenstern die Luft allmählich bleich, auf der Straße ertönen Stimmen...

Mein Tag beginnt mit dem Besuch meiner Frau. Sie kommt zu mir im Unterrock herein, unfrisiert, doch bereits gewaschen, nach Eau de Cologne riechend und mit einem Ausdruck, als sei sie aus Versehen hereingekommen, und jedesmal sagt sie ein und dasselbe:

– Entschuldige, ich komme nur für einen Augenblick... Hast du wieder nicht geschlafen?

Dann löscht sie die Lampe, setzt sich in der Nähe des Tischs und beginnt zu sprechen. Ich bin kein Prophet, doch weiß ich im voraus, wovon die Rede sein wird. Jeden Morgen ein und dasselbe. Gewöhnlich, auf die besorgten Fragereien nach meiner Gesundheit, erinnert sie sich plötzlich an unseren Sohn, der Offizier ist und in Warschau dient. Zum Zwanzigsten jeden Monats schicken wir ihm fünfzig Rubel – das vor allem dient als Thema unseres Gesprächs.

– Natürlich fällt uns das schwer, – seufzt meine Frau, – aber solange er nicht endgültig auf eigenen Füßen steht, sind wir verpflichtet, ihm zu helfen. Der Junge ist in der Fremde, das Gehalt klein... Übrigens, wenn du willst, schicken wir ihm nächsten Monat nicht fünfzig, sondern vierzig. Was meinst du?

Die tägliche Erfahrung hätte meine Frau davon überzeugen können, daß sich die Ausgaben nicht deshalb verringern, weil wir oft über sie sprechen, doch meine Frau erkennt Erfahrung nicht an und erzählt pünktlich jeden Morgen entweder von unserem Offizier oder davon, daß das Brot Gott sei Dank billiger geworden sei, der Zucker dafür um zwei Kopeken teurer – und all das in einem Ton, als teile sie mir Neuigkeiten mit.

Ich höre zu, sage automatisch ja, und wahrscheinlich, weil ich die Nacht nicht geschlafen habe, bemächtigen sich meiner merkwürdige, überflüssige Gedanken. Ich schaue meine Frau an und staune wie ein Kind. Befremdet frage ich mich: ist diese alte, sehr füllige, plumpe Frau mit dem stumpfsinnigen Ausdruck kleinlicher Sorge und Angst um das liebe Stück Brot, mit dem Blick, der umnebelt ist vom beständigen Denken an Schulden und Not, die nur von Ausgaben zu sprechen imstande ist und zu lächeln nur, wenn etwas billiger geworden ist – war diese Frau einmal dieselbe schlanke Varja, die ich leidenschaftlich liebte wegen ihres guten, klaren Verstands, um ihrer reinen Seele, ihrer Schönheit und, wie Othello Desdemona, wegen ihres »Mitleids« für meine Wissenschaft? Ist diese Ehefrau meine Varja, die mir damals meinen Sohn geboren hat?

Ich blicke angestrengt in das Gesicht dieser aufgedunsenen plumpen Alten, suche in ihr meine Varja, doch aus der Vergangenheit ist ihr nur die Angst um meine Gesundheit geblieben, außerdem noch die Manier, mein Gehalt unser Gehalt zu nennen, und meine Mütze – unsere Mütze. Es tut mir weh, sie anzusehen, und um sie zumindest ein wenig zu trösten, erlaube ich ihr, alles zu sagen, was ihr gerade einfällt, und schweige sogar, wenn sie ungerecht über Menschen urteilt oder mich dafür rüffelt, daß ich keine Praxis unterhalte und keine Lehrbücher herausgebe.

Das Ende unseres Gesprächs ist immer das gleiche. Meine Frau erinnert sich plötzlich, daß ich noch keinen Tee getrunken habe, und erschrickt.

– Was sitze ich hier? – sagt sie, sich erhebend. – Der Samovar steht längst auf dem Tisch, und ich verschwatze mich hier. Was bin ich nur vergeßlich geworden, mein Gott!

Sie geht schnellen Schrittes und bleibt an der Tür stehen, um zu sagen:

– Wir schulden Egor den Lohn für fünf Monate. Weißt du das? Man soll Dienstboten das Gehalt nicht schuldig bleiben, wie oft habe ich dir das gesagt. Für einen Monat zehn Rubel zu zahlen ist bei weitem leichter, als für fünf Monate fünfzig!

Zur Tür hinaus, bleibt sie wieder stehen und sagt:

– Um niemanden tut es mir so leid wie um unsere arme Liza. Das Mädchen studiert am Konservatorium, ist ständig in guter Gesellschaft und ist gekleidet weiß Gott wie. Ein ärmlicher Pelz, in dem man sich schämt, auf die Straße zu gehen. Wenn sie die Tochter eines anderen wäre, na schön, aber es wissen doch alle, daß ihr Vater ein berühmter Professor ist, Geheimrat!

Und nachdem sie mir meinen Namen und Rang vorgehalten hat, geht sie endlich. So beginnt mein Tag. Was danach kommt, ist nicht besser.

Wenn ich Tee trinke, kommt meine Liza zu mir herein, im ärmlichen Pelz, im Mützchen und mit den Noten, schon fix und fertig, um ins Konservatorium zu gehen. Sie ist zweiundzwanzig Jahre alt. Sie sieht jünger aus, ist hübsch und hat ein wenig Ähnlichkeit mit meiner Frau in ihrer Jugend. Sie küßt mir zärtlich die Schläfe und die Hand und sagt:

– Guten Morgen, Papočka. Bist du wohlauf?

Als Kind aß sie sehr gern Eis, und oft mußte ich sie in die Konditorei ausführen. Eis war für sie das Maß alles Schönen. Wenn sie mich loben wollte, dann sagte sie immer: »Papa, du bist das Sahneeis.« Ein Finger hieß bei ihr der Pistazienfinger, ein anderer der Sahnefinger, der dritte Himbeerfinger usw. Gewöhnlich, wenn sie mich morgens begrüßen kam, setzte ich sie mir auf die Knie und sagte, indem ich ihre Fingerchen küßte:

– Sahne... Pistazie... Zitrone...

Auch heute, aus alter Gewohnheit, küsse ich Liza die Finger und murmle: »Pistazie... Sahne... Zitrone...«, aber was herauskommt, ist ganz etwas anderes. Ich bin kalt, wie Eis, und schäme mich. Wenn meine Tochter zu mir kommt und mit der Lippe meine Schläfe berührt, zucke ich zusammen, als habe mich eine Biene in die Schläfe gestochen, ich lächle angestrengt und wende das Gesicht ab. Seit ich an Schlaflosigkeit leide, sitzt in meinem Gehirn wie ein Nagel die Frage: meine Tochter sieht oft, wie ich, ein Greis, ein berühmter Mann, qualvoll erröte, weil ich meinem Lakaien Geld schulde; sie sieht, wie oft mich die Sorge um kleine Schulden zwingt, die Arbeit liegen zu lassen und stundenlang im Zimmer auf und ab zu gehen und zu denken, aber wieso ist sie kein einziges Mal hinter dem Rücken der Mutter zu mir gekommen, um mir zuzuflüstern: »Vater, hier hast du meine Uhr, meine Armreifen, Ohrringe, Kleider... Verpfände das alles, du brauchst doch Geld?..« Wieso, wenn sie sieht, wie ihre Mutter und ich aus einem falschen Gefühl versuchen, unsere Armut vor den Leuten zu verbergen, wieso verzichtet sie nicht auf das teure Vergnügen, Musik zu betreiben? Ich würde weder Uhr noch Armreifen noch Opfer annehmen, Gott behüte, – nicht darum geht es mir.

Bei der Gelegenheit denke ich auch an meinen Sohn, den Warschauer Offizier. Er ist ein kluger, ehrlicher Mensch und trinkt nicht. Aber das ist mir zu wenig. Ich denke, wenn ich einen alten Vater hätte und wenn ich wüßte, daß er Augenblikke erlebt, in denen er sich seiner Armut schämt, dann würde ich die Offiziersstelle einem anderen überlassen und mich selbst als Arbeiter verdingen. Gedanken wie die an meine Kinder vergiften mich. Wozu sind sie da? Ein böses Gefühl gegen Menschen hegen, nur weil sie keine Helden sind, kann nur ein engherziger oder erboster Mensch. Aber genug davon.

Um dreiviertel zehn muß ich zu meinen geliebten Jungen gehen, um Vorlesung zu halten. Ich ziehe mich an und gehe den Weg, den ich seit nunmehr dreißig Jahren kenne und der für mich seine Geschichte hat. Da ist das große graue Haus mit der Apotheke; hier stand einmal ein kleines Häuschen, in ihm befand sich eine Porterstube; in dieser Porterstube durchdachte ich meine Dissertation und schrieb meinen ersten Liebesbrief an Varja. Ich schrieb ihn mit Bleistift, auf einem Formular mit dem Aufdruck »Historia morbi«. Da ist die Kolonialwarenhandlung; früher betrieb sie ein kleiner Jude, der mir Papyrosy auf Pump verkaufte, dann ein dickes Weib, das die Studenten liebte, »weil jeder von ihnen eine Mutter hat«; jetzt sitzt dort ein rothaariger Kaufmann, ein sehr gleichgültiger Mensch, der Tee aus einem Kupferkessel trinkt. Und da ist das düstere, lange nicht mehr renovierte Tor der Universität; der gelangweilte Hausmeister im Bauernschafspelz, der Besen, die Schneehaufen ... Auf einen frischen Jungen, der aus der Provinz kommt und sich einbildet, der Tempel der Wissenschaft sei wirklich ein Tempel, kann ein solches Tor keinen gesunden Eindruck machen. Überhaupt besetzen die Hinfälligkeit der Universitätsbauten, die Düsternis der Korridore, der Ruß an den Wänden, der Mangel an Licht, das trostlose Aussehen der Treppenstufen, Kleiderhaken und Bänke in der Geschichte des russischen Pessimismus einen der ersten Plätze in der Reihe der prädisponierenden Gründe ... Und da ist unser Garten. Seit meiner Studentenzeit ist er, so scheint mir, weder schöner noch häßlicher geworden. Ich mag ihn nicht. Es wäre weitaus klüger, wenn hier statt der schwindsüchtigen Linden, der gelben Akazie und des spärlichen, beschnittenen Flieders hohe Kiefern und schöne Eichen wüchsen. Der Student, dessen Stimmung überwiegend von der Umgebung abhängt, darf dort, wo er studiert, auf Schritt und Tritt nur Erhabenes, Starkes und Schönes vor Augen haben ... Behüte ihn Gott vor schmächtigen Bäumen, vor eingeschlagenen Fensterscheiben, grauen Mauern und Türen, beschlagen mit abgewetztem Wachstuch.

Wenn ich mich meinem Aufgang nähere, öffnet sich sperrangelweit die Tür und mich begrüßt mein alter Amtsbruder, Altersgenosse und Namensvetter, der Universitätsdiener Nikolaj. Während er mich einläßt, räuspert er sich und sagt:

– Es hat Frost, Euer Exzellenz!

Oder, wenn mein Pelz naß ist:

– Es regnet, Euer Exzellenz!

Dann läuft er mir voraus und öffnet auf meinem Wege alle Türen. Im Arbeitszimmer nimmt er mir behutsam den Pelz ab und bringt es währenddessen fertig, mir irgendeine Universitätsneuigkeit mitzuteilen. Dank der engen Bekanntschaft, die unter allen Universitätsdienern und Pedellen existiert, ist ihm alles bekannt, was in den vier Fakultäten, in der Kanzlei, im Arbeitszimmer des Rektors, in der Bibliothek vor sich geht. Was wüßte er nicht? Wenn bei uns zum Beispiel auf der Tagesordnung steht, daß der Rektor oder ein Dekan zurücktritt, dann höre ich, wie er im Gespräch mit den jungen Pedellen Kandidaten nennt und gleich auch erklärt, daß den und den der Minister nicht bestätigt, der und der von sich aus verzichten würde, danach versteigt er sich in die phantastischsten Einzelheiten über irgendwelche geheimnisvollen Papiere, die man in der Kanzlei erhalten habe, über ein geheimes Gespräch, das der Kurator mit dem Minister gehabt haben soll usw. Läßt man diese Einzelheiten beiseite, so erweist sich beinahe immer, daß er recht hatte. Die Charakteristiken, die er von jedem der Kandidaten entwirft, sind eigen, treffen aber ebenfalls zu. Wenn Sie wissen wollen, in welchem Jahr jemand seine Dissertation verteidigt, den Dienst angetreten, den Abschied genommen hat oder gestorben ist, so rufen Sie das ungeheure Gedächtnis dieses Soldaten zu Hilfe, und er nennt Ihnen nicht nur Jahr, Monat und Tag, sondern teilt Ihnen auch die Einzelheiten mit, unter denen der eine oder andere Umstand eingetreten ist. Ein solches Gedächtnis hat nur jemand, der liebt.

Er ist der Hüter der Universitätsüberlieferungen. Von seinen Vorgängern hat er als Erbe viele Legenden aus dem Universitätsleben erhalten, hat diesen Reichtum um viel eigenes, während seiner Dienstzeit erworbenes Gut vermehrt, und wenn Sie wollen, so erzählt er Ihnen viele lange und kurze Geschichten. Er kann von außergewöhnlich weisen Männern erzählen, die *alles* wußten, von bemerkenswerten Arbeitstieren, die wochenlang nicht schliefen, von zahllosen Märtyrern und Opfern der Wissenschaft; das Gute triumphiert bei ihm über das Böse, der Schwache besiegt immer den Starken, der Weise den Dummen, der Bescheidene den Stolzen, der Junge den Alten... Es besteht keine Notwendigkeit, all diese Legenden und Märchen für bare Münze zu nehmen, doch wenn Sie sie durchseihen, so bleibt auch in Ihrem Filter das zurück, was wir brauchen: unsere guten Traditionen und die Namen der wahren, von allen anerkannten Helden.

In unserer Gesellschaft erschöpfen sich alle Kenntnisse über die Welt der Gelehrten in Anekdoten von der außerordentlichen Zerstreutheit alter Professoren und in zwei-drei Witzen, die wechselweise Gruber, mir oder Babuchin zugeschrieben werden. Für eine gebildete Gesellschaft ist das zu wenig. Wenn sie die Wissenschaft, die Gelehrten und Studenten so liebte wie Nikolaj, dann besäße ihre Literatur längst ganze Epopöen, Sagen und Heiligenviten, die sie, leider, bis heute nicht besitzt.

Wenn er mir eine Neuigkeit mitgeteilt hat, verleiht Nikolaj seinem Gesicht einen strengen Ausdruck, und zwischen uns beginnt das geschäftliche Gespräch. Wenn dabei ein Außenstehender zuhören würde, wie frei sich Nikolaj der Terminologie bedient, so könnte er wohl meinen, er sei ein Gelehrter in der Maske des Soldaten. Nebenbei gesagt, sind die Gerüchte von der Gelehrsamkeit der Universitätsdiener stark übertrieben. Gewiß, Nikolaj kennt über hundert lateinische Bezeichnungen, er versteht es, ein Skelett zusammenzusetzen, manchmal ein Präparat anzufertigen, die Studenten mit einem über-langen gelehrten Zitat zum Lachen zu bringen, aber die denkbar simple Theorie des Blutkreislaufes zum Beispiel ist ihm auch heute noch so dunkel wie vor zwanzig Jahren.

Am Tisch im Arbeitszimmer, dicht über ein Buch oder ein Präparat gebeugt, sitzt mein Prosektor Pjotr Ignatjevič, ein arbeitsamer, bescheidener, aber talentloser Mensch von fünfunddreißig Jahren, bereits kahlköpfig und mit dickem Bauch. Er arbeitet von morgens bis in die Nacht, liest eine Menge, behält alles Gelesene vortrefflich – und ist in dieser Hinsicht kein Mensch, sondern ein Goldstück; in allem übrigen dagegen ist er ein Lastgaul oder, anders ausgedrückt, ein gelehrter Stockfisch. Die Charakterzüge dieses Lastgauls, die ihn vom Talent unterscheiden, sind diese: sein Horizont ist eng und scharf begrenzt durch Spezialistentum; jenseits seiner Spezialität ist er naiv wie ein Kind. Ich erinnere mich, als ich eines Morgens ins Arbeitszimmer trat und sagte:

– Stellen Sie sich vor, welch ein Unglück! Man sagt, Skobelev sei gestorben.

Nikolaj bekreuzigte sich, doch Pjotr Ignatjevič wandte sich zu mir um und fragte:

– Welcher Skobelev?

Ein andermal – das war ein wenig früher – verkündete ich, daß Professor Perov gestorben sei. Der liebste Pjotr Ignatevič fragte:

– Worüber hat er gelesen?

Es hat den Anschein – wenn unmittelbar an seinem Ohr die Patti singen, wenn Chinesenhorden in Rußland einfallen, wenn ein Erdbeben geschehen würde – er würde kein einziges Glied rühren und in aller Seelenruhe mit gerunzelter Stirn in sein Mikroskop schauen. Kurz, was ist ihm Hekuba, was er ihr. Ich gäbe viel darum, einmal zu sehen, wie dieser Zwieback mit seiner Frau schläft.

Ein anderer Zug: der fanatische Glaube an die Unfehlbarkeit der Wissenschaft und insbesondere all dessen, was die

Deutschen schreiben. Er glaubt an sich selbst, an seine Präparate, kennt das Ziel des Lebens, und völlig unbekannt sind ihm die Zweifel und Enttäuschungen, von denen Talente graue Haare bekommen. Sklavische Verneigung vor Autoritäten und kein Bedürfnis, selbständig zu denken. Ihn von etwas anderem zu überzeugen ist schwer, mit ihm zu streiten unmöglich. Streiten Sie mal mit einem Menschen, der zutiefst davon überzeugt ist, die beste Wissenschaft sei die Medizin, die besten Menschen die Ärzte, die besten Traditionen die der Medizin. Von der unguten medizinischen Vergangenheit ist nur die eine Tradition übriggeblieben – die weiße Krawatte, die heutzutage die Ärzte tragen; für einen Gelehrten und überhaupt einen gebildeten Menschen kann es nur die der Universität gemeinsamen Traditionen geben, ohne jede Aufteilung in medizinische, juristische usw., doch Pjotr Ignatjevič fällt es schwer, dem beizupflichten, er ist vielmehr bereit, mit Ihnen zu streiten bis zum Jüngsten Gericht.

Seine Zukunft liegt mir klar vor Augen. In seinem ganzen Leben wird er einige Hundert Präparate von außergewöhnlicher Sauberkeit anfertigen, wird viele trockene, sehr anständige Referate schreiben, wird ein Dutzend gewissenhafter Übersetzungen machen, aber das Pulver wird er nicht erfinden. Für Pulver braucht es Phantasie, Einfallsreichtum, Spürsinn, doch Pjotr Ignatjevič hat nichts dergleichen. Kurz gesagt, er ist in der Wissenschaft kein Herr, sondern Knecht.

Pjotr Ignatjevič, Nikolaj und ich sprechen halblaut. Uns ist nicht recht wohl. Man fühlt etwas Besonderes, wenn jenseits der Tür wie das Meer der Hörsaal braust. In dreißig Jahren habe ich mich an dieses Gefühl nicht gewöhnen können und durchlebe es jeden Morgen neu. Nervös knöpfe ich das Jakkett zu, stelle Nikolaj überflüssige Fragen, werde böse ... Es könnte so aussehen, als hätte ich Lampenfieber, aber es ist nicht Lampenfieber, sondern etwas anderes, das ich nicht imstande bin zu benennen oder zu beschreiben.

Ohne jede Notwendigkeit schaue ich auf die Uhr und sage:
– Nun denn? Es ist Zeit.

Und feierlich schreiten wir in dieser Ordnung einher: voraus geht Nikolaj mit den Präparaten oder Atlanten, hinter ihm ich, und hinter mir, bescheiden den Kopf gesenkt, schreitet der Lastgaul; oder wird, falls erforderlich, auf der Bahre eine Leiche vorausgetragen, geht hinter der Leiche Nikolaj usw. Bei meinem Erscheinen stehen die Studenten auf, setzen sich wieder, und urplötzlich verstummt das Brausen des Meeres. Windstille tritt ein.

Ich weiß, worüber ich lesen werde, weiß aber nicht, wie ich lesen werde, womit ich anfangen und womit ich enden soll. Im Kopf habe ich keinen einzigen fertigen Satz. Doch es reicht mir, nur einen Blick in den Hörsaal zu werfen (er hat bei mir die Form eines Amphitheaters) und, stereotyp wie immer, auszusprechen »In der letzten Vorlesung waren wir stehengeblieben bei…«, schon fliegen mir im langgestreckten Schwarm die Sätze aus der Seele und – ab geht die Post! Ich spreche unaufhaltsam schnell, leidenschaftlich, und es scheint die Kraft nicht zu geben, die den Strom meiner Rede unterbrechen könnte. Um gut zu lesen, das heißt nicht langweilig und zum Nutzen der Hörer, muß man, außer Talent, auch Geschick und Erfahrung besitzen, muß man über eine sehr klare Vorstellung der eigenen Kräfte verfügen, über die seiner Hörer und über das, was den Gegenstand der eigenen Rede bildet. Außerdem muß man klar im Kopf sein, muß aufpassen wie ein Schießhund und darf nicht für eine Sekunde den Überblick verlieren.

Ein guter Dirigent, der den Gedanken des Komponisten vermitteln will, tut zwanzig Dinge zugleich: er liest die Partitur, schwenkt den Stab, folgt dem Sänger, macht eine Bewegung beiseite zur Pauke, zum Waldhorn usw. Dasselbe tue ich, wenn ich lese. Vor mir – einhundertundfünfzig Gesichter, keines dem anderen ähnlich, und dreihundert Augen, die mir unmittelbar ins Gesicht blicken. Mein Ziel ist, diese vielköpfige Hydra zu besiegen. Wenn ich, während ich lese, jeden Augenblick eine klare Vorstellung vom Grad ihrer Aufmerksamkeit und von ihrer Verstandeskraft habe, so ist sie in meiner Gewalt. Mein anderer Gegner sitzt in mir selbst. Es ist die unendliche Vielfalt der Formen, Erscheinungen und Gesetze und die Menge der durch sie bedingten eigenen und fremden Gedanken. Jeden Augenblick muß ich das Geschick besitzen, aus diesem riesigen Material das Wichtigste und Nötigste herauszugreifen und ebenso schnell, wie meine Rede fließt, meine Gedanken in die Form zu kleiden, die dem Verständnis der Hydra zugänglich ist und ihre Aufmerksamkeit erweckt, wobei man aufpassen muß wie ein Schießhund, daß die Gedanken nicht nach Maßgabe ihrer Häufung vermittelt werden, sondern in einer bestimmten Anordnung, die nötig ist für die richtige Komposition des Bildes, das ich malen will. Ferner bemühe ich mich, daß meine Rede literarisch fließt, die Definitionen kurz und genau sind, der Satz möglichst einfach und schön. Jeden Augenblick muß ich mich zügeln und mir bewußt sein, daß mir nur eine Stunde und vierzig Minuten zur Verfügung stehen. Kurz, nicht wenig Arbeit. Gleichzeitig muß ich sowohl der Gelehrte sein als auch der Pädagoge und der Redner, und wehe, wenn in Ihnen der Redner den Pädagogen und Gelehrten besiegt oder umgekehrt.

So liest man eine Viertel-, eine halbe Stunde und bemerkt, die Studenten beginnen zur Decke zu blicken, auf Pjotr Ignatjevič, der eine greift nach dem Taschentuch, der andere setzt sich bequemer, der dritte lächelt seinen Gedanken zu... Das bedeutet, die Aufmerksamkeit ist ermüdet. Man muß Maßnahmen ergreifen. Ich nutze die erstbeste Gelegenheit, um einen Kalauer zu machen. Alle einhundertfünfzig Gesichter lächeln breit, die Augen strahlen heiter, für kurze Zeit hört man das Brausen des Meeres... Ich lache ebenfalls. Die Aufmerksamkeit ist aufgefrischt, ich kann fortfahren.

Kein Sport, keine Zerstreuungen und Spiele haben mir je solchen Genuß bereitet wie das Halten von Vorlesungen. Nur in der Vorlesung habe ich mich ganz der Leidenschaft ergeben können und begriffen, daß Inspiration keine Erfindung der Dichter ist, sondern tatsächlich existiert. Und ich denke, Herkules hat nach der pikantesten seiner Heldentaten keine solch süße Ermattung verspürt wie ich sie jedesmal nach der Vorlesung erlebt habe.

So war es früher. Heute ist die Vorlesung für mich eine einzige Qual. Es vergeht keine halbe Stunde, schon verspüre ich eine unbezwingbare Schwäche in den Beinen und Schultern; ich setze mich in den Sessel, aber im Sitzen zu lesen bin ich nicht gewohnt; eine Minute später erhebe ich mich, fahre im Stehen fort, dann setze ich mich wieder. Der Mund wird trocken, die Stimme heiser, mich schwindelt... Um den Hörern meinen Zustand zu verbergen, trinke ich ständig Wasser, räuspere mich, schneuze mich oft, so als behindere mich ein Schnupfen, kalauere an der falschen Stelle und verkünde schließlich die Pause eher als vorgesehen. Vor allem aber schäme ich mich.

Mein Gewissen und mein Verstand sagen mir, das Beste, was ich jetzt tun könnte, wäre, meinen Jungen die Abschiedsvorlesung zu halten, ihnen ein letztes Wort zu sagen, sie zu segnen und meinen Platz einem Menschen zu überlassen, der jünger und stärker ist als ich. Aber Gott sei mein Richter, ich habe nicht den Mut, meinem Gewissen folgend zu handeln.

Leider bin ich kein Philosoph und kein Theologe. Mir ist wohl bekannt, daß ich kaum mehr als ein halbes Jahr zu leben habe; es sollte scheinen, heute müßten mich vor allem die Fragen nach der Finsternis des Grabes und den Visionen beschäftigen, die meinen Schlaf im Grabe heimsuchen werden. Aber aus irgend einem Grunde will meine Seele nichts von diesen Fragen wissen, obwohl der Verstand sie in ihrer ganzen Wichtigkeit erkennt. Wie vor zwanzig bis dreißig Jahren interessiert mich auch heute, kurz vor dem Tode, einzig und allein die Wissenschaft. Und noch mit meinem letzten Seufzer werde ich glauben, die Wissenschaft sei das Wichtigste, das Schönste und Notwendigste im Leben des Menschen, sie sei und bleibe die höchste Äußerung der Liebe und nur durch sie werde der Mensch die Natur und sich selbst besiegen. Dieser Glaube ist vielleicht naiv und in seiner Begründung falsch, doch bin nicht ich daran schuld, daß ich diesen und keinen anderen Glauben habe; in mir diesen Glauben besiegen kann ich nicht.

Aber darum geht es nicht. Ich bitte nur um Nachsicht für meine Schwäche und zu begreifen, daß einen Menschen, den die Schicksale des Rückenmarks mehr interessieren als das Endziel der Weltenschöpfung, von seinem Lehrstuhl und seinen Schülern wegzureißen, das gleiche bedeuten würde wie ihn zu ergreifen und den Sargdeckel über ihm zuzunageln, ohne zu warten, bis er gestorben ist.

Durch die Schlaflosigkeit und infolge des angestrengten Kampfes gegen die zunehmende Schwäche geht in mir etwas Merkwürdiges vor. Mitten in der Vorlesung treten mir plötzlich Tränen in die Stimme, die Augen beginnen zu jucken, und ich verspüre den leidenschaftlichen hysterischen Wunsch, die Arme auszustrecken und mich laut zu beklagen. Mit lauter Stimme möchte ich herausschreien, daß mich, einen berühmten Mann, das Schicksal zum Tode verurteilt hat, daß in höchstens einem halben Jahr hier im Hörsaal bereits ein anderer der Herr sein wird. Ich will herausschreien, ich sei vergiftet; neue Gedanken, wie ich sie früher nicht kannte, haben die letzten Tage meines Lebens vergiftet und fahren fort, mir ins Gehirn zu stechen, wie Moskitos. Und gleichzeitig erscheint mir meine Lage so schrecklich, daß ich wünschte, alle meine Hörer würden erschrecken, von den Plätzen aufspringen und in panischer Angst, verzweifelt schreiend dem Ausgang zustürzen.

Es ist nicht leicht, solche Augenblicke zu durchleben.

II

Nach der Vorlesung sitze ich bei mir zu Hause und arbeite. Ich lese Zeitschriften, Dissertationen oder bereite mich auf die nächste Vorlesung vor, manchmal schreibe ich etwas. Ich arbeite mit Unterbrechungen, denn ich muß Besucher empfangen.

Es klingelt. Da ist ein Kollege gekommen, um geschäftlich mit mir zu sprechen. Er kommt zu mir herein, Hut und Stock in Händen, streckt mir beides entgegen und sagt:

– Nur auf einen Augenblick, nur einen Augenblick! Bleiben Sie sitzen, collega! Nur zwei Worte!

Als erstes versuchen wir einander zu zeigen, wir seien beide außerordentlich höflich und sehr erfreut, einander zu sehen. Ich plaziere ihn in den einen Sessel, er mich in den anderen; dabei streichen wir einander vorsichtig über die Hüften, berühren die Knöpfe, und es sieht aus, als betasteten wir einander in der Furcht, uns zu verbrennen. Wir lachen beide, obwohl wir nichts Komisches sagen. Wenn wir endlich sitzen, stecken wir die Köpfe zusammen und beginnen halblaut zu sprechen. So herzlich wir einander auch zugetan sein mögen, wir können nicht anders, als unsere Rede mit allerlei Chinesischem zu würzen, etwa: »wie Sie richtig zu bemerken geruhten« oder »wie ich bereits die Ehre hatte, Ihnen zu sagen«, wir können nicht anders, als in lautes Lachen auszubrechen, wenn einer von uns einen Scherz macht, und sei er noch so verunglückt. Sind wir mit unserem Gespräch zu Ende, steht der Kollege abrupt auf und beginnt, mit dem Hut auf meine Arbeit weisend, sich zu verabschieden. Wieder betasten wir einander und lachen. Ich begleite ihn in den Flur; hier helfe ich dem Kollegen in den Pelz, doch er wehrt diese hohe Ehre auf jegliche Weise ab. Dann, wenn Egor die Tür öffnet, versichert mich der Kollege, ich werde mich erkälten, ich dagegen erwecke den Anschein, als sei ich bereit, ihm sogar auf die Straße zu folgen. Und wenn ich endlich in mein Arbeitszimmer zurückkehre, lächelt mein Gesicht noch immer, wahrscheinlich aus Trägheit.

Ein wenig später klingelt es wieder. Jemand kommt in den Flur, zieht sich lange aus und räuspert sich. Egor meldet einen Studenten. Ich sage: ich lasse bitten. Einen Augenblick später kommt ein junger Mann von angenehmem Äußeren zu mir herein. Seit einem Jahr schon befinden wir uns gegenseitig in gespannten Beziehungen: er gibt mir in den Examina empörende Antworten, und ich gebe ihm dafür ungenügend. An solchen Helden, die ich – um mich in der Studentensprache auszudrücken – hängen oder durchrasseln lasse, gibt es bei mir pro Jahr in der Regel sieben Mann. Diejenigen unter ihnen, die das Examen aus Unfähigkeit oder Krankheit nicht bestehen, tragen ihr Kreuz in Geduld und versuchen nicht, mit mir zu handeln; handeln und mir das Haus einrennen tun nur die Sanguiniker, die freizügigen Naturen, denen die Verzögerung in den Examina den Appetit verdirbt und sie hindert, pünktlich in die Oper zu kommen. Ersteren gebe ich genügend, die anderen lasse ich das ganze Jahr hängen.

– Setzen Sie sich, – sage ich zu meinem Gast. – Was haben Sie mir zu sagen?

– Entschuldigen Sie, Professor, daß ich Sie behellige ... – beginnt er stotternd und ohne mir ins Gesicht zu sehen. – Ich würde es nicht wagen, Sie zu behelligen, wenn ich nicht ... Ich habe bei Ihnen schon fünfmal Examen gemacht und ... und bin durchgerasselt. Ich bitte Sie, seien Sie so gut, geben Sie mir ein »Genügend«, weil ...

Das Argument, das alle Faulenzer zu ihren Gunsten anführen, ist immer ein und dasselbe: Sie haben in allen Fächern bestanden, durchgerasselt sind sie nur bei mir, was um so erstaunlicher ist, als sie gerade in meinem Fach immer sehr fleißig waren und sich bestens auskennen; durchgerasselt sind sie nur aufgrund eines unbegreiflichen Mißverständnisses.

– Entschuldigen Sie, mein Freund, – sage ich zu meinem Gast, – ein »Genügend« kann ich Ihnen nicht geben. Lesen Sie noch ein wenig in den Vorlesungen und kommen Sie wieder. Dann sehen wir weiter.

Pause. Ich bekomme Lust, den Studenten dafür, daß er das Bier und die Oper mehr liebt als die Wissenschaft, ein bißchen zu quälen, und sage mit einem Seufzer:

– Meiner Meinung nach ist das Beste, was Sie jetzt tun können, von der medizinischen Fakultät abzugehen. Wenn es Ihnen bei Ihren Fähigkeiten nicht gelingen will, das Examen zu bestehen, so ist offensichtlich, daß Sie weder den Wunsch noch die Berufung haben, Arzt zu werden.

Der Sanguiniker zieht ein langes Gesicht.

– Verzeihen Sie, Professor, – feixt er, – aber das wäre meinerseits doch zumindest merkwürdig. Fünf Jahre lang studieren und dann plötzlich... abgehen!

– Nun ja! Besser fünf Jahre verlieren, als sich dann ein Leben lang mit einer Sache befassen, die man nicht liebt.

Doch sogleich beginnt er mir leid zu tun, und ich beeile mich zu sagen:

– Im übrigen, wie Sie meinen. Also lesen Sie noch ein bißchen und kommen Sie wieder.

– Wann? – fragt der Faulenzer dumpf.

– Wann Sie wollen. Meinetwegen morgen.

Und in seinen gütigen Augen lese ich: »Kommen kann ich ja, aber du Schwein läßt mich ja doch wieder durchrasseln!«

– Natürlich, – sage ich, – werden Sie dadurch nicht gelehrter, daß Sie bei mir noch fünfzehnmal Examen machen, aber das ist gut für die Bildung Ihres Charakters. Auch dafür kann man dankbar sein.

Schweigen tritt ein. Ich erhebe mich und warte, wann der Gast geht, doch er steht, schaut zum Fenster hinaus, zwirbelt sein Bärtchen und denkt nach. Es wird langweilig.

Die Stimme des Sanguinikers ist angenehm, voll, die Augen

klug, spöttisch, das Gesicht gutmütig, ein wenig verknittert vom häufigen Biergenuß und dem langen Liegen auf dem Divan; offensichtlich könnte er mir viel Interessantes über die Oper erzählen, über seine Liebesabenteuer, über die Kommilitonen, die er liebt, aber leider ist darüber zu sprechen nicht statthaft. Dabei würde ich ihm gern zuhören.

– Professor! Ich gebe Ihnen mein Ehrenwort, daß ich, wenn Sie mir ein »Genügend« geben...

Ist es erst zum »Ehrenwort« gekommen, winke ich ab und setze mich an meinen Tisch. Der Student steht noch einen Augenblick da und sagt niedergeschlagen:

– Wenn das so ist, leben Sie wohl... Entschuldigen Sie.

– Leben Sie wohl, mein Freund. Alles Gute.

Er geht unentschlossen in den Flur, zieht sich dort langsam an und denkt wahrscheinlich, auf der Straße zurück, noch einmal lange nach; da ihm nichts einfällt, außer »alter Teufel« an meine Adresse, geht er in ein schlechtes Restaurant, um zu essen und Bier zu trinken, dann zu sich nach Hause, um zu schlafen. Friede deiner Asche, ehrlicher Arbeiter!

Ein drittes Klingeln. Herein kommt ein junger Doktor im neuen schwarzen Frack, mit Goldbrille und, natürlich, mit weißer Krawatte. Er stellt sich vor. Ich bitte ihn, sich zu setzen, und frage, womit ich dienen könne. Nicht ohne Aufregung beginnt der junge Priester der Wissenschaft mir zu berichten, er habe dieses Jahr das Doktorandenexamen abgelegt und ihm bleibe jetzt nur noch, seine Dissertation zu schreiben. Er möchte bei mir arbeiten, unter meiner Anleitung, und ich würde ihn zu großem Dank verpflichten, wenn ich ihm ein Dissertationsthema gäbe.

– Freut mich sehr, Ihnen nützlich zu sein, collega, – sage ich, – aber wollen wir uns zuerst einmal darüber einigen, was eine Dissertation eigentlich ist. Unter diesem Wort versteht man üblicherweise ein Werk, das ein Produkt selbständiger Arbeit darstellt. Nicht wahr? Ein Werk dagegen, das über ein fremdes Thema und unter fremder Anleitung geschrieben ist, nennt man anders...

Der Doktorand schweigt. Ich fahre aus der Haut und springe von meinem Platz auf.

– Warum kommen Sie alle zu mir, möchte ich wissen? – rufe ich böse. – Habe ich etwa einen Laden? Ich handle nicht mit Themen! Zum tausendundeinsten Mal bitte ich Sie alle, mich in Ruhe zu lassen! Entschuldigen Sie meine Grobheit, aber langsam bin ich es leid!

Der Doktorand schweigt, und nur seine Jochbeine umspielt eine leichte Rötung. In seinem Gesicht der Ausdruck der Hochachtung vor meinem berühmten Namen und Gelehrtenstatus, doch seinen Augen sehe ich an, daß er meine Stimme ebenso verachtet wie meine jämmerliche Gestalt und mein nervöses Gestikulieren. In meinem Zorn erscheine ich ihm als komischer Kauz.

– Ich habe keinen Laden! – ärgere ich mich. – Es ist doch erstaunlich! Warum wollen Sie nicht selbständig sein? Warum ist Ihnen die Freiheit so zuwider?

Ich sage vieles, er dagegen schweigt. Schließlich werde ich allmählich ruhiger und gebe selbstverständlich auf. Der Doktorand bekommt von mir ein Thema, das keinen Groschen wert ist, wird unter meiner Aufsicht eine Dissertation schreiben, die niemand braucht, wird sie würdevoll in einem langweiligen Disput verteidigen und einen akademischen Grad bekommen, den er nicht braucht.

Die Klingelzeichen können endlos aufeinanderfolgen, doch ich beschränke mich hier auf diese vier. Es klingelt zum vierten Mal, und ich höre die vertrauten Schritte, das Rascheln des Kleids, die geliebte Stimme...

Vor achtzehn Jahren starb mein Kollege, ein Augenspezialist, und hinterließ seine siebenjährige Tochter Katja und Sechzigtausend in bar. Testamentarisch hatte er mich zum Vormund bestimmt. Bis zu ihrem zehnten Lebensjahr lebte

Katja in meiner Familie, dann wurde sie ins Pensionat gegeben und lebte nurmehr die Sommermonate bei mir, während der Ferien. Mich mit ihrer Erziehung zu befassen, hatte ich nicht die Zeit, ich beobachtete sie nur mit Unterbrechungen, und deshalb kann ich über ihre Kindheit sehr wenig sagen.

Das erste, woran ich mich erinnere und was ich an meinen Erinnerungen liebe, ist die außerordentliche Zutraulichkeit, mit der sie in mein Haus kam, sich von den Ärzten behandeln ließ, und die immer aus ihrem Gesichtchen strahlte. Oft war es so, sie sitzt mit verbundener Wange irgendwo abseits und betrachtet irgendetwas mit großer Aufmerksamkeit; ob sie in dieser Zeit sieht, wie ich schreibe und in Büchern blättere, oder wie sich meine Frau kümmert, oder wie die Köchin in der Küche Kartoffeln schält, oder wie der Hund spielt, immer drückten ihre Augen unverändert dasselbe aus, nämlich: »Alles, was auf dieser Welt geschieht, alles ist schön und vernünftig.« Sie war neugierig und liebte es sehr, mit mir zu sprechen. Und so sitzt sie mir am Tisch gegenüber, folgt meinen Bewegungen und stellt Fragen. Sie möchte wissen, was ich lese, was ich an der Universität mache, ob ich nicht Angst vor den Leichen habe, was ich mit meinem Gehalt anfange.

– Schlagen sich die Studenten an der Universität? – fragt sie.

– Ja, mein Liebes.

– Und Sie lassen sie zur Strafe hinknien?

– Ja.

Und sie fand komisch, daß sich Studenten schlagen und daß ich sie hinknien lasse, und lachte. Sie war ein sanftes, geduldiges und gutes Kind. Nicht selten mußte ich mitansehen, wie man ihr etwas wegnahm, sie zu Unrecht bestrafte oder ihre Neugierde nicht befriedigte; dann mischte sich in den beständigen Ausdruck des Zutrauens in ihrem Gesicht noch Wehmut – nichts weiter. Ich verstand es nicht für sie einzutreten, und nur, wenn ich die Wehmut sah, regte sich in mir der

Wunsch, sie an mich zu ziehen und sie im Ton einer alten Kinderfrau zu bemitleiden: »Du mein liebes kleines Waisenkind!«

Ich erinnere mich ferner, sie liebte es, sich gut anzuziehen und mit Parfum zu besprengen. In dieser Beziehung war sie mir ähnlich. Auch ich liebe schöne Kleidung und gutes Parfum.

Ich bedaure, daß ich weder Zeit noch Lust hatte, den Beginn und die Entwicklung jener Leidenschaft zu verfolgen, die sich Katjas schon völlig bemächtigt hatte, als sie vierzehn bis fünfzehn Jahre alt war. Ich spreche von ihrer leidenschaftlichen Liebe zum Theater.

Wenn sie aus dem Pensionat für die Ferien zu uns gefahren kam und bei uns lebte, sprach sie über nichts mit solchem Vergnügen und mit solcher Inbrunst, wie über Theaterstücke und Schauspieler. Mit ihrem ständigen Reden über das Theater ermüdete sie uns. Meine Frau und die Kinder hörten ihr nicht zu. Mir als einzigem mangelte es an Mut, ihr meine Aufmerksamkeit zu versagen. Wenn sie der Wunsch überkam, ihre Begeisterung zu teilen, kam sie zu mir ins Arbeitszimmer und sagte in flehentlichem Ton:

– Nikolaj Stepanyč, lassen Sie uns über das Theater sprechen!

Ich zeigte auf die Uhr und sagte:

– Ich gebe dir eine halbe Stunde. Fang an.

Später begann sie dutzendweise Porträts der Schauspieler und Schauspielerinnen mitzubringen, die sie anbetete; dann probierte sie einige Male, an Liebhaberaufführungen mitzuwirken, und schließlich, als sie ihre Ausbildung beendet hatte, verkündete sie mir, sie sei geboren, Schauspielerin zu werden.

Ich habe Katjas theatralische Neigungen nie geteilt. Meiner Meinung nach besteht, wenn ein Theaterstück gut ist, um den gebührenden Eindruck hervorzurufen, keine Notwendigkeit, Schauspieler zu bemühen: man kann sich auf die bloße

Lektüre beschränken. Wenn das Stück jedoch schlecht ist, wird keinerlei Spielkunst ein gutes aus ihm machen.

In meiner Jugend habe ich oft das Theater besucht, und heute nimmt meine Familie ein, zwei Male im Jahr eine Loge und fährt mich zum »Auslüften«. Natürlich reicht das nicht hin, um mich ins Recht zu setzen, über das Theater zu urteilen, dennoch will ich ein paar Worte dazu sagen. Meiner Meinung nach ist das Theater nicht besser geworden, als es vor dreißig, vierzig Jahren war. Wie früher kann ich weder in den Theaterkorridoren noch im Foyer ein Glas frisches Wasser finden. Wie früher strafen mich die Logenschließer wegen meines Pelzes mit zwanzig Kopeken, obwohl das Tragen von warmer Kleidung im Winter nichts Anstößiges hat. Wie früher spielt in den Pausen ohne jede Notwendigkeit Musik, die dem Eindruck, den man vom Stück bezogen hat, einen neuen, ungebetenen hinzufügt. Wie früher gehen die Männer in den Pausen ans Buffet, um alkoholische Getränke zu sich zu nehmen. Wenn kein Fortschritt in den Kleinigkeiten zu sehen ist, so würde ich ihn im Großen vergeblich suchen. Wenn ein Schauspieler, von Kopf bis Fuß in theatralischen Traditionen und Vorurteilen verhaftet, versucht, den einfachen, gewöhnlichen Monolog »Sein oder nicht Sein« nicht einfach vorzutragen, sondern aus irgendeinem Grunde unbedingt mit Gezisch und unter Krämpfen am ganzen Körper, oder wenn er versucht, mich um jeden Preis davon zu überzeugen, daß Čackij, der viel mit Dummköpfen redet und eine dumme Gans liebt, ein sehr kluger Mensch sei und daß »Verstand schafft Leiden« kein langweiliges Stück sei, dann weht mich von der Bühne dieselbe Routine an, die mich schon vor vierzig Jahren gelangweilt hat, als man mich mit klassischem Geheul und An-die-Brust-Schlagen traktierte. Und jedesmal komme ich noch konservativer aus dem Theater, als ich dort hinein gehe.

Die sentimentale und zutrauliche Menge kann man davon überzeugen, das Theater in seiner gegenwärtigen Gestalt sei eine Schule. Wer jedoch mit der Schule im echten Sinne vertraut ist, den fängt man nicht an dieser Angel. Ich weiß nicht, was in fünfzig bis hundert Jahren sein wird, aber unter den gegenwärtigen Bedingungen kann das Theater nur der Unterhaltung dienen. Doch ist diese Unterhaltung zu teuer, als daß man sich ihrer weiterhin erfreuen könnte. Sie entzieht dem Staat Tausende junger, gesunder und begabter Männer und Frauen, die, wenn sie nicht dem Theater frönten, gute Ärzte sein könnten, gute Landwirte, Lehrerinnen, Offiziere; sie entzieht der Öffentlichkeit die Abendstunden – die beste Zeit für geistige Arbeit und kollegiale Gespräche. Ganz zu schweigen von den Geldausgaben und den moralischen Verlusten, die der Zuschauer davonträgt, wenn er auf der Bühne einen falsch dargestellten Mord sieht, einen Ehebruch oder eine Verleumdung.

Katja war völlig anderer Meinung. Sie versicherte mich, das Theater, selbst in seiner gegenwärtigen Gestalt, stehe über den Hörsälen, über den Büchern, über allem auf der Welt. Das Theater sei die Kraft, die allein alle Künste in sich vereinige, und die Schauspieler seien Missionare. Keine Kunst und keine Wissenschaft im besonderen sei imstande, so stark und so wahr auf die menschliche Seele einzuwirken wie die Bühne, und nicht umsonst erfreue sich deshalb ein Schauspieler mittlerer Größe im Staat einer weit größeren Popularität als noch der beste Gelehrte oder Künstler, und keine öffentliche Tätigkeit könne solchen Genuß, solche Befriedigung bereiten wie die auf der Bühne.

Und eines schönen Tages trat Katja einer Truppe bei und reiste, ich glaube, nach Ufa, wohin sie viel Geld mitnahm, eine Unmenge rosiger Hoffnungen und aristokratischer Ansichten über die Sache.

Ihre ersten Briefe von unterwegs waren erstaunlich. Ich las sie und war verblüfft, wie diese kleinen Blätter Papier so viel Jugend enthalten können, so viel seelische Reinheit, heilige Naivität und zugleich so viele feine, treffende Urteile, die einem guten männlichen Verstand Ehre gemacht hätten. Die Volga, die Natur, die Städte, die sie besuchte, die Kollegen, die eigenen Erfolge und Fehlschläge beschrieb sie nicht, sie besang sie; jede Zeile atmete die Zutraulichkeit, die ich gewöhnt war, in ihrem Gesicht zu sehen – und bei alledem eine Masse grammatischer Fehler, Satzzeichen fast überhaupt keine.

Es verging kein halbes Jahr, als ich einen im höchsten Grade poetischen und begeisterten Brief erhielt, beginnend mit den Worten: »Ich habe mich verliebt.« Diesem Brief beigelegt war die Photographie eines jungen Mannes mit glattrasiertem Gesicht, in breitkrempigem Hut und mit einem über die Schulter geworfenen Plaid. Die darauf folgenden Briefe waren wie früher großartig, doch nun erschienen in ihnen Satzzeichen, die grammatischen Fehler waren verschwunden, und sie rochen stark nach Mann. Katja begann, mir davon zu schreiben, wie gut es wäre, irgendwo an der Volga ein großes Theater zu errichten, und zwar nicht anders als auf Aktienbasis, und an dieses Unternehmen die reiche Kaufmannschaft und die Dampfschiffbesitzer zu binden; dann gäbe es viel Geld, enorme Abendeinnahmen, die Schauspieler würden zu genossenschaftlichen Bedingungen spielen ... Vielleicht ist das ja tatsächlich gut, aber mir scheint, dergleichen Gedanken können nur dem Kopf eines Mannes entspringen.

Wie dem auch sei, anderthalb bis zwei Jahre ging offenbar alles gut: Katja liebte, glaubte an ihre Sache und war glücklich; doch dann bemerkte ich in ihren Briefen allmählich unverkennbare Anzeichen des Verfalls. Es begann damit, daß sich Katja bei mir über ihre Kollegen beklagte – das ist das erste und zugleich fatalste Symptom; wenn ein junger Gelehrter oder Literat seine Tätigkeit damit beginnt, sich bitter über die Gelehrten oder Literaten zu beklagen, so bedeutet das, daß er müde und für seine Sache untauglich geworden ist. Katja schrieb mir, ihre Kollegen besuchten nicht die Proben und könnten nie ihre Rollen; in der Inszenierung unsinniger

Stücke und in der Art, sich auf der Bühne zu geben, äußere sich bei jedem von ihnen die völlige Mißachtung des Publikums; im Interesse der Abendeinnahme, von der ausschließlich die Rede sei, erniedrigten sich Schauspielerinnen des dramatischen Fachs bis zum Gesang von Soubretten, Tragöden sängen Couplets, in denen man sich lustig mache über gehörnte Ehemänner, über die Schwangerschaft untreuer Ehefrauen usw. Im ganzen müsse man staunen, wieso das Provinztheater bis heute nicht zugrundegegangen sei und wie es sich auf einem so dünnen und morschen Ast bis heute habe halten können.

Als Antwort schickte ich Katja einen langen und, zugegeben, sehr langweiligen Brief. Unter anderem schrieb ich ihr: »Ich hatte mehrmals Gelegenheit, mich mit alten Schauspielern zu unterhalten, höchst vornehmen Menschen, die mir ihre Zuneigung schenkten; den Gesprächen mit ihnen konnte ich entnehmen, daß ihre Tätigkeit weniger vom eigenen Verstand und ihrer Freiheit gelenkt wird, als vielmehr von der Mode und der Stimmung der Gesellschaft; die besten von ihnen hatten in ihrem Leben Tragödien und Operetten, Pariser Farcen und Feerien zu spielen, und immer hatten sie gleichermaßen den Eindruck, einen geraden Weg zu gehen und Nutzen zu bringen. Man muß also, wie Du siehst, die Ursache des Bösen nicht bei den Schauspielern suchen, sondern tiefer, in der Kunst selbst und in den Beziehungen der Gesellschaft zu ihr.« Dieser mein Brief reizte Katja nur. Sie antwortete mir: »Wir beide singen aus verschiedenen Opern. Ich schrieb Ihnen nicht von höchst vornehmen Menschen, die Ihnen ihre Zuneigung schenkten, sondern von einer Bande abgefeimter Schurken, die nichts mit Vornehmheit gemein haben. Das ist ein Haufen von wilden Menschen, die nur deshalb zur Bühne gegangen sind, weil man sie sonst nirgendwo genommen hätte, und die sich Schauspieler nur deshalb nennen, weil sie dreist sind. Kein einziges Talent, nur viele Unbegabte, Trinker, Intriganten,

Gerüchtemacher. Ich kann Ihnen nicht sagen, wie bitter es für mich ist, daß die Kunst, die ich so liebte, Menschen in die Hände gefallen ist, die ich hasse; wie bitter, daß die besten Menschen das Böse nur aus der Ferne sehen, nicht nähertreten wollen und, statt für sie einzutreten, in gewichtigem Stil Allgemeinplätze schreiben und eine Moral predigen, die niemand braucht...« und so weiter, alles in dieser Art.

Es verging noch ein wenig Zeit, und ich erhielt diesen Brief: »Ich bin unmenschlich betrogen worden. Ich kann nicht länger leben. Verfügen Sie über mein Geld, wie Sie es für notwendig halten. Ich habe Sie geliebt wie einen Vater und meinen einzigen Freund. Vergeben Sie mir.«

Wie sich herausstellte, gehörte auch *er* zu dem »Haufen von Wilden«. Im folgenden konnte ich aufgrund einiger Anspielungen vermuten, daß sie einen Selbstmordversuch unternommen hatte. Wie es scheint, hatte Katja probiert sich zu vergiften. Anzunehmen ist, daß sie danach ernstlich erkrankt war, denn den nächsten Brief erhielt ich bereits aus Jalta, wohin sie, aller Wahrscheinlichkeit nach, die Ärzte geschickt hatten. Ihr letzter Brief an mich enthielt die Bitte, ihr so schnell wie möglich eintausend Rubel nach Jalta zu schicken, und endete so: »Entschuldigen Sie, daß dieser Brief so düster ist. Gestern habe ich mein Kind beerdigt.« Nachdem sie etwa ein Jahr auf der Krim verbracht hatte, kehrte sie nach Hause zurück.

Etwa vier Jahre war sie gereist, und in all diesen vier Jahren, muß ich zugeben, habe ich in Bezug auf sie eine wenig beneidenswerte und merkwürdige Rolle gespielt. Als sie mir verkündet hatte, sie wolle Schauspielerin werden, und mir dann von ihrer Liebe schrieb, als sie phasenweise die Verschwendungssucht überkam und ich ihr ständig, auf ihren Wunsch, mal eintausend, mal zweitausend Rubel schicken mußte, als sie mir von ihrer Absicht schrieb zu sterben, vom Tod ihres Kindes, war ich jedesmal verloren, und meine ganze Anteilnahme an ihrem Schicksal äußerte sich darin, daß ich viel nachdachte und lange, langweilige Briefe schrieb, die ich besser nie geschrieben hätte. Während ich ihr doch den eigenen Vater ersetzte und sie liebte wie eine Tochter!

Heute lebt Katja eine halbe Verst weit von mir. Sie hat eine Wohnung mit fünf Zimmern gemietet und sich darin komfortabel und mit dem ihr eigenen Geschmack eingerichtet. Wenn es jemand auf sich nähme, ihre Einrichtung zu zeichnen, so wäre die vorherrschende Stimmung des Bildes die Trägheit. Für den trägen Körper – weiche Couchettes, weiche Tabouretts, für die trägen Füße – Teppiche, für das träge Auge – gebrochene, matte und gedämpfte Farben; für die träge Seele – ein Übermaß an billigen Fächern und kleiner Bilder an den Wänden, in denen die Originalität der Ausführung den Inhalt überwiegt, ein Übermaß an Tischchen und Etageren, die, von niemandem gebraucht, mit allerlei Nippes herumstehen, formlose Fetzen anstelle von Vorhängen... all dies, gepaart mit der Furcht vor hellen Farben, Symmetrie und Raum, bezeugt, neben seelischer Trägheit, einmal mehr das Verkommen des natürlichen Geschmacks. Tagelang liegt Katja auf der Couchette und liest, vornehmlich Romane und Novellen. Aus dem Hause geht sie nur einmal am Tag, um mich zu besuchen.

Ich arbeite, Katja sitzt nicht weit von mir auf dem Divan, schweigt und hüllt sich in ihr Tuch, als sei ihr kalt. Sei es daher, daß sie mir sympathisch ist oder, daß ich an ihre häufigen Besuche gewöhnt bin, als sie noch ein Mädchen war, ihre Anwesenheit hindert mich nicht daran, mich zu konzentrieren. Von Zeit zu Zeit stelle ich ihr automatisch eine Frage, sie gibt eine sehr kurze Antwort, oder ich wende mich, um einen Augenblick auszuruhen, ihr zu und sehe, wie sie, gedankenverloren irgendeine medizinische Zeitschrift oder die Zeitung durchblättert. Und dabei bemerke ich, in ihrem Gesicht liegt nicht mehr der frühere Ausdruck der Zutraulichkeit. Ihr Gesichtsausdruck heute ist kalt, gleichgültig, zerstreut, wie bei Reisenden, die lange auf den Zug warten müssen. Gekleidet ist sie wie früher schön und schlicht, aber nachlässig; man sieht, daß Kleidung und Frisur nicht wenig zu leiden haben unter den Couchettes und Schaukelstühlen, auf denen sie tagelang liegt. Sie ist auch nicht mehr neugierig, wie sie es früher war. Fragen stellt sie mir keine mehr, so als habe sie im Leben alles durchlebt und erwarte nichts Neues mehr zu hören.

Gegen vier Uhr beginnt es sich im Saal und im Salon zu regen. Liza ist aus dem Konservatorium zurück und hat ihre Freundinnen mitgebracht. Man hört sie auf dem Flügel spielen, ihre Stimmen probieren und lachen; im Eßzimmer deckt Egor den Tisch und klappert mit dem Geschirr.

– Leben Sie wohl, – sagt Katja. – Ich sage den Ihren heute nicht guten Tag. Sie mögen entschuldigen. Keine Zeit. Kommen Sie zu mir.

Während ich sie auf den Flur begleite, mustert sie mich streng von Kopf bis Fuß und sagt ärgerlich:

– Sie werden mit jedem Tag dünner! Warum lassen Sie sich nicht behandeln? Ich werde zu Sergej Fjodorovič fahren und ihn bitten zu kommen. Soll er Sie untersuchen.

– Nicht nötig, Katja.

– Ich verstehe nicht, daß Ihre Familie das mit ansieht! Die sind gut, muß man schon sagen.

Mit einer heftigen Bewegung zieht sie ihren Pelz an, und dabei fallen aus ihrer nachlässig gesteckten Frisur unweigerlich zwei-drei Haarnadeln zu Boden. Die Frisur zu richten ist sie zu träge und hat sie keine Zeit; ungeschickt steckt sie die herabgefallenen Locken unter die Mütze und geht.

Als ich ins Eßzimmer komme, fragt mich meine Frau:

– War Katja eben bei dir? Warum hat sie uns nicht guten Tag gesagt? Das ist doch wirklich merkwürdig...

– Mama! – sagt Liza vorwurfsvoll zu ihr. – Wenn sie nicht will, dann eben nicht. Wir werden doch nicht niederknien vor ihr.

– Wie du willst, es ist Nichtachtung. Drei Stunden im

Arbeitszimmer herumsitzen – und an uns kein Gedanke. Aber wie sie meint.

Varja und Liza hassen Katja. Dieser Haß ist mir unbegreiflich, und wahrscheinlich muß man, um ihn zu begreifen, eine Frau sein. Ich verbürge mich mit meinem Kopf dafür, daß unter den einhundertfünfzig jungen Männern, die ich beinahe täglich in meinem Hörsaal sehe, und unter den hundert Älteren, denen ich jede Woche begegnen muß, kaum einer zu finden ist, der fähig wäre, den Haß und die Abscheu vor Katjas Vergangenheit zu begreifen, das heißt vor ihrer außerehelichen Schwangerschaft und ihrem illegitimen Kind; und gleichzeitig kann ich mich keiner mir bekannten Frau, auch keiner jüngeren Frau entsinnen, die nicht bewußt oder instinktiv dieselben Gefühle gehegt hätte. Und das nicht, weil die Frau tugendhafter und reiner wäre als der Mann: denn Tugend und Reinheit unterscheiden sich wenig vom Laster, wenn sie nicht frei sind vom bösen Gefühl. Ich erkläre dies einfach aus der Rückständigkeit der Frauen. Das niedergeschlagene Gefühl des Mitleids und die Gewissensqualen, die der Mann von heute erfährt, wenn er das Unglück sieht, sagen mir bei weitem mehr über die Kultur und sittliche Reife, als Haß und Abscheu. Die Frau von heute ist noch immer so weinerlich und herzensroh wie im Mittelalter. Und meiner Meinung nach handeln diejenigen völlig vernünftig, die ihr raten, sich erziehen zu lassen wie der Mann.

Meine Frau kann Katja auch deswegen nicht leiden, weil sie Schauspielerin war, wegen ihrer Undankbarkeit, ihres Stolzes, ihres exzentrischen Wesens und wegen all der zahlreichen Laster, die eine Frau immer an einer anderen zu finden weiß.

Außer mir und meiner Familie essen bei uns noch zwei-drei Freundinnen meiner Tochter und Aleksandr Adolfovič Gnekker, Lizas Verehrer und Anwärter auf ihre Hand. Er ist ein junger blonder Mann, nicht älter als dreißig, von mittlerem Wuchs, sehr stämmig, breitschultrig, mit rotem Backenbart vor den Ohren und gefärbtem Schnurrbärtchen, das seinem runden, glatten Gesicht den Ausdruck eines Spielzeugs verleiht. Gekleidet ist er in ein sehr kurzes Jackett, in ein farbiges Westchen, in Hosen mit großem Karo, die oben sehr weit und unten sehr eng sind, sowie in gelbe Stiefel ohne Absätze. Seine Augen quellen vor, wie beim Krebs, seine Krawatte ähnelt dem Schwanz eines Krebses, mir scheint sogar, der ganze junge Mann verströme den Geruch von Krebssuppe. Er verkehrt täglich bei uns, doch niemand in meiner Familie weiß, welcher Herkunft er ist, wo er studiert hat und von welchen Mitteln er lebt. Er spielt nicht und singt nicht, hat aber eine Beziehung zu Musik und Gesang, verkauft irgendwo irgendwessen Konzertflügel, verkehrt häufig im Konservatorium, ist mit allen Berühmtheiten bekannt und arrangiert Konzerte; über Musik urteilt er mit großer Autorität, und wie ich bemerkt habe, stimmt man ihm bereitwillig zu.

Reiche Leute haben immer Schmarotzer um sich; desgleichen Wissenschaften und Künste. Es gibt auf der Welt, so scheint es, weder Kunst noch Wissenschaft, die frei wäre von der Anwesenheit von »Fremdkörpern« der Art dieses Herrn Gnekker. Ich bin kein Musiker und täusche mich vielleicht in bezug auf Gnekker, den ich zudem zu wenig kenne. Doch allzu verdächtig erscheinen mir seine Autorität und die Würde, mit der er am Flügel steht und zuhört, wenn jemand singt oder spielt.

Mögen Sie hundertmal Gentleman und Geheimrat sein, aber wenn Sie eine Tochter haben, so sind Sie durch nichts gefeit gegen jene Spießigkeit, die in Ihr Haus und Ihre Stimmung hineingetragen wird durch Hofieren, Brautwerbung und Hochzeit. Ich zum Beispiel kann mich einfach nicht abfinden mit dem triumphierenden Gesichtsausdruck, den meine Frau jedesmal aufsetzt, wenn Gnekker bei uns ist, ich kann mich auch nicht abfinden mit den Flaschen Lafitte, Portwein und Sherry, die nur seinetwegen serviert werden, damit er sich mit eigenen Augen davon überzeugt, wie elegant und luxuriös wir leben. Nicht vertragen kann ich auch Lizas exaltiertes Lachen, das sie auf dem Konservatorium gelernt hat, und ihre Art zu zwinkern, wenn Männer bei uns sind. Vor allem aber kann ich nicht begreifen, warum jeden Tag ein Wesen zu mir kommt und an meinem Tisch sitzt, das meinen Gewohnheiten, meiner Wissenschaft, meinem ganzen Lebensstil völlig fremd ist, völlig anders als diejenigen Menschen, die ich liebe. Meine Frau und die Dienstboten flüstern geheimnisvoll, er sei »der Bräutigam«, und dennoch begreife ich seine Anwesenheit nicht; sie erweckt in mir das gleiche Befremden, wie wenn man an meinen Tisch einen Zulu gesetzt hätte. Und außerdem erscheint mir merkwürdig, daß meine Tochter, die ich gewohnt bin als Kind anzusehen, diese Krawatte liebt, diese Augen, diese weichen Wangen...

Früher aß ich mein Essen gern oder war ihm gegenüber gleichgültig, heute erweckt es in mir nichts als Langeweile und Gereiztheit. Seit ich Exzellenz geworden und Dekan der Fakultät gewesen bin, hat es meine Familie aus irgendeinem Grunde für nötig befunden, unsere Speisenfolge und die Essensgewohnheiten von Grund auf zu ändern. Statt der einfachen Gerichte, an die ich gewöhnt war, als Student und als Arzt, verköstigt man mich heute mit einer Soupe purée, in der irgendwelche weißen Zäpfchen schwimmen, oder mit Nieren in Madeira. Generalsrang und Berühmtheit haben mir für immer die Kohlsuppe genommen, die schmackhaften Piroggen, den Gänsebraten mit Äpfeln, die Brassen mit Buchweizengrütze. Sie haben mir auch mein Stubenmädchen Agaša genommen, ein schwatzhaftes und komisches altes Frauchen, an ihrer Statt serviert das Essen heute Egor, ein stumpfsinniger und überheblicher Bursche mit weißem Handschuh an der rechten Hand. Die Pausen sind kurz und erscheinen doch unendlich lang, weil nichts da ist, womit sie gefüllt werden könnten. Es gibt nicht mehr die Heiterkeit von früher, die ungezwungenen Gespräche, Scherze, das Lachen, es gibt nicht mehr die gegenseitige Zärtlichkeit und Freude, die meine Kinder, meine Frau in mir erregten, wenn wir manchmal im Eßzimmer zusammentrafen; für mich, einen vielbeschäftigten Mann, war das Essen eine Zeit der Erholung und Begegnung, für meine Frau und Kinder dagegen ein zwar kurzer, aber lichter und freudvoller Feiertag, an dem sie wußten, daß ich für eine halbe Stunde nicht der Wissenschaft, nicht den Studenten gehörte, sondern ihnen allein und niemandem sonst. Nicht mehr das Vermögen, von einem einzigen Glas berauscht zu werden, keine Agaša mehr, keine Brassen mit Buchweizengrütze, kein Lärm, der sich immer erhob bei den kleinen Skandalen beim Essen, etwa einer Schlägerei zwischen Hund und Katze unter dem Tisch, oder wenn der Verband von Katjas Wange in die Suppe fiel.

Das Essen, wie es heute abläuft, zu beschreiben schmeckt genausowenig wie das Essen selbst. Im Gesicht meiner Frau der Triumph, aufgesetzte Würde und der gewohnte Ausdruck der Sorge. Ruhelos betrachtet sie unsere Teller und sagt: »Ich sehe, euch schmeckt der Braten nicht . . . sagt: er schmeckt doch nicht?« Und ich muß antworten: »Mach dir keine Sorgen, Varja, der Braten schmeckt sehr gut.« Und sie: »Du trittst immer für mich ein, Nikolaj Stepanyč, und sagst nie die Wahrheit. Warum hat Aleksandr Adolfovič so wenig gegessen?« Und weiter in der Art, während des gesamten Essens. Liza lacht exaltiert und zwinkert. Ich blicke beide an, und erst heute beim Essen wird mir völlig klar, daß beider Innenleben meiner Beobachtung längst entglitten ist. Ich habe das Gefühl, als hätte ich einmal zu Hause mit einer echten Familie gelebt und als säße ich heute zu Gast bei einer unechten Ehefrau und sähe eine unechte Liza. In beiden ist eine jähe Veränderung vor sich gegangen, ich habe den langen Prozeß verschlafen, in dem diese Veränderung vor sich gegangen ist, und so ist es kein Wunder, daß ich nichts begreife. Woher diese Veränderung?

Ich weiß es nicht. Vielleicht liegt das ganze Elend darin, daß Gott meiner Ehefrau und Tochter nicht dieselbe Kraft verliehen hat wie mir. Ich bin von Kindesbeinen an gewöhnt, äußeren Einflüssen zu widerstehen, und habe mich hinreichend gestählt; Lebenskatastrophen wie die Berühmtheit, die Generalswürde, der Übergang von der Genügsamkeit zu einem Leben über die Verhältnisse, die Bekanntschaft mit der vornehmen Welt usw. haben mich kaum berührt, und ich blieb heil und unversehrt; über meine schwache, ungestählte Frau und Liza hingegen ist das alles hinweggerollt wie eine Lawine und hat sie zermalmt.

Die jungen Damen und Gnekker sprechen über Fugen, Kontrapunkte, über Sänger und Pianisten, Bach und Brahms, meine Frau dagegen, aus Angst, man könne sie der musikalischen Ignoranz verdächtigen, lächelt ihnen teilnahmsvoll zu und murmelt: »Ist das reizend... Ach wirklich? Was Sie nicht sagen...« Gnekker hat einen soliden Appetit, macht solide Scherze und hört sich nachsichtig die Bemerkungen der jungen Damen an. Bisweilen überkommt ihn der Wunsch, in schlechtem Französisch zu sprechen, und dann befindet er es aus irgendeinem Grunde für notwendig, mich mit votre excellence zu titulieren.

Und ich bin mürrisch. Offenkundig ist: ich bin ihnen lästig, und sie sind es mir. Nie zuvor habe ich Standesdünkel gekannt, doch heute quält mich etwas genau dieser Art. Ich bemühe mich, an Gnekker ausschließlich negative Züge zu finden, finde sie schnell, und mich wurmt, daß an seinem Platz als Bräutigam ein Mensch sitzt, der nicht meinen Kreisen entstammt. Seine Gegenwart hat noch in einer anderen Beziehung schlechten Einfluß auf mich. Gewöhnlich, allein oder in Gesellschaft von Menschen, die ich liebe, denke ich nie an meine Verdienste, und wenn ich an sie denke, so erscheinen sie mir so gering, als sei ich Gelehrter erst seit gestern; in Gegenwart von Leuten wie Gnekker jedoch erscheinen mir meine Verdienste wie ein riesig hoher Berg, dessen Gipfel in den Wolken verschwindet und an dessen Fuß, dem Auge kaum sichtbar, die Gnekkers wimmeln.

Nach dem Essen gehe ich zu mir ins Arbeitszimmer und stecke mir dort mein Pfeifchen an, das einzige für den ganzen Tag, Relikt der längst vergangenen, schlechten Angewohnheit, vom Morgen bis in die Nacht zu qualmen. Wenn ich rauche, kommt meine Frau zu mir herein und setzt sich, um mit mir zu sprechen. Wie schon am Morgen weiß ich im voraus, worüber unser Gespräch gehen wird.

– Wir sollten ernstlich miteinander sprechen, Nikolaj Stepanyč, – beginnt sie. – Über Liza... Warum bist du so unaufmerksam?

– Was meinst du?

– Du gibst dir den Anschein, als würdest du nichts bemerken, aber das ist nicht gut. Man darf nicht so sorglos sein... Gnekker hat Absichten auf Liza... Was sagst du dazu?

– Daß er ein schlechter Mensch wäre, kann ich nicht sagen, da ich ihn nicht kenne, aber daß er mir nicht gefällt, das habe ich dir schon tausendmal gesagt.

– Aber so geht es nicht... So geht es nicht...

Sie steht auf und geht erregt auf und ab.

– So darf man sich nicht zu einem ernsten Schritt verhalten... – sagt sie. – Wenn vom Glück der Tochter die Rede ist, muß man alles Persönliche hintanstellen. Ich weiß, er gefällt dir nicht... Gut... Wenn wir ihm jetzt absagen, alles zerstören, wie willst du dann sichergehen, daß sich Liza nicht ein Leben lang über uns beklagt? Heiratswillige Männer gibt es nicht Gott weiß wie viele, und es kann geschehen, daß sich keine andere Partie mehr ergibt... Er liebt Liza sehr und gefällt offensichtlich auch ihr... Natürlich, er hat keine feste Stellung, aber was will man machen? Gott gebe, daß er mit der Zeit eine findet. Er ist aus guter Familie und reich.

– Woher weißt du das?

– Er hat es gesagt. Sein Vater hat in Charkov ein großes Haus und einen Landsitz in der Nähe von Charkov. Mit einem Wort, Nikolaj Stepanyč, du mußt unbedingt nach Charkov fahren.

– Wozu?

– Um dort Erkundigungen einzuziehen... Du kennst dort die Professoren, sie werden dir helfen. Ich würde ja selbst fahren, aber ich bin eine Frau. Ich kann nicht...

– Ich werde nicht nach Charkov fahren, – sage ich mürrisch.

Meine Frau erschrickt, und auf ihrem Gesicht erscheint der Ausdruck qualvollen Schmerzes.

– Um Gottes willen, Nikolaj Stepanyč! – fleht sie mich aufschluchzend an. – Um Gottes willen, nimm diese Last von mir! Ich leide!

Es tut mir plötzlich weh, sie anzusehen.

– Gut, Varja, – sage ich liebevoll. – Wenn du es willst, dann bitte, ich werde nach Charkov fahren und alles tun, was dir beliebt.

Sie drückt das Taschentuch an die Augen und geht in ihr Zimmer, um zu weinen. Ich bleibe allein.

Ein wenig später wird das Licht gebracht. Die Sessel und der Lampenschirm werfen an die Wände und auf den Boden die bekannten, längst langweiligen Schatten, und wenn ich sie anblicke, scheint mir, es sei schon Nacht und es beginne meine verfluchte Schlaflosigkeit. Ich lege mich ins Bett, dann stehe ich auf und gehe im Zimmer auf und ab, dann lege ich mich wieder... Gewöhnlich nach dem Essen, gegen Abend, erreicht meine Erregung ihren Höhepunkt. Ich beginne ohne Grund zu weinen und stecke den Kopf unters Kopfkissen. Dabei habe ich Angst, es könnte jemand hereinkommen, habe Angst, plötzlich zu sterben, schäme mich meiner Tränen, und im ganzen ergibt das in der Seele etwas Unerträgliches. Ich spüre, daß ich länger weder meine Lampe noch die Bücher noch die Schatten auf dem Boden sehen, die Stimmen nicht mehr hören kann, die im Salon ertönen. Eine unsichtbare und unbegreifliche Kraft stößt mich grob aus meiner Wohnung hinaus. Ich springe auf, ziehe mich eilig an und gehe vorsichtig, damit es meine Hausgenossen nicht merken, auf die Straße. Wohin gehen?

Die Antwort auf diese Frage sitzt mir schon lange im Gehirn: zu Katja.

III

Wie gewöhnlich liegt sie auf dem türkischen Divan oder der Couchette und liest. Wenn sie mich erblickt, hebt sie träge den Kopf, setzt sich auf und streckt mir die Hand entgegen.

– Du liegst die ganze Zeit, – sage ich, nach kurzem Schweigen und Atemschöpfen. – Das ist ungesund. Du solltest dich mit etwas beschäftigen!

– Wie?

– Ich sage, du solltest dich mit etwas beschäftigen.

– Womit? Eine Frau kann nur eine einfache Arbeiterin oder Schauspielerin sein.

– Ja und? Wenn schon keine Arbeiterin, dann sei wieder Schauspielerin.

Sie schweigt.

– Heiraten solltest du, – sage ich halb im Scherz.

– Wen denn. Und wozu auch.

– So kann man nicht leben.

– Ohne Ehemann? Du lieber Gott! Männer gibts wie Sand am Meer, wenn ich nur wollte.

– Das, Katja, ist nicht schön.

– Was ist nicht schön?

– Das, was du eben gesagt hast.

Da sie merkt, daß ich gekränkt bin, und um den schlechten Eindruck auszubügeln, sagt Katja:

– Gehen wir. Kommen Sie. Hier entlang.

Sie führt mich in ein kleines, sehr gemütliches Zimmerchen und sagt, auf einen Schreibtisch zeigend:

– Da ... Das habe ich für Sie eingerichtet. Hier werden Sie arbeiten. Kommen Sie jeden Tag und bringen Sie Ihre Arbeit mit. Dort zu Hause stört man Sie doch nur. Werden Sie hier arbeiten? Ja?

Um sie mit meiner Absage nicht zu kränken, antworte ich ihr, daß ich bei ihr arbeiten werde und daß mir das Zimmer sehr gefalle. Dann setzen wir uns in dem gemütlichen Zimmerchen und beginnen ein Gespräch.

Die Wärme, die gemütliche Einrichtung und die Anwesenheit eines sympathischen Menschen erwecken in mir heute nicht wie früher das Gefühl des Vergnügens, sondern das heftige Verlangen, mich zu beklagen und zu murren. Aus irgendeinem Grunde scheint mir, wenn ich knurre und mich beklage, würde mir leichter.

– Es steht schlecht, mein Liebes! – beginne ich mit einem Seufzer. – Sehr schlecht ...

– Was meinen Sie?

– Weißt du, worum es geht, meine Freundin. Das schönste und heiligste Recht der Könige ist das Recht auf Begnadigung. Und ich habe mich immer als König gefühlt, denn ich habe von diesem Recht uneingeschränkt Gebrauch gemacht. Ich habe nie gerichtet, war nachsichtig, habe gern nach links und nach rechts allen vergeben. Wo andere protestierten und sich empörten, da habe ich nur geraten und gut zugeredet. Mein Leben lang habe ich mich nur darum bemüht, meine Gesellschaft erträglich zu gestalten für meine Familie, die Studenten, die Kollegen, für die Dienstboten. Und diese meine Beziehung zu den Menschen, weiß ich, hat alle erzogen, die um mich waren. Doch heute bin ich kein König mehr. In mir geht etwas vor, das nur Sklaven eigen ist. Meinen Kopf durchziehen Tag und Nacht böse Gedanken, und in der Seele haben sich

Gefühle ein Nest gewunden, die ich früher nicht kannte. Ich hasse, ich verachte, ärgere, empöre mich, habe Angst. Ich bin heute über die Maßen streng, anspruchsvoll, reizbar, unliebenswürdig, mißtrauisch. Sogar das, was mir früher nur Anlaß war für einen Kalauer und wohlwollend darüber zu lachen, erweckt in mir heute ein bedrückendes Gefühl. Verändert hat sich auch meine Logik: früher habe ich das Geld nur verachtet, heute dagegen hege ich ein böses Gefühl nicht für das Geld, sondern für die Reichen; früher habe ich Gewalt und Willkür gehaßt, heute hasse ich Menschen, die Gewalt anwenden, so als seien allein sie schuld, nicht wir alle, die wir es nicht verstehen, einander zu erziehen. Was bedeutet das? Wenn die neuen Gedanken und neuen Gefühle entstanden sind aus einer Veränderung der Überzeugungen, woher konnte diese Veränderung dann kommen? Ist die Welt etwa schlechter geworden und ich besser, oder war ich früher blind und gleichgültig? Wenn diese Veränderung entstanden ist aus dem Verfall der physischen und geistigen Kräfte – denn ich bin krank und verliere jeden Tag an Gewicht –, so ist meine Lage jämmerlich: denn meine neuen Gedanken sind anomal, ungesund, ich muß mich ihrer schämen und sie für nichtig erachten...

– Die Krankheit hat nichts damit zu tun, – unterbricht mich Katja. – Ihnen sind einfach die Augen aufgegangen; das ist alles. Sie haben gesehen, was Sie früher aus irgendeinem Grunde nicht bemerken wollten. Mir scheint, als erstes müßten Sie endgültig mit Ihrer Familie brechen und weggehen.

– Du redest Unsinn.

– Sie lieben sie doch nicht mehr, warum die Seele verbiegen? Und was ist das schon für eine Familie? Diese Nieten! Wenn die heute sterben, niemand würde morgen ihre Abwesenheit bemerken.

Katja verachtet meine Frau und meine Tochter ebenso heftig, wie diese sie hassen. Wohl kaum kann man in unserer Zeit von einem Recht der Menschen sprechen, sich gegenseitig zu verachten. Wenn man aber Katjas Standpunkt einnimmt und ein solches Recht als gültig anerkennt, sieht man ein, daß sie dasselbe Recht hat, meine Frau und Liza zu verachten, wie diese, sie zu hassen.

– Diese Nieten! – wiederholt sie. – Hat man Ihnen heute etwas zu essen gegeben? Wie kommt es, daß man nicht vergessen hat, Sie zu Tisch zu bitten? Wie kommt es, daß die sich immer noch daran erinnern, daß Sie existieren?

– Katja, – sage ich streng, – ich bitte dich: schweig.

– Meinen Sie, mir macht es Spaß, von denen zu sprechen? Ich wäre froh, sie nie gekannt zu haben. Hören Sie auf mich, mein Lieber: lassen Sie alles stehen und liegen und reisen Sie ab. Reisen Sie ins Ausland. Je eher, desto besser.

– So ein Unsinn! Und die Universität?

– Die Universität auch. Was bedeutet sie Ihnen? Es kommt ja doch nichts Vernünftiges dabei heraus. Seit dreißig Jahren halten Sie Vorlesungen, und wo sind Ihre Schüler? Sind viele berühmte Gelehrte darunter? Zählen Sie sie doch! Und um Ärzte zu vermehren, die die Unwissenheit ausbeuten und Hunderttausende verdienen, dazu braucht man weder Ihr Talent, dazu braucht man nicht einmal ein guter Mensch zu sein. Sie sind überflüssig.

– Mein Gott, bist du schroff! – entsetze ich mich. – Bist du schroff! Schweig, sonst gehe ich! Ich kann auf deine Schroffheiten nicht antworten!

Herein kommt das Stubenmädchen und bittet uns zum Tee. Am Samovar wechselt Gott sei Dank unser Thema. Nachdem ich mich nun beklagt habe, möchte ich einer anderen Schwäche alter Männer freien Lauf lassen – den Erinnerungen. Ich erzähle Katja von meiner Vergangenheit und teile ihr, zu meinem großen Erstaunen, Einzelheiten mit, von denen ich nicht einmal geahnt hätte, daß mein Gedächtnis sie noch aufbewahrt. Sie hört mir voller Rührung, voller Stolz, mit angehaltenem Atem zu. Besonders gern erzähle ich ihr, wie ich damals das Priesterseminar besuchte und davon träumte, zur Universität zu gehen.

– Manchmal gehe ich in unserem Seminargarten spazieren ... – erzähle ich ihr. – Der Wind trägt aus irgendeiner fernen Schenke das Klimpern einer Harmonika und Gesang herbei, oder es jagt am Zaun des Seminars eine Trojka mit Glocken vorüber, – und schon das reicht, daß das Gefühl des Glücks dir plötzlich nicht nur die Brust erfüllt, sondern sogar den Bauch, die Füße, die Hände ... Du hörst die Harmonika oder die verstummenden Glocken, und du selbst siehst dich als Arzt und malst dir Bilder aus – eines schöner als das andere. Und, wie du siehst, meine Träume sind in Erfüllung gegangen. Ich habe mehr bekommen, als ich zu träumen wagte. Dreißig Jahre lang war ich ein beliebter Professor, hatte hervorragende Kollegen, erfreute mich ehrenvoller Berühmtheit. Ich habe geliebt, aus leidenschaftlicher Liebe geheiratet, hatte Kinder. Kurz, wenn ich zurückblicke, so erscheint mir mein ganzes Leben wie eine schöne, mit Talent ausgeführte Komposition. Was mir heute bleibt, ist, das Finale nicht zu verderben. Dazu muß man menschlich sterben. Wenn der Tod tatsächlich eine Gefahr bedeutet, so muß man ihm so begegnen, wie sich das für einen Lehrer, Gelehrten und Bürger eines christlichen Staates geziemt: tapfer und mit ruhiger Seele. Ich dagegen verderbe das Finale. Ich ertrinke, komme zu dir gelaufen, bitte um Hilfe, und du sagst zu mir: ertrinken Sie, so muß es sein.

Doch da ertönt im Flur die Klingel. Katja und ich erkennen ihn und sagen:

– Das muß Michail Fjodorovič sein.

Und tatsächlich, einen Augenblick später kommt mein Kollege herein, der Philologe, Michail Fjodorovič, ein großer, gut gebauter Mann, um die fünfzig, mit dichtem grauen Haar, mit schwarzen Augenbrauen, glattrasiert. Er entstammt einer alten, ziemlich glücklichen und an Talenten reichen Adelsfamilie, die in der Geschichte unserer Literatur und Aufklärung eine bedeutsame Rolle gespielt hat. Er selbst ist klug, hat Talent, ist sehr gebildet, aber nicht frei von Merkwürdigkeiten. Bis zu einem gewissen Grade sind wir alle merkwürdig, sind wir alle Käuze, doch seine Merkwürdigkeiten haben etwas Ausschließliches und nicht Ungefährliches für seine Bekannten. Unter letzteren kenne ich nicht wenige, die über seinen Merkwürdigkeiten seine zahlreichen Vorzüge gar nicht erkennen.

Im Hereinkommen zieht er langsam die Handschuhe aus und sagt mit samtweichem Baß:

– Guten Abend. Sie sind beim Tee? Das trifft sich gut. Es ist höllisch kalt.

Dann setzt er sich an den Tisch, nimmt sich ein Glas und beginnt sofort zu sprechen. Das Charakteristischste an seiner Art zu sprechen ist der unausgesetzt scherzhafte Ton, eine Mischung aus Philosophie und Possenreißerei, wie bei den Shakespeareschen Totengräbern. Er spricht immer von ernsten Dingen, doch nie im Ernst. Seine Urteile sind immer schroff, streitbar, doch dank seinem weichen, gleichmäßigen, scherzhaften Ton klingt es so, daß die Schroffheit und Streitsucht nicht ins Ohr stechen und man sich bald an sie gewöhnt. Jeden Abend bringt er an die fünf-sechs Witze aus dem akademischen Leben mit, und damit beginnt es, wenn er sich an den Tisch setzt.

– Du lieber Gott, – seufzt er, spöttisch die schwarzen Augenbrauen verziehend. – Es gibt schon Komiker auf dieser Welt!

– Wieso? – fragt Katja.

– Komme ich heute von der Vorlesung und treffe auf der Treppe diesen alten Idioten, unseren NN... Er geht wie immer, sein Pferdekinn vorgereckt, und sucht, bei wem er sich beklagen kann über seine Migräne, über seine Frau und die Studenten, die seine Vorlesungen nicht besuchen wollen. Na, denke ich, er hat mich gesehen und jetzt ist es aus, du bist verloren...

Und so weiter in dieser Art. Oder er beginnt so:

– Gestern war ich auf einer öffentlichen Vorlesung unseres ZZ. Ich muß staunen, wie diese unsere alma mater, dem Himmel seis geklagt, der Öffentlichkeit solche Tölpel und patentierte Stumpfköpfe vorführen kann wie diesen ZZ. Er ist doch ein Dummkopf von europäischem Format! Also bitte, noch so einen findet man in ganz Europa nicht mit der Laterne am hellichten Tag! Er liest, stellen Sie sich vor, als würde er Eis lutschen: su – su – su... Hat Lampenfieber, verheddert sich in seinem Manuskript, die kümmerlichen Gedanken bewegen sich kaum vom Fleck, mit der Geschwindigkeit eines Archimandriten auf dem Fahrrad, aber die Hauptsache, man versteht einfach nicht, was er sagen will. Schrecklich, eine Sterbenslangeweile, die Fliegen fallen tot von der Decke. Diese Sterbenslangeweile ist nur mit der zu vergleichen, die in der Aula auf dem Jahresfestakt herrscht, wenn die Traditionsrede gehalten wird, der Teufel soll sie holen.

Und sofort ein schroffer Übergang:

– Vor etwa drei Jahren, Nikolaj Stepanovič wird sich erinnern, habe ich diese Rede halten müssen. Es ist heiß, schwül, die Uniform drückt in den Achselhöhlen – man möchte tot umfallen. Ich lese eine halbe Stunde, eine Stunde, anderthalb Stunden, zwei Stunden... »Na, denke ich, Gott sei Dank, es sind nur noch zehn Seiten.« Doch zum Schluß hatte ich vier Seiten, die waren so, daß man sie überhaupt nicht hätte zu lesen brauchen, und ich dachte, sie wegzulassen. Bleiben also, denke ich, nur noch sechs. Aber stellen Sie sich vor, ich blicke flüchtig nach vorn und sehe: in der ersten Reihe sitzen nebeneinander ein General mit Ordensband und ein Bischof. Die Ärmsten sind vor Langeweile versteinert, reißen, um nicht einzuschlafen, die Augen auf und versuchen trotzdem, Aufmerksamkeit zu heucheln und den Anschein zu erwekken, als verstünden sie meine Rede, als gefiele sie ihnen. Na, denke ich, wenn es euch so gefällt, dann wartet! Nun gerade! Also habe ich die vier Seiten auch noch gelesen.

Wenn er spricht, lächeln bei ihm, wie allgemein bei spöttischen Menschen, nur die Augen und Augenbrauen. In seinen Augen ist dabei weder Haß noch Bosheit, aber viel Witz und jene besondere Schläue des Fuchses, die nur bei Menschen zu bemerken ist, die sehr scharf beobachten. Wenn man weiter von seinen Augen sprechen wollte, so habe ich noch eine weitere Besonderheit an ihnen bemerkt. Wenn er von Katja das Glas entgegennimmt oder einer ihrer Bemerkungen zuhört oder ihr mit dem Blick folgt, wenn sie, um etwas zu holen, kurz das Zimmer verläßt, so bemerke ich in seinem Blick etwas Sanftes, Bittendes, Reines...

Das Stubenmädchen räumt den Samovar ab und stellt auf den Tisch ein großes Stück Käse, Obst und eine Flasche Krimsekt, ziemlich schlechter Alkohol, den Katja lieben gelernt hat, als sie auf der Krim lebte. Michail Fjodorovič nimmt von einer Etagere zwei Kartenspiele und legt eine Patience. Seiner Überzeugung nach erfordern bestimmte Patiencen großen Einfallsreichtum und Aufmerksamkeit, dennoch hört er, während er sie legt, nicht auf, sich durch Gespräche zu unterhalten. Katja folgt dem Fallen der Karten aufmerksam und hilft ihm eher mimisch als mit Worten. An Alkohol trinkt sie während des ganzen Abends höchstens zwei Gläser, ich ein Viertelglas; der restliche Teil der Flasche entfällt auf Michail Fjodorovič, der viel trinken kann und nie betrunken wird.

Während der Patience lösen wir verschiedene Fragen, vornehmlich höherer Ordnung, wobei das meiste dasjenige abbekommt, was wir am meisten lieben – die Wissenschaft.

– Die Wissenschaft hat sich Gott sei Dank überlebt, – sagt Michail Fjodorovič mit Unterbrechungen. – Sie ist am Ende. Jawohl. Die Menschheit verspürt bereits das Bedürfnis, sie durch etwas anderes zu ersetzen. Großgeworden aufgrund von Vorurteilen, durch Vorurteile ernährt, bildet sie heute dieselbe Quintessenz aus Vorurteilen wie ihre überlebten Großmütter: die Alchemie, Metaphysik und Philosophie. Und wirklich, was hat sie den Menschen schon gebracht? Zwischen den Gelehrten Europas und den Chinesen, die keinerlei Wissenschaften haben, ist der Unterschied gleich Null, rein äußerlich. Die Chinesen kannten keine Wissenschaft, doch was ist ihnen dadurch entgangen?

– Auch die Fliegen kennen keine Wissenschaft, – sage ich, – aber was folgt daraus?

– Sie sollten nicht gleich böse werden, Nikolaj Stepanyč. Ich sage das nur hier, unter uns ... Ich bin vorsichtiger, als Sie denken, öffentlich würde ich das nie sagen, Gott bewahre! In der Masse lebt das Vorurteil, Wissenschaften und Künste stünden höher als Landwirtschaft und Handel, höher als das Handwerk. Unsere Sekte ernährt sich von diesem Vorurteil, also werden nicht wir es zerstören. Gott bewahre!

Während der Patience bekommt auch die Jugend ihr Fett ab.

– Kleinsinnig ist unser Publikum heute, – seufzt Michail Fjodorovič. – Ich spreche gar nicht von Idealen usw., wenn sie wenigstens vernünftig arbeiten und denken könnten! Es ist schon wahr: »Voll Trauer blicke ich auf unsre Zeitgenossen.«

– Kleinsinnig, jawohl, – pflichtet Katja ihm bei. – Sagen Sie, hat es bei Ihnen in den letzten fünf-sechs Jahren auch nur einen herausragenden Studenten gegeben?

– Ich weiß nicht, wie es bei anderen Professoren steht, aber bei mir – nicht daß ich wüßte.

– Ich habe in meinem Leben viele Studenten gesehen, viele von Ihren jungen Gelehrten, viele Schauspieler ... Und? Ich hatte nicht das Glück, je auch nur einem Helden oder einem Talent zu begegnen, nicht einmal einem einfach nur interessanten Menschen. Alles grau, unbegabt, aufgeblasen, prätentiös ...

Alle diese Gespräche über die Kleinsinnigkeit machen auf mich jedesmal den Eindruck, als hätte ich versehentlich einem schlechten Gespräch über meine Tochter zugehört. Mich kränkt, daß die Anschuldigungen pauschal sind und aufbauen auf solch abgedroschenen Gemeinplätzen, solch Schreckgespenstern wie Kleinsinn, dem Fehlen von Idealen oder der Berufung auf die schöne Vergangenheit. Jede Anschuldigung, selbst wenn man sie in Gegenwart von Damen erhebt, muß mit größtmöglicher Genauigkeit formuliert werden, sonst ist sie keine Anschuldigung, sondern lediglich üble Nachrede, die anständiger Menschen unwürdig ist.

Ich bin ein alter Mann, seit dreißig Jahren im Dienst, doch weder bemerke ich Kleinsinn noch das Fehlen von Idealen, und ich kann nicht finden, daß es heute schlechter sei als früher. Mein Diener Nikolaj, dessen Erfahrung im gegebenen Falle von Wert ist, sagt, die Studenten von heute seien nicht besser und nicht schlechter als früher.

Wenn man mich fragte, was mir an meinen heutigen Schülern mißfällt, so würde ich darauf nicht sofort und auch nicht viel antworten, dafür aber mit hinreichender Genauigkeit. Ihre Mängel kenne ich und sehe deshalb keine Notwendigkeit, mich in den Nebel von Gemeinplätzen zu flüchten. Mir mißfällt, daß sie Tabak rauchen, alkoholische Getränke zu sich nehmen und spät heiraten; daß sie sorglos und oft in einem Maße gleichgültig sind, daß sie in ihrer Mitte Menschen dulden, die hungern, und daß sie ihre Schulden an das Studentenhilfswerk nicht zahlen. Sie können keine neuen Sprachen und drücken sich im Russischen unrichtig aus; erst gestern beklagte sich mein Kollege, der Hygieniker, bei mir, er müsse doppelt so lange lesen, denn sie wüßten wenig von Physik und absolut nichts von Meteorologie. Sie erliegen gern dem Einfluß der Schriftsteller der jüngsten Zeit, nicht einmal der besten, und sind absolut gleichgültig gegenüber Klassikern wie zum Beispiel Shakespeare, Marc Aurel, Epiktet oder Pascal, und in diesem Unvermögen, das Große vom Kleinen zu unterscheiden, äußert sich am ehesten ihre Lebensuntüchtigkeit. Alle schwierigen Fragen, die mehr oder minder gesellschaftlichen Charakter besitzen (zum Beispiel die der

Umsiedelung), lösen sie mit Unterschriftenlisten, aber nicht auf dem Wege der wissenschaftlichen Forschung und Erfahrung, obwohl ihnen dieser Weg offensteht und ihrer Bestimmung am ehesten entspräche. Sie werden gern Stationsärzte, Assistenten, Laboranten, Externe und sind bereit, diese Stellen bis zum vierzigsten Lebensjahr einzunehmen, obwohl Selbständigkeit, das Gefühl der Freiheit und persönliche Initiative in der Wissenschaft nicht weniger gebraucht werden als zum Beispiel in Kunst oder Handel. Ich habe Schüler und Hörer, aber keine Gehilfen und Nachfolger, und dafür liebe ich sie und bin gerührt, aber bin nicht stolz auf sie. Usw., usw...

Derartige Mängel, so viele es immer sein mögen, können eine pessimistische oder aggressive Stimmung nur in einem kleinmütigen und verzagten Menschen erzeugen. Sie alle besitzen zufälligen und vorübergehenden Charakter und befinden sich in völliger Abhängigkeit von den Lebensbedingungen: es reicht ein einziges Jahrzehnt, damit sie verschwinden oder ihren Platz anderen, neuen Mängeln abtreten, die es immer geben wird und die ihrerseits die Kleinmütigen erschrecken werden. Die studentischen Sünden ärgern mich oft, doch dieser Ärger ist nichts im Vergleich zu der Freude, die ich nun schon seit dreißig Jahren erfahre, wenn ich mit meinen Schülern rede, Vorlesung halte, mir ihre Verhältnisse anschaue und sie vergleiche mit Menschen, die nicht zu ihrem Kreis gehören.

Michail Fjodorovič lästert weiter, Katja hört zu, und beide bemerken nicht, in welch tiefen Abgrund sie ihre scheinbar unschuldige Unterhaltung, wie es die Verurteilung ihrer Nächsten ist, nach und nach hinabzieht. Sie spüren nicht, wie ein einfaches Gespräch allmählich in Hohn und in Spott übergeht und wie beide beginnen, sogar zu Methoden der Verleumdung zu greifen.

– Lächerliche Subjekte gibt es, – sagt Michail Fjodorovič. – Gestern komme ich zu unserm Egor Petrovič und treffe dort einen Studiosus, von Ihren Medikern, drittes Studienjahr, glaube ich. So ein Gesicht... im Stil Dobroljubovs, auf der Stirn das Siegel des Tiefsinns. Wir kommen ins Gespräch. »Es gibt merkwürdige Dinge, junger Mann, sage ich. Ich habe gelesen, irgendein Deutscher – den Namen habe ich vergessen – soll aus dem menschlichen Gehirn ein neues Alkaloid gewonnen haben – das Idiotin.« Und was meinen Sie? Er hat es geglaubt, und auf seinem Gesicht erschien sogar Hochachtung: Was sind wir doch für Kerle! Neulich komme ich ins Theater. Setze mich. In der Reihe davor, direkt vor mir, sitzen zwei: einer von »unsere Loit« und offenbar Jurist, der andere ein zottiger Medikus. Der Medikus betrunken wie ein Schuster. Auf das Bühnengeschehen – null Aufmerksamkeit. Dämmert vor sich hin und nickt im Schlaf. Aber kaum trägt ein Schauspieler einen Monolog etwas lauter vor oder hebt nur einfach die Stimme, zuckt mein Medikus zusammen, stößt seinen Nachbarn an und fragt: »Was sagt er? Ist es e-edelmütig??« – »Ja, edelmütig«, – antwortet der von »unsere Loit«. – »Brrravo!« Er, der betrunkene Trottel, ist also nicht der Kunst wegen ins Theater gekommen, sondern wegen des Edelmuts. Er braucht Edelmut.

Katja hört zu und lacht. Ihr Gelächter ist irgendwie merkwürdig: Ein- und Ausatmen folgen schnell und rhythmisch aufeinander – so als spiele sie Harmonika – dabei lachen in ihrem Gesicht nur die Nasenflügel. Ich dagegen bin verstimmt und weiß nicht, was ich sagen soll. Außer mir, fahre ich aus der Haut, springe von meinem Platz auf und schreie:

– Schweigt endlich! Was sitzt ihr hier wie zwei Kröten und vergiftet mit eurem Atem die Luft? Es reicht!

Und ohne abzuwarten, bis sie mit ihrem Geläster zu Ende sind, schicke ich mich an, nach Hause zu gehen. Es ist auch schon Zeit: es geht auf elf.

– Ich bleibe noch ein Weilchen sitzen, – sagt Michail Fjodorovič. – Erlauben Sie, Ekatarina Vladimirovna?

– Ich erlaube, – antwortet Katja.

– Bene. In diesem Falle lassen Sie noch ein Fläschchen bringen.

Beide begleiten mich mit Kerzen auf den Flur, und während ich den Pelz anziehe, sagt Michail Fjodorovič:

– Sie sind in letzter Zeit schrecklich abgemagert und gealtert, Nikolaj Stepanovič. Was haben Sie? Sind Sie krank?

– Ja, ich bin ein bißchen krank.

– Und läßt sich nicht behandeln... – setzt Katja mürrisch hinzu.

– Wieso lassen Sie sich nicht behandeln? Wie kann man nur? Weise Hut erhält das Gut, mein Lieber. Grüßen Sie die Ihren und entschuldigen Sie, daß ich sie nie besuche. Dieser Tage, vor meiner Abreise ins Ausland, komme ich mich verabschieden. Unbedingt! Ich reise nächste Woche.

Ich verlasse Katja, gereizt, erschrocken vom Gespräch über meine Krankheit und unzufrieden mit mir selbst. Ich frage mich: sollte ich mich nicht tatsächlich von einem meiner Kollegen behandeln lassen? Und sofort stelle ich mir vor, wie der Kollege, nachdem er mich abgehorcht hat, schweigend ans Fenster tritt, nachdenkt, dann zu mir zurückkommt und, bemüht, daß ich in seinem Gesicht nicht die Wahrheit lese, in gleichgültigem Tone sagt: »Vorläufig sehe ich nichts Besonderes, aber dennoch, collega, würde ich Ihnen raten, die Lehrtätigkeit aufzugeben«... Und dies nähme mir die letzte Hoffnung.

Wer hätte keine Hoffnungen? Heute, da ich mir selbst die Diagnose stelle und mich selbst behandle, hoffe ich von Zeit zu Zeit, daß meine Unwissenheit mich täuscht, daß ich mich irre in bezug auf das Eiweiß und den Zucker, die ich bei mir finde, wie auch in bezug auf das Herz und auf die Geschwülste, die ich schon zweimal morgens an mir festgestellt habe; wenn ich mit dem Eifer des Hypochonders die Therapielehrbücher wälze und täglich die Arznei wechsle, meine ich immer, ich könnte auf etwas Tröstliches stoßen. Kleinlich ist das alles.

Ist der Himmel wolkenverhangen oder strahlen an ihm der Mond und die Sterne, jedesmal, wenn ich zurückkehre, blicke ich zu ihm auf und denke daran, daß mich bald der Tod hinwegraffen wird. Es scheint, in solch einem Augenblick sollten meine Gedanken tief sein wie der Himmel, klar und überwältigend... Aber nein! Ich denke an mich selbst, an meine Frau, Liza, Gnekker, an die Studenten, überhaupt an Menschen; ich denke schlecht, kleinlich, heuchle vor mir selbst, und dabei kann meine Weltanschauung in die Worte gefaßt werden, die der berühmte Arakčeev in einem seiner intimen Briefe geschrieben hat: »Alles Gute auf der Welt kann nicht sein ohne das Schlechte, und es gibt immer mehr Böses als Gutes.« Das heißt, alles ist widerlich, es ist sinnlos zu leben, und die zweiundsechzig Jahre, die gelebt sind, sollte man als verloren ansehen. Ich ertappe mich bei diesen Gedanken und versuche, mich davon zu überzeugen, daß sie zufällig und vorübergehend sind und nicht in meinem tiefsten Inneren sitzen, doch sofort denke ich:

»Wenn das so ist, warum zieht es dich dann jeden Abend hin zu diesen zwei Kröten?«

Und ich gebe mir das Wort, nie mehr zu Katja zu gehen, obwohl ich weiß, daß ich schon morgen wieder zu ihr gehen werde.

Wenn ich an meiner Tür die Klingel ziehe und dann die Treppe hinaufsteige, spüre ich, daß ich keine Familie mehr habe und auch nicht den Wunsch, sie zurückzuholen. Es ist klar, daß die neuen, arakčeevschen Gedanken nicht zufällig und nicht vorübergehend in meinem Innern sitzen, sondern mein ganzes Wesen beherrschen. Mit wehem Gewissen, niedergeschlagen, träge, kaum die Glieder bewegend, als hätte ich tausend Pud zugenommen, lege ich mich ins Bett und schlafe bald ein.

Danach – Schlaflosigkeit.

IV

Der Sommer bricht an, das Leben ändert sich.

Eines schönen Morgens kommt Liza zu mir herein und sagt in scherzhaftem Ton:

– Kommen Sie, Euer Exzellenz. Es ist soweit.

Man führt meine Exzellenz auf die Straße, setzt sie in eine Droschke und fährt sie weg. Ich fahre und lese aus Langeweile die Aushängeschilder von rechts nach links. Aus dem Wort »Traktir« wird »Ritkart«. Das würde für den Namen einer Baronsfamilie passen: Baronesse von Ritkart. Weiter fahre ich über freies Feld an einem Friedhof vorbei, der auf mich keinerlei Eindruck macht, obwohl ich bald auf ihm liegen werde; dann fahre ich durch Wald und wieder über Feld. Nichts Interessantes. Nach zweistündiger Fahrt führt man meine Exzellenz in die untere Etage des Sommerhauses und bringt sie unter in einem kleinen, sehr heiteren Zimmerchen mit blauen Tapeten.

Nachts wie früher Schlaflosigkeit, doch morgens bin ich nicht munter und höre nicht auf meine Frau, sondern liege im Bett. Ich schlafe nicht, sondern erlebe einen Dämmerzustand, das Halbvergessen, wo man weiß, daß man nicht schläft, aber Träume sieht. Mittags stehe ich auf und setze mich wie gewohnt an meinen Tisch, aber ich arbeite nicht mehr, sondern unterhalte mich mit französischen Broschüren in gelbem Einband, die Katja mir schickt. Natürlich wäre es patriotischer, russische Autoren zu lesen, aber ich hege, zugegeben, keine sonderliche Neigung für sie. Zwei-drei Alte ausgenommen, erscheint mir die gesamte moderne Literatur nicht als Literatur, sondern als eine Art Heimindustrie, die nur dazu geschaffen ist, um sie zu ermuntern, deren Erzeugnisse man aber ungern benutzt. Das Beste dieser Heimarbeitserzeugnisse kann man nicht bemerkenswert nennen, man kann es nicht aufrichtig loben ohne *aber*; dasselbe müßte man auch über alle Neuerscheinungen sagen, die ich in den letzten zehn bis fünfzehn

Jahren gelesen habe; keine einzige bemerkenswert, ohne *aber* kommt man nicht aus. Klug, edelmütig, aber ohne Talent; talentiert, edelmütig, aber nicht klug, oder schließlich talentiert, klug, aber nicht edelmütig.

Ich will nicht sagen, die französischen Broschüren seien sowohl talentiert als auch klug und edelmütig. Auch sie befriedigen mich nicht. Aber sie sind weniger langweilig als die russischen, und in ihnen ist es keine Seltenheit, daß man das wichtigste Element des Schöpferischen findet – das Gefühl der persönlichen Freiheit, das russische Autoren nicht haben. Ich erinnere mich an keine einzige Neuerscheinung, in der der Autor nicht von der ersten Seite an versucht hätte, sich in alle möglichen Vereinbarungen und Verträge mit seinem Gewissen zu verstricken. Der eine fürchtet sich, vom nackten Körper zu sprechen, der andere fesselt sich an Händen und Füßen mit der psychologischen Analyse, der dritte braucht ein »warmes Verhältnis zum Menschen«, der vierte beschmiert absichtlich ganze Seiten mit Naturbeschreibungen, um nicht der Tendenzschriftstellerei verdächtigt zu werden... Der eine will in seinen Werken unbedingt Kleinbürger sein, der andere unbedingt Adeliger usw. Vorsätzlichkeit, Vorsicht, Berechnung, aber weder die Freiheit noch den Mut zu schreiben, wie man möchte, also auch nichts Schöpferisches.

All das bezieht sich auf die sogenannte schöne Literatur.

Was hingegen die russischen seriösen Aufsätze angeht, zum Beispiel über die Soziologie, die Kunst usw., so lese ich sie einfach aus einer Scheu nicht. In meiner Kindheit und Jugend hegte ich aus irgend einem Grunde eine fremde Angst vor Portiers und Logenschließern in den Theatern, und diese Angst ist mir bis heute geblieben. Man sagt, Angst errege das, was unbegreiflich ist. Und tatsächlich ist sehr schwer zu begreifen, wieso Portiers und Logenschließer derart wichtigtuerisch, überheblich und auf herablassende Weise unhöflich sind. Bei der Lektüre ernster Aufsätze verspüre ich genau dieselbe unbestimmte

Angst. Die außerordentliche Wichtigkeit, der spielerische Generalston, der familiäre Umgang mit ausländischen Autoren, das Vermögen, voller Würde leeres Stroh zu dreschen – all das ist mir unbegreiflich, macht mir Angst und all das hat nichts gemein mit Bescheidenheit und dem Ton des Gentlemans, an den ich gewöhnt bin, wenn ich unsere schriftstellernden Ärzte und Naturforscher lese. Nicht nur Aufsätze, es fällt mir sogar schwer, Übersetzungen zu lesen, die von seriösen Russen angefertigt oder redigiert worden sind. Der hochnäsige, wohlwollende Ton der Vorworte, die Unmenge an Anmerkungen des Übersetzers, die mich in meiner Konzentration stören, die Fragezeichen und sic! in Klammern, vom Übersetzer freigebig über den ganzen Text oder das Buch verstreut, sie erscheinen mir als Anschlag auf die Person des Autors wie auch auf meine Selbständigkeit als Leser.

Einmal war ich als Experte vors Kreisgericht geladen; in einer Pause machte mich einer meiner Expertenkollegen aufmerksam auf das grobe Verhalten des Staatsanwalts gegenüber den Angeklagten, unter denen zwei intelligente Frauen waren. Mir scheint, ich habe durchaus nicht übertrieben, wenn ich meinem Kollegen antwortete, daß dieses Verhalten nicht gröber sei als dasjenige, das die Autoren seriöser Aufsätze untereinander an den Tag legen. Tatsächlich ist dieses Verhalten derart grob, daß man darüber nur mit einem bedrückten Gefühl sprechen kann. Untereinander und gegenüber Autoren, die sie kritisieren, verhalten sie sich entweder allzu ehrfürchtig, ohne die eigene Würde zu wahren, oder aber sie traktieren sie im Gegenteil bei weitem kühner als ich in diesen Aufzeichnungen und Gedanken meinen künftigen Schwiegersohn Gnekker. Anschuldigungen wie die der Unzurechnungsfähigkeit, der unlauteren Absichten und sogar jeder Art krimineller Handlungen bilden den gewohnten Zierat seriöser Aufsätze. Und das ist, wie sich in ihren Aufsätzen die jungen Ärzte gern ausdrücken – die ultima ratio! Solche Verhältnisse müssen sich unweigerlich widerspiegeln in den Sitten der jungen Autoren-Generation, und deshalb staune ich nicht im mindesten, daß in den Neuerscheinungen, die unsere schöne Literatur in den letzten zehn bis fünfzehn Jahren hervorgebracht hat, die Helden viel Vodka trinken und die Heldinnen nicht keusch genug sind.

Ich lese die französischen Broschüren und blicke zum Fenster hinaus, das offensteht; zu sehen sind für mich die Spitzen meines Staketenzauns, zwei-drei schmächtige Bäumchen, und jenseits des Staketenzauns die Straße, das Feld, dahinter ein breiter Streifen Nadelwalds. Oft ergötze ich mich daran, wie zwei Kinder, ein Junge und ein Mädchen, beide weißblond und zerlumpt, auf den Staketenzaun klettern und über meine Glatze lachen. In ihren Glitzeraugen lese ich: »Komm herauf, Kahlkopf!« Das sind wohl die einzigen Menschen, die mit allem nichts zu tun haben, weder mit meiner Berühmtheit, noch mit meinem Rang.

Besuch bekomme ich jetzt nicht jeden Tag. Erwähnen will ich nur die Besuche von Nikolaj und Pjotr Ignatjevič. Nikolaj kommt für gewöhnlich an den Feiertagen zu mir, unter dem Vorwand des Dienstlichen, aber eher, um mich zu sehen. Er kommt stark angeheitert, was ihm sonst im Winter nie unterläuft.

– Was hast du mir zu sagen? – frage ich, zu ihm auf den Flur tretend.

– Euer Exzellenz! – sagt er, die Hand aufs Herz gedrückt, und blickt mich an mit der Begeisterung eines Verliebten. – Euer Exzellenz! Strafe mich Gott! Erschlage mich auf der Stelle der Donner! Gaudeamus igitur juvenestus!

Und er küßt mich gierig auf die Schultern, die Ärmel, die Knöpfe.

– Ist bei uns alles wohlauf? – frage ich ihn.

– Euer Exzellenz! Wie vor dem wahrhaftigen...

Er kann es nicht lassen, ohne Notwendigkeit bei Gott zu

schwören, langweilt mich bald, und ich schicke ihn in die Küche, wo man ihm etwas zu essen gibt. Pjotr Ignatjevič kommt ebenfalls an den Feiertagen zu mir, speziell, um sich nach mir zu erkundigen und Gedanken mit mir auszutauschen. Gewöhnlich sitzt er bei mir am Tisch, bescheiden, reinlich, besonnen, ohne zu wagen, ein Bein über das andere zu schlagen oder den Ellbogen aufzustützen; die ganze Zeit erzählt er mir mit leisem gleichmäßigen Stimmchen, glatt und druckreif verschiedene, seiner Meinung nach sehr interessante und pikante Neuigkeiten, die er aus Zeitschriften und Broschüren herausgelesen hat. Alle diese Neuigkeiten sind einander ähnlich und lassen sich zurückführen auf den einen Typus: ein Franzose hat eine Entdeckung gemacht, ein anderer – ein Deutscher – hat ihn bloßgestellt, indem er bewies, daß diese Entdeckung schon 1870 von einem Amerikaner gemacht wurde, und ein Dritter – ebenfalls ein Deutscher – hat beide überführt, indem er bewies, daß beide sich blamiert haben, weil sie Luftbläschen unter dem Mikroskop für dunkles Pigment gehalten hätten. Selbst wenn Pjotr Ignatjevič mich zum Lachen bringen will, erzählt er langatmig, umständlich, so als verteidige er seine Dissertation, mit detaillierter Angabe der literarischen Quellen, die er benutzt hat, bemüht, sich weder im Datum zu irren, noch in der Nummer der Zeitschrift, noch bei Namen, wobei er nicht einfach Petit sagt, sondern unbedingt Jean-Jacques Petit. Manchmal bleibt er zum Essen bei uns, und dann erzählt er während des ganzen Essens dieselben pikanten Histörchen noch einmal, womit er die ganze Gesellschaft am Tisch in Trübsinn stürzt. Wenn Gnekker und Liza in seiner Gegenwart das Gespräch auf Fugen und Kontrapunkte, auf Brahms und Bach bringen, schlägt er bescheiden die Augen nieder und wird verlegen; er ist beschämt, daß in Anwesenheit solch seriöser Menschen wie mir und ihm über solche Trivialitäten gesprochen wird.

Bei meiner derzeitigen Stimmung reichen fünf Minuten,

daß er mir derart auf die Nerven geht, als sähe und hörte ich ihn schon eine ganze Ewigkeit. Ich hasse den armen Schlucker. Seine leise, gleichmäßige Stimme und seine Büchersprache machen mich krank, seine Erzählungen stumpfen mich ab... Er hegt mir gegenüber die besten Gefühle und spricht mit mir nur, um mir ein Vergnügen zu bereiten, und ich zahle es ihm zurück, indem ich ihn anstarre, als wollte ich ihn hypnotisieren, und denke: »Geh, geh, geh...« Doch er ist unempfindlich für Gedankenübertragung und sitzt, sitzt, sitzt...

Solange er bei mir sitzt, kann ich den Gedanken einfach nicht loswerden: »Sehr gut möglich, wenn ich sterbe, daß man dann ihn an meine Stelle setzen wird«, und mein armer Hörsaal erscheint mir als eine Oase, in der der Bach ausgetrocknet ist, und ich bin Pjotr Ignatjevič gegenüber unliebenswürdig, schweigsam, mürrisch, so als sei an derartigen Gedanken er schuld, nicht ich selbst. Wenn er, wie gewohnt, beginnt, die deutschen Gelehrten in den Himmel zu heben, scherze ich nicht mehr wohlwollend wie früher, sondern brumme mürrisch:

– Esel sind Ihre Deutschen...

Das erinnert daran, wie der verstorbene Professor Nikita Krylov, als er einmal mit Pirogov in Reval badete und dem Wasser zürnte, das sehr kalt war, anfing zu schimpfen: »Schurken sind die Deutschen!« Ich benehme mich schlecht Pjotr Ignatjevič gegenüber, und erst, wenn er geht und ich sehe, wie im Fenster, jenseits des Staketenzauns, sein grauer Hut auftaucht, möchte ich ihn rufen, um ihm zu sagen: »Verzeih mir, mein Bester!«

Das Essen verläuft noch langweiliger als im Winter. Derselbe Gnekker, den ich inzwischen hasse und verachte, sitzt fast jeden Tag bei mir am Tisch. Früher habe ich seine Anwesenheit schweigend ertragen, heute dagegen lasse ich an seine Adresse Spitzen los, die meine Frau und Liza zwingen zu erröten. Im bösen Gefühl befangen, sage ich oft einfach Dummheiten und weiß nicht, wozu ich sie sage. So kam es einmal, ich schaute Gnekker lange mit Verachtung an und platzte aus heiterem Himmel heraus:

Wie leicht kann sich der Adler unter Hühnern zeigen,
Doch niemals wird ein Huhn bis zu den Wolken steigen . . .

Und das Ärgerlichste ist, daß das Huhn Gnekker sich als bei weitem klüger erweist als der Adler-Professor. Da er weiß, daß meine Frau und Tochter auf seiner Seite stehen, hält er sich an diese Taktik: er antwortet auf meine Spitzen mit nachsichtigem Schweigen (ist übergeschnappt, der Alte – was sollst du mit ihm reden?) oder er scherzt wohlwollend über mich. Man muß staunen, bis zu welchem Grade kleinlich der Mensch werden kann! Ich bin imstande, im Verlauf des ganzen Essens davon zu träumen, wie Gnekker sich als Abenteurer erweisen, wie Liza und meine Frau ihren Irrtum einsehen werden und wie ich sie dann hänseln werde – und derart unsinnige Träume zu einem Zeitpunkt, da ich mit einem Bein bereits im Grabe stehe!

Es kommt heute auch zu Mißverständnissen, die ich früher nur vom Hörensagen kannte. So peinlich es mir ist, aber ich will eines davon beschreiben, das sich vor einigen Tagen nach dem Essen ereignet hat.

Ich sitze bei mir im Zimmer und rauche mein Pfeifchen. Hereinkommt, wie gewöhnlich, meine Frau, setzt sich und beginnt darüber zu sprechen, wie schön es jetzt wäre, solange es warm ist und man frei hat, nach Charkov zu fahren und sich zu erkundigen, was für ein Mensch unser Gnekker ist.

– Gut, ich werde fahren... – stimme ich zu.

Meine Frau, mit mir zufrieden, steht auf und geht zur Tür, kommt aber sofort zurück und sagt:

– Übrigens noch eine Bitte. Ich weiß, du wirst jetzt böse werden, aber es ist meine Pflicht, dich zu warnen... Entschuldige, Nikolaj Stepanyč, aber alle unsere Bekannten und Nachbarn reden schon darüber, daß du so oft bei Katja verkehrst. Sie ist klug, gebildet, ich bestreite es nicht, mit ihr ist es angenehm, die Zeit zu verbringen, aber in deinem Alter und in deiner gesellschaftlichen Stellung ist es, weißt du, irgendwie merkwürdig, Vergnügen an ihrer Gesellschaft zu finden ... Außerdem steht sie in einem Ruf...

Alles Blut weicht mir plötzlich aus dem Gehirn, aus den Augen sprühen Funken, ich springe auf, fasse mir an den Kopf und schreie, mit den Füßen aufstampfend, mit einer Stimme, die nicht die meine ist:

– Laßt mich! Laßt mich! Laßt mich!

Wahrscheinlich ist mein Gesicht furchterregend, meine Stimme merkwürdig, denn meine Frau erbleicht plötzlich und schreit laut auf, ebenfalls mit einer verzweifelten Stimme, die nicht die ihre ist. Auf unser Geschrei hin stürzen Liza, Gnekker, dann Egor herein...

– Laßt mich! – schreie ich. – Raus! Laßt mich!

Meine Beine werden taub, so als hätte ich keine, ich spüre, wie ich in jemandes Arme falle, dann höre ich kurz ein Weinen und versinke in einer Ohnmacht, die zwei-drei Stunden anhält.

Jetzt zu Katja. Sie kommt jeden Tag gegen Abend zu mir, und das kann natürlich weder den Nachbarn noch den Bekannten verborgen bleiben. Sie kommt für einen Augenblick und entführt mich zu einer Spazierfahrt. Sie hat ihr eigenes Pferd und einen neuen Bankwagen, in diesem Sommer gekauft. Überhaupt lebt sie auf großem Fuß: sie hat als Sommerhaus eine teure Villa mit einem großen Garten gemietet und ihre gesamte städtische Einrichtung mitgebracht, hält zwei Stubenmädchen, einen Kutscher... Oft frage ich sie:

– Katja, wovon willst du leben, wenn du das Geld deines Vaters durchgebracht hast?

– Das sehen wir dann, – antwortet sie.

– Dieses Geld, liebe Freundin, verdient seriöseren Umgang. Ein guter Mensch hat es erworben, durch ehrliche Arbeit.

– Das sagten Sie mir bereits. Ich weiß.

Zuerst fahren wir übers Feld, dann durch den Nadelwald,

der von meinem Fenster aus zu sehen ist. Die Natur erscheint mir wie früher schön, obwohl der Dämon mir zuflüstert, daß alle diese Kiefern und Fichten, Vögel und weißen Wolken am Himmel in drei oder vier Monaten, wenn ich sterbe, meine Abwesenheit nicht bemerken werden. Katja gefällt es, das Pferd zu lenken, und es ist angenehm, daß das Wetter schön ist und ich neben ihr sitze. Sie hat gute Laune und sagt keine Schroffheiten.

– Sie sind ein sehr guter Mensch, Nikolaj Stepanyč, – sagt sie. – Sie sind ein seltenes Exemplar, und es gibt den Schauspieler nicht, der Sie spielen könnte. Mich oder, zum Beispiel, Michail Fjodorovič kann sogar ein schlechter Schauspieler spielen, Sie dagegen niemand. Und ich beneide Sie, beneide Sie schrecklich! Denn was bin ich schon? Was?

Sie überlegt einen Augenblick und fragt mich:

– Nikolaj Stepanyč, ich bin doch eine negative Erscheinung? Ja?

– Ja, – antworte ich.

– Hm... Und was soll ich tun?

Was soll ich antworten? Es ist leicht zu sagen, »arbeite«, oder »gib dein Vermögen den Armen«, oder: »erkenne dich selbst«, und weil das so leicht zu sagen ist, weiß ich nicht, was ich antworten soll.

Meine Kollegen, die Therapeuten, wenn sie Behandlungsmethoden unterrichten, raten, jeden Einzelfall zu »individualisieren«. Man muß diesen Rat beherzigen, um zu sehen, daß die Mittel, die in den Lehrbüchern als die besten und für die Schablone tauglichsten empfohlen werden, sich in Einzelfällen als völlig untauglich erweisen. Dasselbe gilt auch für moralische Leiden.

Aber etwas antworten muß ich, also sage ich:

– Du, liebe Freundin, hast zu viel freie Zeit. Du mußt dich mit etwas beschäftigen. Warum willst du nicht wirklich wieder Schauspielerin sein, wenn das deine Berufung ist?

– Ich kann nicht.

– Du hast einen Ton und eine Art, als wärst du ein Opfer. Das gefällt mir nicht, liebe Freundin. Du bist selbst schuld. Erinnere dich, du hast damit begonnen, böse zu sein auf die Menschen und Zustände, aber du hast nichts getan, damit die einen wie die anderen sich bessern. Du hast gegen das Böse nicht gekämpft, sondern bist müde geworden, und du bist nicht das Opfer eines Kampfes, sondern deiner Kraftlosigkeit. Natürlich, damals warst du jung, unerfahren, heute könnte alles anders sein. Wirklich, geh zurück! Du wirst dich mühen, der heiligen Kunst dienen...

– Keine Winkelzüge, Nikolaj Stepanyč, – unterbricht mich Katja. – Lassen Sie uns ein für alle Male verabreden: wir können über Schauspieler sprechen, über Schauspielerinnen, Schriftsteller, aber die Kunst wollen wir in Ruhe lassen. Sie sind ein sehr guter, ein seltener Mensch, aber Sie verstehen zu wenig von Kunst, um sie reinen Gewissens für heilig zu halten. Für die Kunst haben Sie weder Gespür noch Gehör. Ihr ganzes Leben waren Sie beschäftigt, Sie hatten nicht die Zeit, dieses Gespür zu erwerben. Überhaupt... ich mag diese Gespräche über Kunst nicht! – fährt sie nervös fort. – Ich mag sie nicht! Sie ist schon genug entweiht worden, ergebensten Dank!

– Wer hat sie entweiht?

– Die einen haben sie entweiht durch ihre Trunksucht, die Zeitungen durch ihr familiäres Verhalten, kluge Menschen durch die Philosophie.

– Die Philosophie hat damit nichts zu tun.

– Oh doch. Wenn jemand philosophiert, bedeutet das, daß er nichts begreift.

Damit es nicht zu Schroffheiten kommt, bemühe ich mich, das Thema zu wechseln, und schweige danach lange. Erst, als wir aus dem Wald hinaus sind und auf Katjas Sommerhaus zusteuern, kehre ich zum früheren Thema zurück und frage:

– Aber du hast mir noch nicht geantwortet: warum willst du nicht wieder Schauspielerin sein?

– Nikolaj Stepanyč, das ist schließlich grausam! – schreit sie auf und wird über und über rot. – Wollen Sie, daß ich die Wahrheit ausspreche? Bitte, wenn... wenn Ihnen das gefällt! Ich habe kein Talent! Kein Talent und... und zu viel Eitelkeit! Da haben Sies!

Nach diesem Geständnis wendet sie das Gesicht ab und zieht, um das Zittern in den Händen zu verbergen, heftig an den Zügeln.

Als wir auf ihr Sommerhaus zufahren, sehen wir schon von weitem Michail Fjodorovič, der vor dem Tor auf und ab geht und uns ungeduldig erwartet.

– Schon wieder dieser Michail Fjodorovič! – sagt Katja verärgert. – Schaffen Sie ihn mir bitte vom Halse! Er fällt mir auf die Nerven, verrecken soll er... Hol ihn doch der Kuckuck!

Michail Fjodorovič hätte längst im Ausland sein sollen, doch jede Woche verschiebt er seine Abreise. In letzter Zeit sind mit ihm einige Veränderungen vorgegangen: er ist eingefallen, wird vom Alkohol berauscht, was ihm früher nie unterlaufen war, und seine schwarzen Augenbrauen werden grau. Als unser Bankwagen vor dem Tor hält, verbirgt er seine Freude und seine Ungeduld nicht. Er hilft Katja und mir geschäftig beim Aussteigen, beeilt sich Fragen zu stellen, lacht, reibt sich die Hände, und das Sanfte, Bittende, Reine, das ich früher nur in seinem Blick bemerkt hatte, ist jetzt über sein ganzes Gesicht ausgegossen. Er freut sich und schämt sich gleichzeitig seiner Freude, schämt sich seiner Gewohnheit, jeden Abend bei Katja zu sein, und findet es notwendig, seine Ankunft mit irgendeinem offenkundigen Unsinn zu motivieren, wie: »Ich bin gerade in Geschäften vorbeigekommen und denke, schau auf einen Augenblick herein.«

Zu dritt gehen wir ins Haus; zuerst trinken wir Tee, danach erscheinen auf dem Tisch die altbekannten zwei Kartenspiele, das große Stück Käse, das Obst und die Flasche Krimsekt. Die Gesprächsthemen, die wir haben, sind nicht neu, alles die gleichen, die wir im Winter hatten. Alle bekommen ihr Teil ab, die Universität, die Studenten, die Literatur, das Theater; die Luft wird von dem Geläster dicker, stickiger, und sie vergiften mit ihrem Atem nicht mehr zwei Kröten, wie im Winter, sondern ihrer drei. Außer dem samtweichen Baritonlachen und dem lauten Harmonikagelächter hört das Stubenmädchen, das uns bedient, noch ein unangenehmes klirrendes Lachen, mit dem in Vaudevilles die Generäle lachen: he-he-he...

V

Es gibt angsterregende Nächte mit Donner, Blitz, Regen und Wind, die im Volksmund Sperlingsnächte genannt werden, genau so eine Sperlingsnacht gab es auch in meinem persönlichen Leben...

Ich wache nach Mitternacht auf und springe plötzlich aus dem Bett. Aus irgendeinem Grunde scheint mir, ich würde jetzt gleich sterben. Warum? Im Körper habe ich keine einzige Wahrnehmung, die auf ein rasches Ende hindeuten würde, doch auf meiner Seele lastet ein solches Entsetzen, als hätte ich plötzlich einen riesigen unheilverkündenden Feuerschein erblickt.

Ich zünde rasch ein Licht an, trinke Wasser direkt aus der Karaffe, dann eile ich ans offene Fenster. Das Wetter draußen ist großartig. Es riecht nach Heu und noch etwas Schönem. Zu sehen sind die Spitzen des Staketenzauns, die verschlafenen schmächtigen Bäumchen vor dem Fenster, die Straße, der dunkle Streifen des Waldes; am Himmel der ruhige, sehr helle Mond und keine einzige Wolke. Stille, es regt sich kein Blatt. Mir scheint, alles schaue auf mich und horche darauf, wie ich nun sterben würde...

Unheimlich. Ich schließe das Fenster und laufe zum Bett. Ich fühle mir den Puls, und da ich ihn am Handgelenk nicht finde, suche ich ihn an den Schläfen, dann am Kinn und wieder an der Hand, und alles an mir ist kalt, glitschig vor Schweiß. Der Atem wird kürzer und kürzer, der Körper zittert, alle inneren Organe sind in Bewegung, auf dem Gesicht und auf der Glatze eine Wahrnehmung, als legten sich Spinnweben darüber.

Was tun? Die Familie rufen? Nein, nicht nötig. Ich sehe nicht, was meine Frau und Liza tun könnten, wenn sie zu mir hereinkämen.

Ich stecke den Kopf unters Kopfkissen, schließe die Augen und warte, warte... Im Rücken ist mir kalt, es zieht nach innen, und ich habe das Gefühl, als schleiche sich der Tod unweigerlich von hinten an, auf leisen Sohlen...

– Kiwi-kiwi! – ertönt plötzlich ein Piepsen in der Stille, und ich weiß nicht: ist es in meiner Brust oder draußen?

– Kiwi-kiwi!

Mein Gott, habe ich Angst! Ich möchte noch ein wenig Wasser trinken, aber habe schon Angst, die Augen zu öffnen, und fürchte mich, den Kopf zu heben. Mein Entsetzen ist triebhaft, animalisch, und ich kann einfach nicht begreifen, wovor ich Angst habe: davor, daß ich leben möchte, oder davor, daß mich ein neuer, noch unbekannter Schmerz erwartet?

Im Zimmer über mir scheint jemand zu stöhnen oder zu lachen... Ich horche. Eine Weile später ertönen auf der Treppe Schritte. Jemand kommt eilig herunter, geht dann wieder hinauf. Eine Minute später ertönen die Schritte wieder unten; jemand bleibt vor meiner Tür stehen und horcht.

– Wer ist da? – rufe ich.

Die Tür öffnet sich, ich öffne tapfer die Augen und sehe meine Frau. Ihr Gesicht ist bleich, die Augen sind verweint.

– Du schläfst nicht, Nikolaj Stepanyč? – fragt sie.

– Was willst du?

– Geh um Gottes willen zu Liza und schau sie dir an. Mit ihr geht etwas vor...

– Gut ... mit Vergnügen... – murmle ich, glücklich darüber, nicht allein zu sein. – Gut ... Sofort.

Ich folge meiner Frau, höre, was sie zu mir sagt, und verstehe vor Aufregung nichts. Über die Treppenstufen hüpfen weiße Flecken von ihrer Kerze, zittern unsere langen Schatten, meine Füße verheddern sich in den Schößen des Schlafrocks, ich atme schwer, und mir scheint, mir jage jemand nach und wolle mich am Rücken packen. »Gleich werde ich sterben, hier, auf dieser Treppe, – denke ich, – gleich...« Doch da liegt die Treppe hinter uns, der dunkle Korridor mit dem italienischen Fenster, und wir treten in Lizas Zimmer. Sie sitzt im bloßen Nachthemd auf dem Bett, läßt die Beine herabhängen und stöhnt.

– Ach, mein Gott... ach, mein Gott! – murmelt sie, von unserer Kerze geblendet. – Ich kann nicht mehr, ich kann nicht mehr...

– Liza, mein Kind, – sage ich. – Was ist dir?

Als sie mich sieht, schreit sie auf und wirft sich mir um den Hals.

– Papa, mein Guter... – schluchzt sie, – Papa, mein Guter... Mein Süßer, Liebster ... Ich weiß nicht, was mit mir ist ... Es ist so schwer!

Sie umarmt mich, küßt mich und lallt zärtliche Worte, wie ich sie von ihr gehört habe, als sie noch ein Kind war.

– Beruhige dich, mein Kind, Gott steh dir bei, – sage ich. – Nicht weinen. Mir ist selbst so schwer.

Ich versuche sie zuzudecken, meine Frau gibt ihr zu trinken, und beide drängen wir uns ungeordnet um das Bett; ich stoße mit meiner Schulter gegen ihre Schulter, und in diesem Augenblick fällt mir ein, wie wir früher gemeinsam unsere Kinder gebadet haben.

– So hilf ihr doch, hilf ihr! – fleht meine Frau. – Tu etwas!

Aber was kann ich tun? Nichts kann ich. Dem Mädchen lastet etwas auf der Seele, aber ich begreife nichts, weiß nichts und kann nur murmeln:

– Es ist nichts, es ist nichts... Das geht vorüber... Schlaf, schlaf...

Ausgerechnet ertönt plötzlich auf unserem Hof Hundegeheul, zuerst leise und unentschlossen, dann laut, zweistimmig. Ich habe nie auf solche Vorzeichen geachtet wie das Geheul von Hunden oder den Schrei der Eule, aber jetzt krampft sich mir qualvoll das Herz zusammen, und ich beeile mich, mir dieses Geheul zu erklären.

»Unsinn... – denke ich. – Ein Organismus beeinflußt den anderen. Meine starke Nervenanspannung hat sich auf meine Frau übertragen, auf Liza, den Hund, das ist alles... Durch diese Übertragung erklären sich Gesichte, Vorahnungen...«

Als ich, ein wenig später, in mein Zimmer zurückkehre, um für Liza das Rezept zu schreiben, denke ich schon nicht mehr daran, daß ich bald sterben werde, es ist mir nur schwer in der Seele, stumpfsinnig, so daß mir sogar leidtut, nicht plötzlich gestorben zu sein. Lange stehe ich regungslos mitten im Zimmer und überlege, was ich Liza verschreiben könnte, doch das Stöhnen über mir verstummt, und ich beschließe, nichts zu verschreiben, und stehe dennoch...

Totenstille, eine Stille, daß sie, wie ein Schriftsteller sich ausdrückte, sogar in den Ohren klingt. Die Zeit vergeht langsam, die Streifen des Mondlichts auf dem Fensterbrett ändern ihre Lage nicht, als seien sie erstarrt... Die Dämmerung kommt nicht so bald.

Doch da knarzt im Staketenzaun das Gartentor, jemand stiehlt sich an und klopft, nachdem er von einem der schmächtigen Bäumchen einen Ast abgebrochen hat, damit vorsichtig ans Fenster.

– Nikolaj Stepanyč! – höre ich ein Flüstern. – Nikolaj Stepanyč!

Ich öffne das Fenster, und mir scheint, ich träume: unter dem Fenster, an die Mauer geschmiegt, steht eine Frau im schwarzen Kleid, hell erleuchtet vom Mond, und schaut mich mit großen Augen an. Ihr Gesicht ist bleich, streng und phantastisch im Mondlicht, wie aus Marmor, das Kinn zittert.

– Ich bins ... – sagt sie. – Ich ... Katja!

Im Mondlicht erscheinen alle weiblichen Augen groß und schwarz, die Menschen größer und bleicher, und wahrscheinlich deshalb habe ich sie nicht auf den ersten Blick erkannt.

– Was willst du?

– Verzeihen Sie, – sagt sie. – Mir wurde plötzlich aus irgendeinem Grunde so unerträglich schwer ... Ich hielt es nicht aus und bin hierhergefahren ... In Ihrem Fenster war Licht und ... und ich beschloß zu klopfen ... Entschuldigen Sie ... Ach, wenn Sie wüßten, wie schwer mir war! Was tun Sie gerade?

– Nichts ... die Schlaflosigkeit.

– Ich hatte eine Art Vorahnung. Aber Unsinn.

Ihre Augenbrauen heben sich, die Augen glitzern vor Tränen, und das ganze Gesicht erstrahlt, wie von Licht, von dem bekannten, lange nicht gesehenen Ausdruck der Zutraulichkeit.

– Nikolaj Stepanyč! – sagt sie flehentlich, beide Hände nach mir ausstreckend. – Mein Lieber, ich bitte Sie ... flehe Sie an ... Wenn Sie meine Freundschaft nicht verachten, meine Verehrung für Sie, dann erfüllen Sie mir eine Bitte!

– Was für eine?

– Nehmen Sie mein Geld!

– Einfälle hast du! Was soll ich mit deinem Geld?

– Sie fahren irgendwohin und lassen sich behandeln ... Sie müssen sich behandeln lassen. Sie nehmen es? Ja? Liebster, ja?

Sie schaut mir gierig ins Gesicht und wiederholt:

– Ja? Sie nehmen es?

– Nein, meine Freundin, ich nehme es nicht ... – sage ich. – Danke.

Sie dreht mir den Rücken zu und läßt den Kopf sinken. Wahrscheinlich habe ich in einem Ton abgelehnt, der keine weiteren Gespräche über Geld zuließ.

– Fahr nach Hause und schlaf, – sage ich. – Wir sehen uns morgen.

– Also halten Sie mich nicht für Ihre Freundin? – fragt sie niedergeschlagen.

– Das habe ich nicht gesagt. Aber dein Geld ist für mich heute nutzlos.

– Entschuldigen Sie... – sagt sie, die Stimme um eine ganze Oktave gesenkt. – Ich verstehe... Schulden machen bei einem Menschen wie mir ... einer ehemaligen Schauspielerin ... Aber, leben Sie wohl...

Und sie geht so schnell fort, daß ich ihr nicht einmal Lebewohl sagen kann.

VI

Ich bin in Charkov.

Da es nutzlos wäre, gegen meine derzeitige Stimmung anzukämpfen, es auch nicht in meinen Kräften steht, habe ich beschlossen, die letzten Tage meines Lebens sollen tadellos verlaufen, zumindest von der formellen Seite; wenn ich – und dessen bin ich mir bewußt – im Unrecht bin in bezug auf meine Familie, werde ich mich bemühen, so zu handeln, wie sie es will. Soll ich nach Charkov fahren, dann fahre ich eben nach Charkov. Außerdem bin ich in letzter Zeit derart gleichgültig gegenüber allem, daß mir absolut egal ist, wohin ich fahre, nach Charkov, nach Paris oder nach Berdičev.

Ich bin hier um zwölf Uhr mittags angekommen und in einem Hotel unweit der Kathedrale abgestiegen. Im Zugabteil hat es mich durchgerüttelt, es zog überall, jetzt sitze ich auf dem Bett, halte mir den Kopf und warte auf den tic. Ich müßte noch heute zu den mir bekannten Professoren fahren, habe dazu aber weder Lust noch die Kraft.

Hereinkommt der Zimmerkellner, ein alter Lakai, und fragt, ob ich Bettwäsche dabeihätte. Ich halte ihn etwa fünf Minuten auf und stelle ihm einige Fragen über Gnekker, dessentwegen ich hierher gekommen bin. Der Lakei erweist sich als aus Charkov gebürtig, kennt diese Stadt wie seine fünf Finger, erinnert sich aber an kein einziges Haus, das den Namen Gnekker trüge. Ich frage ihn nach dem Landsitz – dasselbe.

Auf dem Korridor schlägt die Uhr ein Uhr, dann zwei, dann drei ... Die letzten Monate meines Lebens, während ich auf den Tod warte, erscheinen mir weitaus länger als mein ganzes Leben. Und nie zuvor habe ich mich so mit der Langsamkeit der Zeit abfinden können wie heute. Früher, wenn man auf dem Bahnhof auf den Zug wartete oder im Examen saß, erschien einem eine Viertelstunde eine Ewigkeit, heute dagegen kann ich die ganze Nacht regungslos auf dem Bett sitzen und völlig gleichgültig daran denken, daß morgen eine ebenso lange, farblose Nacht kommen wird, auch übermorgen ...

Auf dem Korridor schlägt es fünf Uhr, sechs, sieben ... Es wird dunkel.

In der Wange der dumpfe Schmerz – der tic beginnt. Um meine Gedanken zu beschäftigen, stelle ich mich auf meinen früheren Standpunkt, als ich nicht gleichgültig war, und frage: wozu sitze ich, ein berühmter Mann, Geheimrat, in diesem kleinen Hotelzimmer, auf diesem Bett mit der fremden, grauen Bettdecke? Wozu blicke ich auf dieses billige Blechwaschbecken und höre, wie auf dem Korridor eine wackelige Uhr scheppert? Ist all das etwa meines Ruhmes und meiner hohen Stellung unter den Menschen würdig? Und ich antworte mir auf diese Fragen mit einem höhnischen Lächeln. Lächerlich ist mir die Naivität, mit der ich einst in meiner Jugend die Bedeutung der Berühmtheit und jene exklusive Stellung überschätzte, deren sich bekannte Männer angeblich erfreuen. Ich bin berühmt, mein Name wird mit Ehrfurcht ausgesprochen, mein Porträt war sowohl in der »Niva« als auch in der »Vsemirnaja illjustracija«, meine Biographie habe ich sogar in einer deutschen Zeitschrift gelesen – und was folgt daraus? Ich sitze mutterseelenallein in einer fremden Stadt, auf einem fremden Bett, reibe mir mit der flachen Hand meine schmerzende Wange... Das Gezänk in der Familie, die Unbarmherzigkeit der Gläubiger, die Grobheit der Eisenbahnangestellten, die Unannehmlichkeiten des Paßsystems, das teure und ungesunde Essen an den Bahnhofsbuffets, die allgemeine Ignoranz und Grobheit im Umgang – all das und noch vieles andere, das aufzuzählen zu lang wäre, betrifft mich nicht weniger als jeden beliebigen Kleinbürger, der nur in seiner Gasse bekannt ist. Und worin äußert sich die Exklusivität meiner Stellung? Nehmen wir an, ich sei tausendmal berühmt, ich sei ein Held, auf den meine Heimat stolz ist; alle Zeitungen bringen Bulletins über meine Krankheit, über die Post erreichen mich Sympathieadressen von Kollegen, Schülern und der Öffentlichkeit, doch all das hindert mich nicht daran, in einem fremden Bett zu sterben, in Trübsinn, in völliger Einsamkeit... Daran ist natürlich niemand schuld, aber ich sündiger Mensch liebe meinen populären Namen nicht. Mir scheint, er hat mich betrogen.

Gegen zehn Uhr schlafe ich ein, und ungeachtet des tics schlafe ich fest und hätte lange geschlafen, hätte man mich nicht geweckt. Kurz nach ein Uhr ertönt an der Tür ein Klopfen.

– Wer ist da?

– Ein Telegramm!

– Das hätte doch Zeit gehabt bis morgen, – ärgere ich mich, vom Zimmerkellner das Telegramm entgegennehmend. – Jetzt kann ich nicht wieder einschlafen.

– Entschuldigung. Bei Ihnen brennt Licht, da dachte ich, Sie schlafen noch nicht.

Ich öffne das Telegramm und blicke zuerst auf die Unterschrift: von meiner Frau. Was will sie?

»Gestern Gnekker heimlich mit Liza getraut. Komm zurück.«

Ich lese dieses Telegramm und erschrecke nur für kurz. Mich erschreckt nicht die Handlung von Liza und Gnekker, sondern die Gleichgültigkeit, mit der ich der Nachricht von ihrer Heirat begegne. Man sagt, Philosophen und echte Weise seien gleichgültig. Stimmt nicht, Gleichgültigkeit ist Lähmung der Seele, vorzeitiger Tod.

Wieder lege ich mich aufs Bett und beginne mir auszudenken, mit welchen Gedanken ich mich beschäftigen könnte. Worüber soll ich nachdenken? Wie mir scheint, ist schon alles durchdacht und es gibt nichts, was imstande wäre, mein Denken anzuregen.

Als es Tag wird, sitze ich im Bett, die Arme um die Knie geschlungen, und versuche aus Langeweile mich selbst zu erkennen. »Erkenne dich selbst« – ist ein sehr schöner und nützlicher Rat, schade nur, daß die Alten nicht auf die Idee gekommen sind mitzuteilen, wie man sich dieses Rats bedienen soll.

Wenn mich früher die Lust überkam, jemand anderen oder mich selbst zu begreifen, so richtete ich das Augenmerk nicht auf die Handlungen, die alle bedingt sind, sondern auf die Wünsche. Sage mir, was du willst, und ich sage dir, wer du bist.

Auch jetzt examiniere ich mich: was will ich?

Ich will, daß unsere Ehefrauen, Kinder, Freunde und Schüler an uns nicht den Namen lieben, nicht das Firmenschild und Etikett, sondern den gewöhnlichen Menschen. Was noch? Ich würde gern in hundert Jahren aufwachen und wenigstens mit einem Auge einen Blick darauf werfen, was aus der Wissenschaft geworden ist. Ich würde gern noch zehn Jahre leben... Und weiter?

Weiter nichts. Ich denke nach, denke lange nach und finde nichts mehr. Solange ich auch nachdenke und wohin meine Gedanken auch schweifen, mir ist klar, daß meinen

Wünschen etwas Wichtiges, etwas sehr Wesentliches fehlt. In meiner Leidenschaft für die Wissenschaft, in meinem Wunsch zu leben, in diesem Sitzen auf einem fremden Bett und dem Bestreben, mich selbst zu erkennen, in all den Gedanken, Gefühlen und Begriffen, die ich mir von allem mache, fehlt etwas Allgemeines, das dies alles zu einem Ganzen verbände. Jedes Gefühl und jeder Gedanke in mir lebt einzeln für sich, und in all meinen Urteilen über die Wissenschaft, Theater, Literatur und Schüler und in all den Bildern, die meine Vorstellungskraft sich ausmalt, würde selbst der erfahrenste Analytiker das nicht finden, was man die allgemeine Idee nennt, oder den Gott des lebendigen Menschen.

Und wenn dieses eine nicht da ist, dann ist überhaupt nichts da.

Angesichts dieser Armut reichte eine ernste Krankheit, die Todesangst, der Einfluß der Umstände und Menschen, um alles, was ich früher für meine Weltanschauung hielt und worin ich den Sinn und die Freude meines Lebens sah, auf den Kopf zu stellen und in Fetzen zu reißen. Es ist daher nicht erstaunlich, daß ich mir die letzten Monate meines Lebens verdüstert habe mit Gedanken und Gefühlen, die eines Sklaven und Barbaren würdig sind, daß ich heute gleichgültig bin und nicht bemerke, wie es Tag wird. Wenn dem Menschen das fehlt, was höher und stärker ist als alle äußeren Einflüsse, dann reicht wirklich ein starker Schnupfen, um das Gleichgewicht zu verlieren und in jedem Vogel eine Eule zu sehen, in jedem Geräusch Hundegeheul zu hören. Und all sein Pessimismus oder Optimismus mit seinen großen und kleinen Gedanken besitzen dann nur die Bedeutung eines Symptoms und weiter nichts.

Ich bin besiegt. Wenn das so ist, besteht kein Grund, weiter nachzudenken, weiter zu sprechen. Ich werde sitzen und schweigend warten, was kommt.

Am Morgen bringt mir der Zimmerkellner Tee und eine

Ausgabe der hiesigen Zeitung. Automatisch lese ich die Bekanntmachung auf der ersten Seite, den Leitartikel, die Stimmen der anderen Zeitungen und Zeitschriften, die Chronik... In der Chronik finde ich unter anderem diese Nachricht: »Gestern traf mit dem Kurierzug in Charkov unser bekannter Gelehrter, der verdiente Professor Nikolaj Stepanovič Soundso ein und stieg im Hotel Soundso ab.«

Offensichtlich sind klingende Namen dazu geschaffen, um gesondert für sich zu leben, neben ihren Trägern. Heute geht mein Name ungestört durch Charkov spazieren; in drei Monaten wird er, in Goldbuchstaben auf dem Grabstein ausgeführt, strahlen wie die Sonne selbst, – und das zu einer Zeit, da mich bereits das Moos bedeckt...

An der Tür ein leises Klopfen. Jemand will etwas von mir.

– Wer ist da? Herein!

Die Tür öffnet sich, und erstaunt trete ich einen Schritt zurück und beeile mich, die Schöße meines Schlafrocks zuzuschlagen. Vor mir steht Katja.

– Guten Morgen, – sagt sie, schwer atmend vom Treppensteigen. – Das haben Sie nicht erwartet? Ich bin auch... bin auch hierher gekommen.

Sie setzt sich und fährt, stotternd und ohne mich anzublikken, fort:

– Warum begrüßen Sie mich denn nicht? Ich bin auch hierher gekommen... heute... Ich erfuhr, daß Sie in diesem Hotel sind, und bin zu Ihnen gekommen.

– Freut mich sehr, dich zu sehen, – sage ich, die Achseln zuckend, – aber ich bin erstaunt... Als wärst du vom Himmel gefallen. Wieso bist du hier?

– Ich? Nur so... habe einfach den Zug genommen und bin gefahren.

Schweigen. Plötzlich steht sie abrupt auf und kommt auf mich zu.

– Nikolaj Stepanyč! – sagt sie, erbleichend und die Hände

an die Brust gepreßt. – Nikolaj Stepanyč! Ich kann nicht länger so leben! Ich kann es nicht! Um des wahrhaftigen Gottes willen, sagen Sie schnell, sofort: was soll ich tun? Sagen Sie mir, was soll ich tun?

– Was kann ich schon sagen? – sage ich unschlüssig. – Nichts kann ich.

– Sprechen Sie, ich flehe Sie an! – fährt sie fort, außer Atem und am ganzen Körper zitternd. – Ich schwöre Ihnen, ich kann nicht länger so leben! Es geht über meine Kräfte!

Sie fällt auf einen Stuhl und beginnt zu schluchzen. Sie hat den Kopf zurückgeworfen, ringt die Hände, stampft mit den Füßen auf; ihr Hut ist vom Kopf gerutscht und baumelt am Gummiband, ihre Frisur ist durcheinander.

– Helfen Sie mir! Helfen Sie mir! – fleht sie. – Ich kann nicht länger!

Sie holt aus ihrem Reisetäschchen ein Taschentuch und zieht mit ihm einige Briefe hervor, die von ihren Knien zu Boden fallen. Ich hebe sie vom Boden auf, erkenne auf einem von ihnen die Handschrift von Michail Fjodorovič und lese versehentlich ein Stückchen des Wortes »leidensch...«.

– Nichts kann ich dir sagen, Katja, – sage ich.

– Helfen Sie mir! – schluchzt sie, ergreift meine Hand und küßt sie. – Sie sind doch mein Vater, mein einziger Freund! Sie sind doch klug, gebildet, haben ein langes Leben gelebt! Sie waren Lehrer! Sagen Sie: was soll ich tun?

– Ehrlich, Katja: ich weiß es nicht...

Ich bin verloren, verlegen, gerührt von ihrem Schluchzen und kann mich kaum auf den Beinen halten.

– Gehen wir frühstücken, Katja, – sage ich, angestrengt lächelnd. – Genug geweint!

Und sofort füge ich mit eingefallener Stimme hinzu:

– Ich werde bald nicht mehr sein, Katja...

– Nur ein Wort, nur ein Wort! – weint sie, die Hände nach mir ausgestreckt. – Was soll ich tun?

– Kindskopf, wirklich... – murmle ich. – Ich verstehe dich nicht! So eine kluge Frau und plötzlich – da! löst sie sich in Tränen auf...

Schweigen tritt ein. Katja richtet ihre Frisur, setzt den Hut auf, zerknüllt dann die Briefe und stopft sie in ihr Täschchen zurück – alles schweigend und ohne Eile. Gesicht, Brust und Handschuhe, alles an ihr ist naß von Tränen, doch ihr Gesichtsausdruck ist bereits trocken, streng... Ich blicke sie an und schäme mich, daß ich glücklicher bin als sie. Das Fehlen dessen, was die Kollegen Philosophen die allgemeine Idee nennen, habe ich an mir erst kurz vor dem Tode bemerkt, am Ende meiner Tage, doch die Seele dieser Ärmsten kennt keine Zuflucht und wird sie ihr Leben lang nicht finden, ihr Leben lang!

– Gehen wir frühstücken, Katja, – sage ich.

– Nein, danke, – antwortet sie kalt.

Eine weitere Minute vergeht in Schweigen.

– Mir gefällt Charkov nicht, – sage ich. – Es ist schon sehr grau. Eine graue Stadt.

– Ja, scheint so... Häßlich... Ich bin nur für kurz hier... auf der Durchreise. Noch heute reise ich weiter.

– Wohin?

– Auf die Krim... das heißt in den Kaukasus.

– So. Für lange?

– Ich weiß nicht.

Katja steht auf und hält mir mit einem kalten Lächeln, ohne mich anzublicken, die Hand hin.

Ich möchte fragen: »Zu meiner Beerdigung wirst du also nicht kommen?« Aber sie blickt mich nicht an, ihre Hand ist kalt, gleichsam fremd. Ich begleite sie schweigend zur Tür... Da ist sie schon von mir gegangen, geht den langen Korridor entlang, ohne sich umzublicken. Sie weiß, daß ich ihr nachblicke, wahrscheinlich wird sie sich an der Ecke umblicken.

Nein, sie hat sich nicht umgeblickt. Das schwarze Kleid, ein letztes Mal ist es vorbeigehuscht, verstummt sind die Schritte... Leb wohl, mein Schatz!

Ein Duell

I

Es war acht Uhr morgens – die Zeit, wenn Offiziere, Beamte und Neuankömmlinge nach der heißen, schwülen Nacht im Meer badeten und danach in den Pavillon gingen, um Kaffee oder Tee zu trinken. Ivan Andreevič Laevskij, ein junger Mann von achtundzwanzig Jahren, hager, blond, in der Schirmmütze des Finanzministeriums und in Pantoffeln, traf, als er zum Baden kam, am Ufer viele Bekannte, unter ihnen auch seinen Freund, den Militärarzt Samojlenko.

Mit dem großen geschorenen Kopf, ohne Hals, rot, dicknasig, mit zottigen schwarzen Augenbrauen und grauem Bakkenbart, dick, aufgedunsen und zu allem Überfluß mit einem heiseren Armeebaß machte dieser Samojlenko auf jeden Neuankömmling den Eindruck eines Grobians und Rauhbeins, waren jedoch zwei-drei Tage nach der ersten Bekanntschaft vergangen, so begann sein Gesicht außergewöhnlich gütig und nett, ja sogar schön zu wirken. Trotz seiner Plumpheit und seinem etwas groben Ton war er ein friedfertiger, grenzenlos gütiger und gefälliger Mensch. Mit jedem in der Stadt war er per du, jedem lieh er Geld, jeden behandelte, verheiratete, versöhnte er, veranstaltete Picknicks, auf denen er Šašlyk briet und eine sehr wohlschmeckende Fischsuppe aus Meeräschen kochte; immer kümmerte er sich um jemanden, immer freute er sich über etwas. Nach Meinung aller war er frei von Sünden, und wenn überhaupt, so hatte er nur zwei Schwächen: erstens schämte er sich seiner Güte und gab sich Mühe, diese hinter einem strengen Blick und äußerlicher Grobheit zu verbergen, und zweitens liebte er es, wenn ihn Sanitäter und Soldaten mit Euer Exzellenz anredeten, obwohl er nur Staatsrat war.

– Beantworte mir eine Frage, Aleksandr Davidyč, – begann Laevskij, als beide, er und Samojlenko, bis zu den Schultern im Wasser standen. – Angenommen, du hast dich in eine Frau verliebt und ein Verhältnis mit ihr; angenommen, du hast über zwei Jahre mit ihr gelebt und dann, wie das so vorkommt, liebst du sie nicht mehr und beginnst zu spüren, daß sie dir fremd ist. Was würdest du in so einem Falle tun?

– Sehr einfach. Geh deiner Wege, Liebste – und das Gespräch ist zu Ende.

– Das ist leicht gesagt! Aber wenn sie nirgendwo hinkann? Die Frau ist einsam, hat keine Familie, keinen Groschen Geld, arbeiten kann sie nicht...

– Ja und? Auf einen Schlag fünfhundert in den Rachen oder monatlich fünfundzwanzig – und fertig. Sehr einfach.

– Angenommen, du hättest die fünfhundert oder die monatlichen fünfundzwanzig, aber die Frau, von der ich spreche, ist intelligent und stolz. Würdest du dich entschließen, ihr Geld anzubieten? Und in welcher Form?

Samojlenko wollte etwas antworten, doch in diesem Augenblick überspülte sie beide eine hohe Welle, brach sich am Ufer und rollte rasselnd über die kleinen Steine zurück. Die Freunde gingen ans Ufer und begannen sich anzuziehen.

– Es ist natürlich schwierig, mit einer Frau zu leben, die du nicht liebst, – sagte Samojlenko, den Sand aus dem Stiefel schüttelnd. – Aber man muß das vom Menschlichen sehen, Vanja. Ich an deiner Stelle würde mir nicht einmal anmerken lassen, daß ich sie nicht mehr liebe, sondern mit ihr zusammenleben bis zu meinem Tod.

Plötzlich schämte er sich seiner Worte; er stockte und sagte:

– Für mich bräuchte es überhaupt keine Weiber zu geben. Zum Waldschrat mit ihnen!

Die Freunde zogen sich an und gingen in den Pavillon. Hier war Samojlenko wie zu Hause, er hatte sogar sein eigenes Geschirr. Jeden Morgen servierte man ihm auf einem Tablett eine

Tasse Kaffee, ein hohes geschliffenes Glas Wasser mit Eis und ein Gläschen Kognak; er trank zuerst den Kognak, dann den heißen Kaffee, dann das Eiswasser, und das war offenbar sehr schmackhaft, denn nach dem Trinken bekamen seine Augen einen öligen Glanz, er strich sich mit beiden Händen über den Backenbart und sagte, mit einem Blick aufs Meer:

– Ein erstaunlich großartiger Anblick!

Nach einer langen Nacht, die er auf freudlose, nutzlose Gedanken verschwendet hatte, die ihn am Schlafen hinderten und die, so schien es, die Schwüle und die Finsternis der Nacht nur verstärkten, fühlte sich Laevskij zerschlagen und schlaff. Vom Baden und dem Kaffee war ihm nicht besser geworden.

– Laß uns unser Gespräch fortsetzen, Aleksandr Davidyč, – sagte er. – Ich will es dir nicht verbergen und sage dir offen, als Freund: die Sache mit Nadežda Fjodorovna steht schlecht... sehr schlecht! Entschuldige, daß ich dich in meine Geheimnisse einweihe, aber ich muß mich aussprechen.

Samojlenko, der ahnte, wovon die Rede sein würde, schlug die Augen nieder und trommelte mit den Fingern auf den Tisch.

– Ich habe zwei Jahre mit ihr gelebt und liebe sie nicht mehr... – fuhr Laevskij fort, – das heißt, genauer, ich habe begriffen, daß es gar keine Liebe war... Diese zwei Jahre waren – Betrug.

Laevskij hatte die Angewohnheit, während eines Gesprächs aufmerksam seine rosigen Handflächen zu betrachten, an den Nägeln zu kauen oder an den Manschetten zu zupfen. Auch jetzt tat er dies.

– Ich weiß wohl, du kannst mir nicht helfen, – sagte er, – aber ich spreche mit dir, weil für Pechvögel und überflüssige Menschen wie unsereinen die ganze Rettung im Gespräch liegt. Ich muß jede meiner Handlungen verallgemeinern, ich muß die Erklärung und Rechtfertigung meines unsinnigen Lebens in irgend jemandes Theorien, in literarischen Typen finden, darin zum Beispiel, daß wir Adeligen entartet sind, und so weiter... Letzte Nacht, zum Beispiel, habe ich mich damit getröstet, daß ich beständig dachte: ach, wie recht hat Tolstoj, wie gnadenlos recht! Und davon wurde mir leichter. Tatsächlich, Freund, ein großer Schriftsteller! Was man auch sagen mag.

Samojlenko, der Tolstoj nie gelesen hatte und sich jeden Tag vornahm, ihn zu lesen, wurde verlegen und sagte:

– Ja, alle Schriftsteller schreiben aus ihrer Phantasie, und er direkt nach der Natur...

– Mein Gott, – seufzte Laevskij, – bis zu welchem Grade hat uns die Zivilisation zum Krüppel gemacht! Ich habe mich in eine verheiratete Frau verliebt; sie sich in mich... Zu Beginn, da gab es bei uns Küsse, und stille Abende, und Schwüre, und Spencer, Ideale und Interessen der Allgemeinheit... Was für eine Lüge! In Wirklichkeit sind wir geflohen, vor ihrem Mann, haben uns aber vorgelogen, wir seien geflohen vor der Leere unseres intellektuellen Lebens. Unsere Zukunft malten wir uns so aus: zuerst, im Kaukasus, würde ich, bis wir Land und Leute kennen, die Beamtenuniform anziehen und dienen, danach würden wir uns irgendwo ein Stück Land nehmen, würden arbeiten im Schweiße unseres Angesichts, einen Weinberg anlegen, ein Feld und so weiter. Wenn an meiner Statt du gewesen wärst oder dieser dein Zoologe von Koren, dann hättet ihr, vielleicht, dreißig Jahre lang mit Nadežda Fjodorovna gelebt und euren Erben einen reichen Weinberg und tausend Desjatinen Mais hinterlassen, ich dagegen habe mich vom ersten Tage an bankrott gefühlt. In der Stadt unerträgliche Hitze, Langeweile, Menschenleere, und gehst du ins Freie, vermutest du unter jedem Busch und Stein Walzenspinnen, Skorpione und Schlangen, und weiter draußen Berge und Wüste. Fremde Menschen, fremde Natur, jämmerliche Kultur – all das, Freund, ist nicht so leicht, wie im Pelz auf dem Nevskij spazierenzugehen, Arm in Arm mit Nadežda Fjodorovna, und von den warmen Gegenden zu träumen. Hier braucht es Kampf nicht auf Leben, sondern auf den Tod, und was bin ich schon für ein Kämpfer? Ein jämmerlicher Neurastheniker, der sich die Hände nicht schmutzig macht... Vom ersten Tag an habe ich begriffen, daß meine Gedanken an ein arbeitsreiches Leben und den Weinberg keinen Pfifferling wert waren. Und was die Liebe betrifft, so muß ich dir sagen, mit einer Frau zu leben, die Spencer gelesen hat und die dir bis ans Ende der Welt gefolgt ist, ist genauso uninteressant wie mit jeder beliebigen Anfisa oder Akulina. Es riecht genauso nach Bügeleisen, Puder und Arzneien, dieselben Lockenwickler jeden Morgen und derselbe Selbstbetrug...

– Ohne Bügeleisen im Haushalt geht es nicht, – sagte Samojlenko, darüber errötend, daß Laevskij mit ihm so offen über eine ihm bekannte Dame sprach. – Du hast heute schlechte Laune, Vanja, ich merke das. Nadežda Fjodorovna ist eine schöne, gebildete Frau, ein Mensch von größtem Verstand... Natürlich, ihr seid nicht getraut, – fuhr Samojlenko fort, sich nach den Nachbartischen umblickend, – aber das ist doch nicht eure Schuld, und außerdem ... soll man keine Vorurteile haben und sich auf die Höhe der modernen Ideen erheben. Ich selbst stehe für die zivile Ehe ein, jawohl... Aber meiner Meinung nach, wenn ihr ein Verhältnis miteinander habt, dann müßt ihr miteinander leben bis an den Tod.

– Ohne Liebe?

– Das kann ich dir gleich erklären, – sagte Samojlenko. – Vor acht Jahren war bei uns hier als Agent ein kleiner alter Mann, ein Mensch von größtem Verstand. Und der sagte immer: im Familienleben ist die Hauptsache Geduld. Hörst du, Vanja? Nicht Liebe, sondern Geduld. Die Liebe kann nicht lange dauern. Zwei Jahre hast du in Liebe verlebt, und jetzt offensichtlich ist dein Familienleben in die Phase eingetreten, wo du, um das Gleichgewicht zu bewahren, sozusagen, all deine Geduld einsetzen mußt...

– Du glaubst deinem alten Agenten, für mich ist sein Rat – der pure Unsinn. Dein alter Mann hat heucheln können, er konnte sich in Geduld üben und dabei einen ungeliebten Menschen anschauen wie einen Gegenstand, der für seine Übungen unentbehrlich war, aber ich bin noch nicht so tief gefallen; wenn ich Lust bekomme, mich in Geduld zu üben, dann kaufe ich mir Turnerhanteln oder ein störrisches Pferd, aber den Menschen lasse ich in Ruhe.

Samojlenko bestellte Weißwein mit Eis. Als sie ein Glas getrunken hatten, fragte Laevskij plötzlich:

– Sag, bitte, was bedeutet Gehirnerweichung?

– Das ist, wie soll ich dir das erklären ... eine Krankheit, da wird das Gehirn weicher ... wie flüssig.

– Ist sie heilbar?

– Ja, wenn die Krankheit nicht vernachlässigt worden ist. Kalte Duschen, Pflaster ... Na, innerlich noch etwas ...

– So ... So siehst du also, in welcher Lage ich bin. Mit ihr leben kann ich nicht: das geht über meine Kräfte. Solange ich mit dir spreche, philosophiere ich und lächle, zu Hause dagegen verliere ich jeden Mut. Mir wird in einem Maße unheimlich, daß, wenn mir, angenommen, jemand sagte, ich sei verpflichtet, mit ihr auch nur noch einen Monat zu leben, ich mir, glaube ich, eine Kugel in den Kopf jagen würde. Aber dabei ist es auch unmöglich, mich von ihr zu trennen. Sie ist einsam, kann nicht arbeiten, Geld haben weder sie noch ich ... Wo soll sie hin? Zu wem soll sie gehen? Mir fällt nichts ein ... Also sage mir: was soll ich tun?

– Hm-ja ... – brummte Samojlenko, der nicht wußte, was er antworten sollte. – Liebt sie dich?

– Ja, sie liebt mich, soweit sie in ihrem Alter und bei ihrem Temperament einen Mann braucht. Sich von mir zu trennen fiele ihr genauso schwer wie von ihrem Puder oder ihren Lokkenwicklern. Ich bin für sie ein unentbehrlicher Bestandteil ihres Boudoirs.

Samojlenko wurde verlegen.

– Vanja, du hast heute schlechte Laune, – sagte er. – Wahrscheinlich hast du nicht geschlafen.

– Ja, ich habe schlecht geschlafen... Überhaupt, Freund, fühle ich mich miserabel. Der Kopf leer, das Herz setzt aus, so eine Schwäche... Ich muß fliehen!

– Wohin?

– Dorthin, in den Norden. Zu den Kiefern, zu den Pilzen, zu den Menschen, zu den Ideen... Ich würde mein halbes Leben geben, wenn ich jetzt irgendwo im Gouvernement Moskau, oder Tula, in einem Flüßchen baden könnte, frieren, weißt du, und dann drei Stunden herumlaufen, meinetwegen mit dem schlechtesten Studenten, und schwatzen, schwatzen... Und wie es nach Heu riecht! Erinnerst du dich? Und abends, wenn du im Garten spazierengehst, dringt aus dem Hause Klavierspiel, man hört die Eisenbahn fahren...

Laevskij lachte vor Vergnügen, in seine Augen traten Tränen, und um sie zu verbergen, ohne aufstehen zu müssen, griff er auf dem Nachbartisch nach den Zündhölzern.

– Ich war schon achtzehn Jahre nicht mehr in Rußland, – sagte Samojlenko. – Ich habe schon vergessen, wie es dort ist. Meiner Meinung nach gibt es keine großartigere Gegend als den Kaukasus.

– Von Vereščagin gibt es ein Bild: auf dem Grund eines tiefen, tiefen Brunnens schmachten zum Tode Verurteilte. Als genau so ein Brunnen erscheint mir dein großartiger Kaukasus. Wenn ich zwischen zwei Dingen zu wählen hätte: Schornsteinfeger in Petersburg oder hier ein Fürst, ich würde die Stelle des Schornsteinfegers nehmen.

Laevskij verfiel in Gedanken. Während er ihn so ansah, seinen gebeugten Körper, die Augen, auf einen Punkt gerichtet, das bleiche, schweißnasse Gesicht, die eingefallenen Schläfen, die zerkauten Fingernägel und den Pantoffel, der von der Ferse gerutscht war und einen schlecht gestopften Socken freigab, ergriff Samojlenko das Mitleid, und wahrscheinlich, weil Laevskij an ein hilfloses Kind erinnerte, fragte er:

– Ist deine Mutter noch am Leben?

– Ja, aber wir haben uns überworfen. Sie konnte mir diese Verbindung nicht verzeihen.

Samojlenko liebte seinen Freund. Er sah in Laevskij einen guten Kerl, einen Studenten und offenherzigen Menschen, mit dem man trinken und lachen und auch offen reden konnte. Das, was er an ihm verstand, mißfiel ihm zuhöchst. Laevskij trank viel und nicht zur rechten Zeit, er spielte Karten, verachtete seinen Dienst, lebte über seine Verhältnisse, benutzte im Gespräch oft unanständige Ausdrücke, ging in Pantoffeln auf die Straße und stritt sich im Beisein von Außenstehenden mit Nadežda Fjodorovna – auch das mißfiel Samojlenko. Doch daß Laevskij einmal auf der Philologischen Fakultät gewesen war, daß er jetzt zwei dicke Zeitschriften hielt, oft so klug daherredete, daß nur wenige ihn verstanden, mit einer intelligenten Frau zusammenlebte – all dies verstand Samojlenko nicht, und das gefiel ihm, deshalb hielt er Laevskij für einen, der über ihm stand, und achtete ihn.

– Noch eine Einzelheit, – sagte Laevskij, heftig den Kopf schüttelnd. – Nur, das bleibt unter uns. Ich halte es vor Nadežda Fjodorovna noch verborgen, verplappere dich nicht in ihrer Gegenwart... Vorgestern erhielt ich einen Brief, ihr Mann sei an Gehirnerweichung gestorben.

– Gott schenke ihm das Himmelreich... – seufzte Samojlenko. – Warum hältst du das vor ihr verborgen?

– Ihr diesen Brief zu zeigen würde bedeuten: bitte in die Kirche zur Trauung. Aber zuerst müssen wir unsere Beziehungen klären. Wenn sie sich davon überzeugt, daß wir nicht mehr zusammenleben können, zeige ich ihr den Brief. Dann ist er nicht mehr gefährlich.

– Weißt du was, Vanja? – sagte Samojlenko, und sein Gesicht nahm plötzlich einen traurigen und flehentlichen

Ausdruck an, als wolle er um etwas sehr Süßes bitten und fürchte, man könnte es ihm ausschlagen. – Heirate sie, Liebster!

– Wozu?

– Erfülle deine Pflicht gegenüber dieser schönen Frau! Ihr Mann ist gestorben, und damit gibt dir die Vorsehung selbst den Wink, was du zu tun hast!

– Aber begreif doch, du Kauz, das ist unmöglich. Ohne Liebe zu heiraten ist genauso niederträchtig und eines Menschen unwürdig wie eine Messe zu lesen, ohne zu glauben.

– Aber du bist dazu verpflichtet!

– Wozu bin ich verpflichtet? – fragte Laevskij gereizt.

– Du hast sie ihrem Mann entführt und die Verantwortung für sie übernommen.

– Aber ich sage dir auf gut russisch: ich liebe sie nicht!

– Na, wenn die Liebe fehlt, dann achte sie, trag sie auf Händen...

– Achte sie, trag sie auf Händen... – äffte Laevskij ihn nach. – Als wäre sie eine Äbtissin... Du bist ein schlechter Psychologe und Physiologe, wenn du denkst, es käme, wenn man mit einer Frau zusammenlebt, nur auf Achtung und Verehrung an. Eine Frau braucht vor allem das Schlafzimmer.

– Vanja, Vanja... – wurde Samojlenko verlegen.

– Du bist ein altes Kind, ein Theoretiker, ich dagegen ein junger Alter und Praktiker, wir werden einander nicht begreifen. Lassen wir lieber dieses Gespräch. Mustafa, – rief Laevskij dem Kellner zu, – was bekommst du von uns?

– Nein, nein... – erschrak der Doktor, nach Laevskijs Hand fassend. – Das bezahle ich. Ich habe bestellt. Das schreibst du mir an! – rief er Mustafa zu.

Die Freunde standen auf und gingen schweigend die Uferpromenade entlang. An der Ecke zum Boulevard blieben sie stehen und drückten einander zum Abschied die Hand.

– Ihr seid sehr verwöhnt, Herrschaften! – seufzte Samojlenko. – Da hat dir das Schicksal eine junge, schöne, gebildete

Frau geschickt – und du schlägst sie aus, wenn Gott mir eine krummbeinige alte Schachtel schenken würde, nur freundlich und gutmütig müßte sie sein – wie wäre ich zufrieden! Ich würde mit ihr in meinem Weinberg leben und...

Samojlenko stockte und sagte:

– Und dort soll sie den Samovar anheizen, die alte Hexe.

Nach dem Abschied von Laevskij ging er den Boulevard entlang. Als er, schwergewichtig, majestätisch, mit strengem Gesichtsausdruck, in seiner schneeweißen Uniformbluse und vorzüglich geputzten Stiefeln, die Brust herausgestreckt, auf der der Vladimirorden mit Band prangte, den Boulevard entlangging, gefiel er sich selbst sehr, und ihm schien, die ganze Welt betrachte ihn mit Vergnügen. Ohne den Kopf zu wenden, blickte er nach beiden Seiten und fand, der Boulevard sei wohlgeordnet, die jungen Zypressen, Eukalyptusbäume und die häßlichen, dyskratischen Palmen seien sehr schön und würden mit der Zeit ausgiebigen Schatten spenden, und die Tscherkessen seien ein ehrliches und gastfreundliches Volk. »Merkwürdig, daß der Kaukasus Laevskij nicht gefällt, – dachte er, – sehr merkwürdig.« Fünf Soldaten mit Gewehren kamen ihm entgegen und erwiesen ihm die Ehre. Auf der rechten Seite des Boulevards, den Gehsteig entlang, ging die Ehefrau eines Beamten mit ihrem Sohn, einem Gymnasiasten.

– Marja Konstantinovna, guten Morgen! – rief Samojlenko ihr, angenehm lächelnd, zu. – Waren Sie baden? Ha-ha-ha... Nein. Meine Verehrung für Nikodim Aleksandryč!

Und er ging weiter, immer noch angenehm lächelnd, doch als er einen entgegenkommenden Sanitätsgehilfen erblickte, verfinsterte er sich plötzlich, hielt ihn an und fragte:

– Ist jemand im Lazarett?

– Niemand, Euer Exzellenz.

– Wie?

– Niemand, Euer Exzellenz.

– Gut, du kannst gehn...

Majestätisch schwankend begab er sich zu einem Limonadenkiosk, wo hinter der Theke eine alte, dickbusige Jüdin saß, die sich als Georgierin ausgab, und sagte zu ihr so laut, als kommandiere er ein ganzes Regiment:

– Seien Sie so liebenswürdig, geben Sie mir Sodawasser!

II

Der Haß Laevskijs auf Nadežda Fjodorovna äußerte sich hauptsächlich darin, daß alles, was sie sagte und tat, ihm als Lüge erschien oder einer Lüge ähnlich, und alles, was er gegen die Frauen und die Liebe las, schien ihm aufs beste auf ihn, auf Nadežda Fjodorovna und ihren Mann zuzutreffen. Als er nach Hause zurückkehrte, saß sie, bereits angekleidet und frisiert, am Fenster und trank mit besorgter Miene Kaffee und blätterte in der Ausgabe einer dicken Zeitschrift, und er dachte, Kaffee trinken sei kein so bemerkenswertes Ereignis, um deshalb eine besorgte Miene zu ziehen, und sie verschwende ihre Zeit auf die modische Frisur, denn weder gebe es hier jemanden, dem sie gefallen könnte, noch irgendeinen Grund dazu. Auch in der Ausgabe der Zeitschrift sah er Lüge. Er dachte, sie kleide und frisiere sich, um schön zu scheinen, und lese, um klug zu scheinen.

– Macht es nichts, wenn ich heute baden gehe? – fragte sie.

– Wieso? Ob du gehst oder nicht, das wird kein Erdbeben auslösen, nehme ich an...

– Nein, ich frage, weil ich nicht will, daß der Doktor sich ärgert.

– Dann frag den Doktor. Ich bin nicht der Doktor.

Dieses Mal mißfielen Laevskij an Nadežda Fjodorovna am meisten ihr weißer, entblößter Hals und die gekräuselten Haare im Genick, und er erinnerte sich, daß Anna Karenina, als sie ihren Mann nicht mehr liebte, vor allem seine Ohren mißfallen hatten, und dachte: »Wie wahr das doch ist! Wie wahr!« Da er Schwäche und Leere im Kopf verspürte, ging er in sein Arbeitszimmer, legte sich auf den Divan und bedeckte das Gesicht mit dem Taschentuch, damit ihn die Fliegen nicht belästigten. Welke, schleppende Gedanken an immer ein und dasselbe zogen ihm durchs Gehirn wie ein langer Wagenzug an einem verregneten Herbstabend, und er verfiel in einen schläfrigen, bedrückten Zustand. Ihm schien, er sei schuldig vor Nadežda Fjodorovna und vor ihrem Mann, und daß ihr Mann durch seine Schuld gestorben sei. Ihm schien, er sei schuldig vor seinem Leben, das er zerstört hatte, vor der Welt der großen Ideen, des Wissens und der Arbeit, und diese wunderbare Welt, so schien ihm, könne unmöglich hier, an der Küste, existieren, wo hungrige Türken und faule Abchasen herumlungerten, sondern dort, im Norden, wo es alles gab, die Oper, Theater, Zeitungen und alle Aspekte geistiger Arbeit. Ehrenhaft, klug, erhaben und rein sein kann man nur dort, nicht hier. Er beschuldigte sich, keine Ideale und keine leitende Idee im Leben zu haben, obwohl er undeutlich erst heute begriff, was das bedeutete. Vor zwei Jahren, als er sich in Nadežda Fjodorovna verliebte, hatte er gemeint, er brauche nur ein Verhältnis mit Nadežda Fjodorovna einzugehen und mit ihr in den Kaukasus zu reisen, um erlöst zu werden von der Trivialität und Leere des Lebens; so war er auch heute überzeugt, er brauche nur Nadežda Fjodorovna zu verlassen und nach Petersburg zu reisen, um alles zu bekommen, was er wollte.

– Fliehen! – murmelte er, setzte sich, an den Nägeln kauend, auf. – Fliehen!

Seine Vorstellung malte ihm aus, wie er sich aufs Schiff setzt und dann frühstückt, kaltes Bier trinkt, sich an Deck mit den Damen unterhält, sich dann in Sevastopol in den Zug setzt und fährt. Sei gegrüßt, Freiheit! Die Stationen huschen eine nach der anderen vorüber, die Luft wird immer kälter und rauher, da die ersten Birken und Tannen, da Kursk,

Moskau ... An den Buffets Kohlsuppe, Hammelbraten mit Grütze, Stör, Bier, kurz, keine asiatischen Zustände, sondern Rußland, das echte Rußland. Die Fahrgäste im Zug sprechen über den Handel, über neue Sänger, die franko-russischen Sympathien; überall spürt man das lebhafte, kultivierte, intelligente, muntere Leben ... Schneller, nur schneller! Da, endlich, der Nevskij, die Große Morskaja, und da der Kovenskij, wo er einmal mit anderen Studenten gewohnt hatte, da der geliebte, graue Himmel, der Nieselregen, die Massen Droschkenkutscher ...

– Ivan Andreič! – rief jemand aus dem Nachbarzimmer. – Sind Sie zu Hause?

– Ich bin hier! – rief Laevskij zurück. – Was ist?

– Die Papiere!

Laevskij erhob sich träge mit schwindelndem Kopf und ging gähnend, mit den Pantoffeln schlurfend, ins Nachbarzimmer. Dort am offenen, auf die Straße gehenden Fenster stand einer seiner jungen Bediensteten und breitete auf dem Fensterbrett behördliche Papiere aus.

– Gleich, mein Bester, – sagte Laevskij weich und ging das Tintenfaß suchen; am Fenster zurück, unterschrieb er, ohne zu lesen, die Papiere und sagte: – Diese Hitze!

– Ja. Kommen Sie heute?

– Wohl kaum ... Ich fühle mich irgendwie nicht wohl ... Richten Sie Šeškovskij aus, Bester, ich käme nach dem Essen zu ihm.

Der Beamte ging. Laevskij legte sich in seinem Zimmer wieder auf den Divan und begann zu denken:

»Also, man muß alle Umstände gegeneinander abwägen und bedenken. Bevor ich von hier abreise, muß ich meine Schulden zurückzahlen. Und die belaufen sich auf rund zweitausend Rubel. Geld habe ich keins ... Das ist natürlich unwichtig; einen Teil werde ich irgendwie jetzt zurückzahlen, einen Teil schicke ich später aus Petersburg. Die Hauptsache ist Nadežda Fjodorovna. Vor allem müssen wir unsere Beziehung klären... Ja.«

Eine Weile später dachte er: sollte er nicht besser zu Samojlenko gehen und sich mit ihm beraten?

»Gehen kann ich ja, – dachte er, – aber was würde das nutzen? Ich würde ihm wieder nur Unpassendes erzählen über Boudoirs, über Frauen, darüber, was ehrenhaft oder unehrenhaft ist. Was zum Teufel ist da noch zu reden von ehrenhaft oder unehrenhaft, wenn ich so bald wie möglich mein eigenes Leben retten muß, wenn ich ersticke in dieser verfluchten Unfreiheit und mich umbringe?.. Ich muß endlich begreifen, daß ein Leben wie das meine fortzuführen eine Gemeinheit ist, eine Grausamkeit, angesichts derer alles andere kleinlich und nichtig ist. Fliehen! – murmelte er, sich aufsetzend. – Fliehen!«

Das leere Ufer des Meeres, die drückende Hitze, die Eintönigkeit der rauchigen, zartvioletten Berge, der ewig einförmigen und schweigsamen, ewig einsamen, stürzten ihn in Schwermut und schläferten ihn, so schien es, ein und raubten ihn aus. Vielleicht ist er sehr klug, hat Talent und ist bemerkenswert ehrenhaft; vielleicht, wenn ihn nicht von allen Seiten das Meer und die Berge bedrängten, würde aus ihm ein vorzüglicher Zemstvo-Vertreter, Staatsmann, Redner, Publizist, einer, der etwas bewegt. Wer weiß! Und wenn das so ist, ist es dann nicht dumm, darüber nachzudenken, ob etwas ehrenhaft ist oder nicht, wenn ein begabter und nützlicher Mensch, zum Beispiel ein Musiker oder Maler, um aus der Gefangenschaft zu fliehen, die Mauer durchbricht und seine Gefängniswärter betrügt? In der Lage eines solchen Menschen ist alles ehrenhaft.

Um zwei Uhr setzten sich Laevskij und Nadežda Fjodorovna zum Essen. Als die Köchin ihnen Tomatensuppe mit Reis servierte, sagte Laevskij:

– Jeden Tag ein und dasselbe. Warum kocht man nicht ein Mal Kohlsuppe?

– Es gibt keinen Kohl.

– Merkwürdig. Bei Samojlenko wird Kohlsuppe gekocht, bei Marja Konstantinovna wird Kohlsuppe gekocht, nur ich muß diese süßliche Plempe essen. So geht es nicht, Liebling.

Wie das bei der überwiegenden Mehrheit der Eheleute zu sein pflegt, war früher bei Laevskij und Nadežda Fjodorovna kein Essen ohne Launen und Szenen vergangen, doch seitdem Laevskij beschlossen hatte, daß er sie nicht mehr liebe, bemühte er sich, Nadežda Fjodorovna in allem nachzugeben, sprach weich und höflich mit ihr, lächelte und nannte sie Liebling.

– Diese Suppe schmeckt nach Lakritze, – sagte er lächelnd; er nahm sich zusammen, um freundlich zu erscheinen, konnte sich aber nicht beherrschen und sagte: – Niemand schaut bei uns nach dem Haushalt... Wenn du schon so krank oder mit Lektüre beschäftigt bist, dann bitte kümmere ich mich um unsere Küche.

Früher hätte sie ihm geantwortet: »Dann kümmere dich« oder: »Ich sehe, du willst eine Köchin aus mir machen«, doch heute blickte sie ihn nur zaghaft an und errötete.

– Nun, wie fühlst du dich heute? – fragte er liebevoll.

– Heute ganz gut. Ja, nur eine leichte Schwäche.

– Du mußt dich schonen, Liebling. Ich habe schrecklich Angst um dich.

Nadežda Fjodorovna war irgendwie krank. Samojlenko sagte, sie habe Wechselfieber, und gab ihr Chinin; der andere Arzt, Ustimovič, ein hochaufgeschossener, hagerer, menschenscheuer Mann, der tagsüber zu Hause saß und an den Abenden, die Hände auf dem Rücken, den Spazierstock parallel zum Rückgrat haltend, still auf der Uferpromenade spazierenging und hustete, fand, sie habe ein Frauenleiden, und verschrieb ihr wärmende Kompressen. Früher, als Laevskij sie noch liebte, erweckte Nadežda Fjodorovnas Krankheit in ihm Mitleid und Angst, heute dagegen sah er auch in der Krankheit Lüge. Das gelbe, verschlafene Gesicht, der welke Blick und das Gähnen, die bei Nadežda Fjodorovna nach den Fieberanfällen auftraten, und daß sie während des Anfalls unter dem Plaid lag und mehr Ähnlichkeit mit einem kleinen Jungen hatte als mit einer Frau, und daß es in ihrem Zimmer schwül war und schlecht roch, – all das zerstörte, seiner Meinung nach, die Illusion und war Protest gegen Liebe und Ehe.

Als zweiten Gang servierte man ihm Spinat mit hartgekochten Eiern, Nadežda Fjodorovna, weil sie krank war, rote Grütze mit Milch. Als sie mit besorgter Miene zuerst die Grütze mit dem Löffel berührte und sie dann träge zu essen begann, danach die Milch trank und er ihr Schlucken hörte, überkam ihn ein so böser Haß, daß es ihm sogar am Kopf juckte. Er wurde sich bewußt, daß ein solches Gefühl sogar in bezug auf einen Hund kränkend wäre, doch er ärgerte sich nicht über sich selbst, sondern über Nadežda Fjodorovna, weil sie dieses Gefühl in ihm erweckte, und er begriff, warum Liebhaber ihre Geliebten hin und wieder umbringen. Er selbst hätte sie natürlich nicht umgebracht, doch wäre er jetzt Geschworener bei Gericht, er hätte dem Mörder recht gegeben.

– Merci, Liebling, – sagte er nach dem Essen und küßte Nadežda Fjodorovna auf die Stirn.

Zurück in seinem Arbeitszimmer, ging er fünf Minuten von einer Ecke in die andere, schielte nach den Stiefeln, dann setzte er sich auf den Divan und murmelte:

– Fliehen, fliehen! Die Beziehungen klären und fliehen!

Er legte sich auf den Divan und dachte wieder, Nadežda Fjodorovnas Mann sei, vielleicht, durch seine Schuld gestorben.

»Einen Menschen beschuldigen, dafür daß er sich verliebt hat oder nicht mehr liebt, ist dumm, – redete er sich zu, indem er im Liegen die Füße hob, um die Stiefel anzuziehen. – Liebe und Haß stehen nicht in unserer Macht. Was ihren Mann betrifft, so war ich, vielleicht, indirekt eine der Ursachen seines Todes, aber bin etwa ich daran schuld, daß ich mich in seine Frau verliebt habe und sie sich in mich?«

Damit stand er auf, suchte nach seiner Mütze und begab sich zu seinem Bediensteten Šeškovskij, bei dem sich jeden Tag die Beamten versammelten, um Whint zu spielen und kaltes Bier zu trinken.

»In meiner Unentschlossenheit erinnere ich an Hamlet, – dachte Laevskij unterwegs. – Wie wahr hat Shakespeare das beschrieben! Ach, wie wahr!«

III

Um es nicht so langweilig zu haben und aus Rücksicht auf die extreme Not der Neuankömmlinge und Ledigen, die, in Ermangelung eines Gasthauses in der Stadt, nirgends etwas zu essen bekommen konnten, unterhielt Doktor Samojlenko bei sich eine Art Table d'hôte. Zur beschriebenen Zeit verköstigten sich bei ihm nur zwei: der junge Zoologe von Koren, der für den Sommer ans Schwarze Meer gekommen war, um die Embryologie der Medusen zu studieren, und der Diakon Pobedov, vor kurzem erst aus dem Priesterseminar entlassen und in dieses Städtchen abkommandiert zur Erfüllung der Pflichten des alten Diakons, der abgereist war, um sich in ärztliche Behandlung zu begeben. Beide zahlten sie für Mittagstisch und Abendbrot zwölf Rubel im Monat, und Samojlenko hatte ihnen das Ehrenwort abgenommen, zum Essen pünktlich um zwei Uhr zu erscheinen.

Als erster kam gewöhnlich von Koren. Er setzte sich schweigend in den Salon, nahm ein Album vom Tisch und betrachtete aufmerksam die verblichenen Photographien irgendwelcher unbekannter Männer in weiten Hosen und Zylindern und Damen in Krinolinen und Spitzenhäubchen. Samojlenko kannte nur wenige beim Namen, und von denen, die er vergessen hatte, pflegte er mit einem Seufzer zu sagen: »Ein vortrefflichster Mensch von größtem Verstand!« Wenn er mit dem

Album zu Ende war, nahm von Koren von der Etagere die Pistole und zielte, das linke Auge zugekniffen, lange auf das Porträt des Fürsten Voroncov oder stellte sich vor den Spiegel und betrachtete sein sonnengebräuntes Gesicht, die hohe Stirn und das schwarze Haar, kraus wie das eines Negers, sowie sein Hemd aus mattem Kattun mit großen Blumen, ähnlich denen eines Perserteppichs, und den breiten Ledergürtel anstelle einer Weste. Die Selbstbetrachtung bereitete ihm beinahe größeres Vergnügen als die Durchsicht der Photographien oder die Pistole mit ihren reichen Verzierungen. Er war sehr zufrieden sowohl mit seinem Gesicht und mit seinem schön geschnittenen Bärtchen, als auch mit seinen breiten Schultern, welche offenkundiger Beweis waren für seine gute Gesundheit und seinen kräftigen Körperbau. Zufrieden war er auch mit seinem stutzerhaften Aufzug, angefangen von der Krawatte, die passend gewählt war zur Farbe des Hemds, bis hin zu den gelben Halbschuhen.

Während er das Album betrachtete oder vor dem Spiegel stand, hantierte Samojlenko in der Küche und vor ihr auf dem Flur, ohne Jackett und ohne Weste, mit offener Hemdbrust, aufgeregt und schweißüberströmt an den Tischen, um den Salat zuzubereiten oder irgendeine Sauce oder Fleisch, Gurken und Zwiebeln für die Okroška, wobei er die Augen rollte, böse auf den ihm zur Hand gehenden Burschen, nach dem er mal mit dem Messer, mal mit dem Löffel ausholte.

– Den Essig her! – befahl er. Ich meine nicht den Essig, sondern das Olivenöl! – schrie er, mit den Füßen aufstampfend. – Wo rennst du denn hin, du Schwein?

– Das Öl holen, Euer Exzellenz, – sagte der eingeschüchterte Bursche in brüchigem Tenor.

– Schnell! Es steht im Schrank! Und sag Darja, sie soll Dill an die Gurken tun! Dill! Deck die Sahne zu, Maulaffe, sonst gehen die Fliegen dran!

Von seinem Geschrei, so schien es, dröhnte das ganze Haus.

Wenn bis zwei Uhr noch zehn oder fünfzehn Minuten fehlten, kam der Diakon, ein junger Mann von zweiundzwanzig Jahren, hager, langhaarig, bartlos und mit dem kaum sichtbaren Ansatz eines Schnurrbarts. Wenn er den Salon betrat, bekreuzigte er sich vor der Ikone, lächelte und streckte von Koren die Hand hin.

– Guten Tag, – sagte der Zoologe kalt. – Wo waren Sie?

– Am Hafen, Kaulköpfe fangen.

– Natürlich... Sie werden wohl nie Ihrer Arbeit nachgehen, Diakon.

– Wieso denn? Die Arbeit ist kein Bär, sie läuft nicht in den Wald, – sagte der Diakon lächelnd und steckte die Hände in die überaus tiefen Taschen des Rockes unter seinem weißen Ornat.

– Und niemand, der Sie dafür prügelt! – seufzte der Zoologe.

Es vergingen noch fünfzehn bis zwanzig Minuten, doch zum Essen wurde nicht gerufen, und noch immer war zu hören, wie der Bursche, aus dem Flur in die Küche und zurücklaufend, mit den Stiefeln trappste und wie Samojlenko schrie:

– Auf den Tisch damit! Wo steckst du das hin? Erst abwaschen!

Der Diakon und von Koren, die Hunger hatten, begannen mit den Absätzen aufzutrappsen, um so ihre Ungeduld zu äußern wie die Zuschauer im Olymp des Theaters. Endlich öffnete sich die Tür, und der gepeinigte Bursche verkündete: das Essen ist fertig! Im Eßzimmer begrüßte sie purpurrot, vom Küchendunst in Schweiß gebadet und zornig Samojlenko; er blickte sie böse an und hob mit einem Ausdruck des Entsetzens im Gesicht den Deckel der Suppenterrine hoch und schenkte beiden einen Teller voll, und erst, wenn er sich davon überzeugte, daß sie mit Appetit aßen und daß ihnen das Essen schmeckte, seufzte er leicht und setzte sich in seinen tiefen Sessel. Sein Gesicht war jetzt abgespannt, ölig glänzend... Ohne Eile schenkte er sich ein Gläschen Vodka ein und sagte:

– Auf das Wohl der jungen Generation!

Nach dem Gespräch mit Laevskij hatte Samojlenko die ganze Zeit, vom Morgen bis zum Essen, trotz bester Laune, in der Tiefe seiner Seele eine gewisse Last verspürt; es tat ihm leid um Laevskij und er wollte ihm helfen. Nachdem er vor der Suppe sein Gläschen Vodka getrunken hatte, seufzte er und sagte:

– Ich habe heute Vanja Laevskij gesehen. Der arme Kerl hat es schwer. Die materielle Seite seines Lebens ist trostlos, aber vor allem – die Psychologie hat ihn am Wickel. Tut mir leid, der Junge.

– Gerade der tut mir nicht leid! – sagte von Koren. – Wenn dieser liebreizende Mann am Ertrinken wäre, ich würde noch mit dem Stock nach ihm stoßen: ertrinke, Freundchen, ertrink...

– Das ist nicht wahr. Das würdest du nicht tun.

– Wieso glaubst du das? – zuckte der Zoologe die Achseln. – Zu einer guten Tat bin ich genauso fähig wie du.

– Einen Menschen ertränken ist eine gute Tat? – fragte der Diakon und lachte.

– Einen Laevskij? Ja.

– An der Okroška fehlt, glaube ich, etwas... – sagte Samojlenko, um das Thema zu wechseln.

– Laevskij ist unbedingt schädlich und für die Gesellschaft ebenso gefährlich wie die Cholera-Mikrobe, – fuhr von Koren fort. – Ihn zu ertränken ist ein Verdienst.

– Es ehrt dich nicht, dich so über deinen Nächsten zu äußern. Sag: warum haßt du ihn?

– Doktor, rede keinen Unfug. Eine Mikrobe zu hassen und zu verachten ist dumm, aber unterschiedslos jeden Dahergelaufenen, koste es was es wolle, für seinen Nächsten zu halten – danke ergebenst, das bedeutet, nicht zu urteilen, eine gerechte Beziehung zu Menschen auszuschlagen, kurz, die Hände in Unschuld zu waschen. Ich halte deinen Laevskij für einen Schurken, verberge das nicht und verhalte mich ihm gegenüber wie zu einem Schurken, und zwar mit bestem Gewissen.

Du hältst ihn für deinen Nächsten, dann geh hin und küß dich mit ihm; hältst du ihn für deinen Nächsten, so bedeutet das, du verhältst dich ihm gegenüber genauso wie zu mir und dem Diakon, nämlich gar nicht. Du bist allen gegenüber gleichermaßen gleichgültig.

– Einen Menschen einen Schurken nennen! – murmelte Samojlenko, angewidert die Stirn runzelnd. – Das ist in einem Maße häßlich, daß ich dafür keinen Ausdruck finde!

– Menschen beurteilt man nach ihren Taten, – fuhr von Koren fort. – Nun urteilen Sie, Diakon... Ich werde mit Ihnen sprechen, Diakon. Die Tätigkeit des Herrn Laevskij liegt offen ausgebreitet vor Ihnen, wie eine lange chinesische Schriftrolle, Sie können sie von Anfang bis Ende lesen. Was hat er getan in den zwei Jahren, seit er hier lebt? Zählen wir es an den Fingern ab. Erstens hat er die Einwohner dieses Städtchens gelehrt, Whint zu spielen; vor zwei Jahren war dieses Spiel hier unbekannt, heute dagegen spielen es vom Morgen bis in die tiefe Nacht alle, sogar Frauen und Halbwüchsige; zweitens hat er die Bürger gelehrt, Bier zu trinken, das hier ebenfalls unbekannt war; ihm verdanken die Bürger Kenntnisse auf dem Sektor der verschiedenen Vodkasorten, so daß sie heute mit verbundenen Augen unterscheiden können zwischen Vodka Koševel und Smirnov Nr. 21. Drittens lebte man hier früher mit den Ehefrauen anderer heimlich und nicht in aller Öffentlichkeit; Ehebruch hielt man für etwas, das man sich schämte allgemein zur Schau zu stellen; Laevskij erwies sich auch in dieser Hinsicht als Pionier: er lebt offen mit der Ehefrau eines anderen. Viertens...

Von Koren aß schnell seine Okroška auf und übergab dem Burschen den Teller.

– Ich habe schon im ersten Monat unserer Bekanntschaft begriffen, wer Laevskij ist, – fuhr er, an den Diakon gewandt, fort. – Wir kamen zur gleichen Zeit hierher. Menschen wie er lieben Freundschaft, menschliche Nähe, Solidarität und so weiter, denn zum Whintspielen, zum Essen und Trinken brauchen sie Gesellschaft; außerdem sind sie geschwätzig und brauchen Zuhörer. Wir freundeten uns an, das heißt, er kam jeden Tag bei mir vorbei, störte mich beim Arbeiten und sprach ganz ungeniert von seiner Mätresse. Schon in der ersten Zeit verblüffte er mich durch seine außergewöhnliche Verlogenheit, von der mir einfach übel wurde. In meiner Eigenschaft als Freund rüffelte ich ihn, weshalb er so viel trinke, weshalb er über seine Verhältnisse lebe und Schulden mache, weshalb er nichts tue und nichts lese, weshalb er so wenig kultiviert sei und so wenig wisse – und als Antwort auf alle meine Fragen lächelte er bitter, seufzte und sagte: »Ich bin ein Pechvogel, ein überflüssiger Mensch«, oder: »Was, mein Lieber, wollen Sie von uns schon verlangen, uns, den Scherben der Leibeigenschaft?«, oder »Wir entarten ...« Oder er begann ein langes Kauderwelsch über Onegin, Pečorin, Byrons Cain und Bazarov, von denen er sagte: »Das sind unsere Väter im Fleische und im Geiste.« Verstehen Sie das bitte recht: nicht er ist schuld, daß behördliche Sendungen wochenlang ungeöffnet daliegen, während er selbst trinkt und andere zum Trinken verführt, sondern schuld sind Onegin, Pečorin und Turgenev, der den Pechvogel und überflüssigen Menschen erfunden hat. Die Ursache für extreme Sittenlosigkeit und Unanständigkeit liegt, wie Sie sehen, nicht in ihm selbst, sondern irgendwo außerhalb, im Raum. Und dabei ist – ein übler Trick! – nicht er allein ausschweifend, verlogen und widerlich, sondern wir alle ... »wir Menschen der achtziger Jahre«, »wir, die welke, nervöse Ausgeburt des Leibeigenenrechts«, »die Zivilisation hat uns zu Krüppeln gemacht« ... Kurz, wir müssen begreifen, daß so ein großer Mann wie Laevskij auch noch in seinem Fallen groß ist; daß seine Sittenlosigkeit, Unbildung und Unreinlichkeit eine naturhistorische Erscheinung darstellen, geheiligt durch die Notwendigkeit, daß man es hier mit elementaren, universellen Ursachen zu tun hat und daß man vor Laevskij ein

Heiligenlämpchen aufhängen müßte, denn er ist ein Schicksalsopfer der Zeit, der geistigen Strömungen, der Erblichkeit usw. Alle Beamten und Damen, die ihm zuhörten, machten oh! und ah!, und ich konnte lange nicht begreifen, mit wem ich es zu tun hatte: mit einem Zyniker oder einem gerissenen Gauner? Subjekte wie er, auf den ersten Blick intelligent, ein bißchen gebildet, die viel vom eigenen Edelmut reden, verstehen es, die außergewöhnlich komplizierten Naturen zu spielen.

– Halt den Mund! – fuhr Samojlenko auf. – Ich erlaube nicht, daß man in meiner Gegenwart schlecht über einen der edelmütigsten Menschen spricht.

– Unterbrich mich nicht, Aleksandr Davidyč, – sagte von Koren kalt. – Ich bin gleich zu Ende. Laevskij ist ein ziemlich unkomplizierter Organismus. Hier sein moralisches Skelett: morgens Pantoffeln, Baden und Kaffee, danach bis zum Essen Pantoffeln, Bewegung und Gespräche, um zwei Uhr Pantoffeln, Essen und Alkohol, um fünf Uhr Baden, Tee und Alkohol, danach Whint und Lügengeschichten, um zehn Uhr Abendbrot und Alkohol, nach Mitternacht Schlafen und la femme. Sein ganzes Dasein ist in dieses dürftige Programm eingeschlossen wie das Ei in seiner Schale. Ob er geht, ob er steht, sich ärgert, schreibt oder sich freut – alles ist zurückzuführen auf Alkohol, Spielkarten, Pantoffeln und die Frau. Die Frau spielt in seinem Leben eine schicksalhafte, erdrückende Rolle. Er selbst berichtet, er sei schon mit dreizehn verliebt gewesen; als Student im ersten Studienjahr lebte er mit einer Dame, die wohltuenden Einfluß auf ihn besaß und der er seine musikalische Bildung verdankt. Im zweiten Studienjahr kaufte er aus einem Freudenhaus eine Prostituierte frei und hob sie zu sich empor, das heißt, er nahm sie sich zur Mätresse, sie lebte ein halbes Jahr mit ihm zusammen und floh zu ihrer Bordellmutter zurück, und diese Flucht verursachte ihm keine geringen seelischen Leiden. O weh, er litt dermaßen, daß er die Universität verlassen und zwei Jahre untätig zu Hause leben mußte ohne

Arbeit. Aber das war nur zu seinem Besten. Zu Hause ging er ein Verhältnis ein mit einer Witwe, die ihm riet, die juristische Fakultät zu verlassen und an die philologische zu wechseln. Das tat er. Nach der Universität verliebte er sich leidenschaftlich in seine jetzige... wie heißt sie noch?... die verheiratet war, also mußte er mit ihr hierher in den Kaukasus fliehen, der Ideale wegen, sozusagen... Heute oder morgen hört er auf, sie zu lieben, und flieht zurück nach Petersburg, wieder der Ideale wegen.

– Und du, woher willst du das wissen? – knurrte Samojlenko und blickte den Zoologen böse an. – Iß lieber.

Serviert wurde gekochte Meeräsche mit polnischer Sauce. Samojlenko legte beiden Kostgästen je eine ganze Meeräsche vor und goß eigenhändig die Sauce darüber. Etwa zwei Minuten vergingen in Schweigen.

– Die Frau spielt im Leben jedes Mannes eine wesentliche Rolle, – sagte der Diakon. – Da ist nichts zu machen.

– Ja, nur in welchem Maße? Für jeden von uns ist die Frau Mutter, Schwester, Ehefrau, Freundin, für Laevskij dagegen ist sie alles, und doch nur Geliebte. Sie, das heißt das Leben mit ihr, ist Glück und Ziel seines Lebens; heiter, traurig, langweilig, enttäuscht macht ihn die Frau; das Leben wird ihm schal – schuld ist die Frau; erscheint das Morgenrot eines neuen Lebens, finden sich Ideale – auch hier: cherchez la femme... Ihn befriedigen nur Werke oder Bilder, wo die Frau nicht fehlt. Unsere Zeit ist, seiner Meinung nach, nur deshalb schlecht und schlechter als die vierziger und sechziger Jahre, weil wir es nicht vermögen, uns bis zum Selbstvergessen der Ekstase und Leidenschaft der Liebe hinzugeben. Diese Lüstlinge haben wahrscheinlich im Gehirn eine besondere Geschwulst wie ein Sarkom, das auf das Gehirn drückt und ihre gesamte Psychik lenkt. Beobachten Sie mal Laevskij, wenn er irgendwo in Gesellschaft sitzt. Sie werden bemerken: wenn in seiner Gegenwart eine allgemeine Frage aufgeworfen wird, zum Beispiel die der Zelle oder des Instinkts, sitzt er abseits, schweigt und hört nicht zu; sein Äußeres ist abgespannt, enttäuscht, nichts interessiert ihn, alles ist trivial und nichtig, doch sobald sie anfangen, von Männchen und Weibchen zu sprechen, zum Beispiel darüber, daß bei den Spinnen das Weibchen nach der Befruchtung das Männchen auffrißt, – da leuchten seine Augen vor Neugierde, sein Gesicht wird klar, kurz, der Mann lebt auf. Alle seine Gedanken, so edelmütig, erhaben oder unentschieden sie auch sein mögen, haben immer ein und denselben Ausgangspunkt. Geht man mit ihm über die Straße und begegnet, zum Beispiel, einem Esel... – »Sagen Sie bitte, – fragt er, – was geschieht, wenn man eine Eselin mit einem Kamel paart?« Und erst seine Träume! Hat er Ihnen seine Träume erzählt? Das ist großartig! Mal träumt er, man wolle ihn mit dem Mond verheiraten, mal lade man ihn bei der Polizei vor und befehle ihm dort, mit einer Guitarre zu schlafen...«

Der Diakon lachte laut auf; Samojlenko verfinsterte sich und runzelte zornig die Stirn, um nicht zu lachen, konnte sich jedoch nicht beherrschen und lachte laut auf.

– Lügt der einen Unsinn zusammen! – sagte er und wischte sich die Tränen. – Bei Gott, er lügt!

IV

Der Diakon war ein lachlustiger Mensch und lachte über jede Kleinigkeit, bis er Seitenstechen bekam, bis zum Umfallen. Es schien, als sei er nur deshalb gern unter Menschen, weil diese komische Seiten haben und man ihnen komische Spitznamen geben konnte. Samojlenko nannte er die Tarantel, seinen Burschen den Enterich und war entzückt, als von Koren Laevskij und Nadežda Fjodorovna einmal als Makaken bezeichnet hatte. Gierig starrte er in die Gesichter, hörte zu ohne zu zwinkern, und zu sehen war, wie ihm das Lachen in die Augen stieg und sein Gesicht gespannt war in der Erwartung, wann er seiner Lust freien Lauf lassen und in lautes Gelächter ausbrechen könnte.

– Das ist ein verkommenes und verdrehtes Subjekt, – fuhr der Zoologe fort, und der Diakon, in Erwartung komischer Wörter, sog sich an seinem Gesicht fest. – Selten trifft man solche Nieten wie ihn. Am Körper welk, hinfällig und alt, und im Intellekt unterscheidet er sich durch nichts von einer dicken Kaufmannsfrau, die nichts anderes kann als fressen, trinken, in weichen Federpfühlen schlafen und die sich ihren Kutscher als Geliebten hält.

Wieder lachte der Diakon laut auf.

– Lachen Sie nicht, Diakon, – sagte von Koren, – das ist schließlich dumm. Ich würde diese Niete nicht weiter beachten, fuhr er fort, als der Diakon endlich zu lachen aufgehört hatte, – ich würde ihn links liegenlassen, wenn er nicht so schädlich und gefährlich wäre. Seine Schädlichkeit besteht vor allem darin, daß er bei den Frauen Erfolg hat und deshalb droht, Nachkommen zu haben, das heißt der Welt ein Dutzend Laevskijs zu schenken, die genauso hinfällig und entartet sind wie er selbst. Zweitens ist er in höchstem Grade ansteckend. Whint und Bier erwähnte ich bereits. Noch ein-zwei Jahre – und er hat die gesamte Kaukasusküste erobert. Sie wissen, bis zu welchem Grade die Masse, besonders ihre Mittelschicht, an die Intelligenz glaubt, an Universitätsbildung, an vornehme Manieren und gepflegte Sprache. Welch Schurkenstück er auch begehen mag, alle glauben, es sei gut, es müsse wohl so sein, denn er ist ein intelligenter, liberaler und akademisch gebildeter Mensch. Außerdem ist er ja ein Pechvogel, ein überflüssiger Mensch, Neurastheniker, Opfer der Zeit, und das bedeutet: ihm ist alles erlaubt. Er ist ein lieber Kerl, eine Seele von einem Menschen, er geht so herzlich nachsichtig mit den menschlichen Schwächen um; er ist nachgiebig, freigebig, verträgt viel, ist nicht stolz, mit ihm kann man trinken, Zoten reißen und Klatsch austauschen... Die Masse, die in Religion und Moral stets zum Anthropomorphismus neigt, liebt nichts so sehr wie jene Götzen, die dieselben Schwächen haben wie sie selbst. Daran können Sie beurteilen, welch weites Feld er für seine Ansteckung hat! Außerdem ist er kein übler Schauspieler, ein geschickter Heuchler, der sehr wohl weiß, wo die Glocken hängen. Nehmen Sie nur seine Kniffe und Tricks, beispielsweise in bezug auf die Zivilisation. Er hat an der Zivilisation nicht mal gerochen, aber tönt: »Ach, wie hat uns die Zivilisation zu Krüppeln gemacht! Ach, wie ich die Wilden beneide, diese Kinder der Natur, die keine Zivilisation kennen!« Man muß aber begreifen, daß er früher, in grauer Vorzeit, der Zivilisation mit ganzer Seele ergeben war, ihr diente, sie in sich aufnahm, doch sie hat ihn ermüdet, enttäuscht, betrogen; er, wissen Sie, ist ein Faust, ein zweiter Tolstoj... Schopenhauer und Spencer behandelt er wie dumme Jungen und klopft ihnen väterlich auf die Schulter: gehts gut, Freund Spencer? Natürlich hat er Spencer nicht gelesen, aber wie liebreizend ist er doch, wenn er mit leichter, herablassender Ironie von seiner Gnädigen sagt: »Sie hat Spencer gelesen!« Und man hört ihm zu und niemand will begreifen, daß dieser Scharlatan nicht nur nicht das Recht hat, sich über Spencer in diesem Ton zu äußern, sondern nicht einmal, Spencer die Fußsohlen zu küssen! Alles untergraben, die Zivilisation, die Autoritären, den Altar, der der seine nicht ist, sie mit Schmutz bewerfen, ihnen schalkhaft zuzwinkern, nur um die eigene Hinfälligkeit und moralische Erbärmlichkeit zu rechtfertigen und zu verbergen, das kann nur ein sehr eitles, niederes und ekelhaftes Tier.

– Kolja, ich weiß nicht, was du von ihm willst, – sagte Samojlenko und sah den Zoologen nicht mehr böse, sondern schuldbewußt an. – Er ist ein Mensch wie alle anderen auch. Natürlich nicht ohne Schwächen, aber er steht auf der Höhe der modernen Ideen, er dient, bringt dem Vaterland Nutzen. Vor zehn Jahren diente hier als Agent ein altes

Männlein, ein Mensch von größtem Verstand... Der pflegte zu sagen...

– Hör auf, hör auf! – unterbrach der Zoologe. – Du sagst: er dient. Aber wie dient er? Sind deshalb, weil er hier erschienen ist, die Zustände besser geworden, die Beamten korrekter, ehrlicher und höflicher? Im Gegenteil, durch seine Autorität als intelligenter Akademiker hat er ihre Verdorbenheit nur sanktioniert. Korrekt ist er nur am zwanzigsten des Monats, wenn er sein Gehalt in Empfang nimmt, an anderen Tagen schlurft er nur bei sich zu Hause in Pantoffeln umher und bemüht sich, den Eindruck zu erwecken, als tue er der russischen Regierung einen Riesengefallen damit, daß er im Kaukasus lebt. Nein, Aleksandr Davidyč, tritt nicht für ihn ein. Du bist ehrlich von A bis Z. Wenn du ihn tatsächlich lieben und für deinen Nächsten halten würdest, dann wärst du vor allem seinen Schwächen gegenüber nicht gleichgültig, sondern würdest dich zu seinem eigenen Nutzen bemühen, ihn unschädlich zu machen.

– Wie das?

– Unschädlich machen. Da er unverbesserlich ist, kann man ihn nur auf eine Weise unschädlich machen...

Von Koren strich sich mit dem Finger quer über den Hals.

– Oder vielleicht ertränken... – fügte er hinzu. – Im Interesse der Menschheit und in ihrem eigenen Interesse müssen solche Leute vernichtet werden. Ohne Rücksicht.

– Was sagst du da?! – murmelte Samojlenko, erhob sich und blickte erstaunt in das ruhige, kalte Gesicht des Zoologen. – Diakon, was sagt er da? Bist du noch bei Verstand?

– Ich bestehe nicht auf der Todesstrafe, – sagte von Koren. – Wenn bewiesen ist, daß sie schädlich ist, denkt euch etwas anderes aus. Ist es unmöglich, Laevskij zu vernichten, dann isoliert ihn, nehmt ihm die Persönlichkeit, schickt ihn zur Zwangsarbeit...

– Was sagst du da? – entsetzte sich Samojlenko. – Mit Pfeffer, mit Pfeffer! – rief er mit verzweifelter Stimme, als er bemerkte, daß der Diakon die Kabački ohne Pfeffer aß. – Du, Mensch von größtem Verstande, was sagst du da?! Unseren Freund, einen stolzen, intelligenten Menschen, zur Zwangsarbeit schicken!

– Und wenn er stolz ist und sich widersetzt – dann in Fußfesseln!

Samojlenko brachte kein Wort mehr heraus und bewegte nurmehr die Finger: der Diakon blickte in sein bestürztes, tatsächlich komisches Gesicht und lachte laut auf.

– Hören wir auf damit, – sagte der Zoologe. – Merk dir nur das eine, Aleksandr Davidyč, daß die Urgesellschaft vor Leuten wie Laevskij geschützt wurde durch den Kampf ums Dasein und die natürliche Zuchtwahl; heute dagegen hat unsere Kultur Kampf und Zuchtwahl beträchtlich abgeschwächt, und wir müssen uns um die Vernichtung der Schwächlichen und Untauglichen selbst bemühen, sonst nämlich, wenn die Laevskijs sich vermehren, geht die Zivilisation zugrunde und die Menschheit entartet völlig. Und wir wären daran schuld.

– Wenn man Menschen ertränken und aufhängen darf, – sagte Samojlenko, – dann zum Teufel mit deiner Zivilisation, zum Teufel mit der Menschheit! Zum Teufel mit ihr! Was ich dir sagen will: du bist der gelehrteste, ein Mensch von größtem Verstand und Stolz des Vaterlandes, aber dich haben die Deutschen verdorben. Jawohl, die Deutschen! Die Deutschen!

Seit Samojlenko Dorpat nach dem Medizinstudium verlassen hatte, hatte er Deutsche nur selten gesehen – und kein einziges deutsches Buch gelesen, aber seiner Meinung nach ging alles Böse in Politik und Wissenschaft von den Deutschen aus. Woher er diese Meinung nahm, konnte er selbst nicht sagen, hielt aber strikt an ihr fest.

– Jawohl, die Deutschen! – wiederholte er noch einmal. – Gehen wir Tee trinken.

Alle drei standen auf und gingen, die Hüte aufgesetzt, in den Vorgarten und setzten sich dort im Schatten blühender Ahornbäume, Kirschbäume und einer Kastanie. Der Zoologe und der Diakon setzten sich auf die Bank hinter dem Tischchen, Samojlenko sank in den Korbsessel mit breiter, gebogener Lehne. Der Bursche servierte Tee, Varenje und eine Flasche Syrup.

Es war sehr heiß, dreißig Grad im Schatten. Die erhitzte Luft war erstarrt, regungslos, und ein langes Spinnengewebe, das von der Kastanie bis zur Erde reichte, hing schlaff herab und bewegte sich nicht.

Der Diakon nahm die Gitarre, die ständig neben dem Tisch auf der Erde lag, stimmte sie und sang leise, mit dünner Stimme: »Seminaristen standen vor der Schenke«... doch er verstummte sofort vor Hitze, wischte sich den Schweiß von der Stirn und blickte auf in den glühenden blauen Himmel. Samojlenko döste; von der Hitze, der Stille und der süßen nachmittäglichen Schläfrigkeit, die rasch alle seine Glieder ergriff, wurde er schlaff und berauscht; die Arme hingen herab, die Augen wurden klein, den Kopf zog es auf die Brust. Mit weinerlicher Rührung blickte er auf von Koren und den Diakon und murmelte:

– Die junge Generation... Der Stern der Wissenschaft und die Leuchte der Kirche... Eh man sichs versieht, ist dieser langschößige Halleluja ein Metropolit, wer weiß, dann muß man ihm das Händchen küssen... Nun ja... Gebs Gott...

Bald hörte man ihn schnarchen. Von Koren und der Diakon tranken ihren Tee aus und gingen auf die Straße.

– Gehen Sie wieder an den Hafen, Kaulköpfe fangen? – fragte der Zoologe.

– Nein, es ist zu heiß.

– Kommen Sie mit zu mir. Sie können mir ein Paket packen helfen und das eine oder andere abschreiben. Dabei können wir besprechen, womit Sie sich beschäftigen sollten. Man muß arbeiten, Diakon. So geht es nicht.

– Ihre Worte sind berechtigt und logisch, – sagte der Diakon, – aber meine Faulheit findet ihre Entschuldigung in den

Umständen meines gegenwärtigen Lebens. Sie wissen selbst, die Ungewißheit der Lage befördert im Menschen den Zustand der Apathie beträchtlich. Ob man mich nur auf Zeit hierhergeschickt hat oder für immer, weiß Gott allein; ich lebe hier in der Ungewißheit, und meine Diakonin hockt beim Vater und langweilt sich. Und mir ist, offen gesagt, vor Hitze das Gehirn eingetrocknet.

– Alles Quatsch, – sagte der Zoologe. – An die Hitze kann man sich gewöhnen, auch an das Leben ohne Diakonin. Man darf sich nicht gehen lassen. Man muß sich zusammennehmen.

V

Nadežda Fjodorovna ging morgens baden, und hinter ihr, mit Krug, Kupferschüssel, mit Laken und Schwamm, ging ihre Köchin Olga. Auf Reede lagen zwei unbekannte Dampfer mit schmutzigen weißen Schornsteinen, offenbar ausländische Frachtschiffe. Männer in Weiß, mit weißen Halbschuhen gingen im Hafen hin und her und riefen laut auf französisch, man antwortete ihnen von diesen Dampfern. In der kleinen städtischen Kirche wurden schwungvoll die Glocken geläutet.

»Heute ist Sonntag!« – erinnerte sich Nadežda Fjodorovna voll Vergnügen.

Sie fühlte sich völlig gesund und war heiterer feiertäglicher Stimmung. In ihrem neuen weiten Kleid aus grober Rohseide und ihrem großen Strohhut, dessen breite Krempe über den Ohren stark zusammengebogen war, so daß ihr Gesicht wie aus einem Schächtelchen hervorblickte, fand sie sich sehr hübsch anzusehen. Sie dachte daran, daß es in der ganzen Stadt nur eine junge, hübsche, intelligente Frau gebe – nämlich sie, und daß nur sie allein es verstehe, sich für wenig Geld elegant und geschmackvoll zu kleiden. Dieses Kleid zum Beispiel hatte nur zweiundzwanzig Rubel gekostet, dabei sah es so hübsch aus! In der ganzen Stadt kann nur sie allein gefallen, und es gibt viele Männer, deshalb müßten alle, ob sie wollten oder nicht, Laevskij beneiden.

Sie war froh, daß Laevskij in letzter Zeit kalt und zurückhaltend-höflich zu ihr war, zeitweise sogar frech und grob; auf alle seine Ausfälligkeiten und die verächtlichen, kalten oder merkwürdigen, unbegreiflichen Blicke hätte sie früher mit Tränen, Vorwürfen und Drohungen geantwortet, ihn zu verlassen oder sich zu Tode zu hungern, heute dagegen errötete sie nur zur Antwort, blickte ihn schuldbewußt an und war froh, daß er ihr nicht liebevoll zu nahe kam. Wenn er sie beschimpfen und ihr drohen würde, wäre es ihr noch lieber und angenehmer gewesen, denn sie fühlte sich ihm gegenüber durch und durch schuldig. Erstens schien ihr, sie sei schuldig, weil sie kein Mitgefühl hegte für seine Träume von einem arbeitsreichen Leben, um dessentwillen er Petersburg verlassen hatte und hierher in den Kaukasus gekommen war, und sie war überzeugt, er sei ihr in letzter Zeit gerade deswegen böse. Als sie in den Kaukasus kam, meinte sie, sie werde hier noch am ersten Tag einen abgelegenen Winkel am Meer finden, ein gemütliches Gärtchen mit Schatten, Vögeln und Bächen, wo man Blumen und Gemüse pflanzen, Enten und Hühner züchten, die Nachbarn empfangen, die armen Bauern behandeln und Bücher an sie verteilen könnte; es stellte sich jedoch heraus, daß der Kaukasus aus kahlen Bergen, Wäldern und gewaltigen Tälern besteht, wo man lange wählen, sich kümmern und sich einrichten muß, und daß es keinerlei Nachbarn gibt und sehr heiß ist und man ausgeraubt werden kann. Laevskij hatte es nicht eilig, ein Grundstück zu erwerben; sie war darüber froh, und es war, als hätten beide in Gedanken vereinbart, das arbeitsreiche Leben nie zu erwähnen. Er schwieg, dachte sie, also war er ihr böse, weil sie schwieg.

Zweitens hatte sie ohne sein Wissen in diesen zwei Jahren im Geschäft von Ačmianov verschiedene Kleinigkeiten für etwa dreihundert Rubel eingekauft. Mitgenommen hatte sie mal ein Stück Stoff, mal Seide, mal einen Schirm, und unmerklich hatte sich diese Schuld angehäuft.

– Noch heute werde ich es ihm sagen ... – beschloß sie, war sich aber sogleich darüber im klaren, daß es bei der gegenwärtigen Verfassung Laevskijs wohl kaum angebracht sei, mit ihm über Schulden zu sprechen.

Drittens hatte sie schon zweimal, in Abwesenheit Laevskijs, den Polizeibeamten Kirilin bei sich empfangen; einmal morgens, als Laevskij baden gegangen war, das andere Mal um Mitternacht, als er beim Kartenspiel saß. Als Nadežda Fjodorovna sich dessen erinnerte, wurde sie feuerrot und blickte sich nach der Köchin um, wie in Angst, sie könnte ihre Gedanken hören. Die langen, unerträglich heißen, langweiligen Tage, die schönen sehnsuchtsvollen Abende, die schwülen Nächte und dieses ganze Leben, wenn man von morgens bis abends nicht weiß, wozu man die überflüssige Zeit verwenden soll, und die aufdringlichen Gedanken, sie sei die schönste und jüngste Frau in der Stadt und ihre Jugend gehe dahin, und dann Laevskij, ehrenhaft, voller Ideen, aber langweilig, der ewig in den Pantoffeln herumschlurft, an den Fingernägeln kaut und einen mit seinen Launen langweilt, – all das bewirkte, daß nach und nach Wünsche von ihr Besitz ergriffen, und Tag und Nacht, wie eine Wahnsinnige, dachte sie nur an ein und dasselbe. In ihrem Atem, ihren Blicken, im Ton ihrer Stimme und in ihrem Gang spürte sie nur den einen Wunsch; das Rauschen des Meeres raunte ihr zu, sie müsse lieben, ebenso das Abenddunkel, ebenso die Berge ... Und als Kirilin sie zu hofieren begann, war sie weder imstande, noch wollte noch konnte sie sich widersetzen, sondern hatte sich ihm hingegeben ...

Jetzt erinnerten sie die ausländischen Dampfer und Männer in Weiß aus irgendeinem Grunde an einen riesigen Saal; mit der französischen Rede vermischten sich in ihren Ohren Walzerklänge, und ihre Brust erbebte in einer unerklärlichen Freude. Sie hätte tanzen mögen und französisch sprechen.

Voll Freude machte sie sich bewußt, daß in ihrem Betrug nichts Schreckliches lag. An ihrem Betrug hatte die Seele nicht teilgenommen; sie liebt weiter Laevskij, was schon daran zu sehen ist, daß sie eifersüchtig auf ihn ist, Mitleid mit ihm hat und sich langweilt, wenn er nicht zu Hause ist. Kirilin hatte sich als mittelmäßig, ein wenig grob, wenn auch hübsch erwiesen, mit ihm war bereits alles zu Ende und würde nichts mehr sein. Was gewesen war, ist vergangen, geht niemanden etwas an, und sollte Laevskij es erfahren, er würde es nicht glauben.

Am Strand gab es nur eine Badeanstalt für Damen, die Männer badeten unter freiem Himmel. Als sie die Badeanstalt betrat, traf Nadežda Fjodorovna dort eine ältere Dame, Marja Konstantinovna Bitjugova, Ehefrau eines Beamten, und deren fünfzehnjährige Tochter Katja, Gymnasiastin; beide saßen auf dem Bänkchen und zogen sich aus. Marja Konstantinovna war eine gütige, emphatische und einfühlsame Person, die gedehnt und mit Pathos sprach. Bis zu ihrem zweiunddreißigsten Lebensjahr hatte sie als Gouvernante gelebt, dann den Beamten Bitjugov geheiratet, einen kleinen, kahlköpfigen Mann, der sich die Schläfenhaare kämmte und sehr friedlich war. Bis heute war sie in ihn verliebt, war eifersüchtig, errötete beim Wort »Liebe« und versicherte jedem, sie sei sehr glücklich.

– Meine Liebe! – sagte sie emphatisch, als sie Nadežda Fjodorovna erblickte, und verlieh ihrem Gesicht den Ausdruck, den alle ihre Bekannten mandelsüß nannten. – Liebste, wie angenehm, daß Sie gekommen sind! Wir werden gemeinsam baden – das ist bezaubernd!

Olga warf rasch ihr Kleid und Hemd ab und begann, ihre Herrin auszuziehen.

– Heute ist das Wetter nicht so heiß wie gestern, – nicht wahr? – sagte Nadežda Fjodorovna und erschauderte unter den groben Berührungen der nackten Köchin. – Gestern wäre ich vor Schwüle fast gestorben.

– O ja, Liebste! Ich wäre selbst fast erstickt. Glauben Sie mir, ich habe gestern dreimal gebadet, stellen Sie sich vor, Liebste, dreimal! Sogar Nikodim Aleksandryč war ganz beunruhigt.

»Wie kann man nur so häßlich sein?« – dachte Nadežda Fjodorovna mit einem Blick auf Olga und die Beamtenfrau; sie blickte auch auf Katja und dachte: »Das Mädchen ist nicht schlecht gebaut.« – Ihr Nikodim Aleksandryč ist ein sehr, sehr lieber Mensch! – sagte sie. – Ich bin einfach verliebt in ihn.

– Ha-ha-ha! – lachte Marja Konstantinovna gezwungen. – Das ist bezaubernd!

Von den Kleidern befreit, verspürte Nadežda Fjodorovna den Wunsch zu fliegen. Und ihr schien, wenn sie jetzt die Arme schwenken würde, dann würde sie unbedingt auf und davonfliegen. Ganz ausgezogen, bemerkte sie, daß Olga angewidert ihren weißen Körper anstarrte. Olga, eine junge Soldatenfrau, lebte mit ihrem Mann, wie das Gesetz es vorschrieb, und hielt sich deshalb für besser und höherstehend als sie. Nadežda Fjodorovna spürte auch, daß Marja Konstantinovna und Katja sie nicht achteten und fürchteten. Das war unangenehm, und um in ihrer Meinung zu steigen, sagte sie:

– Bei uns in Petersburg ist jetzt alles in der Sommerfrische. Mein Mann und ich haben so viele Bekannte! Man sollte hinfahren und sie besuchen.

– Ihr Mann ist, glaube ich, Ingenieur? – fragte Marja Konstantinovna zaghaft.

– Ich spreche von Laevskij. Er hat sehr viele Bekannte. Nur leider ist seine Mutter, eine stolze Aristokratin, etwas beschränkt...

Nadežda Fjodorovna sprach nicht zu Ende und stürzte sich ins Wasser; ihr nach kletterten Marja Konstantinovna und Katja.

– In unserer Gesellschaft gibt es sehr viele Vorurteile, – fuhr Nadežda Fjodorovna fort, – das Leben ist nicht so leicht, wie es scheint.

Marja Konstantinovna, die als Gouvernante in Aristokratenfamilien gedient hatte und sich in der Gesellschaft auskannte, sagte:

– O ja! Glauben Sie mir, Liebste, bei den Garatynskijs war zum Frühstück und zum Essen unbedingt Toilette verlangt, deshalb bekam ich, wie eine Schauspielerin, außer meinem Gehalt auch noch Geld für Garderobe.

Sie stellte sich zwischen Nadežda Fjodorovna und Katja, wie um ihre Tochter vor dem Wasser abzuschirmen, das Nadežda Fjodorovna umspülte. Durch die offene Tür, die nach draußen aufs Meer führte, sah man, wie jemand einhundert Schritt vor der Badeanstalt schwamm.

– Mama, das ist unser Kostja! – sagte Katja.

– Ach, ach! – fing Marja Konstantinovna erschrocken an zu barmen. – Ach, Kostja, – rief sie, – komm zurück! Kostja, komm zurück!

Kostja, ein Junge von vierzehn Jahren, der Mutter und Schwester seinen Mut beweisen wollte, tauchte und schwamm weiter, ermüdete aber und kam eilig zurück, und seinem ernsten, angestrengten Gesicht war anzusehen, daß er seinen Kräften nicht traute.

– Es ist ein Elend mit diesem Jungen, Liebste! – sagte Marja Konstantinovna und beruhigte sich wieder. – Eh man sichs versieht, bricht er sich den Hals. Ach, Liebste, wie angenehm und gleichzeitig wie schwer ist es, Mutter zu sein! Ständig ist man in Ängsten.

Nadežda Fjodorovna setzte ihren Strohhut auf und stürzte sich ins freie Meer. Sie schwamm etwa vier Klafter weit und legte sich auf den Rücken. Sehen konnte sie das Meer bis zum Horizont, die Dampfer, die Männer am Ufer, die Stadt, und all das zusammen mit der Hitze und den durchsichtigen zärtlichen

Wellen reizte sie und flüsterte ihr zu, sie müsse leben, leben... An ihr vorbei zog, energisch die Wellen und die Luft durchschneidend, ein Segelboot; der Mann, der am Ruder saß, sah sie an, und ihr war angenehm, daß man sie ansah...

Nach dem Bade zogen die Damen sich an und gingen gemeinsam.

– Ich habe jeden zweiten Tag Fieber, und dennoch nehme ich nicht ab, – sagte Nadežda Fjodorovna, während sie sich die vom Baden salzigen Lippen leckte und mit einem Lächeln die Grüße von Bekannten beantwortete. – Ich war immer rundlich, und jetzt habe ich anscheinend noch zugenommen!

– Das, Liebste, ist Veranlagung. Wenn jemand nicht zum Dickwerden veranlagt ist, wie ich zum Beispiel, dann hilft auch keine Ernährung. Aber Liebste, Sie haben Ihren Hut naßgemacht.

– Der trocknet auch wieder.

Nadežda Fjodorovna sah wieder die Männer in Weiß, die die Uferpromenade entlanggingen und französisch sprachen; und aus irgendeinem Grunde regte sich in ihrer Brust wieder die Freude und erschien in ihrer Erinnerung undeutlich ein großer Saal, in dem sie früher einmal getanzt oder von dem sie, vielleicht, früher einmal geträumt hatte. Und etwas in der tiefsten Tiefe ihrer Seele flüsterte ihr undeutlich und dumpf zu, sie sei eine kleinliche, triviale, schreckliche, nichtswürdige Frau...

Marja Konstantinovna blieb an ihrem Tor stehen und lud sie ein, für einen Augenblick hereinzukommen.

– Kommen Sie herein, meine Liebe! – sagte sie mit flehentlicher Stimme und sah währenddessen Nadežda Fjodorovna voll Schwermut und voll Hoffnung an: sie wird doch hoffentlich ablehnen und nicht hereinkommen!

– Mit Vergnügen, – stimmte Nadežda Fjodorovna zu. – Sie wissen doch, wie gern ich bei Ihnen bin.

Und sie trat ins Haus. Marja Konstantinovna bat sie Platz zu nehmen, setzte ihr Kaffee vor, gab ihr Buttergebäck zu essen, danach zeigte sie ihr die Photographien ihrer ehemaligen Schutzbefohlenen – der Fräulein Garatynskij, die nun schon verheiratet waren, zeigte auch die Examensnoten von Katja und Kostja; die Noten waren sehr gut, aber damit sie noch besser erschienen, klagte sie mit einem Seufzer, wie schwer man es doch heutzutage habe mit dem Lernen im Gymnasium... Sie hofierte die Besucherin, hatte zugleich aber Mitleid mit ihr und litt unter dem Gedanken, Nadežda Fjodorovna könne durch ihre Anwesenheit schlechten Einfluß auf Kostjas und Katjas moralisches Empfinden ausüben, und war froh, daß ihr Nikodim Aleksandryč nicht zu Hause war. Da, ihrer Meinung nach, alle Männer »solche« Personen lieben, konnte Nadežda Fjodorovna schlechten Einfluß auch auf Nikodim Aleksandryč ausüben.

Während sie sich mit der Besucherin unterhielt, mußte Marja Konstantinovna ständig daran denken, daß heute abend ein Picknick sein werde und daß von Koren nachdrücklich darum gebeten hatte, nichts davon den Makaken zu sagen, also Laevskij und Nadežda Fjodorovna, aus Versehen verplapperte sie sich aber, wurde feuerrot und sagte in ihrer Verlegenheit:

– Ich hoffe, auch Sie werden kommen!

VI

Vereinbart war, sieben Verst vor der Stadt auf der Straße nach Süden zu fahren, bis zum Duchan, am Zusammenfluß des schwarzen Flüßchens mit dem gelben, und dort Fischsuppe zu kochen. Nach fünf Uhr fuhr man los. Allen voran fuhren, im Bankwagen, Samojlenko und Laevskij, hinter ihnen in einer Kalesche, die als Trojka bespannt war, Marja Konstantinovna, Nadežda Fjodorovna, Katja und Kostja; sie hatten den Korb mit dem Proviant und das Geschirr. In der nächsten Equipage fuhren der Beamte Kirilin und der junge Ačmianov, Sohn des Kaufmanns, dem Nadežda Fjodorovna dreihundert Rubel schuldig war, und ihnen gegenüber auf dem Bänkchen, gebückt und mit angewinkelten Beinen, saß Nikodim Aleksandryč, klein, reinlich, mit gekämmten Schläfen. Als letzte fuhren von Koren und der Diakon; dem Diakon zu Füßen stand der Korb mit dem Fisch.

– Rrechts! – rief Samojlenko aus vollem Halse, wenn ihnen eine Arba oder ein Abchase, auf einem Esel reitend, entgegenkam.

– In zwei Jahren, wenn ich die Mittel und Leute beisammen habe, begebe ich mich auf eine Expedition, – erzählte von Koren dem Diakon. – Ich fahre die Küste von Vladivostok bis zur Beringstraße hinauf und von dort bis zur Mündung des Enisej. Wir werden eine Karte zeichnen, Fauna und Flora studieren und uns gründlich mit der Geologie befassen, mit anthropologischen und ethnographischen Untersuchungen. Es hängt von Ihnen ab, ob Sie mitkommen oder nicht.

– Das ist unmöglich, – sagte der Diakon.

– Warum?

– Ich bin nicht frei, ich habe Familie.

– Ihre Diakonin wird Sie gehen lassen. Wir werden sie versorgen. Noch besser, Sie könnten sie, zum Nutzen der Allgemeinheit, dazu überreden, ins Kloster zu gehen; das gäbe Ihnen die Möglichkeit, selbst Mönch zu werden und an der Expedition als Mönchspriester teilzunehmen. Ich könnte das für Sie regeln.

Der Diakon schwieg.

– Kennen Sie sich gut aus in Ihrer Theologie? fragte der Zoologe.

– Eher schlecht.

– Hm . . . Ich kann Ihnen dazu keinerlei Hinweise geben, denn ich selbst kenne mich wenig aus in Theologie. Sie geben mir eine Liste der Bücher, die Sie brauchen, und ich schicke sie Ihnen im Winter aus Petersburg. Lesen müssen Sie auch die

Aufzeichnungen der geistlichen Reiseschriftsteller; unter ihnen gibt es gute Ethnologen und Kenner der fernöstlichen Sprachen. Wenn Sie sich mit deren Haltung bekanntmachen, wird es Ihnen leichter fallen, zu Werk zu schreiten. Ja, und solange die Bücher noch nicht da sind, verlieren Sie keine Zeit, kommen Sie zu mir, wir befassen uns mit dem Kompaß und gehen die Meteorologie durch. All das ist unerläßlich.

– So weit so gut . . . – murmelte der Diakon und mußte lachen. – Ich habe mich um eine Stelle in Mittelrußland beworben, und mein Onkel, ein Oberpriester, hat versprochen, mich darin zu unterstützen. Wenn ich mit Ihnen fahre, heißt das, ich habe ihn umsonst bemüht.

– Ich begreife Ihr Zögern nicht. Wenn Sie weiter ein gewöhnlicher Diakon bleiben, der nur an Feiertagen Dienst tut und die übrigen Tage auf der faulen Haut liegt, dann sind Sie noch in zehn Jahren derselbe, der Sie heute sind, hinzukommen wird bei Ihnen höchstens ein Schnurrbart und ein schütteres Bärtchen, während Sie, von der Expedition zurück, in diesen zehn Jahren zu einem anderen Menschen werden, bereichert durch das Bewußtsein, etwas getan zu haben.

Aus der Damen-Equipage hörte man Schreie des Entsetzens und Entzückens. Die Equipagen folgten einer Straße, die in völlig senkrechte Felsufer gehauen war, und allen schien, als sprengten sie über ein an einer hohen Wand befestigtes Brett und als würden die Equipagen jeden Augenblick in den Abgrund stürzen. Rechts lag das Meer, links war die unebene braune Felswand mit schwarzen Flecken, roten Adern und kriechendem Wurzelwerk, und von oben schauten, gebeugt, wie vor Angst und Neugierde, gelockte Nadelbäume herab. Eine Minute später wieder Juchzer und Gelächter: man fuhr unter einem riesigen überhängenden Felsen hindurch.

– Ich begreife nicht, welcher Teufel mich geritten hat, mit euch zu fahren, – sagte Laevskij. – Wie dumm und geschmacklos! Ich muß nach Norden fahren, fliehen, mich retten, statt dessen fahre ich aus irgendeinem Grunde zu diesem idiotischen Picknick.

– Aber schau doch, was für ein Panorama! – sagte Samojlenko zu ihm, als die Pferde nach links abbogen und sich das Tal des gelben Flüßchens vor ihnen auftat und das Wasser aufblitzte – gelb, trübe, wahnsinnig...

– Ich kann daran nichts Schönes finden, Saša, – antwortete Laevskij, – sich ständig für die Natur begeistern heißt nur, seinen Mangel an Phantasie zu zeigen. Im Vergleich zu dem, was mir meine Phantasie geben kann, sind all diese Flüßchen und Felsen ein Dreck, weiter nichts.

Die Kaleschen fuhren bereits entlang des Flußufers. Die hohen bergigen Ufer rückten nach und nach zusammen, das Tal verengte sich und erschien weiter vorn wie ein Spalt; der steinige Berg, an dem sie vorbeifuhren, war von der Natur aus riesigen Felsblöcken aufgetürmt, die mit so schrecklicher Kraft aufeinander drückten, daß Samojlenko jedesmal, wenn er hinschaute, unwillkürlich ächzte. Der finstere und schöne Berg wurde stellenweise von feinen Ritzen und Spalten durchschnitten, aus denen es die Reisenden feucht und geheimnisvoll anwehte; durch die Spalte sah man andere Berge, braune, rosige, violette, rauchige oder von hellem Licht überströmt. Bisweilen hörte man, wenn man an den Spalten vorbeifuhr, wie irgendwo aus der Höhe Wasser stürzte und auf den Steinen aufschlug.

– Ach, die verfluchten Berge, – seufzte Laevskij, – wie satt ich sie habe.

An der Stelle, wo das Schwarze Flüßchen in das Gelbe mündete und das schwarze Wasser wie Tinte das gelbe verschmutzte und mit ihm kämpfte, stand abseits der Straße der Duchan des Tataren Kerbalaj, mit der russischen Flagge auf dem Dach und einem mit Kreide geschriebenen Aushängeschild: »Angenehmer Duchan«; daneben war ein kleines Gärtchen, eingezäunt durch einen Flechtzaun, wo Tische und Bänke standen und aus einem jämmerlichen Dornengebüsch eine einzige Zypresse ragte, dunkel und schön.

Kerbalaj, ein kleiner flinker Tatare, in blauem Hemd und weißer Schürze, stand an der Straße, verneigte sich, die Hände vor dem Bauch, tief in Richtung der Equipagen und zeigte, lächelnd, seine weißen blitzenden Zähne.

– Tag, Kerbalajka, – rief Samojlenko ihm zu. – Wir fahren noch ein Stück weiter, schaff du uns den Samovar und Stühle dorthin! Ein bißchen plötzlich!

Kerbalaj nickte mit dem geschorenen Kopf und murmelte etwas, und nur die in der letzten Equipage konnten hören: »Es hat Forellen, Euer Exzellenz.«

– Her damit, her damit! – sagte von Koren zu ihm.

Etwa fünfhundert Schritt vom Duchan hielten die Equipagen. Samojlenko hatte eine kleine Wiese gewählt, auf der Steine verstreut waren, die sich zum Sitzen eigneten, und ein Baum lag, vom Sturm umgestürzt, mit herausgerissenen zottigen Wurzeln und mit verdorrten gelben Nadeln. Hier war über das Flüßchen aus Balken eine schmale Brücke geschlagen, und am anderen Ufer, direkt gegenüber, stand auf vier niedrigen Pfählen ein kleiner Schuppen, eine Darre für Mais, die an das Hüttchen auf Hühnerbeinen aus dem Märchen erinnerte; von ihrer Tür führte eine Leiter nach unten.

Der erste Eindruck aller war, sie würden von hier nie wieder zurückfinden. Von allen Seiten, wohin man auch schaute, türmten sich die Berge und rückten näher, und schnell-schnell, eilte aus der Richtung des Duchans und der Zypresse der abendliche Schatten herbei, und davon wurde das enge, sich schlängelnde Tal des Schwarzen Flüßchens noch enger, die Berge noch höher. Zu hören war, wie der Fluß rauschte und pausenlos die Zikaden zirpten.

– Bezaubernd! – sagte Marja Konstantinovna, mehrmals tief Atem holend, begeistert. – Kinder, schaut nur, wie schön! Welche Stille!

– Ja, es ist tatsächlich schön, – pflichtete Laevskij bei, dem der Blick gefiel und dem aus irgendeinem Grunde, als er zum Himmel aufschaute und dann auf das blaue Rauchwölkchen, das dem Schornstein des Duchans entstieg, plötzlich traurig zumute war. – Ja, es ist schön! – wiederholte er.

– Ivan Andreič, beschreiben Sie diesen Anblick! – sagte Marja Konstantinovna weinerlich.

– Wozu? – fragte Laevskij. – Der Eindruck ist schöner als jede Beschreibung. Dieser Reichtum an Farben und Klängen, den jeder durch seine Eindrücke von der Natur empfängt, wird von den Schriftstellern nur auf häßliche, nicht wiederzuerkennende Weise zerredet.

– Ach ja? – fragte von Koren kalt, der sich den großen Stein am Wasser gewählt hatte und versuchte, hinaufzuklettern und sich zu setzen. – Ach ja? – wiederholte er und starrte Laevskij an. – Und Romeo und Julia? Und Puškins Ukrainische Nacht zum Beispiel? Da kann die Natur nur kommen und sich kniefällig verneigen.

– Vielleicht... – pflichtete Laevskij bei, der zu faul war zu denken und zu widersprechen. – Übrigens, – sagte er ein wenig später, – was ist Romeo und Julia, im Grunde? Die schöne, poetische heilige Liebe – das sind Rosen, unter denen man die Fäulnis verstecken will. Romeo ist ein Tier wie alle anderen auch.

– Worüber man mit Ihnen auch spricht, alles führen Sie zurück auf...

Von Koren blickte sich nach Katja um und sprach nicht zu Ende.

– Auf was führe ich alles zurück? – fragte Laevskij.

– Man sagt Ihnen zum Beispiel: »wie schön ist die Weintraube!«, und Sie: »ja, aber wie häßlich, wenn man sie kaut und im Magen verdaut.« Wozu muß man das sagen? Es ist nicht neu und... überhaupt eine merkwürdige Art.

Laevskij wußte, daß von Koren ihn nicht mochte, und

deshalb fürchtete er ihn und fühlte sich in seiner Gegenwart so, als sei alles zu eng und als stünde ihm jemand im Rücken. Er antwortete nicht, ging beiseite und bedauerte, mitgefahren zu sein.

– Herrschaften, marsch nach Reisig für das Feuer! – kommandierte Samojlenko.

Alle strömten auseinander, aufs Geratewohl, auf der Wiese blieben nur Kirilin, Ačmianov und Nikodim Aleksandryč. Kerbalaj brachte Stühle, breitete über die Erde einen Teppich und stellte darauf einige Flaschen Wein. Der Beamte Kirilin, ein hochaufgeschossener, stattlicher Mann, der bei jedem Wetter über der Uniformbluse den Uniformmantel trug, erinnerte in seiner stolzen militärischen Haltung, seinem gewichtigen Gang und der tiefen, ein wenig heiseren Stimme an jüngere Polizeimeister aus der Provinz. Sein Gesichtsausdruck war traurig und verschlafen, so als habe man ihn eben erst gegen seinen Willen geweckt.

– Was hast du Rindvieh da gebracht? – fragte er Kerbalaj, langsam jedes Wort aussprechend. – Ich hatte dir befohlen, Kvareli aufzutragen, und du hast was gebracht, Tatarenschnauze? Na? Wiewas?

– Wir haben genug eigenen Wein dabei, Egor Alekseič, – bemerkte schüchtern und höflich Nikodim Aleksandryč.

– Wa-as? Aber ich wünsche, daß auch Wein von mir getrunken wird. Ich nehme an dem Picknick teil, also habe ich doch wohl das volle Recht, meinen Teil beizutragen. Das habe ich doch wohl! Du bringst zehn Flaschen Kvareli!

– Wozu denn so viel? – staunte Nikodim Aleksandryč, der wußte, daß Kirilin kein Geld hatte.

– Zwanzig Flaschen! Dreißig! – schrie Kirilin.

– Macht nichts, lassen Sie ihn, – flüsterte Ačmianov Nikodim Aleksandryč zu, – ich werde zahlen.

Nadežda Fjodorovna war in heiterer, ausgelassener Stimmung. Sie wollte springen, lachen, rufen, necken, kokettieren.

In ihrem billigen Kattunkleid mit den blauen Tupfen, in den roten Pantöffelchen und demselben Strohhut erschien sie sich klein, schlicht, leicht und luftig wie ein Schmetterling. Sie lief auf die schmale kleine Brücke und blickte eine Minute lang ins Wasser, um schwindlig zu werden, dann schrie sie auf und lief lachend auf die andere Seite zu der Darre, und ihr schien, alle Männer, sogar Kerbalaj, bewunderten sie. Als in der schnell hereinbrechenden Dunkelheit die Bäume mit den Bergen verschwammen, die Pferde mit den Equipagen und in den Fenstern des Duchans Licht aufblitzte, stieg sie über den Pfad, der sich zwischen Steinen und stachligen Sträuchern dahinwand, den Berg hinauf und setzte sich auf einen Stein. Unten brannte schon das Lagerfeuer. Um das Feuer bewegte sich, die Ärmel aufgekrempelt, der Diakon, und sein langer schwarzer Schatten lief wie ein Radius durch den Lichtkreis; er legte Reisig nach und rührte mit einem Löffel, der an einem langen Stock befestigt war, im Kessel. Samojlenko, mit kupferrotem Gesicht, hantierte um das Feuer, wie bei sich zu Hause in der Küche, und rief wütend:

– Wo ist denn das Salz, Herrschaften? Doch wohl nicht vergessen? Und wieso sitzen hier alle wie die Gutsbesitzer, und ich allein soll arbeiten?

Auf dem umgestürzten Baum saßen nebeneinander Laevskij und Nikodim Aleksandryč und schauten nachdenklich ins Feuer. Marja Konstantinovna, Katja und Kostja holten das Teegeschirr und die Teller aus den Körben. Von Koren, die Arme über der Brust gekreuzt und einen Fuß auf einen Stein gesetzt, stand am Ufer direkt am Wasser und dachte über etwas nach. Die roten Flecken des Feuerscheins liefen, zusammen mit den Schatten, im Kreis um die dunklen menschlichen Gestalten, zitterten auf dem Berg, auf den Bäumen, auf der Brücke, auf der Darre; auf der anderen Seite war das abschüssige, ausgespülte Ufer hell erleuchtet, blinzelte und spiegelte sich im Flüßchen, und das schnell dahinströmende strudelnde Wasser riß sein Spiegelbild in Stücke.

Der Diakon ging den Fisch holen, den Kerbalaj am Ufer putzte und wusch, doch auf halbem Wege blieb er stehen und schaute sich um.

»Mein Gott, wie schön! – dachte er. – Menschen, Steine, Feuer, die Dämmerung, ein verkrüppelter Baum – nichts weiter, und doch wie schön!«

Am anderen Ufer an der Darre erschienen unbekannte Leute. Da das Licht flackerte und der Rauch des Feuers auf die andere Seite zog, konnte man alle diese Leute nicht sofort erkennen, zu sehen waren mal eine zottige Pelzmütze und ein grauer Bart, mal ein blaues Hemd, mal Lumpen von den Schultern bis zu den Knien und ein Dolch quer über dem Bauch, mal ein junges sonnengebräuntes Gesicht mit schwarzen Brauen, derart dicht und scharf geschnitten, als seien sie mit Kohle gezeichnet. Fünf Mann von ihnen setzten sich im Kreis auf den Boden, die übrigen fünf kletterten in die Darre. Einer blieb mit dem Rücken zum Feuer in der Tür stehen und fing etwas offenbar sehr Interessantes an zu erzählen, denn als Samojlenko Reisig nachlegte und das Feuer aufloderte, Funken sprühte und die Darre hell erleuchtete, war zu sehen, wie zur Tür zwei Gesichter herausschauten, ruhig und mit höchster Aufmerksamkeit, und wie diejenigen, die im Kreis saßen, sich umwandten und begannen, der Erzählung zu lauschen. Etwas später sangen die im Kreis Sitzenden etwas Getragenes, Melodisches, das wie ein Kirchenlied zu den Großen Fasten klang... Ihnen zuhörend, stellte sich der Diakon vor, was mit ihm in zehn Jahren sein würde, wenn er von der Expedition zurückkehrte: er – ein junger Mönchspriester und Missionar, ein namhafter Autor mit großartiger Vergangenheit; man weiht ihn zum Archimandriten, dann zum Bischof; er liest die Messe in der Kathedrale; in der goldenen Mitra, das Panhagion auf der Brust, tritt er an das Lesepult vor dem Altar und verkündet, die Masse mit dem zwei- und dem dreiarmigen Leuchter segnend: »Blicke vom Himmel herab, Herr, und sieh und besuche diesen Weinberg, den deine Rechte gepflanzt hat!« Und die Kinder singen mit Engelsstimmen zur Antwort: »Heiliger Gott...«

– Diakon, wo bleibt der Fisch? – hörte man Samojlenkos Stimme.

Am Feuer zurück, stellte sich der Diakon vor, wie an einem heißen Julitag über eine staubige Landstraße eine Kreuzesprozession zieht; vornweg tragen die Männer die Kirchenfahnen, die Weiber und Mädchen die Ikonen, gefolgt von den Sängerknaben und dem Küster mit verbundener Wange und Stroh in den Haaren, dann der Reihe nach, er, der Diakon, hinter ihm der Pope mit der Kappe und dem Kreuz, und hinten wirbelt die Menge der Bauern, Weiber und Knaben Staub auf; hier in der Menge die Popenfrau und die Diakonin in Kopftüchern. Die Sänger singen, die Kinder plärren, die Wachteln rufen, die Lerche singt... Da halten sie an und besprengen mit geweihtem Wasser eine Herde... Sie ziehen weiter und bitten kniefällig um Regen. Danach der Umtrunk, Gespräche...

»Auch das ist schön...« – dachte der Diakon.

VII

Kirilin und Ačmianov stiegen über den Pfad den Berg hinauf. Ačmianov war langsamer und blieb stehen, Kirilin dagegen trat auf Nadežda Fjodorovna zu.

– Guten Abend! – sagte er salutierend.

– Guten Abend.

– Tja! – sagte Kirilin, blickte in den Himmel und dachte nach.

– Was heißt – tja? – fragte Nadežda Fjodorovna nach kurzem Schweigen, als sie bemerkt hatte, daß Ačmianov sie beide beobachtete.

– Also, das heißt, – sagte der Offizier langsam, – unsre Liebe ist verwelkt, noch ehe sie erblüht, sozusagen. Wie befehlen Sie, das zu verstehen? Ist das Koketterie Ihrerseits, sozusagen, oder halten Sie mich für einen hergelaufenen Stromer, mit dem man umspringen darf, wie es einem paßt?

– Es war ein Fehler! Lassen Sie mich! – sagte Nadežda Fjodorovna schroff, indem sie ihn an diesem schönen, wunderbaren Abend voller Angst anblickte und sich befremdet fragte: hatte es tatsächlich den Augenblick gegeben, an dem ihr dieser Mann gefiel und nahe war?

– So! – sagte Kirilin; schweigend stand er kurze Zeit, überlegte und sagte: – Ja nun? Dann warten wir eben, bis Sie besser gelaunt sind, und bis dahin wage ich, Sie zu versichern: ich bin ein anständiger Mensch, und daran zu zweifeln erlaube ich niemandem. Ich lasse nicht mit mir spielen! Adieu!

Er salutierte und ging beiseite, sich den Weg durch die Sträucher bahnend. Ein wenig später trat unschlüssig Ačmianov auf sie zu.

– Ein schöner Abend ist das heute! – sagte er mit leicht armenischem Akzent.

Er sah nicht übel aus, kleidete sich nach der Mode, benahm sich einfach wie ein wohlerzogener Jüngling, doch Nadežda Fjodorovna mochte ihn nicht, weil sie seinem Vater dreihundert Rubel schuldig war; unangenehm war ihr auch, daß man einen Krämer zu dem Picknick eingeladen hatte, und unangenehm war, daß er ausgerechnet an diesem Abend auf sie zu trat, an dem ihre Seele so rein war.

– Ein gelungenes Picknick, – sagte er nach kurzem Schweigen.

– Ja, – pflichtete sie ihm bei und sagte, als seien ihr eben erst ihre Schulden in den Sinn gekommen:

– Ja, sagen Sie in Ihrem Geschäft, in den nächsten Tagen kommt Ivan Andreič vorbei und bezahlt diese dreihundert... oder ich weiß nicht wieviel.

– Ich bin bereit, noch dreihundert draufzulegen, wenn Sie nur nicht jeden Tag an diese Schuld erinnern würden. Wozu die Prosa?

Nadežda Fjodorovna mußte lachen; ihr kam der komische Gedanke in den Sinn, daß sie, wenn sie nur nicht so moralisch wäre und wirklich wollen würde, sich diese Schuld in einem einzigen Augenblick vom Halse schaffen könnte. Wenn sie zum Beispiel diesem hübschen jungen kleinen Dummkopf den Kopf verdrehen würde! Wie wäre das im Grunde lächerlich, unsinnig, wie bei den Wilden! Und plötzlich hatte sie Lust, ihn verliebt zu machen, auszuplündern, wegzuwerfen, um dann zu schauen, was daraus werden würde.

– Erlauben Sie mir, Ihnen einen Rat zu geben, – sagte Ačmianov schüchtern. – Ich bitte Sie, nehmen Sie sich in acht vor Kirilin. Er erzählt überall schreckliche Dinge über Sie.

– Es interessiert mich nicht zu wissen, was jeder dahergelaufene Dummkopf über mich erzählt, – sagte Nadežda Fjodorovna kalt und von Unruhe ergriffen, der komische Gedanke, mit dem jungen, hübschen Ačmianov zu spielen, hatte plötzlich jeden Reiz verloren.

– Wir müssen nach unten, – sagte sie. – Man ruft uns.

Unten war die Fischsuppe schon fertig. Man verteilte sie auf die Teller und aß sie mit jener Andacht, mit der man das nur auf Picknicks tut; und alle fanden die Fischsuppe sehr schmackhaft, zu Hause habe man nie so etwas Schmackhaftes gegessen. Wie auf allen Picknicks üblich, wußte am Ende, verloren in der Masse von Servietten, Bündeln, überflüssigen, vom Wind davongetragenen fettigen Papieren, niemand mehr, wo wessen Glas und wo wessen Brot war, man verschüttete Wein auf dem Teppich und über die eigenen Knie, verschüttete Salz, ringsum war es dunkel, und das Feuer brannte nicht mehr so hell, und jeder war zu faul, aufzustehen und Reisig nachzulegen. Alle tranken Wein, auch Kostja und Katja bekamen ein halbes Glas. Nadežda Fjodorovna trank ein Glas, dann ein zweites, wurde betrunken und vergaß Kirilin.

– Ein prächtiges Picknick, ein bezaubernder Abend, – sagte Laevskij, vom Wein angeheitert, – aber ich zöge alledem einen echten Winter vor. »Vom Staub des Frostes schimmert silbrig sein dunkler Biberkragen.«

– Jeder nach seinem Geschmack, – bemerkte von Koren.

Laevskij fühlte sich unbehaglich: im Rücken die Hitze des Feuers, in der Brust und im Gesicht den Haß von Korens; dieser Haß eines anständigen, klugen Menschen, in dem wahrscheinlich ein begründeter Anlaß verborgen lag, erniedrigte ihn, schwächte ihn, und da er nicht die Kraft hatte, sich ihm zu widersetzen, sagte er in einschmeichelndem Ton:

– Ich liebe die Natur leidenschaftlich und bedaure, kein Naturwissenschaftler zu sein. Ich beneide Sie.

– Na, ich bedaure es nicht und beneide ihn nicht, – sagte Nadežda Fjodorovna. – Ich begreife nicht, wie man sich ernsthaft mit Kerbtieren und Käfern beschäftigen kann, wenn das Volk leidet.

Laevskij teilte ihre Meinung. Die Naturwissenschaften waren ihm völlig fremd, er konnte sich deshalb auch nie abfinden mit dem autoritären Ton, dem gelehrten, tiefsinnigen Blick von Menschen, die sich mit Ameisenfühlern und Kakerlakenbeinen beschäftigen, es hatte ihn immer geärgert, daß diese Menschen, auf der Grundlage von Fühlern, Beinen und irgendeinem Protoplasma (das er sich aus irgendeinem Grunde als etwas wie Austern vorstellte), sich herausnehmen, Fragen zu lösen, die die Abstammung und das Leben der Menschen umfassen. Aber er hörte aus Nadežda Fjodorovnas Worten eine Lüge heraus und sagte, nur um ihr zu widersprechen:

– Es geht hier nicht um Kerbtiere, sondern um Schlußfolgerungen!

VIII

Spät, nach zehn Uhr, setzte man sich in die Equipagen, um nach Hause zu fahren. Alle saßen, es fehlten nur Nadežda Fjodorovna und Ačmianov, die auf der anderen Seite um die Wette liefen und laut lachten.

– Herrschaften, Beeilung! – rief Samojlenko ihnen zu.

– Man hätte den Damen keinen Wein geben sollen, – sagte von Koren leise.

Laevskij, ermüdet vom Picknick, dem Haß von Korens und den eigenen Gedanken, ging Nadežda Fjodorovna entgegen, und als sie heiter, freudig, sich leicht fühlend wie eine Feder, atemlos und lachend ihn an beiden Händen faßte und den Kopf an seine Brust lehnte, trat er einen Schritt zurück und sagte streng:

– Du benimmst dich wie eine... Kokotte.

Das klang schon sehr grob, so, daß sie ihm sogar leid zu tun begann. In seinem zornigen, ermüdeten Gesicht las sie Haß, Mitleid, Ärger über sich selbst, und plötzlich verlor sie den Mut. Sie begriff, daß sie zu weit gegangen war, sich allzu ungezwungen benommen hatte, und bekümmert, mit dem Gefühl, schwer, dick, grob und betrunken zu sein, setzte sie sich in die erstbeste leere Equipage zusammen mit Ačmianov. Laevskij setzte sich zu Kirilin, der Zoologe zu Samojlenko, der Diakon zu den Damen, und der Zug setzte sich in Bewegung.

– So sind sie, diese Makaken... – begann von Koren, in seinen Umhang gehüllt, und schloß die Augen. – Hast du gehört, sie möchte sich nicht mit Käfern und Kerbtieren beschäftigen, weil das Volk leidet. So beurteilen unsereinen alle Makaken. Eine Brut von Sklaven, listig und verschlagen, in zehn Generationen eingeschüchtert durch Knute und Faust; sie zittert, kriecht und beweihräuchert nur die Gewalt, aber entlaß eine Makakin in die Freiheit, wo niemand ist, der sie am Schlafittchen packt, da entblättert sie sich und gibt sich zu erkennen.

Schau nur, wie kühn sie sich in Gemäldeausstellungen bewegt, in Museen, Theatern, oder wenn sie über die Wissenschaft urteilt: sie plustert sich auf, stellt sich auf die Hinterbeine, schimpft, kritisiert... Kritisiert um jeden Preis – ein sklavischer Zug! Hör genau zu: Menschen mit freien Berufen werden öfter beschimpft als die Gauner – das kommt, weil die Gesellschaft zu drei Vierteln aus Sklaven besteht, aus genau solchen Makaken wie denen. Und es wird nie geschehen, daß ein Sklave dir die Hand hinhält und dir aufrichtig danke dafür sagt, daß du arbeitest.

– Ich weiß nicht, was du willst! – sagte Samojlenko gähnend. – Die Ärmste in ihrer Einfalt hatte Lust, mit dir über kluge Dinge zu sprechen, und du kommst gleich mit Schlußfolgerungen. Auf ihn bist du irgendwie böse, also gleich auch auf sie, zur Gesellschaft. Dabei ist sie so eine schöne Frau!

– Ach, hör auf! Eine gewöhnliche Mätresse, lasterhaft und trivial. Hör zu, Aleksandr Davidyč, wenn du einem einfachen Weibsbild begegnest, das nicht mit seinem Ehemann lebt, nichts tut und immer nur hi-hi und ha-ha, dann sagst du doch zu der: geh arbeiten. Warum hast du hier nicht den Mut, die Wahrheit zu sagen? Doch nur, weil Nadežda Fjodorovna nicht die Mätresse eines Matrosen ist, sondern die eines Beamten?

– Was soll ich denn mit ihr machen? – brauste Samojlenko auf. – Soll ich sie vielleicht schlagen?

– Dem Laster nicht schmeicheln. Wir verfluchen das Laster hinter vorgehaltener Hand, und das ist wie die Faust in der Tasche ballen. Ich bin Zoologe, oder Soziologe, was ein und dasselbe ist, du bist Arzt; die Gesellschaft vertraut uns; wir sind verpflichtet, sie auf den schrecklichen Schaden hinzuweisen, der ihr und kommenden Generationen droht durch das Dasein solch gnädiger Frauen wie dieser Nadežda Ivanovna.

– Fjodorovna, – verbesserte Samojlenko. – Und was soll die Gesellschaft tun?

– Sie? Das ist ihre Sache. Meiner Meinung nach ist der direkteste und richtigste Weg – die Gewalt. Manu militari müßte man sie zu ihrem Mann zurückbefördern, und wenn der Mann sie nicht mehr will, dann soll man sie zur Zwangsarbeit schicken oder in irgendeine Besserungsanstalt stecken.

– Uff! – seufzte Samojlenko; er schwieg eine Weile und fragte leise: – Vor ein paar Tagen hast du gesagt, Leute wie Laevskij müßte man vernichten... Sag mir, wenn nun... angenommen, der Staat oder die Gesellschaft beauftragten dich, ihn zu vernichten, würdest du... dich dazu entschließen?

– Meine Hand würde nicht zittern.

IX

Zu Hause angekommen, gingen Laevskij und Nadežda Fjodorovna in ihre dunklen, schwülen, langweiligen Zimmer. Beide schwiegen. Laevskij steckte eine Kerze an, Nadežda Fjodorovna setzte sich und hob, ohne Mantille und Hut abgenommen zu haben, die traurigen, schuldbewußten Augen zu ihm auf.

Er begriff, daß sie eine klärende Aussprache von ihm erwartete; aber sich auszusprechen wäre langweilig, nutzlos und ermüdend gewesen, und schwer auf der Seele lag ihm, daß er sich nicht hatte beherrschen können und ihr eine Grobheit gesagt hatte. Zufällig tastete er in seiner Tasche und stieß auf den Brief, den er ihr jeden Tag vorlesen wollte, und dachte, wenn er ihr jetzt diesen Brief zeigen würde, würde er ihre Aufmerksamkeit in eine andere Richtung lenken.

»Wir müssen endlich unsere Beziehung klären, – dachte er. – Ich gebe ihn ihr. Komme, was da wolle.«

Er zog den Brief hervor und gab ihn ihr.

– Lies. Das betrifft dich.

Mit diesen Worten ging er zu sich ins Arbeitszimmer und legte sich auf den Divan, im Dunkeln, ohne Kopfkissen.

Nadežda Fjodorovna las den Brief, und ihr schien, als senke sich die Decke, als rückten die Wände auf sie zu. Es wurde plötzlich eng, dunkel und schrecklich. Sie schlug dreimal das Kreuz und stieß hervor:

– Schenk ihm die ewige Ruhe, Herr... Schenk ihm die ewige Ruhe, Herr...

Und brach in Tränen aus.

– Vanja! – rief sie. – Ivan Andreič!

Keine Antwort. In der Annahme, Laevskij sei hereingekommen und stünde hinter ihrem Stuhl, schluchzte sie wie ein Kind und sagte:

– Warum hast du mir nicht vorher gesagt, daß er gestorben ist? Dann wäre ich nicht zu dem Picknick gefahren, hätte nicht so schrecklich gelacht... Die Männer haben mir Geschmacklosigkeiten gesagt. Was für eine Sünde, was für eine Sünde! Rette mich, Vanja, rette mich... Ich bin wahnsinnig... Ich bin verloren...

Laevskij hörte ihr Schluchzen. Ihm war unerträglich schwül, und heftig klopfte sein Herz. Bedrückt erhob er sich, stand eine Weile mitten im Zimmer, tastete im Dunkeln nach dem Sessel am Schreibtisch und setzte sich.

»Das ist ein Gefängnis... – dachte er. – Ich muß gehen... Ich kann nicht mehr...«

Um Karten spielen zu gehen war es schon zu spät, Restaurants gab es keine in der Stadt. Er legte sich wieder hin, hielt sich, um das Schluchzen nicht zu hören, die Ohren zu, und plötzlich fiel ihm ein, er könne zu Samojlenko gehen. Um nicht an Nadežda Fjodorovna vorbeigehen zu müssen, stieg er durchs Fenster ins Gärtchen, kletterte über den Staketenzaun und ging die Straße entlang. Es war dunkel. Eben angekommen war ein Dampfer, den Lichtern nach zu urteilen, ein großes Passagierschiff... Die Ankerkette dröhnte. Vom Ufer aus näherte sich dem Schiff schnell ein kleines rotes Licht: das Zollboot.

»Da schlafen die Passagiere in ihren Kajüten . . .« – dachte Laevskij und beneidete die Fremden um ihre Ruhe.

Die Fenster in Samojlenkos Haus waren geöffnet. Laevskij schaute zu einem hinein, dann zum zweiten: in den Zimmern war es dunkel und still.

– Aleksandr Davidyč, du schläfst? – rief er. – Aleksandr Davidyč!

Husten war zu hören und der besorgte Ausruf:

– Wer ist da? Was zum Teufel ist los?

– Ich bins, Aleksandr Davidyč. Entschuldige.

Wenig später öffnete sich die Tür; es blinkte das weiche Licht des Ikonenlämpchens, und es erschien der riesige Samojlenko ganz in Weiß und in weißer Nachtmütze.

– Was willst du? – fragte er noch im Halbschlaf, schwer atmend und sich kratzend. – Warte, ich schließe gleich auf.

– Bemühe dich nicht, ich komme durchs Fenster . . .

Laevskij kletterte zum Fenster hinein, ging auf Samojlenko zu und faßte ihn an der Hand.

– Aleksandr Davidyč, – sagte er mit bebender Stimme, – rette mich! Ich flehe dich an, beschwöre dich, versteh mich! Meine Lage ist qualvoll. Wenn sie nur noch ein-zwei Tage länger anhält, dann ertränke ich mich wie . . . wie einen Hund.

– Halt . . . wovon sprichst du eigentlich?

– Steck eine Kerze an.

– Oh, oh . . . – seufzte Samojlenko, eine Kerze ansteckend. – Mein Gott, mein Gott . . . Und es geht schon auf zwei, mein Freund.

– Entschuldige, aber ich kann nicht zu Hause sitzen, – sagte Laevskij, sehr erleichtert durch das Licht und die Anwesenheit Samojlenkos. – Du, Aleksandr Davidyč, bist mein einziger, mein bester Freund . . . Meine ganze Hoffnung ruht auf dir. Ob du willst oder nicht, um Gottes willen hilf mir heraus. Koste es was es wolle, ich muß von hier abreisen. Du mußt mir Geld leihen!

– Oh, mein Gott, mein Gott!.. – seufzte Samojlenko, sich kratzend. – Ich schlafe ein und höre: ein Tuten, ein Dampfer ist gekommen, und dann du ... Brauchst du viel?

– Mindestens dreihundert Rubel. Ihr muß ich hundert dalassen, und ich zweihundert für die Reise ... Ich schulde dir schon vierhundert, aber ich schicke dir alles zurück ... alles ...

Samojlenko umfaßte seinen Backenbart von beiden Seiten mit einer Hand, stellte sich breitbeinig hin und verfiel in Nachdenken.

– Tja ... – murmelte er nachdenklich. – Dreihundert ... Ja ... Aber so viel habe ich nicht. Ich werde es mir bei jemandem leihen müssen.

– Leih es dir, um Gottes willen! – sagte Laevskij, als er Samojlenko ansah, daß er ihm das Geld geben wollte und unbedingt geben würde. – Leih es dir, ich gebe es dir unbedingt zurück. Ich schicke es aus Petersburg, sowie ich dort ankomme. Da sei ganz beruhigt. Hör mal, Saša, – sagte er, zum Leben erwachend, – komm, trinken wir einen Schluck Wein!

– Meinetwegen ... Trinken wir Wein.

Beide gingen ins Eßzimmer.

– Und Nadežda Fjodorovna? – fragte Samojlenko, während er drei Flaschen und einen Teller Pfirsiche auf den Tisch stellte. – Sie bleibt hier?

– Regle ich alles, regle ich alles ... – sagte Laevskij, der eine unverhoffte Anwandlung von Freude verspürte. – Ich schicke ihr später Geld, und dann kommt sie nach ... Und dann klären wir auch unsere Beziehungen. Auf dein Wohl, Freund!

– Warte! – sagte Samojlenko. – Zuerst trinkst du von dem ... Der ist von meinem Weinberg. Das ist eine Flasche vom Weinberg Navaridzes, und das ist von Achatulov ... Probier alle drei Sorten und sag mirs ehrlich ... Meiner hat irgendwie eine Säure. Hm? Findest du nicht?

– Ja. Du hast mich getröstet, Aleksandr Davidyč. Danke ... Ich bin zum Leben erwacht.

– Von der Säure?

– Weiß der Teufel, ich weiß nicht. Aber du bist ein großartiger, wunderbarer Mensch!

Als er in sein bleiches, erregtes, gutmütiges Gesicht blickte, dachte Samojlenko an die Meinung von Korens, solche Menschen müsse man vernichten, und Laevskij erschien ihm wie ein schwaches, schutzloses Kind, das jedermann beleidigen und vernichten durfte.

– Und versöhne dich, wenn du fährst, mit deiner Mutter, – sagte er. – Das ist nicht gut so.

– Ja, ja, unbedingt.

Sie schwiegen eine Weile. Als sie die erste Flasche getrunken hatten, sagte Samojlenko:

– Und versöhnen solltest du dich auch mit von Koren. Ihr beide seid die besten, klügsten Menschen und schaut einander an wie die Wölfe.

– Ja, er ist der beste, klügste Mensch, – pflichtete Laevskij bei, jetzt bereit, alle zu loben und allen zu vergeben. – Er ist ein bemerkenswerter Mensch, aber ich werde nie mit ihm einig werden. Das ist unmöglich. Unsere Naturen sind zu verschieden. Ich bin eine welke, schwache, untergeordnete Natur; vielleicht könnte ich ihm in einer guten Stunde die Hand entgegenstrecken, aber er würde sich von mir abwenden... voller Verachtung...

Laevskij trank einen Schluck Wein, ging von einer Ecke in die andere und fuhr, mitten im Zimmer stehend, fort:

– Ich begreife von Koren sehr wohl. Er ist eine feste, starke, despotische Natur. Du hast gehört, er spricht ständig von seiner Expedition, und das sind keine leeren Worte. Er braucht die Wüste, die Mondnacht: ringsum in Zelten und unter freiem Himmel schlafen seine hungrigen und kranken, von schweren Märschen erschöpften Kosaken, Führer, Träger, der Arzt, der Geistliche, einzig er schläft nicht, er sitzt, wie Stanley, auf seinem Klappstuhl und fühlt sich als Herrscher der Wüste und

Herr über diese Menschen. Er zieht und zieht, zieht irgendwohin, seine Leute stöhnen und sterben einer nach dem anderen, doch er zieht weiter und weiter, am Ende kommt er selber um und bleibt dennoch der Despot und Herrscher der Wüste, denn das Kreuz auf seinem Grabe ist für die Karawanen über dreißig-vierzig Meilen hin sichtbar und herrscht über die Wüste. Ich bedaure, daß dieser Mensch nicht im Militärdienst steht. Aus ihm würde ein hervorragender, genialer Heerführer. Er brächte es fertig, seine Kavallerie im Fluß zu ertränken und aus den Leichen Brücken zu bauen, und solche Kühnheit wird im Krieg nötiger gebraucht als alle Befestigungsanlagen und Taktiken. Oh, ich begreife ihn sehr wohl! Sag mir: wozu vertrödelt er hier seine Zeit? Was hat er hier verloren?

– Er studiert die Meeresfauna.

– Nein. Nein, Freund, nein! – seufzte Laevskij. – Mir hat auf dem Schiff ein reisender Gelehrter erzählt, das Schwarze Meer sei arm an Fauna und in seiner Tiefe sei, dank einem Übermaß an Schwefelwasserstoff, organisches Leben gar nicht möglich. Alle seriösen Zoologen arbeiten auf den biologischen Stationen in Neapel oder Villefranche. Aber von Koren ist selbständig und eigensinnig: er arbeitet am Schwarzen Meer, weil niemand hier arbeitet; er hat mit der Universität gebrochen, will von Gelehrten und Kollegen nichts wissen, denn er ist vor allem Despot, und dann erst Zoologe. Aus ihm, wirst du sehen, wird einmal ein ganz Großer. Er träumt schon heute davon, wie er, von seiner Expedition zurück, an unseren Universitäten die Intrige, das Mittelmaß ausräuchern, wie er die Gelehrten drillen wird. Despotie ist in der Wissenschaft genauso mächtig wie im Krieg. Und er lebt schon den zweiten Sommer in diesem stinkigen Kaff, weil es besser ist, erster auf dem Lande zu sein als zweiter in der Stadt. Hier ist er der König und der Adler; er hält hier alle Einwohner unter seiner Fuchtel und unterdrückt sie durch seine Autorität. Er hält alle an der Kandare, mischt sich in fremde Angelegenheiten, alles will er, und alle fürchten ihn. Ich entziehe mich seinem Zugriff, er spürt das und haßt mich. Hat er dir nicht gesagt, mich müsse man vernichten oder zur Zwangsarbeit schicken?

– Ja, – lachte Samojlenko.

Laevskij lachte ebenfalls und trank Wein.

– Und auch seine Ideale sind despotisch, – sagte er lachend, einen Pfirsich essend. – Gewöhnliche Sterbliche, die zum Nutzen der Allgemeinheit arbeiten, haben ihren Nächsten im Blick: mich, dich, mit einem Wort: den Menschen. Für von Koren dagegen sind die Menschen junge Hunde, ein Nichts, viel zu klein, um Ziel seines Lebens zu sein. Er arbeitet, geht auf Expeditionen und wird sich dort den Hals brechen nicht im Namen der Nächstenliebe, sondern im Namen solcher Abstrakta wie Menschheit, künftige Generationen, ideale Menschenrasse. Er kümmert sich um die Verbesserung der menschlichen Rasse, und in dieser Beziehung sind wir für ihn nur Sklaven, Kanonenfutter, Packtiere; die einen würde er vernichten oder zur Katorga verdonnern, die anderen durch Disziplin drillen, sie wie Arakčeev zwingen, auf Trommelschlag aufzustehen und schlafen zu gehen, er würde Eunuchen aufstellen, um unsere Keuschheit und Sittlichkeit zu bewachen, würde jeden erschießen lassen, der den Kreis unserer engen, konservativen Moral verläßt, und all das im Namen der Verbesserung der menschlichen Rasse... Und was ist die menschliche Rasse? Eine Illusion, ein Phantom... Despoten waren immer Illusionisten. Ich, Freund, begreife ihn sehr wohl. Ich schätze ihn und leugne seine Bedeutung nicht; auf Menschen wie ihm beruht die Welt, und wenn die Welt nur solchen wie uns überlassen bliebe, wir würden, bei all unserer Güte und wohlmeinenden Absichten, aus ihr dasselbe machen wie die Fliegen da aus diesem Bild. Ja.

Laevskij setzte sich neben Samojlenko und sagte mit aufrichtiger Hingabe:

– Ich bin ein leerer, nichtswürdiger, gefallener Mensch! Die Luft, die ich atme, dieser Wein, die Liebe, mit einem Wort das Leben habe ich bis heute erkauft um den Preis der Lüge, des Müßiggangs und des Kleinmuts. Bis heute habe ich die Menschen und mich selbst betrogen, ich habe darunter gelitten, und meine Leiden waren billig und trivial. Vor dem Haß von Korens beuge ich verzagt den Rücken, denn von Zeit zu Zeit hasse und verachte ich mich selbst.

Laevskij ging in Erregung wieder von einer Ecke in die andere und sagte:

– Ich bin froh, daß ich meine Fehler klar sehe und sie erkenne. Das wird mir helfen, wiederaufzuerstehen und ein anderer Mensch zu werden. Mein Lieber, wenn du wüßtest, wie leidenschaftlich, mit welcher Sehnsucht mich nach meiner Erneuerung dürstet. Und ich schwöre dir, ich werde ein Mensch werden! Ich werde es! Ich weiß nicht, ob es der Wein ist, der aus mir spricht, oder ob es tatsächlich so ist, aber mir scheint, ich habe schon lange keine so lichten, reinen Minuten erlebt wie eben bei dir.

– Es ist Zeit zu schlafen, Freund, – sagte Samojlenko.

– Ja, ja... Entschuldige. Ich gehe gleich.

Laevskij tastete nach den Möbeln und Fenstern auf der Suche nach seiner Mütze.

– Danke... – murmelte er seufzend. – Danke... Freundlichkeit und ein gutes Wort sind besser als Almosen. Du hast mich zum Leben erweckt.

Er fand seine Mütze, blieb stehen und blickte Samojlenko schuldbewußt an.

– Aleksandr Davidyč! – sagte er mit flehentlicher Stimme.

– Was?

– Erlaube mir, Liebster, bei dir zu übernachten!

– Bitte sehr... aber weshalb?

Laevskij legte sich auf dem Divan schlafen und unterhielt sich noch lange mit dem Doktor.

X

Drei Tage nach dem Picknick kam unerwartet Marja Konstantinovna zu Nadežda Fjodorovna und nahm sie, ohne zu grüßen, ohne den Hut abzunehmen, an beiden Händen, drückte sie an ihre Brust und sagte in heftiger Erregung:

– Meine Liebe, ich bin erregt, ich bin betroffen. Unser lieber, sympathischer Doktor hat gestern meinem Nikodim Aleksandryč mitgeteilt, Ihr Mann sei gestorben. Sagen Sie, Liebe... Sagen Sie, ist das wahr?

– Ja, es ist wahr, er ist gestorben, – antwortete Nadežda Fjodorovna.

– Das ist entsetzlich, Liebe, entsetzlich! Aber alles Schlechte hat sein Gutes. Ihr Mann war wahrscheinlich ein wunderbarer, herrlicher, heiliger Mensch, und solche werden im Himmel nötiger gebraucht als auf Erden.

In Marja Konstantinovnas Gesicht erzitterten alle Fältchen und Pünktchen, als hüpften unter der Haut kleine Nadeln, sie lächelte mandelsüß und sagte begeistert, außer Atem:

– Also sind Sie frei, meine Liebe. Sie können jetzt den Menschen erhobenen Hauptes in die Augen sehen. Von nun an werden Gott und die Menschen Ihren Bund mit Ivan Andreič segnen. Das ist bezaubernd. Ich zittere vor Freude, finde keine Worte. Liebste, ich werde Ihre Ehestifterin sein... Nikodim Aleksandryč und ich haben Sie so geliebt, erlauben Sie uns, Ihren gesetzlichen, reinen Bund zu segnen. Wann, wann denken Sie, sich trauen zu lassen?

– Daran habe ich überhaupt noch nicht gedacht, – sagte Nadežda Fjodorovna, ihre Hände befreiend.

– Das ist unmöglich, Liebste. Sie haben daran gedacht, Sie haben!

– Bei Gott, ich habe es nicht, – lachte Nadežda Fjodorovna. – Wozu sollten wir uns trauen lassen? Ich sehe dazu keinerlei Notwendigkeit. Wir werden leben, wie wir gelebt haben.

– Was reden Sie da! – entsetzte sich Marja Konstantinovna. – Um Gottes willen, was reden Sie da!

– Davon, daß wir uns trauen lassen, würde nichts besser. Im Gegenteil, es würde nur noch schlimmer. Wir würden unsere Freiheit verlieren.

– Liebste, Liebste, was reden Sie da! – schrie Marja Konstantinovna auf, trat zurück und schlug die Hände ineinander. – Sie sind extravagant. Nehmen Sie Vernunft an! Kommen Sie zur Ruhe!

– Was heißt: Kommen Sie zur Ruhe? Ich habe noch nicht gelebt, und Sie sagen – kommen Sie zur Ruhe!

Nadežda Fjodorovna dachte daran, daß sie tatsächlich noch nicht gelebt hatte. Sie hatte ihr Studium abgeschlossen und einen ungeliebten Mann geheiratet, dann das Verhältnis mit Laevskij begonnen und lebte nun die ganze Zeit an dieser langweiligen, öden Küste in der Erwartung von etwas Besserem. War das etwa Leben?

»Uns trauen lassen sollten wir dennoch ...« – dachte sie, erinnerte sich aber an Kirilin und Ačmianov, errötete und sagte:

– Nein, das ist unmöglich. Selbst wenn Ivan Andreič mich auf Knien bitten würde, ich würde auch dann ablehnen.

Marja Konstantinovna saß eine Minute lang schweigend auf dem Divan und starrte traurig, ernst auf einen Punkt, dann stand sie auf und sagte kalt:

– Leben Sie wohl, Liebste! Entschuldigen Sie, daß ich Sie behelligt habe. Obwohl es mir nicht leichtfällt, muß ich Ihnen sagen, daß mit dem heutigen Tag zwischen uns alles zu Ende ist und daß für Sie, trotz meiner Hochachtung für Ivan Andreič, die Tür meines Hauses verschlossen bleibt.

Sie sprach dies triumphierend und war selbst ganz bedrückt von ihrem triumphierenden Ton; ihr Gesicht erzitterte, nahm den weichen, mandelsüßen Ausdruck an, sie streckte der erschrockenen, verlegen gewordenen Nadežda Fjodorovna beide Hände entgegen und sagte flehentlich:

– Meine Liebste, erlauben Sie mir, nur für eine Minute Ihre Mutter oder ältere Schwester zu sein! Ich werde offen zu Ihnen sein wie eine Mutter.

Nadežda Fjodorovna verspürte in ihrer Brust eine solche Wärme, Freude und ein solches Selbstmitleid, als sei tatsächlich ihre Mutter auferstanden und stünde vor ihr. Sie umarmte Marja Konstantinovna heftig und drückte ihr Gesicht an deren Schulter. Beide brachen in Tränen aus. Sie setzten sich auf den Divan und schluchzten einige Minuten, ohne einander anzusehen und außerstande, auch nur ein Wort herauszubringen.

– Liebste, mein Kind, – begann Marja Konstantinovna, – ich werde Ihnen harte Wahrheiten sagen, ohne Sie zu schonen.

– Um Gottes willen ja, um Gottes willen!

– Vertrauen Sie sich mir an, Liebste. Sie werden sich erinnern, von allen hiesigen Damen war ich die einzige, die Sie empfing. Sie haben mich vom ersten Tag an entsetzt, aber ich war außerstande, Sie mit derselben Nichtachtung zu behandeln wie alle. Ich litt um den lieben, guten Ivan Andreič wie um einen Sohn. Ein junger Mensch in der Fremde, unerfahren, schwach, ohne Mutter, und ich quälte und quälte mich ... Mein Mann war gegen die Bekanntschaft mit ihm, aber ich habe ihn überredet ... überzeugt ... Wir begannen Ivan Andreič zu empfangen, und mit ihm natürlich Sie, sonst wäre er beleidigt gewesen. Ich habe eine Tochter, einen Sohn ... Sie begreifen, der zarte kindliche Verstand, das reine Herz ... Wer aber ärgert dieser Geringsten einen ... Ich empfing Sie und zitterte um die Kinder. Oh, wenn Sie einmal Mutter sein werden, werden Sie meine Angst begreifen. Und alle wunderten sich, daß ich Sie empfing, entschuldigen Sie, wie eine Anständige, machten Anspielungen ... Klatsch natürlich, Hypothesen ... In der Tiefe meiner Seele habe ich Sie verurteilt, aber Sie waren so unglücklich, jämmerlich, extravagant, und ich habe Sie bemitleidet.

– Aber warum? Warum? – fragte Nadežda Fjodorovna, am ganzen Körper zitternd. – Wem habe ich etwas getan?

– Sie sind eine schreckliche Sünderin. Sie haben das Gelübde gebrochen, das Sie Ihrem Ehemann vor dem Altar gegeben haben. Sie haben einen schönen jungen Mann verführt, der, vielleicht, wenn er Ihnen nicht begegnet wäre, sich eine legitime Lebensgefährtin aus guter Familie seines Kreises genommen hätte und heute wäre wie alle. Sie haben seine Jugend zugrundegerichtet. Sprechen Sie nicht, sprechen Sie nicht, Liebste! Ich werde nie glauben, daß an unseren Sünden der Mann schuld ist. Schuld sind immer die Frauen. Die Männer sind im Alltagsleben leichtsinnig, leben nach dem Verstand, nicht nach dem Herzen, sie begreifen vieles nicht, die Frau hingegen alles. Auf sie kommt alles an. Ihr ist viel gegeben, von ihr wird auch viel verlangt. Oh, Liebste, wenn sie in dieser Beziehung dümmer oder schwächer wäre als der Mann, dann hätte Gott ihr nicht die Erziehung der kleinen Jungen und Mädchen anvertraut. Und damit, meine Liebe, haben Sie den Pfad des Lasters betreten, jede Scham vergessend; eine andere in Ihrer Lage hätte sich von den Menschen zurückgezogen, sich in ihrem Haus eingeschlossen, und die Menschen sähen sie nur im Gotteshaus, bleich, ganz in Schwarz gekleidet, weinend, und jeder würde in aufrichtiger Zerknirschung sagen: »Gott, da kehrt ein Engel, der gesündigt hat, zu Dir zurück...« Aber Sie, Liebste, haben jede Bescheidenheit vergessen, Sie lebten offen, extravagant, als seien Sie auf Ihre Sünde stolz, Sie waren übermütig, lachten laut, und ich, wenn ich Sie sah, zitterte vor Entsetzen und fürchtete, der Donner des Himmels könne unser Haus in einem Augenblick treffen, da Sie bei mir sitzen. Liebste, sprechen Sie nicht, sprechen Sie nicht! – schrie Marja Konstantinovna auf, als sie bemerkte, daß Nadežda Fjodorovna sprechen wollte. – Vertrauen Sie sich mir an, ich werde Sie nicht betrügen und den Blicken Ihrer Seele keine einzige Wahrheit verbergen. Hören Sie mir zu, Liebe... Gott zeichnet die großen Sünder, so sind auch Sie gezeichnet. Erinnern Sie sich, Ihre Kleider waren immer entsetzlich!

Nadežda Fjodorovna, die immer die beste Meinung von ihren Kleidern gehabt hatte, hörte auf zu weinen und schaute sie erstaunt an.

– Jawohl, entsetzlich! – fuhr Marja Konstantinovna fort. – An der Erlesenheit und Buntheit Ihres Aufputzes kann jeder Ihr Benehmen beurteilen. Alle, die Sie sahen, lachten und zuckten die Achseln, ich dagegen litt, litt Qualen... und verzeihen Sie mir, Liebste, Sie sind unreinlich! Als wir uns in der Badeanstalt begegneten, haben Sie mich erschaudern lassen. Das Oberkleid ging ja noch an, aber der Unterrock, das Hemd... Liebste, ich erröte! Dem armen Ivan Andreič bindet auch niemand die Krawatte, wie es sich gehört, an seiner Wäsche wie an den Stiefeln des Ärmsten sieht man, daß zu Hause niemand nach ihm schaut. Und immer hat er Hunger, der Gute, und wenn zu Hause niemand ist, der sich um den Samovar und um Kaffee kümmert, muß man ja notgedrungen im Pavillon die Hälfte seines Gehalts lassen. Bei Ihnen zu Hause ist einfach der Horror, das Entsetzen! Niemand in der ganzen Stadt hat Fliegen, bei Ihnen kann man sich nicht vor ihnen retten, alle Teller und Untertassen sind schwarz. An den Fenstern, auf den Tischen, sehen Sie nur, Staub, tote Fliegen, Gläser... Was haben Gläser hier zu suchen? Und, Liebste, der Tisch ist noch immer nicht abgeräumt. Und Ihr Schlafzimmer zu betreten, schämt man sich: überall liegt Wäsche durcheinander, hängen an den Wänden diese Ihre verschiedenen Gummisachen, steht irgendein Geschirr herum... Liebste! Der Ehemann darf davon nichts wissen, die Ehefrau muß vor ihm rein sein wie ein Engelchen! Ich wache jeden Morgen, kaum daß es hell wird, auf und wasche mir mit kaltem Wasser das Gesicht, damit mein Nikodim Aleksandryč nicht bemerkt, daß ich verschlafen bin.

– Das sind alles Lappalien, – schluchzte Nadežda Fjodorovna auf. – Wenn ich nur glücklich wäre, aber ich bin so unglücklich!

– Jawohl, jawohl, Sie sind sehr unglücklich! – seufzte Marja Konstantinovna und konnte sich kaum beherrschen, in Tränen auszubrechen. – Und Sie erwartet in der Zukunft schreckliches Leid! Ein einsames Alter, Krankheiten, dann die Antwort vor dem Jüngsten Gericht. . . Entsetzlich, entsetzlich! Heute streckt Ihnen das Schicksal hilfreich die Hand entgegen, und Sie schieben sie in Ihrer Unvernunft beiseite. Lassen Sie sich trauen, lassen Sie sich so bald wie möglich trauen!

– Ja, das sollte ich tun, – sagte Nadežda Fjodorovna, – aber es ist unmöglich.

– Aber warum?

– Es ist unmöglich! Oh, wenn Sie wüßten!

Nadežda wollte von Kirilin erzählen und davon, wie sie gestern abend am Hafen dem jungen, hübschen Ačmianov begegnet war und wie ihr der verrückte, komische Gedanke gekommen war, die Schuld von dreihundert Rubeln loszuwerden, ihr war sehr zum Lachen zumute gewesen, und nach Hause zurückgekehrt war sie spät abends mit einem Gefühl, unwiederbringlich eine gefallene und käufliche Frau zu sein. Und jetzt wollte sie Marja Konstantinovna schwören, sie werde die Schuld unbedingt zurückzahlen, doch ihr Schluchzen und die Scham hinderten sie am Sprechen.

– Ich werde abreisen, – sagte sie. – Ivan Andreič soll hierbleiben, und ich werde abreisen.

– Wohin?

– Nach Rußland.

– Aber wovon wollen Sie dort leben? Sie haben doch nichts.

– Ich werde mich mit Übersetzungen befassen, oder... oder ich mache eine kleine Bibliothek auf...

– Machen Sie sich nichts vor, meine Liebste. Für eine kleine Bibliothek braucht man Geld. So, ich werde Sie jetzt verlassen, und Sie sollten sich beruhigen und nachdenken, und morgen kommen Sie fröhlich zu mir. Das wäre bezaubernd! Also, leben Sie wohl, mein Engelchen. Kommen Sie, ich will Sie küssen.

Marja Konstantinovna küßte Nadežda Fjodorovna auf die Stirn, schlug über ihr das Kreuz und ging leise hinaus. Es wurde bereits dunkel, und Olga in der Küche machte Licht. Immer noch weinend ging Nadežda Fjodorovna ins Schlafzimmer und legte sich aufs Bett. Sie bekam einen heftigen Fieberanfall. Im Liegen zog sie sich aus, zerknüllte ihr Kleid am Fußende und rollte sich unter der Decke zu einem Knäuel. Sie hatte Durst, und niemand, der ihr hätte zu trinken geben können.

– Ich zahle es zurück! – sprach sie zu sich selbst, und in ihrem Fieberwahn schien ihr, sie sitze am Bett einer Kranken und erkenne in ihr sich selbst. – Ich zahle es zurück. Es wäre dumm zu meinen, ich hätte es des Geldes wegen... Ich werde abreisen und ihm das Geld aus Petersburg schicken. Zuerst hundert... dann wieder hundert ... dann noch einmal hundert...

Spät nachts kam Laevskij.

– Zuerst hundert... sagte Nadežda Fjodorovna zu ihm, – dann wieder hundert...

– Du solltest Chinin nehmen, – sagte er und dachte: »Morgen ist Mittwoch, da geht ein Schiff, und ich werde nicht abreisen. Also muß ich bis Sonnabend hierbleiben.«

Nadežda Fjodorovna erhob sich im Bett auf die Knie.

– Habe ich eben nicht etwas gesagt? – fragte sie, lächelnd und in die Kerze blinzelnd.

– Nein. Ich werde morgen nach dem Doktor schicken müssen. Schlaf.

Er nahm sein Kopfkissen und ging zur Tür. Nachdem er endgültig beschlossen hatte, abzureisen und Nadežda Fjodorovna zu verlassen, erweckte sie Mitleid in ihm und ein Gefühl der Schuld; er schämte sich ein wenig in ihrer Gegenwart, wie in Gegenwart eines kranken oder alten Pferdes, das man beschlossen hatte zu töten. Er blieb in der Tür stehen und blickte sich nach ihr um.

– Auf dem Picknick war ich gereizt und habe dir eine Grobheit gesagt. Entschuldige bitte um Gottes willen.

Mit diesen Worten ging er zu sich ins Arbeitszimmer, legte sich hin und konnte lange nicht einschlafen.

Als am anderen Tag morgens Samojlenko, anläßlich eines Staatsfeiertages in voller Paradeuniform, mit Epauletten und Orden, nachdem er Nadežda Fjodorovna den Puls gefühlt und sich ihre Zunge hatte zeigen lassen, aus dem Schlafzimmer kam, fragte ihn Laevskij, der auf der Schwelle stand, besorgt:

– Und, was ist? Was ist?

Sein Gesicht drückte Angst, äußerste Unruhe und Hoffnung aus.

– Beruhige dich, nichts Gefährliches, – sagte Samojlenko. – Ein gewöhnliches Fieber.

– Das meine ich nicht, – runzelte Laevskij ungeduldig die Stirn. – Hast du das Geld beschafft?

– Mein Lieber, entschuldige, – flüsterte Samojlenko, blickte sich nach der Tür um und wurde verlegen. – Entschuldige um Gottes willen! Niemand hat Geld flüssig, und zusammenbekommen habe ich bis heute in lauter Fünf- bis Zehnrubelscheinen – alles in allem einhundertundzehn. Heute werde ich noch mit jemandem sprechen. Hab Geduld.

– Aber der letzte Termin ist Sonnabend! – stieß Laevskij flüsternd, vor Ungeduld zitternd hervor. – Bei allen Heiligen! Wenn ich am Sonnabend nicht abreise, brauche ich gar nicht mehr... gar nichts! Ich begreife nicht, wie man als Arzt kein Geld haben kann!

– Ja, Herr, es ist dein Wille, – flüsterte Samojlenko hastig und angestrengt, und etwas piepste sogar in seiner Kehle, – man hat mir alles genommen, schuldet mir Siebentausend, und ich habe überall Schulden. Bin ich daran schuld?

– Also, bis Sonnabend beschaffst du es? Ja?

– Ich werde mir Mühe geben.

– Ich flehe dich an, Liebster! Daß ich Freitag morgen das Geld in Händen habe.

Samojlenko setzte sich und verschrieb Chininlösung, Kalii bromati, Rhabarberessenz, tincturae gentianae, acquae foeniculi – all das in einer Mixtur, dazu Rosenöl, damit es nicht zu bitter schmeckte, und ging.

XI

– Du siehst aus, als kämst du mich verhaften, – sagte von Koren, als er Samojlenko in voller Paradeuniform bei sich eintreten sah.

– Ich komme vorbei und denke: geh doch mal hinein und erkundige dich nach der Zoologie, – sagte Samojlenko und setzte sich an den großen Tisch, den der Zoologe eigenhändig aus einfachen Brettern gebaut hatte. – Guten Morgen, heiliger Vater! – nickte er dem Diakon zu, der am Fenster saß und etwas abschrieb. – Ich bleibe ein Weilchen sitzen, dann laufe ich nach Hause, um das Essen vorzubereiten. Es ist Zeit... Habe ich auch nicht gestört?

– Nicht im mindesten, – antwortete der Zoologe, während er auf dem Tisch kleine beschriftete Zettel auslegte. – Wir befassen uns mit Abschreiben.

– So... Oh, mein Gott... – seufzte Samojlenko; vorsichtig zog er vom Tisch ein verstaubtes Buch, auf dem eine tote, vertrocknete Walzenspinne lag, und sagte: – Trotzdem! Stell dir vor, da geht ein grünes Käferchen seinen Geschäften nach und plötzlich unterwegs begegnet es so einem Anathema. Ich kann mir vorstellen, was für ein Entsetzen!

– Ja, wahrscheinlich.

– Ist ihr das Gift gegeben, um sich gegen Feinde zu verteidigen?

– Ja, um sich zu verteidigen und um selbst anzugreifen.

– So, so, so... So ist alles in der Natur, ihr meine Lieben, zweckmäßig und erklärbar, – seufzte Samojlenko. – Nur eines begreife ich nicht. Du, Mann von größtem Verstand, erklär es mir bitte. Weißt du, es gibt so kleine Tierchen, nicht größer als Ratten, äußerlich ganz hübsch, aber, ich kann dir sagen, im höchsten Grade gemein und unmoralisch. Geht so ein Tierchen, einmal angenommen, durch den Wald, sieht ein Vögelchen, fängt es und frißt es. Es geht weiter und sieht im Gras ein Nestchen mit Eiern; sie zu fressen hat es keine Lust, es ist schon satt, beißt aber trotzdem ein Ei auf, die anderen wirft es mit den Pfötchen aus dem Nest. Dann begegnet es einem Frosch und fängt mit ihm an zu spielen. Hat es den Frosch zu Tode gequält, geht es weiter und leckt sich das Maul, ihm entgegen kommt ein Käfer. Der kriegt eins mit den Pfötchen... Und so vernichtet und zerstört es alles, was ihm in den Weg kommt... Kriecht in fremde Höhlen, zerwühlt sinnlos Ameisenhaufen, zerbeißt Schnecken... Begegnet es einer Ratte – gleich geht die Prügelei los; sieht es eine Schlange oder ein Mäuschen – sie müssen erwürgt werden. Und so den ganzen Tag. Sag mir, wozu wird so ein Tier gebraucht? Wozu ist es geschaffen?

– Ich weiß nicht, von welchem Tierchen du sprichst, – sagte von Koren, – wahrscheinlich von irgendeinem Insektenfresser. Ja nun? Der Vogel hat sich fangen lassen, weil er unvorsichtig war; das Nest mit den Eiern hat er zerstört, weil der Vogel unerfahren war, das Nest schlecht gebaut und nicht hinreichend getarnt hat. Der Frosch hatte wahrscheinlich einen Defekt in der Tarnfarbe, sonst hätte er ihn nicht gesehen, und so weiter. Dein Tier vernichtet nur die Schwachen, Unerfahrenen, Unvorsichtigen, kurz diejenigen, die Mängel aufweisen, die die Natur nicht für notwendig hält weiterzuvererben. Am Leben bleiben nur die Geschickteren, Vorsichtigen, Starken und weiter Entwickelten. Auf diese Weise dient dein Tierchen, ohne es zu ahnen, den hohen Zielen der Vervollkommnung.

– Ja, ja, ja … Übrigens, Freund, – sagte Samojlenko ungezwungen, – leih mir doch mal hundert Rubel.

– Gut. Unter den Insektenfressern finden sich noch interessante Subjekte. Zum Beispiel der Maulwurf. Von ihm sagt man, er sei nützlich, weil er schädliche Insekten vertilgt. Man erzählt, irgendein Deutscher habe Kaiser Wilhelm I. einen Pelzmantel ganz aus Maulwurfsfellen geschickt, worauf der Kaiser ihm einen Verweis erteilen ließ, dafür daß er eine solche Menge nützlicher Tiere vertilgt hatte. Dabei steht der Maulwurf deinem Tierchen an Grausamkeit in nichts nach und ist außerdem sehr schädlich, denn er verheert die Wiesen.

Von Koren schloß die kleine Schatulle auf und holte aus ihr einen Hundertrubelschein.

– Der Maulwurf hat einen starken Brustkorb, wie die Fledermaus, – fuhr er fort, indem er die kleine Schatulle wieder abschloß, – schrecklich stark entwickelte Knochen und Muskeln und ein ungewöhnlich bewehrtes Maul. Wenn er die Körpermaße eines Elefanten hätte, wäre er ein alles vernichtendes, unbezwingliches Tier. Interessant ist, wenn sich zwei Maulwürfe unter der Erde begegnen, dann beginnen beide, wie auf Verabredung, einen Platz zu wühlen; diesen Platz brauchen sie, um besser miteinander kämpfen zu können. Wenn sie damit fertig sind, treten sie in einen grausamen Kampf ein und beißen sich so lange, bis der Schwächere fällt. Hier die hundert Rubel, – sagte von Koren, die Stimme gesenkt, – aber unter der einen Bedingung, daß du sie dir nicht für Laevskij borgst.

– Und wenn sie für Laevskij wären! – brauste Samojlenko auf. – Was geht das dich an?

– Für Laevskij kann ich sie dir nicht geben. Ich weiß, du verleihst gern Geld. Du würdest auch dem Räuber Kerim welches leihen, wenn er dich darum bäte, aber entschuldige, dir in dieser Richtung helfen kann ich nicht.

– Ja, es ist für Laevskij! – sagte Samojlenko, stand auf und schwenkte den rechten Arm. – Jawohl! Für Laevskij! Und weder der Teufel noch Satan haben das Recht, mich darüber zu belehren, wie ich über mein Geld zu verfügen habe. Sie belieben es mir nicht zu geben? Nein?

Der Diakon lachte laut auf.

– Brause nicht gleich auf, sondern denk nach, – sagte der Zoologe. – Denn Herrn Laevskij Wohltaten zu erweisen, ist meiner Meinung nach genauso unklug, wie Unkraut zu gießen oder Heuschrecken zu füttern.

– Und meiner Meinung nach sind wir verpflichtet, unserem Nächsten zu helfen! – schrie Samojlenko.

– Dann hilf hier diesem hungrigen Türken, der unter dem Zaun liegt! Er ist ein Arbeiter und brauchbarer, nützlicher als dein Laevskij. Gib diese hundert Rubel ihm! Oder stifte mir hundert Rubel für die Expedition!

– Gibst du sie mir oder nicht, frage ich dich?

– Sage mir offen: wozu braucht er Geld?

– Das ist kein Geheimnis. Er muß am Sonnabend nach Petersburg fahren.

– Ach so! – sagte von Koren gedehnt. – Aha... Wir verstehen. Und sie fährt mit ihm oder wie?

– Sie bleibt vorerst hier. Er regelt in Petersburg seine Angelegenheiten und wird ihr Geld schicken, dann kommt sie nach.

– Geschickt! – sagte der Zoologe und lachte ein kurzes Lachen im Tenor. – Geschickt! Klug ausgedacht.

Er trat schnell auf Samojlenko zu, blieb Gesicht an Gesicht vor ihm stehen, blickte ihm in die Augen und fragte:

– Sage mir offen: liebt er sie nicht mehr? Ja? Er liebt sie nicht mehr? Ja?

– Ja, – stieß Samojlenko hervor und fing an zu schwitzen.

– Ist das ekelhaft! – sagte von Koren, und seinem Gesicht war anzusehen, daß er Ekel verspürte. – Eines von beidem, Aleksandr Davidyč: entweder, du hast dich mit ihm verschworen, oder, entschuldige schon, du bist ein Einfaltspinsel. Begreifst du etwa nicht, daß er dich wie einen dummen Jungen an der Nase herumführt, auf die gewissenloseste Weise? Es ist doch klar wie der Tag, daß er sie loswerden und hier sitzenlassen will. Du wirst sie am Halse haben, und es ist klar wie der Tag, daß du sie auf eigene Kosten nach Petersburg wirst schicken müssen. Hat dich dein wunderbarer Freund mit seinen Vorzügen etwa derart verblendet, daß du die einfachsten Dinge nicht mehr siehst?

– Das sind nichts als Vermutungen, – sagte Samojlenko sich setzend.

– Vermutungen? Aber warum fährt er allein und nicht mit ihr? Und warum, frag ihn das, fährt sie nicht voraus und er kommt nach? Die durchtriebene Bestie!

Bedrückt durch plötzliche Zweifel und die Verdächtigungen seines Freundes erschlaffte Samojlenko plötzlich und senkte die Stimme.

– Aber das ist unmöglich! – sagte er, sich der Nacht erinnernd, als Laevskij bei ihm übernachtet hatte. – Er leidet Qualen!

– Und was folgt daraus? Auch Diebe und Brandstifter leiden!

– Sogar angenommen, du hättest recht... – sagte Samojlenko nachdenklich. – Nehmen wirs mal an... Aber er ist ein junger Mensch, in der Fremde... Akademiker, auch wir sind Akademiker, und außer uns ist hier niemand, der ihn unterstützen würde.

– Ihm bei seinen Schurkenstücken helfen, nur weil du und er zu verschiedener Zeit auf der Universität wart und ihr beide dort nichts getan habt! So ein Quatsch!

– Warte, laß uns kühlen Kopf bewahren. Angenommen, es wäre möglich, es so zu regeln... – überlegte Samojlenko, die Finger bewegend. – Ich, verstehst du, gebe ihm das Geld, nehme ihm aber das Ehrenwort des Edelmannes ab, daß er Nadežda Fjodorovna binnen einer Woche das Reisegeld schickt.

– Er wird dir sein Ehrenwort geben, wird sogar ein paar Tränen zerdrücken und sich selber glauben, aber was ist dieses Wort wert? Er wird es nicht halten, und wenn du ihm in einzwei Jahren auf dem Nevskij begegnest, Arm in Arm mit seiner neuen Liebe, wird er sich damit rechtfertigen, die Zivilisation habe ihn zum Krüppel gemacht und er sei eine Scherbe von Rudin. Laß die Finger von ihm, um Gottes willen! Halt dich fern vom Schmutz und wühle nicht mit beiden Händen darin herum!

Samojlenko dachte eine Minute lang nach und sagte entschlossen:

– Aber ich gebe ihm das Geld trotzdem. Wie du willst. Ich bin außerstande, einem Menschen etwas abzuschlagen nur aufgrund von Vermutungen.

– Na wunderbar. Küß dich mit ihm.

– Also gib mir jetzt die hundert Rubel, – sagte Samojlenko zaghaft.

– Ich gebe sie dir nicht.

Schweigen trat ein. Samojlenko war völlig erschlafft: sein Gesicht nahm einen schuldbewußten, beschämten und einschmeichelnden Ausdruck an, und wie merkwürdig war der Anblick dieses kläglichen, kindlich-verlegenen Gesichts an diesem riesenhaften Mann mit Epauletten und Orden.

– Seine hiesige Eminenz bereist seine Eparchie nicht im Wagen, sondern hoch zu Roß, – sagte der Diakon, die Feder weglegend. – Sein Anblick, wie er so auf seinem Pferdchen sitzt, ist ungemein rührend. Seine Schlichtheit und Bescheidenheit sind erfüllt von biblischer Größe.

– Ist er ein guter Mensch? – fragte von Koren, der froh war, das Thema zu wechseln.

– Aber gewiß doch! Wenn er kein guter Mensch wäre, hätte man ihn dann zum Bischof geweiht?

– Unter den Bischöfen finden sich sehr gute und begabte Leute, – sagte von Koren. – Schade nur, daß viele von ihnen die Schwäche haben sich einzubilden, sie seien Staatsmänner. Der eine betreibt Russifizierung, der andere kritisiert die Wissenschaften. Das ist nicht ihre Sache. Sie sollten lieber öfter mal im Konsistorium vorbeischauen.

– Ein Weltlicher kann über Bischöfe nicht urteilen.

– Und warum nicht, Diakon? Ein Bischof ist genauso ein Mensch wie ich.

– Genauso einer, und doch wieder nicht, – war der Diakon gekränkt und griff zur Feder. – Wenn Sie so einer wären, so würde auf Ihnen die Gnade ruhen und Sie wären Bischof, da Sie aber kein Bischof sind, sind Sie also auch nicht genau so einer.

– Red kein dummes Zeug, Diakon! – sagte Samojlenko bedrückt. – Hör zu, was ich mir ausgedacht habe, – wandte er sich an von Koren. – Gib du mir diese hundert Rubel nicht. Du wirst bei mir bis zum Winter noch drei Monate lang essen, also gib mir das Geld für die drei Monate im voraus.

– Das gebe ich dir nicht.

Samojlenko blinzelte und lief rot an; er zog mechanisch das Buch mit der Walzenspinne zu sich heran und betrachtete es, dann stand er auf und griff nach der Mütze. Er tat von Koren plötzlich leid.

– Da soll man nun leben und arbeiten mit solchen Herrschaften! – sagte der Zoologe und schubste unwillig mit dem Fuß ein Stück Papier in die Ecke. – Begreif doch, das ist nicht Güte, nicht Liebe, sondern Kleinmut, Verkommenheit, Gift! Was der Verstand erschafft, das zerstören eure morschen, zu nichts tauglichen Herzen! Als ich als Gymnasiast an Unterleibstyphus erkrankt war, fütterte mich meine Tante aus Mitleid mit marinierten Pilzen, und ich wäre beinahe gestorben. Begreift, du wie meine Tante, daß Menschenliebe nicht im Herzen sitzen soll, nicht unter der letzten Rippe und nicht in den Lenden, sondern hier!

Von Koren klatschte sich mit der flachen Hand vor die Stirn.

– Nimm! – sagte er und schwirrte ihm den Hundertrubelschein hin.

– Sei nicht böse, Kolja, – sagte Samojlenko sanft, den Schein faltend. – Ich verstehe dich sehr wohl, aber... versetz dich in meine Lage.

– Ein altes Weib, das bist du!

Der Diakon lachte laut auf.

– Hör zu, Aleksandr Davidyč, eine letzte Bitte! – sagte von Koren, mit Feuer. – Wenn du diesem Halunken das Geld gibst, stell ihm eine Bedingung: er soll gemeinsam mit seiner Dame abreisen oder sie vorausschicken, sonst gib es ihm nicht. Mach keine Umstände mit ihm. Sage es ihm so, und wenn du es nicht sagst, dann gebe ich dir mein Ehrenwort, ich gehe zu ihm in die Behörde und werfe ihn dort die Treppe hinunter, und dich kenne ich dann nicht mehr. Merke dir das!

– Ja nun, wenn er gemeinsam mit ihr abreist oder sie voraus fahren läßt, ist das für ihn doch sogar bequemer, – sagte Samojlenko. – Froh wird er sein. Also, leb wohl.

Er verabschiedete sich liebevoll und ging, doch ehe er die Tür hinter sich schloß, blickte er sich noch einmal nach von Koren um, zog ein furchterregendes Gesicht und sagte:

– Dich, Kolja, haben die Deutschen verdorben! Jawohl! Die Deutschen!

XII

Am andern Tag, Donnerstag, feierte Marja Konstantinovna den Geburtstag ihres Kostja. Zu Mittag waren alle zum Kuchen eingeladen, und am Abend zu Schokolade. Als am Abend Laevskij und Nadežda Fjodorovna kamen, fragte der Zoologe, der bereits im Salon saß und Schokolade trank, Samojlenko:

– Hast du mit ihm gesprochen?

– Noch nicht.

– Paß auf, mach keine Umstände. Ich begreife die Dreistigkeit dieser Herrschaften nicht! Sie kennen die Ansichten der hiesigen Familie über ihre wilde Ehe genau, und dennoch kommen sie hierher.

– Wenn man jedes Vorurteil beachten wollte, – sagte Samojlenko, – dann dürfte man nirgends mehr hingehen.

– Ist der Ekel der Masse vor außerehelicher Liebe und Laster etwa ein Vorurteil?

– Natürlich. Vorurteil und Haßsucht. Wenn Soldaten ein leichtes Mädchen sehen, dann lachen sie johlend und pfeifen, aber frage sie mal: wer sind sie selber?

– Sie pfeifen nicht von ungefähr. Daß Huren ihre unehelich geborenen Kinder ertränken und in die Katorga gehen, und daß sich Anna Karenina vor den Zug geworfen hat, und daß man auf den Dörfern die Tore mit Teer beschmiert, und daß uns, wir wissen nicht warum, an Katja deren Reinheit gefällt, und daß jeder dunkel die Notwendigkeit einer reinen Liebe spürt, obwohl er weiß, daß es diese Liebe nicht gibt, – ist all das etwa Vorurteil? Das, Freund, ist das einzige, was von der natürlichen Zuchtwahl übriggeblieben ist, und gäbe es nicht diese dunkle Kraft, die die Beziehungen der Geschlechter reguliert, würden dir die Herrschaften Laevskij zeigen, wo die Glocken hängen, und die Menschheit wäre in zwei Jahren entartet.

Laevskij trat in den Salon, begrüßte jeden, und als er von Koren die Hand drückte, lächelte er einschmeichelnd. Er wartete einen passenden Augenblick ab und sagte zu Samojlenko:

– Entschuldige, Aleksandr Davidyč, ich muß zwei Worte mit dir reden.

Samojlenko stand auf, umfaßte ihn in der Taille, und beide gingen ins Arbeitszimmer von Nikodim Aleksandryč.

– Morgen ist Freitag . . . – sagte Laevskij, an den Nägeln kauend. – Hast du bekommen, was du versprochen hast?

– Ich habe nur zweihundertzehn zusammenbekommen. Das Restliche bekomme ich heute oder morgen. Nur mit der Ruhe.

– Gott sei Dank! – seufzte Laevskij, und seine Hände zitterten vor Freude. – Du bist meine Rettung, Aleksandr Davidyč, und ich schwöre dir bei Gott, bei meinem Glück und allem, was du willst, ich schicke dir dieses Geld sofort nach meiner Ankunft zurück. Auch meine alte Schuld.

– Hör mal, Vanja ... – sagte Samojlenko, indem er ihn am Knopf nahm und errötete. – Du mußt entschuldigen, daß ich mich in deine Familienangelegenheiten mische, aber ... warum reist du nicht mit Nadežda Fjodorovna gemeinsam ab?

– Du Kauz, aber wie soll das gehen? Einer von uns muß unbedingt bleiben, sonst schreien die Gläubiger Zeter und Mordio. Ich schulde schließlich in verschiedenen Läden siebenhundert Rubel, wenn nicht mehr. Warte nur, ich schicke ihnen das Geld, werfe es ihnen in den Rachen, dann fährt auch sie von hier fort.

– So ... Aber warum läßt du sie nicht vorausfahren?

– Ach, mein Gott, wie soll das gehen? – entsetzte sich Laevskij. – Sie ist doch eine Frau, was soll sie dort allein? Sie, die von nichts etwas versteht? Das wäre nur Zeitverschwendung und ein Geldverlust dazu.

»Sehr vernünftig ...« – dachte Samojlenko, doch er erinnerte sich seines Gesprächs mit von Koren, schlug die Augen nieder und sagte mürrisch:

– Ich kann dir nicht zustimmen. Entweder du fährst mit ihr gemeinsam, oder du schickst sie voraus, sonst ... sonst gebe ich dir das Geld nicht. Das ist mein letztes Wort ...

Er wich zurück, drückte mit dem Rücken die Tür auf und ging zurück in den Salon, rot, in schrecklicher Verlegenheit.

»Freitag ... Freitag, – dachte Laevskij, als er in den Salon zurückkehrte. – Freitag ...«

Man servierte ihm eine Tasse Schokolade. Er verbrannte sich an der heißen Schokolade die Lippen und die Zunge und dachte:

»Freitag ... Freitag ...«

Das Wort »Freitag« ging ihm irgendwie nicht aus dem Kopf; er dachte an nichts anderes als den Freitag, und klar war ihm nur, aber nicht im Kopf, sondern irgendwo unter dem Herzen, daß er am Sonnabend nicht abreisen werde. Vor ihm stand Nikodim Aleksandryč, reinlich, mit gekämmten Schläfen, und bat:

– Lassen Sie es sich schmecken, bitte ergebenst...

Marja Konstantinovna zeigte den Gästen Katjas Noten und sagte gedehnt:

– Heutzutage ist es entsetzlich, entsetzlich schwer in der Schule! Es wird so viel verlangt...

– Mama! – stöhnte Katja, die nicht wußte, wohin sie sich vor Scham und all den Lobsprüchen verkriechen sollte.

Auch Laevskij sah die Noten an und lobte sie. Religion, russische Sprache, Betragen, Einsen und Zweien tanzten vor seinen Augen, und all das, zusammen mit dem Freitag, der ihm nicht aus dem Kopf ging, mit den gekämmten Schläfen von Nikodim Aleksandryč und den roten Wangen von Katja, erschien ihm als eine so unermeßliche, unbezwingliche Langeweile, daß er vor Verzweiflung beinahe aufgeschrien hätte und sich fragte: »Werde ich wirklich nicht abreisen?«

Man stellte zwei L'hombre-Tische nebeneinander und setzte sich, um Post zu spielen. Auch Laevskij setzte sich.

»Freitag ... Freitag ... – dachte er, lächelnd, und holte einen Bleistift aus der Tasche. – Freitag.«

Er wollte seine Lage überdenken und fürchtete sich zu denken. Er hatte Angst, sich einzugestehen, daß der Doktor ihn bei einem Betrug ertappt hatte, den er so lange und sorgsam vor sich selbst verborgen hatte. Jedesmal, beim Denken an seine Zukunft, hatte er seinen Gedanken nicht völlige Freiheit gelassen. Er würde sich ins Zugabteil setzen und losfahren – damit würde sich die Frage seines Lebens entscheiden, weiter hatte er seine Gedanken nicht laufen lassen. Wie ein fernes, trübes Licht im Freien, so war in seinem Kopf manchmal der

Gedanke aufgeschienen, er werde irgendwo in einer der Gassen Petersburgs, in ferner Zukunft, um sich von Nadežda Fjodorovna zu trennen und seine Schulden zurückzuzahlen, bei einer kleinen Lüge Zuflucht nehmen müssen; und er werde nur das eine Mal lügen, danach werde die völlige Erneuerung anbrechen. Und das wäre gut: um den Preis einer kleinen Lüge die große Wahrheit zu erkaufen.

Jetzt jedoch, da der Doktor mit seiner Ablehnung in grober Form auf den Betrug angespielt hatte, begann er zu begreifen, daß er zur Lüge nicht erst in ferner Zukunft würde greifen müssen, sondern heute, morgen, in einem Monat und, vielleicht, bis ans Ende seines Lebens. Tatsächlich mußte er, um abzureisen, Nadežda Fjodorovna, die Gläubiger und die Vorgesetzten belügen; dann mußte er, um in Petersburg Geld zu besorgen, seine Mutter belügen, ihr sagen, er habe sich von Nadežda Fjodorovna bereits getrennt; und seine Mutter würde ihm höchstens fünfhundert Rubel geben, also hatte er auch bereits den Doktor betrogen, denn er würde außerstande sein, ihm demnächst Geld zu schicken. Dann, wenn Nadežda Fjodorovna nach Petersburg käme, würde er eine ganze Reihe kleiner und großer Betrügereien begehen müssen, um sich von ihr zu trennen; und wieder Tränen, Langeweile, schal gewordenes Leben, Reue, von einer Erneuerung also keine Rede. Betrug und nichts weiter. In der Vorstellung Laevskijs erwuchs ein ganzer Berg der Lüge. Um ihn auf einmal zu überspringen und nicht stückchenweise lügen zu müssen, war es nötig, sich zu einer gewaltsamen Lösung zu entschließen, zum Beispiel, ohne ein Wort zu sagen aufzustehen, die Mütze aufzusetzen und sofort abzureisen, ohne Geld, ohne ein Wort zu sagen, doch Laevskij spürte, daß ihm das unmöglich war.

»Freitag, Freitag... – dachte er. – Freitag...«

Man schrieb Zettel, faltete sie und warf sie in Nikodim Aleksandryčs alten Zylinder, und als sich genügend Zettel angesammelt hatten, ging Kostja, der den Postillon spielte, um den Tisch herum und teilte sie aus. Der Diakon, Katja und Kostja, die komische Zettel bekamen und sich bemüht hatten, komisch zu schreiben, waren begeistert.

»Wir müssen miteinander sprechen«, – las Nadežda Fjodorovna auf einem Zettel. Sie wechselte einen Blick mit Marja Konstantinovna, diese lächelte mandelsüß und nickte ihr zu.

»Worüber denn sprechen? – dachte Nadežda Fjodorovna. – Wenn man nicht alles erzählen kann, gibt es auch nichts zu besprechen.«

Bevor sie aufgebrochen waren, hatte sie Laevskij die Krawatte gebunden, und diese läppische Tat hatte ihre Seele mit Zärtlichkeit und Trauer erfüllt. Die Unruhe in seinem Gesicht, die zerstreuten Blicke, die Blässe und die unbegreifliche Veränderung, die in letzter Zeit mit ihm vorgegangen war, auch, daß sie vor ihm ein schreckliches, ekelhaftes Geheimnis hatte, und daß ihr, als sie ihm die Krawatte band, die Hände gezittert hatten, – all das sagte ihr aus irgendeinem Grunde, daß sie beide nicht mehr lange zusammen zu leben haben würden. Sie hatte ihn wie eine Ikone angeblickt, voll Angst und Reue, und gesagt: »Vergib mir, vergib mir...« Ihr am Tisch gegenüber saß Ačmianov und konnte seine schwarzen, verliebten Augen nicht von ihr lassen; Wünsche stiegen in ihr auf, sie schämte sich ihrer selbst und fürchtete, selbst Schwermut und Trauer würden sie nicht hindern können, der Leidenschaft des Bösen nachzugeben, wenn nicht heute, dann morgen, – und sie wäre, wie eine Quartalssäuferin, nicht mehr imstande innezuhalten.

Um dieses Leben, schmachvoll für sie und beleidigend für Laevskij, nicht fortsetzen zu müssen, hatte sie beschlossen abzureisen. Weinend würde sie ihn anflehen, sie freizulassen, und sollte er sich widersetzen, so würde sie ihn heimlich verlassen. Sie würde ihm nicht erzählen, was geschehen war. Er sollte sie als reine Frau in Erinnerung behalten.

»Ich liebe, liebe, liebe Sie«, – las sie. – Das war von Ačmianov.

Sie würde irgendwo in der Einöde leben, arbeiten und Laevskij »von einem Unbekannten« Geld schicken, gestickte Hemden, Tabak, und erst im Alter zu ihm zurückkehren und nur für den Fall, daß er gefährlich erkrankte und eine Krankenschwester benötigte. Wenn er im Alter erfahren sollte, aus welchem Grunde sie abgelehnt hatte, seine Frau zu werden und ihn verlassen hatte, würde er ihr Opfer würdigen und ihr vergeben können.

»Sie haben eine lange Nase.« – Das war sicher vom Diakon oder von Kostja.

Nadežda Fjodorovna stellte sich vor, wie sie, beim Abschied von Laevskij, ihn fest umarmen, ihm die Hand küssen und ihm schwören würde, ihn ihr ganzes, ganzes Leben lang zu lieben, und wie sie dann, in der Einöde, unter fremden Menschen, jeden Tag daran denken würde, daß sie irgendwo einen Freund habe, einen geliebten Menschen, rein, vornehm und erhaben, der sie als reine Frau in Erinnerung behält.

»Wenn Sie mir heute kein Rendezvous gewähren, werde ich Maßnahmen ergreifen, ich versichere Sie bei meinem Ehrenwort. So behandelt man keine anständigen Menschen, das müssen Sie begreifen.« – Das war von Kirilin.

XIII

Laevskij bekam zwei Zettel; er entfaltete den einen und las: »Geh nicht fort von hier, Geliebter.«

»Wer hat das schreiben können? – dachte er. – Natürlich nicht Samojlenko... Auch nicht der Diakon, da er nicht weiß, daß ich abreisen will. Etwa von Koren?«

Der Zoologe beugte sich über den Tisch und zeichnete eine Pyramide. Laevskij schien es, als lächelten seine Augen.

»Wahrscheinlich hat Samojlenko sich verplappert...« – dachte Laevskij.

Auf dem anderen Zettel stand in derselben verstellten Schrift, mit langen Schnörkeln und Häkchen: »Jemand wird am Sonnabend nicht abreisen.«

»Dummes Gespött, – dachte Laevskij. – Freitag, Freitag...«

Etwas stieg ihm in der Kehle auf. Er faßte sich in den Kragen und wollte husten, doch statt des Hustens entrang sich seiner Kehle ein lautes Lachen.

– Ha-ha-ha! – lachte er laut auf. – Ha-ha-ha! »Worüber lache ich eigentlich?« – dachte er. – Ha-ha-ha!

Er versuchte sich zu beherrschen, hielt sich die Hand vor den Mund, doch das Lachen drückte ihn auf Brust und Hals, und die Hand konnte den Mund nicht schließen.

»Wie dumm! – dachte er, sich vor Lachen biegend. – Bin ich etwa verrückt geworden?«

Das Gelächter wurde immer höher und höher und verwandelte sich in etwas wie das Gebell eines Bologneserhündchens. Laevskij wollte vom Tisch aufstehen, doch die Beine versagten ihm den Dienst, die rechte Hand hüpfte irgendwie merkwürdig, gegen seinen Willen, über den Tisch, haschte krampfhaft nach den Zetteln und zerknüllte sie. Er sah die erstaunten Blicke, das ernstlich erschrockene Gesicht Samojlenkos und den Blick des Zoologen, voll kaltem Spott und Ekel, und er begriff, er hatte einen hysterischen Anfall.

»Wie ungehörig, wie beschämend, – dachte er, als er auf seinem Gesicht die Wärme von Tränen verspürte... – Ach, ach, was für eine Schande! Das ist mir noch nie vorgekommen...«

Da faßte man ihn unter, den Kopf von hinten stützend, und führte ihn irgendwohin; da blitzte ein Glas vor seinen Augen auf und stieß gegen die Zähne, Wasser lief ihm über die Brust; da das kleine Zimmer, mittendrin zwei Betten nebeneinander, bedeckt mit sauberen, schneeweißen Bettdecken. Er ließ sich auf eines der Betten fallen und schluchzte los.

– Ist schon gut, ist schon gut... – sagte Samojlenko. – Das kommt vor... Das kommt vor...

Kalt vor Angst, am ganzen Körper zitternd und etwas Schreckliches ahnend, stand Nadežda Fjodorovna vor dem Bett und fragte:

– Was hast du? Was ist? Um Gottes willen sprich...

»Ob Kirilin ihm etwas geschrieben hat?« – dachte sie.

– Nichts... – sagte Laevskij lachend und weinend. – Geh hinaus... Liebling.

Sein Gesicht drückte weder Haß noch Ekel aus: also weiß er von nichts; Nadežda Fjodorovna beruhigte sich ein wenig und ging in den Salon.

– Regen Sie sich nicht auf, Liebste! – sagte Marja Konstantinovna zu ihr, setzte sich neben sie und nahm sie bei der Hand. – Das geht vorüber. Männer sind genauso schwach wie wir Sünderinnen. Sie beide durchleben jetzt eine Krisis... das ist nur zu verständlich! Also, Liebste, ich warte auf Antwort. Lassen Sie uns sprechen.

– Nein, wir werden nicht sprechen... – sagte Nadežda Fjodorovna, während sie auf Laevskijs Schluchzen horchte. – Mir ist so schwer... Erlauben Sie, daß ich gehe...

– Wo denken Sie hin, Liebste! – erschrak Marja Konstantinovna. – Glauben Sie wirklich, ich ließe Sie ohne Abendessen fort? Wir essen eine Kleinigkeit, und dann in Gottes Namen.

– Mir ist so schwer... – flüsterte Nadežda Fjodorovna und hielt sich, um nicht zu fallen, mit beiden Händen an der Sessellehne fest.

– Er hat die Säuglingsepilepsie! – sagte von Koren heiter, den Salon betretend, doch als er Nadežda Fjodorovna sah, wurde er verlegen und ging hinaus.

Als der hysterische Anfall zu Ende war, saß Laevskij auf dem fremden Bett und dachte:

»Schande, ich habe mich ins Heulen hineingesteigert wie ein kleines Mädchen! Sicher bin ich lächerlich und eklig. Ich gehe durch den Hinterausgang... Aber das würde bedeuten, daß ich meiner Hysterie ernstliche Bedeutung beimesse. Besser wäre, sie als Scherz hinzustellen...«

Er betrachtete sich im Spiegel, saß noch eine Weile und ging in den Salon.

– Da bin ich wieder! – sagte er lächelnd; er quälte sich vor Scham und spürte, daß sich auch die anderen in seiner Gegenwart schämten. – Ja, solche Geschichten kommen vor, – sagte er und setzte sich. – Ich saß da, wissen Sie, und plötzlich verspürte ich einen schrecklichen stechenden Schmerz in der Hüfte... unerträglich, die Nerven hielten ihn nicht aus und... und so ist es zu diesem dummen Auftritt gekommen. Unser nervöses Jahrhundert, da kann man nichts machen!

Zum Abendessen trank er Alkohol, war gesprächig und strich sich manchmal, krampfhaft seufzend, über die Hüfte, wie um zu zeigen, daß er den Schmerz noch spüre. Und niemand, außer Nadežda Fjodorovna, glaubte ihm, und er sah das.

Nach neun ging man auf dem Boulevard spazieren. Nadežda Fjodorovna, die befürchtete, Kirilin könnte sie ansprechen, hielt sich die ganze Zeit an Marja Konstantinovna und die Kinder. Sie war geschwächt von Angst und Schwermut und quälte sich im Vorgefühl eines Fieberanfalls, sie konnte kaum die Füße heben, ging aber nicht nach Hause, denn sie war überzeugt, daß Kirilin oder Ačmianov oder beide gemeinsam ihr folgen würden. Kirilin ging hinter ihr, neben Nikodim Aleksandryč und sang halblaut:

– Ich la-asse ni-iemand mit mir spie-ielen! Niemand mit mir spie-ielen!

Vom Boulevard bog man zum Pavillon ab und ging am Ufer entlang und schaute lange auf das phosphoreszierende Meer. Von Koren begann zu erzählen, wieso es phosphoresziert.

XIV

– Ich muß jetzt zum Whint... Ich werde erwartet, – sagte Laevskij. – Leben Sie wohl, meine Herrschaften.

– Ich gehe mit dir, warte, – sagte Nadežda Fjodorovna und hakte sich bei ihm ein.

Sie verabschiedeten sich von der Gesellschaft und gingen. Kirilin verabschiedete sich ebenfalls, sagte, er habe den gleichen Weg, und ging neben ihnen.

»Komme, was da wolle... – dachte Nadežda Fjodorovna. – Meinetwegen...«

Ihr schien, als seien alle häßlichen Erinnerungen aus ihrem Kopf gewichen und gingen nun im Dunkeln neben ihr und atmeten schwer, während sie selbst, wie eine Fliege, die in die Tinte gefallen war, mit letzter Kraft über das Straßenpflaster krieche und Laevskijs Hüfte und Arm mit Schwarz beflecke. »Wenn Kirilin, dachte sie, etwas Schlechtes tue, dann sei daran nicht er schuld, sondern sie allein. Es hatte ja eine Zeit gegeben, zu der kein einziger Mann so mit ihr gesprochen hätte wie Kirilin, und sie selbst hatte diese Zeit abgerissen wie einen Faden und unwiederbringlich zerstört – wer also war daran schuld? Benebelt von ihren Wünschen, hatte sie einem wildfremden Menschen zugelächelt, wahrscheinlich nur, weil er stattlich und von großem Wuchs war, bei den zwei Rendezvous hatte er sie gelangweilt, also hatte sie ihn verlassen, und hatte er nicht gerade deshalb, – so dachte sie heute, – das Recht, mit ihr umzugehen, wie es ihm gefällt?«

– Hier, Liebling, verabschiede ich mich von dir, – sagte Laevskij und blieb stehen. – Ilja Michajlyč wird dich begleiten.

Er verbeugte sich vor Kirilin und überquerte schnell den Boulevard, ging über die Straße zum Hause Šeškovskijs, wo die Fenster erleuchtet waren, dann war zu hören, wie er die Gartentür zuschlug.

– Erlauben Sie mir, mich mit Ihnen auszusprechen, – begann Kirilin. – Ich bin kein dummer Junge, nicht irgendein Ačkasov oder Lačkasov, Začkasov... Ich verlange ernstliche Beachtung!

Nadežda Fjodorovna bekam heftiges Herzklopfen. Sie antwortete nicht.

– Ihren schroffen Wandel im Umgang mit mir erklärte ich mir zuerst mit Koketterie, – fuhr Kirilin fort, – jetzt dagegen sehe ich, daß Sie einfach nicht wissen, wie man mit anständigen Leuten umgeht. Sie hatten einfach Lust, mit mir zu spielen, wie mit diesem dummen Armenierjungen, aber ich bin ein anständiger Mensch und verlange, daß man mit mir umgeht wie mit einem anständigen Menschen. Also, ich stehe zu Diensten...

– Mir ist so schwer... – sagte Nadežda Fjodorovna und fing an zu weinen, und um ihre Tränen zu verbergen, wandte sie sich ab.

– Mir ist auch schwer, aber was folgt daraus?

Kirilin schwieg eine Weile und sagte deutlich, die Worte einzeln betonend:

– Ich wiederhole, gnädige Frau, wenn Sie mir heute kein Rendezvous gewähren, dann mache ich Ihnen noch heute einen Skandal.

– Lassen Sie mich heute, – sagte Nadežda Fjodorovna und erkannte ihre Stimme nicht wieder, dermaßen jammervoll und dünn war sie.

– Ich muß Ihnen eine Lehre erteilen... Entschuldigen Sie den groben Ton, aber ich muß Ihnen unbedingt eine Lehre erteilen. Jawohl, leider muß ich Ihnen eine Lehre erteilen. Ich verlange zwei Rendezvous: heute und morgen. Übermorgen sind Sie vollkommen frei und können gehen, mit wem und wohin Sie wollen. Heute und morgen.

Nadežda Fjodorovna trat auf ihre Gartentür zu und blieb stehen.

– Lassen Sie mich! – flüsterte sie, am ganzen Körper zitternd, und sah vor sich in der Dunkelheit nichts außer seiner weißen Uniformbluse. – Sie haben recht, ich bin eine entsetzliche Frau, ich bin schuld, aber lassen Sie mich ... Ich bitte Sie ... – sie berührte seine kalte Hand und erschauderte, – ich flehe Sie an ...

– Oje! – seufzte Kirilin. – Oje! Es ist nicht mein Plan, Sie laufen zu lassen, ich will Ihnen nur eine Lehre erteilen, Sie lehren zu begreifen, außerdem, Madame, traue ich Frauen nicht über den Weg.

– Mir ist so schwer ...

Nadežda Fjodorovna horchte auf das gleichmäßige Rauschen des Meeres, blickte zum sternenübersäten Himmel und wollte so schnell wie möglich Schluß machen mit allem und es loswerden, diese verfluchte Wahrnehmung des Lebens mit seinem Meer, seinen Sternen, Männern, Fieberanfällen ...

– Nur nicht bei mir zu Hause ... – sagte sie kalt. – Bringen Sie mich irgendwohin.

– Gehen wir zu Mjuridov. Das ist das beste.

– Wo ist das?

– Am alten Wall.

Sie ging schnell die Straße entlang und bog in eine Gasse, die in die Berge führte. Es war dunkel. Hier und da lagen auf dem Pflaster die bleichen Lichtstreifen erleuchteter Fenster, und ihr schien, sie sei eine Fliege, die mal in die Tinte fällt, mal wieder heraus ans Licht kriecht. Kirilin folgte ihr. An einer Stelle stolperte er, wäre beinahe hingefallen und lachte.

»Er ist betrunken ... – dachte Nadežda Fjodorovna. – Aber egal ... egal ... Meinetwegen.«

Ačmianov hatte sich ebenfalls bald von den anderen verabschiedet und war Nadežda Fjodorovna nachgegangen, um sie zu einer Bootsfahrt einzuladen. Er ging auf ihr Haus zu und schaute über den Staketenzaun: die Fenster waren sperrangelweit geöffnet, Licht war keins.

– Nadežda Fjodorovna! – rief er.

Eine Minute verging. Er rief wieder.

– Wer ist da? – war Olgas Stimme zu hören.

– Ist Nadežda Fjodorovna zu Hause?

– Nein. Sie ist noch nicht gekommen.

»Merkwürdig... Sehr merkwürdig, – dachte Ačmianov, der eine heftige Unruhe zu verspüren begann. – Sie ist doch nach Hause gegangen...«

Er ging zum Boulevard, dann die Straße entlang und warf einen Blick durch die Fenster bei Šeškovskij. Laevskij saß ohne Rock am Tisch und schaute aufmerksam in die Karten.

– Merkwürdig, merkwürdig... – murmelte Ačmianov, und beim Gedanken an den hysterischen Anfall, den Laevskij gehabt hatte, schämte er sich. – Wenn sie nicht zu Hause ist, wo ist sie dann?

Er ging noch einmal zur Wohnung Nadežda Fjodorovnas und schaute zu den dunklen Fenstern hinein.

»Das ist Betrug, Betrug...« – dachte er und erinnerte sich, daß sie es gewesen war, die ihm, als sie sich heute mittag bei Bitjugovs begegnet waren, versprochen hatte, am Abend mit ihm Boot zu fahren.

Die Fenster des Hauses, in dem Kirilin wohnte, waren dunkel, und am Tor des Ladens saß ein Wachtmeister und schlief. Als Ačmianov die Fenster und den Wachtmeister sah, wurde ihm alles klar. Er beschloß, nach Hause zu gehen und ging, stand plötzlich aber wieder vor der Wohnung Nadežda Fjodorovnas. Hier setzte er sich auf das Bänkchen und nahm den Hut ab, denn er spürte, daß sein Kopf vor Eifersucht und Kränkung glühte.

In der Stadtkirche schlug die Uhr nur zweimal am Tag: zu Mittag und zu Mitternacht. Bald, nachdem sie Mitternacht geschlagen hatte, hörte man eilige Schritte.

– Also, morgen abend wieder bei Mjuridov! – hörte Ačmianov und erkannte Kirilins Stimme. – Um acht Uhr. Auf Wiedersehen!

An dem Staketenzaun erschien Nadežda Fjodorovna. Ohne zu bemerken, daß Ačmianov auf dem Bänkchen saß, ging sie wie ein Schatten an ihm vorbei, öffnete die Gartentür und ging, sie offen lassend, ins Haus. In ihrem Zimmer steckte sie eine Kerze an, zog sich schnell aus, legte sich aber nicht ins Bett, sondern sank vor einem Stuhl auf die Knie, umarmte ihn und lehnte die Stirn dagegen.

Laevskij kehrte zwischen zwei und drei Uhr nach Hause zurück.

XV

Da er beschlossen hatte, nicht sofort, sondern stückweise zu lügen, ging Laevskij am andern Tag, nach ein Uhr, zu Samojlenko, um ihn um das Geld zu bitten und am Sonnabend unbedingt abzureisen. Nach dem hysterischen Anfall von gestern, der dem bedrückten Zustand seiner Seele noch das schneidende Gefühl der Scham hinzugefügt hatte, war in der Stadt zu bleiben undenkbar. Sollte Samojlenko auf seinen Bedingungen bestehen, dachte er, so könnte er darauf eingehen und das Geld nehmen, morgen aber, zur Stunde der Abreise, sagen, Nadežda Fjodorovna habe abgelehnt zu reisen; ab heute abend könnte er ihr einreden, alles geschehe nur zu ihrem Besten. Wenn jedoch Samojlenko, der offensichtlich unter von Korens Einfluß stand, ablehnen sollte, ihm das Geld zu geben, oder irgendwelche neuen Bedingungen stellte, so würde er, Laevskij, noch heute mit einem Frachtschiff abreisen, oder sogar mit einem Segelboot, nach Novyj Afon oder Novorossijsk, der Mutter von dort ein erniedrigendes Telegramm schicken und dort solange leben, bis ihm die Mutter das Reisegeld schickte.

Als er zu Samojlenko kam, traf er von Koren im Salon. Der Zoologe war soeben zum Essen gekommen und betrachtete, wie gewöhnlich, in dem aufgeschlagenen Album die Männer in Zylindern und die Damen in Spitzenhäubchen.

»Wie ungelegen, – dachte Laevskij, als er ihn erblickte. – Er könnte stören.« – Guten Tag!

– Guten Tag, – antwortete von Koren, ohne zu ihm aufzublicken.

– Ist Aleksandr Davidyč zu Hause?

– Ja. In der Küche.

Laevskij ging in die Küche, kehrte aber, als er durch die Tür sah, daß Samojlenko mit dem Salat beschäftigt war, in den Salon zurück und setzte sich. In Gegenwart des Zoologen fühlte er sich immer peinlich berührt, jetzt jedoch fürchtete er, er würde auf den hysterischen Anfall zu sprechen kommen. Über eine Minute verging in Schweigen. Plötzlich hob von Koren den Blick zu Laevskij und fragte:

– Wie fühlen Sie sich nach dem gestrigen Vorfall?

– Vorzüglich, – antwortete Laevskij errötend. – Eigentlich war doch gar nichts Besonderes...

– Bis gestern hatte ich angenommen, Hysterie käme nur bei Damen vor, deshalb dachte ich zuerst, Sie hätten den Veitstanz.

Laevskij lächelte einschmeichelnd und dachte:

»Wie taktlos von ihm. Er weiß doch genau, wie schwer ich es habe...« – Ja, es war eine komische Geschichte, – sagte er, immer noch lächelnd. – Ich habe heute den ganzen Morgen gelacht. Das Kuriose an einem hysterischen Anfall ist, daß man weiß, er ist unsinnig, daß man innerlich darüber lacht und gleichzeitig schluchzt. In unserem nervösen Jahrhundert sind wir die Sklaven unserer Nerven; sie sind die Herren über uns und machen mit uns, was sie wollen. Die Zivilisation hat uns in dieser Beziehung einen Bärendienst erwiesen...

Laevskij sprach, und ihm war unangenehm, daß von Koren ihm ernst und aufmerksam zuhörte, ihm ins Gesicht sah ohne zu zwinkern, ihn gleichsam studierte; und er ärgerte sich über sich selbst, daß er trotz seinem Haß auf von

Koren das einschmeichelnde Lächeln von seinem Gesicht einfach nicht vertreiben konnte.

– Obwohl ich zugeben muß, – fuhr er fort, – es gab für den Anfall auch nächstliegende Ursachen, und zwar ziemlich begründete. In letzter Zeit ist meine Gesundheit stark angegriffen. Nehmen Sie die Langeweile hinzu, die ständige Geldnot... den Mangel an Menschen und gemeinsamen Interessen... Eine fatale Lage.

– Ja, Ihre Lage ist ausweglos, – sagte von Koren.

Diese ruhigen, kalten Worte, die etwas wie Spott, aber auch eine ungebetene Prophezeiung enthielten, beleidigten Laevskij. Er erinnerte sich an den gestrigen Blick des Zoologen, der voller Spott und Abscheu gewesen war, schwieg kurz und fragte, nicht mehr lächelnd:

– Und woher ist Ihnen meine Lage bekannt?

– Sie sprachen soeben selbst von ihr, ferner nehmen Ihre Freunde an Ihnen derart regen Anteil, daß man den ganzen Tag nur von Ihnen reden hört.

– Welche Freunde? Samojlenko, ja?

– Ja, auch er.

– Ich möchte Aleksandr Davidyč und überhaupt meine Freunde bitten, sich weniger um mich zu sorgen.

– Da kommt Samojlenko, bitten Sie ihn, sich weniger um Sie zu sorgen.

– Ich begreife Ihren Ton nicht... – murmelte Laevskij; ihn erfaßte ein Gefühl, als habe er eben erst begriffen, daß der Zoologe ihn haßte, verachtete und ihn mit Spott überzog und daß der Zoologe sein schlimmster und unversöhnlichster Feind war. – Heben Sie sich diesen Ton für jemand anderen auf, – sagte er leise, denn laut zu sprechen hatte er nicht die Kraft, der Haß engte ihm Brust und Kehle ein wie gestern der Wunsch zu lachen.

Hereinkam Samojlenko, ohne Rock, schwitzend und purpurrot vom Küchendunst.

– Ah, du hier? – sagte er. – Tag, mein Lieber. Hast du gegessen? Mach keine Umstände, sag: hast du gegessen?

– Aleksandr Davidyč, – sagte Laevskij im Aufstehen, – wenn ich mich mit irgendeiner intimen Bitte an dich gewandt habe, so bedeutet das nicht, daß ich dich von der Pflicht befreit hätte, verschwiegen zu sein und fremde Geheimnisse zu wahren.

– Was soll denn das? – staunte Samojlenko.

– Wenn du das Geld nicht hast, – fuhr Laevskij fort, die Stimme hebend und vor Aufregung von einem Fuß auf den anderen tretend, – dann gib es mir nicht, lehne ab, aber wozu mußt du an jeder Straßenecke verkünden, meine Lage sei ausweglos und so weiter? Wohltaten und Freundesdienste, die man für eine Kopeke tut, um hinterher für einen Rubel darüber zu reden, kann ich nicht ausstehen! Du kannst dich mit deinen Wohltaten brüsten, soviel du willst, aber niemand hat dir das Recht gegeben, meine Geheimnisse preiszugeben!

– Was für Geheimnisse? – fragte Samojlenko befremdet und begann sich zu ärgern. – Wenn du gekommen bist, mich zu beschimpfen, dann geh. Komm später wieder!

Er erinnerte sich der Regel, daß man, wenn man zornig ist auf seinen Nächsten, in Gedanken bis hundert zählen soll, um sich zu beruhigen; und schnell begann er zu zählen.

– Ich bitte Sie, sich nicht um mich zu sorgen! – fuhr Laevskij fort. – Schenken Sie mir keine Beachtung! Und wen gehe ich etwas an und wie ich lebe? Ja, ich will abreisen! Ja, ich mache Schulden, trinke, lebe mit der Frau eines anderen, ich habe hysterische Anfälle, ich bin trivial, nicht so tiefsinnig wie andere, aber wen geht das etwas an? Achten Sie die Persönlichkeit!

– Du mußt schon entschuldigen, Freundchen, – sagte Samojlenko, der bei fünfunddreißig angelangt war, – aber . . .

– Achten Sie die Persönlichkeit! – unterbrach ihn Laevskij. – Diese ständigen Gespräche auf fremde Kosten, die Ohs und Ahs, dieses ständige Hinterherschnüffeln, Aushorchen, dieses freundschaftliche Mitleid . . . Zum Teufel! Man leiht mir Geld und stellt mir wie einem dummen Jungen Bedingungen! Man behandelt mich weiß der Teufel wie! Nichts wünsche ich! – rief Laevskij, vor Aufregung taumelnd und in der Furcht, wieder einen hysterischen Anfall zu bekommen. – »Am Sonnabend werde ich also nicht abreisen«, – schoß es ihm durch den Kopf. – Nichts wünsche ich! Ich bitte nur, bitte sehr, mich von der Bevormundung zu befreien. Ich bin kein dummer Junge und kein Wahnsinniger und bitte, diese Aufsicht abzustellen!

Hereinkam der Diakon und blieb, als er Laevskij stehen sah – bleich, mit den Händen fuchtelnd und mit seiner merkwürdigen Rede an das Porträt des Fürsten Voroncov gewandt –, an der Tür wie angewurzelt stehen.

– Dieses ständige Hineinschauen in meine Seele, – fuhr Laevskij fort, – beleidigt meine Menschenwürde, und ich bitte die selbsternannten Schnüffler, ihre Spionage einzustellen! Es reicht!

– Was hast... was haben Sie gesagt? – fragte Samojlenko, der bis hundert gezählt hatte, purpurrot angelaufen war und auf Laevskij zutrat.

– Es reicht! – wiederholte Laevskij außer Atem und nahm seine Mütze.

– Ich bin russischer Arzt, Aristokrat und Staatsrat! – sagte Samojlenko, jedes Wort einzeln betonend. – Ein Spion bin ich nie gewesen und erlaube niemandem, mich zu beleidigen! – rief er mit klirrender Stimme, wobei er das letzte Wort besonders betonte. – Maul halten!

Der Diakon, der den Doktor noch nie so pompös, aufgeplustert, purpurrot und furchterregend gesehen hatte, hielt sich die Hand vor den Mund, lief hinaus auf den Flur und brach dort in Gelächter aus. Wie im Nebel sah Laevskij, wie von Koren aufstand und, die Hände in den Hosentaschen, in einer Haltung stehenblieb, als warte er, was weiter geschehen würde; diese Haltung erschien Laevskij im höchsten Grade frech und beleidigend.

– Bitte nehmen Sie Ihre Worte zurück! – rief Samojlenko.

Laevskij, der schon nicht mehr wußte, um welche Worte es ging, antwortete:

– Lassen Sie mich in Ruhe! Nichts will ich! Ich will nur, daß Sie und die deutschen Abkömmlinge des Juden mich in Ruhe lassen! Sonst werde ich Maßnahmen ergreifen, ich werde mich schlagen!

– Jetzt begreife ich, – sagte von Koren und trat hinter dem Tisch hervor. – Herr Laevskij möchte sich vor seiner Abreise die Zeit mit einem Duell vertreiben. Dieses Vergnügen kann ich ihm gewähren. Herr Laevskij, ich nehme Ihre Herausforderung an.

– Herausforderung? – sagte Laevskij, leise, trat auf den Zoologen zu und blickte haßerfüllt auf die sonnengebräunte Stirn und das Kraushaar. – Herausforderung? Ich hasse Sie! Ich hasse Sie!

– Sehr erfreut. Morgen bei Tagesanbruch bei Kerbalaj, mit allen Details nach Ihrem Geschmack. Und jetzt scheren Sie sich hinaus.

– Ich hasse Sie! – sagte Laevskij, leise, schwer atmend. – Ich hasse Sie seit langem. Ein Duell! Ja!

– Schaff ihn hinaus, Aleksandr Davidyč, sonst gehe ich, – sagte von Koren. – Er beißt mich ja noch.

Der ruhige Ton von Korens kühlte den Doktor ab; er kam irgendwie plötzlich zu sich, nahm Vernunft an, umfaßte Laevskij mit beiden Händen in der Taille und murmelte, ihn von dem Zoologen wegführend, mit liebevoller, vor Aufregung bebender Stimme:

– Meine Freunde ... ihr lieben, guten ... seid ein bißchen aufgebraust und jetzt ists genug ... jetzt ists genug ... Meine Freunde ...

Als Laevskij die weiche, freundliche Stimme hörte, spürte er, daß soeben in seinem Leben etwas Unerhörtes, Ungeheuerliches geschehen war, so als habe ihn um ein Haar der Zug überfahren; beinahe wäre er in Tränen ausgebrochen, winkte aber nur ab und lief aus dem Zimmer.

»Fremden Haß am eignen Leibe erfahren, sich einem Menschen, der dich haßt, im jämmerlichsten, verachtungsvollsten, hilflosesten Anblick zu zeigen, – mein Gott, ist das schwer! – dachte er, als er wenig später im Pavillon saß und etwas wie Rost am Körper verspürte von dem eben erfahrenen fremden Haß. – Wie ist das roh, mein Gott!«

Eiswasser mit Kognak munterte ihn auf. In ganzer Klarheit stellte er sich das ruhige, überhebliche Gesicht von Korens vor, den Blick von gestern, das Hemd, das aussah wie ein Teppich, die Stimme, die weißen Hände, und tiefer Haß, ein leidenschaftlicher, hungriger Haß bohrte plötzlich in seiner Brust und verlangte Genugtuung. In Gedanken warf er von Koren zu Boden und trampelte mit den Füßen auf ihm herum. Er erinnerte sich in den kleinsten Einzelheiten an alles Geschehene und mußte staunen, wie er es fertiggebracht hatte, einen nichtswürdigen Menschen einschmeichelnd anzulächeln und überhaupt Wert zu legen auf die Meinung kleiner, niemandem bekannter Halbmenschen, die in einem nichtswürdigen Kaff leben, das es wahrscheinlich nicht einmal auf der Karte gibt und das in Petersburg kein einziger anständiger Mensch kennt. Wenn dieses Kaff plötzlich in der Erde versinken oder abbrennen würde, in Rußland würde man das Telegramm darüber mit derselben Langeweile lesen wie eine Verkaufsannonce für gebrauchte Möbel. Von Koren morgen zu töten oder am Leben zu lassen bleibt sich völlig gleich, ist ebenso nutzlos wie uninteressant. Ins Bein oder in den Arm schießen, ihn verwunden und dann verspotten, und so wie ein Insekt mit einem ausgerissenen Bein sich im Gras verkriecht, soll er sich dann mit seinem stumpfen Leiden in der Menge derer verkriechen, die genauso nichtswürdig sind wie er selbst.

Laevskij ging zu Šeškovskij, erzählte ihm alles und bat ihn, sein Sekundant zu sein; danach begaben sich beide zum

Vorsteher des Post- und Telegraphenkontors, baten auch ihn zum Sekundanten und blieben bei ihm zum Essen. Beim Essen wurde viel gescherzt und gelacht; Laevskij machte sich darüber lustig, daß er fast überhaupt nicht schießen könne, und nannte sich den Königsschützen und Wilhelm Tell.

– Man muß diesem Herrn eine Lehre erteilen... – sagte er.

Nach dem Essen setzten sie sich zum Kartenspielen. Laevskij spielte, trank Wein und dachte, ein Duell sei im allgemeinen dumm und töricht, denn es könne eine Frage nicht lösen, sondern nur komplizieren, aber manchmal käme man eben nicht umhin. Zum Beispiel im gegebenen Fall: er konnte von Koren doch nicht beim Friedensrichter verklagen! Und das bevorstehende Duell hatte auch insofern sein Gutes, als er danach unmöglich in der Stadt bleiben konnte. Er war leicht berauscht, fand Zerstreuung in den Karten und fühlte sich wohl.

Doch als die Sonne untergegangen war und es dunkel wurde, ergriff ihn die Unruhe. Es war nicht die Angst vor dem Tode, denn in ihm hatte, während des Essens und Kartenspielens, aus irgendeinem Grunde die Gewißheit gesessen, das Duell würde ergebnislos enden; es war die Angst vor etwas Unbekanntem, das morgen früh zum ersten Mal in seinem Leben geschehen würde, und die Angst vor der anbrechenden Nacht... Er wußte, die Nacht würde lang und schlaflos werden und er würde nicht allein an von Koren und seinen Haß denken müssen, sondern auch an den Berg der Lüge, den zu übersteigen ihm bevorstand und den zu umgehen er weder die Kraft noch die Fähigkeit besaß. Es war so ähnlich, als sei er unversehens krank geworden; er hatte plötzlich jegliches Interesse an den Karten und Menschen verloren, wurde fahrig und bat darum, man möge ihn nach Hause lassen. Er wollte sich schnellstens ins Bett legen, nicht bewegen und sich in Gedanken auf die Nacht vorbereiten. Šeškovskij und der Postbeamte begleiteten ihn und begaben sich zu von Koren, um das Duell zu besprechen.

Vor seiner Wohnung begegnete Laevskij Ačmianov. Der junge Mann atmete schwer und war erregt.

– Ich suche nach Ihnen, Ivan Andreič! – sagte er. – Bitte kommen Sie schnell mit...

– Wohin?

– Ein Ihnen unbekannter Herr wünscht Sie zu sehen, in einer für Sie sehr wichtigen Sache. Er bittet Sie dringend, auf einen Augenblick zu kommen. Er muß mit Ihnen etwas besprechen... Es geht für ihn um Leben oder Tod...

Vor Aufregung sagte Ačmianov dies mit stark armenischem Akzent, so daß bei ihm nicht »Leben« herauskam, sondern »Lehm«.

– Wer ist er?

– Er bat, seinen Namen nicht zu nennen.

– Sagen Sie ihm, ich sei beschäftigt. Morgen, wenn er will...

– Unmöglich! – erschrak Ačmianov. – Er hat Ihnen etwas zu sagen, das für Sie sehr wichtig ist... Sehr wichtig! Wenn Sie nicht mitkommen, geschieht ein Unglück.

– Merkwürdig... – murmelte Laevskij, der nicht begriff, weshalb Ačmianov so erregt war und welche Geheimnisse es geben könne in diesem langweiligen Kaff, das niemand brauchte. – Merkwürdig, – wiederholte er nachdenklich. – Also gehen wir. Ist ja egal.

Ačmianov ging schnell voraus, er folgte ihm. Sie gingen durch eine Straße, dann durch eine Gasse.

– Wie langweilig, – sagte Laevskij.

– Gleich, gleich... Es ist ganz nah.

Am alten Wall gingen sie durch eine enge Gasse zwischen zwei eingezäunten Ödflächen, kamen dann auf einen großen Hof und begaben sich zu einem kleinen Häuschen.

– Das ist doch das Haus von Mjuridov, oder? – fragte Laevskij.

– Ja.

– Aber warum gehen wir über den Hinterhof? Wir hätten auch die Straße nehmen können. Das ist näher...

– Macht nichts, macht nichts...

Außerdem fand Laevskij es merkwürdig, daß Ačmianov ihn zum Dienstboteneingang führte und ihm Zeichen gab, möglichst leise zu gehen und zu schweigen.

– Hier herein, hier herein... – sagte Ačmianov, öffnete vorsichtig die Tür und betrat auf Zehenspitzen den Flur. – Leise, leise bitte... Man kann uns hören.

Er horchte, holte tief Atem und sagte flüsternd:

– Öffnen Sie diese Tür dort und gehen Sie hinein... Keine Angst.

Laevskij, befremdet, öffnete die Tür und betrat ein Zimmer mit niedriger Decke und verhängten Fenstern. Auf dem Tisch stand eine Kerze.

– Was ist? – fragte jemand im Nachbarzimmer. – Bist dus Mjuridka?

Laevskij wandte sich diesem Zimmer zu und erblickte Kirilin und neben ihm Nadežda Fjodorovna.

Er hörte nicht, was sie zu ihm sagten, prallte zurück und wußte nicht, wie er plötzlich auf die Straße gelangt war. Der Haß auf von Koren, die Unruhe – alles war aus seiner Seele entschwunden. Auf dem Weg nach Hause schwenkte er ungelenk den rechten Arm und schaute aufmerksam auf seine Füße, bemüht, auf dem Glatten zu gehen. Zu Hause, im Arbeitszimmer, ging er, die Hände reibend und eckig die Schultern und den Hals bewegend, so als seien ihm Jackett und Hemd zu eng, von einer Ecke in die andere, dann steckte er eine Kerze an und setzte sich an den Tisch...

XVI

– Die Humanwissenschaften, von denen Sie sprechen, werden das menschliche Denken erst dann befriedigen, wenn sie in ihrer Zukunft den exakten Wissenschaften begegnen und neben ihnen einherschreiten werden. Ob sie einander unter dem Mikroskop begegnen oder im Monolog eines neuen Hamlet oder in einer neuen Religion, ich weiß es nicht, denke aber, eher wird sich die Erde mit einer Eiskruste überziehen, als daß dieses geschähe. Das dauerhafteste und lebendigste allen Humanwissens ist natürlich die Lehre Christi, aber schauen Sie nur, wie verschieden selbst sie begriffen wird! Die einen lehren, wir sollten alle unsere Nächsten lieben, und machen dabei eine Ausnahme für Soldaten, Verbrecher und Geisteskranke; die ersten erlauben sie im Krieg zu töten, die zweiten zu isolieren oder hinzurichten, und den dritten verbieten sie die Eheschließung. Andere Interpretatoren lehren, alle Nächsten ohne Ausnahme zu lieben, und unterscheiden nicht zwischen plus und minus. Ihrer Lehre zufolge, wenn ein Schwindsüchtiger oder Mörder oder Epileptiker zu Ihnen kommt und um Ihre Tochter anhält – dann geben Sie sie ihm; wenn Kretins in den Krieg ziehen gegen die physisch und geistig Gesunden – haltet die Köpfe hin. Diese Predigt der Liebe um der Liebe willen, wie die der Kunst um der Kunst willen, würde, wenn sie Kraft erlangen könnte, die Menschheit schließlich und endlich zum völligen Aussterben bringen, und auf diese Weise käme es zum grandiosesten Verbrechen, das je auf Erden stattgefunden hat. Interpretationen gibt es viele, und wenn es viele gibt, so wird das seriöse Denken keine von ihnen befriedigen, vielmehr wird sich dieses beeilen, der Menge aller Interpretationen ihre eigene hinzuzufügen. Stellen Sie deshalb eine Frage nie, wie Sie sagen, auf eine philosophische oder die sogenannte christliche Grundlage; damit entfernen Sie sich nur von der Lösung der Frage.

Der Diakon hörte dem Zoologen aufmerksam zu, dachte nach und fragte:

– Haben sich das moralische Gesetz, das jedem Menschen innewohnt, die Philosophen ausgedacht, oder hat es Gott geschaffen, gemeinsam mit dem Körper?

– Ich weiß nicht. Aber dieses Gesetz ist allen Völkern und Epochen in einem solchen Grade allgemein, daß man es, wie mir scheint, als eines anerkennen sollte, das organisch an den Menschen gebunden ist. Es ist nicht ausgedacht worden, sondern ist und wird sein. Ich werde Ihnen nicht sagen, daß man es einmal unter dem Mikroskop sehen können wird, aber seine organische Bindung wird schon allein durch seine Evidenz bewiesen: ein ernstliches Gehirnleiden und alle sogenannten seelischen Erkrankungen äußern sich, soweit mir bekannt, vor allem in der Perversion des moralischen Gesetzes.

– Schön. Das heißt, so wie der Magen essen will, so will das moralische Gefühl, daß wir unsere Nächsten lieben. Ja? Aber unsere physische Natur widersetzt sich in ihrer Selbstliebe der Stimme des Gewissens und des Verstandes, und deshalb entstehen viele Fragen, die Kopfzerbrechen bereiten. An wen sollen wir uns bei der Lösung dieser Fragen wenden, wenn Sie davon abraten, sie auf eine philosophische Grundlage zu stellen?

– Wenden Sie sich an das Wenige an exaktem Wissen, das wir haben. Vertrauen Sie der Evidenz und der Logik der Fakten. Das ist zwar dürftig, dafür aber nicht so schwankend und verschwommen wie die Philosophie. Angenommen, das moralische Gesetz verlangt, daß Sie die Menschen lieben. Ja nun? Die Liebe muß in der Beseitigung all dessen bestehen, was den Menschen so oder anders schadet und ihnen in der Gegenwart und Zukunft mit Gefahr droht. Unser Wissen und die Evidenz sagen uns, daß der Menschheit Gefahr droht seitens der moralisch und physisch Abnormen. Wenn das so ist, dann kämpfen Sie gegen die Abnormen. Wenn Sie nicht die Kraft haben, sie auf die Höhe der Norm zu heben, so haben Sie doch Kraft und Vermögen genug, um sie unschädlich zu machen, das heißt sie zu vernichten.

– Also besteht die Liebe darin, daß der Starke den Schwachen besiegt?

– Unbedingt.

– Aber die Starken haben doch unseren Herrn Jesus Christus gekreuzigt! – sagte der Diakon.

– Das ist es ja, ihn gekreuzigt haben nicht die Starken, sondern die Schwachen. Die menschliche Kultur ist schwach geworden und strebt danach, den Kampf ums Dasein und die Zuchtwahl auf Null zu reduzieren; daher die schnelle Vermehrung der Schwachen und deren Vorherrschaft über die Starken. Stellen Sie sich vor, es würde Ihnen gelingen, den Bienen humane Ideen in ihrer unentwickelten, rudimentären Form einzuflößen. Was würde daraus hervorgehen? Die Drohnen, die getötet werden müssen, blieben am Leben, fräßen den Honig auf und würden die Bienen verkommen lassen und erdrücken – im Endergebnis die Vorherrschaft der Schwachen über die Starken und deren Entartung. Dasselbe geht heute mit der Menschheit vor: die Schwachen unterdrücken die Starken. Bei den Wilden, die von der Kultur noch unberührt sind, geht der Stärkste, Weiseste und Moralischste voran; er ist der Führer und Herrscher. Doch wir, die Kulturvölker, haben Jesus Christus gekreuzigt und fahren darin fort, ihn zu kreuzigen. Das heißt, uns fehlt etwas ... Und dieses Etwas müssen wir in uns wiederherstellen, sonst nehmen die Mißverständnisse kein Ende.

– Aber welches Kriterium haben Sie, die Starken von den Schwachen zu unterscheiden?

– Wissen und Evidenz. Schwindsüchtige und Skrofulöse erkennt man an ihren Krankheiten, Sittenlose und Geisteskranke an ihren Taten.

– Aber da sind doch Irrtümer möglich!

– Ja, aber man soll sich nicht fürchten, sich die Füße naßzumachen, wenn die Sintflut droht.

– Das ist Philosophie, – lachte der Diakon.

– Nicht im mindesten. Sie sind in einem solchen Grade verdorben von Ihrer Seminaristenphilosophie, daß Sie in allem nur Nebel sehen wollen. Die abstrakten Wissenschaften, mit denen Ihr junger Kopf vollgestopft ist, nennt man deshalb abstrakt, weil sie Ihren Verstand von der Evidenz ablenken. Schauen Sie dem Teufel offen in die Augen, und wenn er der Teufel ist, dann sagen Sie, es ist der Teufel, aber suchen Sie nicht bei Kant oder Hegel nach Erklärungen.

Der Zoologe schwieg einen Augenblick und fuhr fort:

– Zweimal zwei ist vier, und Stein ist Stein. Morgen haben wir das Duell. Sie und ich werden sagen, das sei dumm und unsinnig, das Duell habe sich überlebt, das aristokratische Duell unterscheide sich seinem Wesen nach durch nichts von einer Schlägerei Betrunkener in der Schenke, und dennoch halten wir nicht inne, wir werden fahren und uns schlagen. Es gibt also eine Kraft, die stärker ist als unser Urteilsvermögen. Wir schreien, der Krieg sei Raub, Barbarei, Schrecken, Brudermord, wir können kein Blut sehen, ohne in Ohnmacht zu fallen; aber es brauchen uns nur die Franzosen oder die Deutschen zu beleidigen, sofort verspüren wir einen Aufschwung des Geistes, wir rufen in aller Ehrlichkeit hurra und stürzen uns auf den Feind, Sie werden den Segen Gottes auf unsere Waffen herabrufen, und unsere Tapferkeit wird allgemeine, sogar ehrliche Begeisterung auslösen. Also gibt es auch hier eine Kraft, die, wenn nicht höher, so doch stärker ist als wir und unsere Philosophie. Wir können sie ebensowenig aufhalten wie diese Gewitterwolke, die dort vom Meer heraufzieht. Heucheln Sie nicht, zeigen Sie ihr nicht die geballte Faust in der Tasche und sagen Sie nicht: »Ach, wie dumm! Ach, wie veraltet! Ach, das widerspricht der Heiligen Schrift!«, sondern schauen Sie ihr offen in die Augen, erkennen Sie ihre vernünftige Gesetzmäßigkeit, und wenn sie zum Beispiel vorhat, ein hinfälliges, skrofulöses, verkommenes Geschlecht zu vernichten, dann hindern Sie sie nicht daran mit Ihren Pillen und Zitaten aus dem falsch verstandenen Evangelium. Bei Leskov gibt es den gewissenhaften Danila, der vor der Stadt einen Aussätzigen findet, ihm zu essen gibt und ihn wärmt im Namen der Liebe und Christi. Wenn dieser Danila die Menschen tatsächlich geliebt hätte, dann hätte er den Aussätzigen so weit wie möglich von der Stadt weggebracht und in einen Graben gestoßen, und selbst wäre er gegangen, den Gesunden zu dienen. Christus, so hoffe ich, predigt uns eine vernünftige, durchdachte und nützliche Liebe.

– Sie sind mir einer! – lachte der Diakon. – Sie glauben nicht an Christus, warum erwähnen Sie ihn dann so oft?

– Doch, ich glaube an ihn. Nur, natürlich, auf meine Weise, nicht auf Ihre. Ach, Diakon, Diakon! – lachte der Zoologe; er umfaßte den Diakon in der Taille und sagte heiter: – Nun, was ist? Fahren wir morgen zum Duell?

– Das verbietet mir mein Amt, sonst würde ich fahren.

– Und was bedeutet – Amt?

– Ich bin geweiht. Auf mir ruht der Segen.

– Ach, Diakon, Diakon, – wiederholte von Koren lachend. – Ich liebe die Unterhaltung mit Ihnen.

– Sie sagen, Sie haben einen Glauben, – sagte der Diakon. – Was ist das für ein Glaube? Ich habe einen Onkel, der ist Pope und glaubt, so fest, daß er, wenn er bei Dürre aufs Feld geht, um Regen zu erbitten, den Regenschirm und Ledermantel mitnimmt, damit ihn auf dem Rückweg der Regen nicht naßmacht. Das nenne ich Glauben! Wenn er von Christus spricht, dann geht ein Strahlen von ihm aus und alle Weiber und Mannsbilder heulen Rotz und Wasser. Der würde auch diese Gewitterwolke aufhalten und jede Ihrer Kräfte in die Flucht schlagen! Jawohl . . . Der Glaube versetzt Berge.

Der Diakon lachte und klopfte dem Zoologen auf die Schulter.

– So ist das... – fuhr er fort. – Sie belehren uns in einem fort, Sie erfassen die Meeresabgründe, studieren die Schwachen und Starken, schreiben Bücher und fordern zum Duell – und alles bleibt an seinem Platz, und dann sehen Sie, irgendein schwächlicher alter Mann, beseelt vom heiligen Geist, stammelt nur ein einziges Wort oder aus Arabien sprengt hoch zu Roß ein neuer Mohammed mit dem Säbel daher – und bei Ihnen bricht alles zusammen, und in Europa bleibt kein Stein auf dem anderen.

– Na, das steht mit der Mistgabel in den Himmel geschrieben, Diakon.

– Glaube ohne Taten ist tot, und Taten ohne Glauben sind noch schlimmer, die reine Zeitverschwendung, nichts weiter.

Auf der Uferpromenade erschien der Doktor. Er erblickte den Diakon und den Zoologen und ging zu ihnen.

– Ich glaube, es ist alles bereit, – sagte er atemlos. – Die Sekundanten sind Govorovskij und Bojko. Sie kommen morgen um fünf Uhr. Was sich da zusammenbraut! – sagte er mit einem Blick zum Himmel. – Nichts mehr zu sehen. Gleich wird es regnen.

– Du fährst, hoffe ich, mit uns? – fragte von Koren.

– Nein, Gott bewahre, ich bin jetzt schon ganz erledigt. An meiner statt fährt Ustimovič. Ich habe schon mit ihm gesprochen.

Weit draußen über dem Meer zuckte ein Blitz, und man hörte das dumpfe Grollen des Donners.

– Wie schwül es ist vor dem Gewitter! – sagte von Koren. – Ich wette, du warst schon bei Laevskij und hast dich an seiner Brust ausgeweint.

– Wieso bei ihm? – antwortete der Doktor, verlegen. – Das fehlte ja gerade noch!

Bis zum Sonnenuntergang war er einige Male über den Boulevard und durch die Straße gegangen in der Hoffnung,

Laevskij zu begegnen. Er schämte sich seines Aufbrausens und des plötzlichen Ausbruchs von Güte, der dem Aufbrausen gefolgt war. Er wollte sich bei Laevskij in scherzhaftem Ton entschuldigen, ihn rüffeln, beruhigen und ihm sagen, das Duell sei ein Überrest der Barbarei des Mittelalters, doch die Vorsehung selbst habe sie auf das Duell verwiesen als ein Mittel zur Versöhnung: morgen würden sie beide, Menschen des schönsten, größten Verstandes, nach dem Schußwechsel, den Edelmut des andern anerkennen und Freunde werden. Doch Laevskij begegnete ihm kein einziges Mal.

– Wieso bei ihm? – wiederholte Samojlenko. – Nicht ich habe ihn beleidigt, sondern er mich. Sag mir bitte, wieso ist er auf mich losgegangen? Was habe ich ihm Böses getan? Ich komme in den Salon, und plötzlich, wohl bekomms: Spion! Da hast dus! Sage mir: womit hat es bei euch angefangen? Was hast du zu ihm gesagt?

– Ich habe ihm gesagt, seine Lage sei ausweglos. Und ich hatte recht. Nur Ehrenwerte oder Gauner finden aus jeder Lage einen Ausweg, nur wer gleichzeitig ehrenwert und Gauner sein will, hat keinen Ausweg. Aber, Herrschaften, es ist schon elf Uhr, und morgen müssen wir früh aufstehen.

Plötzlich brach der Wind los; er wirbelte auf der Uferpromenade den Staub in die Höhe, ließ ihn kreiseln, fing an zu heulen und übertönte das Meer.

– Ein Sturm! – sagte der Diakon. – Wir müssen gehen, sonst bläst er uns die Augen voll.

Als sie losgingen, seufzte Samojlenko und sagte, die Mütze festhaltend:

– Wahrscheinlich werde ich heute kein Auge zutun.

– Reg dich nicht auf, – lachte der Zoologe. – Du kannst beruhigt sein, das Duell wird ergebnislos enden. Laevskij wird großmütig in die Luft schießen, er kann nicht anders, und ich werde wahrscheinlich überhaupt nicht schießen. Wegen eines Laevskij vor Gericht zu kommen, Zeit zu verlieren –

das lohnt nicht der Mühe. Übrigens, welche Strafe steht eigentlich auf Duell?

– Arrest, im Todesfall des Gegners Festungshaft bis zu drei Jahren.

– Peter-und-Pauls-Festung?

– Nein, Militärgefängnis, glaube ich.

– Obwohl, man sollte diesem Prachtstück eine Lehre erteilen!

Weit draußen auf dem Meer zuckte ein Blitz und erhellte für einen Augenblick die Hausdächer und Berge. In der Nähe des Boulevards trennten sich die Freunde. Als der Doktor in der Dunkelheit verschwunden war und seine Schritte schon verhallten, rief von Koren ihm nach:

– Wenn uns nur das Wetter keinen Streich spielt morgen!

– Wer weiß! Das wäre ein Gottesgeschenk!

– Gute Nacht!

– Was – Nacht? Was sagst du?

Durch das Rauschen des Winds und des Meeres und durch das Krachen des Donners war er schwer zu verstehen.

– Nichts! – rief der Zoologe und eilte nach Hause.

XVII

> ... Im Geist, von Schwermut dumpf bedrückt,
> Bedrängen sich im Überfluß Gedanken.
> Und die Erinnerung entrollt vor mir
> Stumm, wortelos ihr langes Band.
> Und voller Ekel lese ich mein Leben,
> Ich zittere und ich verfluche es,
> Und klage bitter, weine bittre Tränen,
> Doch wasche ich die kummervollen Zeilen nicht ab.
>
> *Puškin*

Ob man ihn morgen früh töten oder verspotten, das heißt ihm dieses Leben lassen würde, er war in jedem Fall verloren.

Ob sich diese entehrte Frau aus Verzweiflung oder Scham töten oder ob sie ihr jämmerliches Dasein weiter dahinschleppen würde, auch sie war in jedem Fall verloren...

So dachte Laevskij, spät abends am Tisch sitzend und sich immer noch die Hände reibend. Plötzlich öffnete sich das Fenster und schlug, ins Zimmer fuhr ein heftiger Wind, und die Papiere flogen vom Tisch. Laevskij schloß das Fenster und bückte sich, um die Papiere vom Boden aufzulesen. Er verspürte in seinem Körper etwas Neues, eine Art Ungeschicklichkeit, die er früher nicht hatte, und erkannte seine Bewegungen nicht wieder; er ging unsicher, seitlich mit dem Ellbogen anstoßend und mit den Schultern zuckend, und als er sich an den Tisch setzte, begann er wieder, sich die Hände zu reiben. Sein Körper hatte die Geschmeidigkeit verloren.

Am Vorabend des Todes muß man an die nächsten Menschen schreiben. Laevskij erinnerte sich dessen. Er griff zur Feder und schrieb mit zittriger Hand:

»Liebste Mutter!«

Er wollte seiner Mutter schreiben, sie möge im Namen des barmherzigen Gottes, an den sie glaube, dieser unglücklichen, von ihm entehrten Frau, die einsam, arm und schwach ist, Obdach gewähren und sie mit ihrer Liebe wärmen, sie möge alles, alles, alles vergessen und vergeben und durch ihr Opfer zumindest zum Teil die schreckliche Sünde ihres Sohnes sühnen; doch er erinnerte sich, wie seine Mutter, eine dicke, massige alte Frau, im Spitzenhäubchen morgens aus dem Haus in den Garten geht, gefolgt von ihrer Schmarotzerin mit dem Bologneserhündchen, wie die Mutter mit gebieterischer Stimme den Gärtner und die Dienstboten anschreit und wie stolz, wie überheblich ihr Gesicht dabei ist – er erinnerte sich daran und strich das geschriebene Wort durch.

In allen drei Fenstern zuckte grell ein Blitz, und kurz darauf erscholl ein betäubender, rollender Donnerschlag, zuerst dumpf, dann dröhnend und krachend, so laut, daß die Fensterscheiben klirrten. Laevskij stand auf, trat ans Fenster und lehnte die Stirn an die Scheibe. Draußen war ein starkes, schönes Gewitter. Am Horizont stürzten wie weiße Bänder aus den Gewitterwolken ununterbrochen Blitze ins Meer und erhellten weithin die hohen schwarzen Wellen. Rechts, links, wahrscheinlich auch über dem Haus leuchteten Blitze.

– Ein Gewitter! – flüsterte Laevskij; er verspürte den Wunsch, zu irgend jemandem oder zu irgend etwas zu beten, und sei es zu den Blitzen oder den Gewitterwolken. – Liebes Gewitter!

Er erinnerte sich, wie er als Kind bei Gewitter barhaupt in den Garten gelaufen war, und ihm nach rannten zwei weißblonde Mädchen mit blauen Augen, und sie alle durchnäßte der Regen; sie lachten vor Entzücken laut auf, doch wenn ein starker Donnerschlag erscholl, schmiegten sich die Mädchen zutraulich an den Jungen, er bekreuzigte sich und begann eilig zu beten: »Heilig, heilig, heilig...« Oh, wohin seid ihr entschwunden, in welchem Meer seid ihr ertrunken, ihr Keime eines schönen reinen Lebens? Vor einem Gewitter hat er keine Angst mehr, die Natur liebt er nicht mehr, einen Gott hat er nicht, alle zutraulichen Mädchen, die er einmal gekannt hatte, sind von ihm und seinen Altersgenossen verdorben worden, im eigenen Garten hat er in seinem ganzen Leben kein einziges Bäumchen gepflanzt und kein einziges Pflänzchen gezogen, als Lebender unter den Lebenden hatte er keiner einzigen Fliege das Leben gerettet, sondern nur zerstört, zugrundegerichtet und gelogen, gelogen...

»Was in meiner Vergangenheit war nicht Laster?« – fragte er sich, bemüht, sich an auch nur eine gute Erinnerung zu klammern, so wie sich jemand, der in einen Abgrund stürzt, ans Gebüsch klammert.

Das Gymnasium? Die Universität? Lug und Betrug. Er war ein schlechter Student gewesen und hatte alles, was man ihn gelehrt hatte, längst vergessen. Der Dienst an der Gesellschaft?

Auch das nur Betrug, denn im Dienst tat er nichts, sein Gehalt erhielt er fürs Nichtstun, sein Dienst war gemeiner Diebstahl an der Staatskasse, für den man nur nicht vor Gericht gestellt wird.

Die Wahrheit brauchte er nicht, er suchte nicht nach ihr, sein Gewissen, verzaubert von Laster und Lüge, schlief oder schwieg; wie ein Fremder oder jemand von einem anderen Planeten nahm er am gemeinsamen Leben der Menschen keinen Anteil, war gleichgültig gegenüber ihren Leiden, Ideen, Religionen, Kenntnissen, ihrem Suchen und Kämpfen, er hatte den Menschen kein einziges Wort gesagt, keine einzige nützliche, nicht triviale Zeile geschrieben, für die Menschen nichts, aber auch nichts getan, sondern nur ihr Brot gegessen, ihren Wein getrunken, ihre Ehefrauen entführt, von ihren Gedanken gelebt und, um sein verächtliches Parasitenleben vor ihnen und sich selbst zu rechtfertigen, sich immer nur bemüht, den Anschein zu erwecken, er stünde höher und sei besser als sie. Lüge, Lüge und nochmals Lüge...

Er erinnerte sich in aller Klarheit an das, was er gestern im Hause Mjuridovs gesehen hatte, und ihm wurde unerträglich, unheimlich vor Abscheu und Wehmut. Kirilin und Ačmianov waren ekelhaft, doch sie führten ja nur fort, was er begonnen hatte; sie waren seine Spießgesellen und Schüler. Der jungen, schwachen Frau, die ihm mehr vertraut hatte als einem Bruder, hatte er den Ehemann genommen, ihren Bekanntenkreis und ihre Heimat, und sie hierhergebracht – in die Hitze, ins Fieber und die Langeweile; tagaus, tagein mußte sie, wie ein Spiegel, seinen Müßiggang, seine Lasterhaftigkeit und Lüge widerspiegeln – und damit, nur damit füllte sich ihr Leben, ihr schwaches, welkes, armes Leben; dann auf einmal war er ihrer überdrüssig geworden, hatte sie zu hassen begonnen, hatte aber nicht den Mut, sie zu verlassen, und sich bemüht, sie immer fester mit seinen Lügen zu umgarnen, wie mit einem Spinnennetz... Den Rest besorgten diese Leute.

Laevskij setzte sich bald an den Tisch, bald ging er wieder ans Fenster; bald löschte er die Kerze, bald steckte er sie wieder an. Er verfluchte laut sich selbst, weinte, klagte, bat um Vergebung, einige Male lief er in seiner Verzweiflung an den Tisch und schrieb: »Liebste Mutter!«

Außer seiner Mutter hatte er keine Verwandten oder Menschen, die ihm nahe waren; doch wie konnte die Mutter ihm helfen? Und wo war sie? Er wollte zu Nadežda Fjodorovna laufen, ihr zu Füßen fallen, ihr Hände und Füße küssen, sie um Vergebung anflehen, aber sie war sein Opfer, und er hatte Angst vor ihr, so als sei sie gestorben.

– Mein Leben ist verloren! – murmelte er, die Hände reibend. – Wozu, mein Gott lebe ich noch!..

Er hatte seinen trüben Stern vom Himmel gestoßen, dieser war abgestürzt und seine Spur verschmolzen mit der nächtlichen Finsternis, er würde nicht mehr an den Himmel zurückkehren, denn das Leben wird nur einmal gegeben und wiederholt sich nicht, wenn es möglich gewesen wäre, die vergangenen Tage und Jahre zurückzuholen, er würde in ihnen die Lüge durch Wahrheit ersetzen, den Müßiggang durch Arbeit, die Langeweile durch Freude, er würde die Reinheit denen zurückgeben, denen er sie genommen hatte, würde Gott und Gerechtigkeit finden, aber das war ja ebenso unmöglich, wie den abgestürzten Stern an den Himmel zurückzubringen. Und weil das unmöglich war, verfiel er in Verzweiflung.

Als das Gewitter vorüber war, saß er am offenen Fenster und dachte in Ruhe darüber nach, was werden würde. Von Koren würde ihn wahrscheinlich töten. Die klare, kalte Weltanschauung dieses Menschen gestattet die Vernichtung der Schwachen und Untauglichen; wenn sie ihm jedoch im entscheidenden Augenblick untreu würde, so hülfen ihm der Haß und das Gefühl des Ekels, das Laevskij in ihm erweckte. Wenn er ihn jedoch verfehlt oder, um den verhaßten Gegner zu verspotten, ihn nur verwundet, oder in die Luft schießt, was dann? Wohin gehen?

»Nach Petersburg fahren?« – fragte sich Laevskij. – Aber das würde bedeuten, von neuem das alte Leben zu beginnen, das ich verfluche. Und wer die Rettung in einem Ortswechsel sucht, wie ein Zugvogel, der wird nichts finden, denn für ihn ist die Erde überall gleich. Die Rettung in den Menschen suchen? Aber in wem und wie? Die Güte und Großmut Samojlenkos bringt ebenso wenig Rettung wie die Lachlust des Diakons oder der Haß von Korens. Die Rettung kann man nur in sich selbst suchen, und wenn du sie nicht findest, wozu dann Zeit verlieren, dann mußt du dich töten, das ist alles...«

Das Rattern einer Equipage war zu hören. Es tagte bereits. Die Kalesche fuhr vorbei, wendete und blieb, mit den Rädern im nassen Sand knirschend, vor dem Hause stehen. In der Kalesche saßen zwei.

– Warten Sie, ich komme sofort! – sagte Laevskij zu ihnen durchs Fenster. – Ich schlafe nicht. Ist es schon Zeit?

– Ja. Vier Uhr. Bis wir da sind...

Laevskij zog den Uniformmantel an, setzte die Schirmmütze auf, steckte die Papyrosy in die Tasche und blieb nachdenklich stehen; ihm schien, er habe noch etwas zu tun. Auf der Straße unterhielten sich leise die Sekundanten und schnaubten die Pferde, und diese Klänge an dem feuchten frühen Morgen, während alle schliefen und der Himmel kaum dämmerte, erfüllte die Seele Laevskijs mit Niedergeschlagenheit, einer bösen Vorahnung gleich. Er stand eine Weile nachdenklich da, dann ging er ins Schlafzimmer.

Nadežda Fjodorovna lag in ihrem Bett, ausgestreckt, bis über den Kopf in ihr Plaid gehüllt; sie bewegte sich nicht und erinnerte, besonders mit dem Kopf, an eine ägyptische Mumie. Während er sie ansah, bat Laevskij sie in Gedanken um Vergebung und dachte, daß, wenn der Himmel nicht leer sei und es dort tatsächlich einen Gott gebe, er sie beschützen werde; wenn es jedoch keinen Gott gebe, dann solle sie untergehen, dann habe sie keinen Grund zu leben.

Sie fuhr plötzlich hoch und setzte sich im Bett auf. Ihr bleiches Gesicht hebend und Laevskij entsetzt anblickend, fragte sie:

– Bist du es? Ist das Gewitter vorüber?

– Ja.

Sie erinnerte sich, legte sich beide Hände auf den Kopf und zitterte am ganzen Körper.

– Wie schwer mir ist! – stieß sie hervor. – Wenn du wüßtest, wie schwer mir ist! Ich habe die ganze Zeit erwartet, – fuhr sie blinzelnd fort, – du würdest mich töten oder aus dem Hause jagen in Regen und Gewitter, aber du zauderst... zauderst...

Er umarmte sie heftig und fest, überschüttete ihre Knie und Hände mit Küssen, danach, als sie ihm etwas zumurmelte und vor den Erinnerungen erschauderte, strich er ihr über das Haar und begriff, indem er ihr ins Gesicht sah, daß diese unglückliche, lasterhafte Frau für ihn der einzige ihm nahestehende Mensch war, vertraut und unersetzlich.

Als er aus dem Haus ging und sich in die Kalesche setzte, wollte er lebend nach Hause zurückkehren.

XVIII

Der Diakon stand auf, zog sich an, nahm seinen dicken Knotenstock und ging leise aus dem Haus. Es war dunkel, und der Diakon sah in den ersten Minuten, als er die Straße entlangging, nicht einmal seinen weißen Stock; am Himmel war kein einziger Stern, und es sah aus, als wolle es wieder regnen. Es roch nach nassem Sand und Meer.

»Wenn mich bloß nicht die Tschetschenen überfallen«, – dachte der Diakon, als er horchte, wie sein Stock aufs Pflaster pochte und wie laut und einsam sich dieses Pochen in der nächtlichen Stille anhörte.

Als er aus der Stadt heraus war, waren die Straße und sein Stock bereits zu sehen; am schwarzen Himmel erschienen hier und da trübe Flecken, und bald blickte ein einzelner Stern hervor und blinzelte zaghaft mit seinem einen Auge. Der Diakon ging das steinige Steilufer entlang und konnte das Meer nicht sehen; es schlief unten, und seine unsichtbaren Wellen schlugen träge und schwer ans Ufer, als ob sie seufzten: Uff! Und wie langsam! Schlug eine Welle an, konnte der Diakon acht Schritte zählen, bis die zweite anschlug, sechs Schritte später die dritte. Nichts war zu sehen, in der Dunkelheit hörte man das träge, verschlafene Rauschen des Meeres, hörte die unendlich ferne, unvorstellbare Zeit, als Gott über dem Chaos schwebte.

Dem Diakon wurde unheimlich. Er dachte daran, daß Gott ihn dafür bestrafen könnte, daß er die Gesellschaft der Ungläubigen suchte und sogar hinging, um sich deren Duell anzuschauen. Das Duell würde läppisch, unblutig, komisch, doch wie dem auch sei, es ist ein heidnisches Schauspiel, und ihm beizuwohnen ist für einen Geistlichen ganz und gar ungehörig. Er blieb stehen und dachte: Soll ich nicht umkehren?! Doch die starke, ruhelose Neugierde siegte über die Zweifel, und er ging weiter.

»Sie sind zwar Ungläubige, aber gute Menschen und werden gerettet werden«, – beruhigte er sich. – Sie werden ganz bestimmt gerettet werden! – sagte er laut, als er sich eine Papyrosa ansteckte.

Welches Maß muß man anlegen, um die Vorzüge des Menschen zu messen und sie gerecht zu beurteilen? Der Diakon erinnerte sich an seinen Feind, den Inspektor der geistlichen Lehranstalt, der an Gott glaubte, sich nicht in Duellen schlug, ein keusches Leben führte, der dem Diakon aber früher Brot mit Sand darin zu essen gegeben hatte und ihm einmal beinahe das Ohr abgerissen hätte. Wenn sich das menschliche Leben nun einmal so gar nicht weise gefügt hatte, daß diesen grausamen und unehrlichen Inspektor, der dem Staat das Mehl stahl, alle verehrten und in der Lehranstalt für seine Gesundheit und seine Rettung beteten, ist es dann gerecht, Menschen wie von Koren und Laevskij zu meiden, nur weil sie Ungläubige sind? Der Diakon begann, diese Fragen zu lösen, doch ihm fiel ein, was für eine komische Figur Samojlenko heute abgegeben hatte, und das unterbrach den Fluß seiner Gedanken. Wieviel es erst morgen zu lachen geben würde! Der Diakon stellte sich vor, wie er sich unter einen Busch setzen und zuschauen würde, und wenn von Koren morgen beim Essen anfangen würde zu prahlen, dann würde er, der Diakon, ihm unter Gelächter alle Einzelheiten des Duells erzählen.

»Woher wissen Sie das alles?« – würde der Zoologe fragen. – »Das ist es eben. Ich habe zu Hause gesessen, und weiß trotzdem alles.«

Und wie komisch würde man das Duell beschreiben können. Der Schwiegervater würde es lesen und lachen, der Schwiegervater brauchte keine Grütze zu essen, ihm brauchte man nur etwas zum Lachen zu geben.

Es öffnete sich das Tal des Gelben Flüßchens. Vom Regen war das Flüßchen breiter und böser geworden, es murmelte nicht mehr wie damals, sondern brüllte. Die Dämmerung brach an. Der trübe graue Morgen, die Wolken, die nach Westen eilten, um die Gewitterwolken einzuholen, die Berge, vom Nebel umgürtet, die nassen Bäume – alles erschien dem Diakon häßlich und zornig. Er wusch sich im Flüßchen, las die Morgengebete und verspürte Lust auf Tee und Krapfen mit süßer Sahne, die jeden Morgen beim Schwiegervater auf den Tisch kamen. Er erinnerte sich an die Diakonin und das »Unwiederbringlich«, das sie auf dem Klavier spielte. Was ist sie für eine Frau? Den Diakon hatte man mit ihr bekanntgemacht, verlobt und binnen einer Woche mit ihr verheiratet; er hatte noch keinen Monat mit ihr gelebt, als man ihn hierher abkommandierte, so daß er bis heute nicht genau wußte, was für ein Mensch sie war. Dennoch war es ohne sie ziemlich langweilig.

»Ich muß ihr ein Briefchen schreiben ...« – dachte er.

Die Flagge über dem Duchan war vom Regen durchnäßt und hing herab, und der Duchan selbst mit dem nassen Dach wirkte dunkler und niedriger als damals. Vor der Tür stand eine Arba; Kerbalaj, zwei Abchasen und eine junge Tatarin in Pluderhosen, vermutlich die Frau oder Tochter Kerbalajs, trugen aus dem Duchan Säcke mit etwas und legten sie in die Arba auf Maisstroh. In der Nähe der Arba standen, die Köpfe gesenkt, zwei Esel. Nachdem die Säcke aufgeladen waren, bedeckten sie die Abchasen und die Tatarin mit Stroh, und Kerbalaj beeilte sich, die Esel einzuspannen.

»Wahrscheinlich Schmuggelware«, – dachte der Diakon.

Da der umgestürzte Baum mit den verdorrten Nadeln, da der schwarze Fleck vom Lagerfeuer. Ihm fiel das Picknick ein mit allen seinen Einzelheiten, das Feuer, der Gesang der Abchasen, die süßen Träume von der Wahl zum Bischof, von der Kreuzesprozession... Das Schwarze Flüßchen war vom Regen noch schwärzer und breiter geworden. Der Diakon ging vorsichtig über die schmale Brücke, nach der mit ihren Kämmen schon die schmutzigen Wellen griffen, und kletterte über die Leiter in die Darre.

»Ein echter Kopf! – dachte er, als er sich im Stroh ausstreckte und an von Koren dachte. – Ein kluger Kopf, Gott schenke ihm Gesundheit. Nur eben grausam ist er...«

Warum haßte er Laevskij und der ihn? Warum werden sie sich in diesem Duell schlagen? Wenn sie von Kind auf die Not gekannt hätten wie der Diakon, wenn sie aufgewachsen wären in einer Umgebung unwissender, hartherziger, auf Gewinn versessener Menschen, die einem jedes Stück Brot vorhalten, grob und ungeschliffen sind im Umgang, die auf den Boden spucken und nach dem Essen rülpsen, sogar während des Gebets; wenn sie von Kindheit an nicht verwöhnt worden wären durch die Umstände eines schönen Lebens und durch einen auserwählten Kreis von Menschen, wie würden sie einander Zuflucht bieten, wie gern würden sie sich gegenseitig ihre Mängel verzeihen und dasjenige schätzen, was in jedem von ihnen steckt. Selbst nur äußerlich anständige Menschen gibt es doch so wenige auf der Welt! Es stimmt, Laevskij ist mutwillig, lasterhaft, merkwürdig, aber er stiehlt doch nicht, spuckt nicht laut auf den Boden, hält seiner Frau nicht vor: »Fressen, das kannst du, aber arbeiten willst du nicht«, er würde nie ein Kind mit Zügeln schlagen oder seinen Dienstboten stinkendes Pökelfleisch zu essen geben – ist das nicht schon genug, um Nachsicht mit ihm zu üben? Außerdem ist er doch der erste, der an seinen Mängeln leidet, wie der Kranke an seinen Wunden. Statt aus Langeweile und aufgrund eines Mißverständnisses aneinander Entartung, Aussterben, Vererbbarkeit und anderes schwer Verständliches zu suchen, sollten sie nicht lieber vom hohen Roß steigen und ihren Haß und Zorn dorthin richten, wo wie ein Stöhnen ganze Straßen widerhallen von grober Unbildung, Gewinnsucht, Vorhaltungen, Unsauberkeit, Gezänk, Weibergekreisch...

Zu hören war das Pochen einer Equipage und unterbrach die Gedanken des Diakons. Er schaute durch die Tür und erblickte die Kalesche, und in ihr drei: Laevskij, Šeškovskij und den Vorsteher des Post- und Telegraphenkontors.

– Stop! – sagte Šeškovskij.

Alle drei stiegen aus der Kalesche und schauten einander an.

– Sie sind noch nicht da, – sagte Šeškovskij, sich den Schmutz abstreifend. – Ja nun? Bis es soweit ist, gehen wir und suchen einen geeigneten Platz. Hier kann man sich ja kaum rühren.

Sie gingen weiter flußaufwärts und waren bald aus dem Blickfeld verschwunden. Der Kutscher, ein Tatare, setzte sich in die Kalesche, neigte den Kopf auf die Schulter und schlief ein. Nachdem der Diakon etwa zehn Minuten gewartet hatte, kam er aus der Darre, nahm, um nicht entdeckt zu werden, den schwarzen Hut ab und schlug sich, gebückt und sich umschauend, am Ufer durch die Büsche und Streifen von Maisfeldern; von den Bäumen und Büschen regnete es große Tropfen, Gras und Mais waren naß.

– Eine Schande! – murmelte er, indem er seine nassen und schmutzigen Rockschöße schürzte. – Hätte ich das gewußt, ich wäre nicht gegangen.

Bald hörte er Stimmen und sah Menschen. Laevskij, die Hände in die Ärmel gesteckt und gebeugt, ging hastig auf einer kleinen Waldwiese auf und ab; seine Sekundanten standen direkt am Ufer und drehten sich Papyrosy.

»Merkwürdig... – dachte der Diakon, der Laevskijs Gang nicht wiedererkannte. – Wie ein alter Mann.«

– Wie unhöflich von ihnen! – sagte der Postbeamte mit einem Blick auf die Uhr. – Gelehrte dürfen sich ja vielleicht verspäten, aber meiner Meinung nach ist das eine Schweinerei.

Šeškovskij, ein dicker Mensch mit schwarzem Bart, horchte und sagte:

– Sie kommen.

XIX

– Das sehe ich zum ersten Mal im Leben! Wie herrlich! – sagte von Koren, auf der Waldwiese erscheinend, und streckte beide Arme nach Osten aus. – Schauen Sie: grüne Strahlen.

Im Osten hinter den Bergen stiegen zwei grüne Strahlen auf, und das war tatsächlich schön. Die Sonne ging auf.

– Guten Morgen! – fuhr der Zoologe fort, indem er Laevskijs Sekundanten zunickte. – Ich komme nicht zu spät?

Ihm folgten seine Sekundanten, zwei sehr junge Offiziere von gleichem Wuchs, Bojko und Govorovskij, in weißen Uniformblusen, und der hagere, menschenscheue Doktor

Ustimovič, der in einer Hand ein Bündel mit etwas trug, die andere lag auf dem Rücken; wie gewöhnlich hielt er entlang des Rückgrats den Spazierstock. Nachdem er das Bündel auf der Erde abgelegt hatte und ohne jemanden zu begrüßen, legte er auch die andere Hand auf den Rücken und schritt auf der Waldwiese auf und ab.

Laevskij verspürte die Erschöpfung und Beklommenheit eines Menschen, der vielleicht bald sterben wird und deshalb die allgemeine Aufmerksamkeit auf sich zieht. Er wollte möglichst schnell getötet oder nach Hause gebracht werden. Den Sonnenaufgang sah er heute zum ersten Mal im Leben; dieser frühe Morgen, die grünen Strahlen, die Feuchtigkeit und die Menschen in nassen Stiefeln erschienen ihm in seinem Leben unnötig, überflüssig und engten ihn ein; all das stand in keinerlei Zusammenhang mit der durchlebten Nacht, mit seinen Gedanken und dem Gefühl seiner Schuld, und deshalb wäre er nur zu gern gegangen, ohne das Duell abzuwarten.

Von Koren war spürbar erregt und suchte das zu verbergen, indem er so tat, als interessierten ihn am meisten die grünen Strahlen. Die Sekundanten waren verlegen und wechselten Blicke, als wollten sie fragen, wozu sie hier seien und was sie tun sollten.

– Ich denke, meine Herren, wir brauchen nicht weiterzugehen, – sagte Šeškovskij. – Es geht auch hier.

– Ja, natürlich, – pflichtete von Koren bei.

Schweigen trat ein. Ustimovič, der auf und ab schritt, wandte sich plötzlich schroff an Laevskij und sagte halblaut, ihm ins Gesicht atmend:

– Man hat Ihnen wahrscheinlich meine Bedingungen noch nicht mitgeteilt. Jede Seite zahlt an mich fünfzehn Rubel, im Todesfalle eines Gegners zahlt der Überlebende dreißig.

Laevskij war früher mit diesem Menschen bekannt gewesen, doch erst jetzt sah er zum ersten Mal deutlich dessen trübe Augen, den harten Schnurrbart und den hageren, schwindsüchtigen Hals: ein Wucherer, aber kein Arzt! Sein Atem roch unangenehm nach Rindfleisch.

»Was für Menschen es bloß gibt auf dieser Welt«, – dachte Laevskij und antwortete:

– Gut.

Der Doktor nickte und schritt wieder aus, und zu sehen war, daß er das Geld mitnichten brauchte, sondern es einfach aus Haß verlangte. Alle spürten, daß es Zeit war, anzufangen oder das Angefangene zu beenden, doch niemand schickte sich an, anzufangen oder zu beenden, alle gingen umher, standen herum oder rauchten. Die jungen Offiziere, die zum ersten Mal im Leben einem Duell beiwohnten und kein rechtes Vertrauen hatten in dieses zivile, ihrer Meinung nach überflüssige Duell, betrachteten aufmerksam ihre Uniformblusen und strichen über ihre Ärmel. Ščškovskij trat auf sie zu und sagte leise:

– Meine Herren, wir müssen jede Anstrengung unternehmen, um dieses Duell zu verhindern. Wir müssen sie versöhnen.

Er errötete und fuhr fort:

– Gestern war Kirilin bei mir und beklagte sich, Laevskij habe ihn gestern mit Nadežda Fjodorovna angetroffen und lauter so Sachen.

– Ja, das ist uns bekannt, – sagte Bojko.

– Also, sehen Sie... Laevskij zittern die Hände und lauter so Sachen... Er kann eine Pistole heute nicht einmal heben. Sich mit ihm zu schlagen, ist genauso unmenschlich wie mit einem Betrunkenen oder mit einem Typhuskranken. Wenn die Versöhnung nicht zustandekommt, dann, meine Herren, muß das Duell verschoben werden, oder so... Das wäre eine Teufelei, die ich nicht mitansehen möchte.

– Sprechen Sie mit von Koren.

– Ich kenne die Duellregeln nicht, der Teufel soll sie holen, ich will sie auch gar nicht kennen; vielleicht denkt er, Laevskij habe es mit der Angst bekommen und mich zu ihm geschickt. Aber im übrigen, wie er will, ich werde mit ihm sprechen.

Šeškovskij begab sich unschlüssig, leicht hinkend, so als sei ihm ein Bein eingeschlafen, zu von Koren, und während er ging und sich mehrmals räusperte, atmete seine ganze Gestalt Trägheit.

– Was ich Ihnen zu sagen habe, gnädiger Herr, ist folgendes, – begann er, aufmerksam die Blumen auf dem Hemd des Zoologen betrachtend. – Es ist vertraulich... Ich kenne die Duellregeln nicht, der Teufel soll sie holen, ich will sie auch gar nicht kennen und urteile nicht als Sekundant und lauter so Sachen, sondern als Mensch und Schluß.

– Ja. Und?

– Wenn die Sekundanten vorschlagen, sich zu versöhnen, hört man sie gewöhnlich nicht an, sieht das als Formalität. Eitelkeit und Schluß. Aber ich bitte Sie ergebenst, Ihre Aufmerksamkeit auf Ivan Andreič zu richten. Er ist heute nicht im Normalzustand, sozusagen, er ist nicht bei Verstand und ganz jämmerlich dran. Ihm ist ein Unglück zugestoßen. Ich kann Klatschgeschichten nicht ausstehen, – Šeškovskij errötete und blickte sich um, – aber im Hinblick auf das Duell halte ich es für notwendig, es Ihnen mitzuteilen. Gestern abend hat er im Hause Mjuridovs seine Madame mit... einem Herrn angetroffen.

– Wie gemein! – murmelte der Zoologe; er erbleichte, runzelte die Stirn und spuckte laut aus: – Tffu!

Seine Unterlippe zitterte; er wandte sich von Šeškovskij ab, weil er nicht länger zuhören wollte, und spuckte, so als habe er versehentlich etwas Bitteres probiert, noch einmal laut aus und blickte Laevskij zum ersten Mal an diesem Morgen haßerfüllt an. Seine Erregung und seine Beklommenheit waren vergangen, er schüttelte den Kopf und sagte laut:

– Meine Herren, ich frage mich, worauf warten wir noch? Warum fangen wir nicht an?

Šeškovskij wechselte einen Blick mit den Offizieren und zuckte die Achseln.

– Meine Herren! – sagte er laut, an niemanden gewandt. – Meine Herren! Wir schlagen Ihnen vor, sich zu versöhnen!

– Hören wir endlich mit den Formalitäten auf, – sagte von Koren. – Von Versöhnung war bereits die Rede. Was ist jetzt die nächste Formalität? Beeilen wir uns, meine Herren, die Zeit wartet nicht.

– Wir bestehen dennoch auf Versöhnung, – sagte Šeškovskij mit schuldbewußter Stimme wie ein Mensch, der gezwungen ist, sich in fremde Angelegenheiten zu mischen; er errötete, legte die Hand aufs Herz und fuhr fort: – Meine Herren, wir sehen keinen ursächlichen Zusammenhang zwischen einer Beleidigung und einem Duell. Eine Beleidigung, die wir einander manchmal aus menschlicher Schwäche zufügen, und ein Duell haben nichts miteinander gemein. Sie sind Akademiker und gebildete Menschen und sehen natürlich selbst in einem Duell nur eine veraltete, leere Formalität und lauter so Sachen, wir sehen es genauso, sonst wären wir nicht hierher gekommen, denn wir können nicht zulassen, daß in unserer Gegenwart zwei Menschen aufeinander schießen und Schluß. – Šeškovskij wischte sich den Schweiß aus dem Gesicht und fuhr fort: – Beenden Sie also, meine Herren, Ihr Mißverständnis, geben Sie einander die Hand, und fahren wir nach Hause, den Versöhnungsschluck zu trinken. Ehrenwort, meine Herren!

Von Koren schwieg. Laevskij, der bemerkte, daß man auf ihn schaute, sagte:

– Ich habe nichts gegen Nikolaj Vasiljevič. Wenn er findet, ich sei schuldig, so bin ich bereit, mich bei ihm zu entschuldigen.

Von Koren war beleidigt.

– Meine Herren, – sagte er, – offensichtlich möchten Sie, daß Herr Laevskij als ein großzügiger Mensch und Ritter nach Hause zurückkehrt, aber ich kann dieses Vergnügen weder

Ihnen noch ihm gewähren. Es hätte auch keine Notwendigkeit bestanden, früh aufzustehen und zehn Verst weit aus der Stadt zu fahren, nur um den Versöhnungsschluck zu trinken, zu essen und mir zu erklären, ein Duell sei eine veraltete Formalität. Ein Duell ist ein Duell, und man sollte es nicht dümmer und falscher machen, als es tatsächlich ist. Ich will mich schlagen!

Schweigen trat ein. Offizier Bojko entnahm dem Kästchen zwei Pistolen; eine reichte man von Koren, die andere Laevskij, danach kam es zu einer Verwirrung, die den Zoologen und die Sekundanten für kurze Zeit belustigte. Es stellte sich nämlich heraus, daß von allen Anwesenden niemand auch nur einmal im Leben an einem Duell teilgenommen hatte und niemand genau wußte, wie man sich aufzustellen hatte und was gesagt werden mußte und was die Sekundanten zu tun hatten. Doch dann erinnerte sich Bojko und begann es lächelnd zu erklären.

– Meine Herren, wer erinnert sich, wie das bei Lermontov beschrieben ist? – fragte von Koren lachend. – Bei Turgenev hat sich Bazorov doch auch mit jemandem geschossen ...

– Wozu die Erinnerungen? – sagte Ustimovič ungeduldig, stehenbleibend. – Messen Sie die Distanz ab, das ist alles.

Und er schritt dreimal aus, wie um zu zeigen, wie man mißt. Bojko zählte die Schritte ab, sein Kamerad entblößte den Säbel und machte an den Endpunkten im Boden einen Ritz, um die Barrieren zu markieren.

Die Gegner nahmen, unter allgemeinem Schweigen, ihre Plätze ein.

»Maulwürfe«, – erinnerte sich der Diakon, der in einem Busche saß.

Irgendetwas sagte Šeškovskij, irgendetwas erklärte wiederum Bojko, aber Laevskij hörte nicht oder, genauer, er hörte, aber begriff nicht. Er spannte, als die Zeit dafür gekommen war, den Hahn und hob die schwere, kalte Pistole, die Mündung nach oben. Er hatte vergessen, den Mantel aufzuknöpfen, der drückte ihn nun heftig an der Schulter und unter der

Achselhöhle, und der Arm hob sich mit solchem Ungeschick, als sei der Ärmel aus Blech genäht. Er erinnerte sich an seinen gestrigen Haß auf die sonnengebräunte Stirn und das Kraushaar und dachte, selbst gestern, im Augenblick des heftigen Hasses und Zorns, hätte er nicht auf einen Menschen schießen können. Aus Furcht, die Kugel könne von Koren versehentlich treffen, hob er die Pistole immer höher und höher und spürte, daß diese zur Schau gestellte Großmut taktlos und durchaus nicht großmütig sei, doch wußte und konnte er nicht anders. Während er in das bleiche, spöttisch lächelnde Gesicht von Korens blickte, der offensichtlich von Anfang an überzeugt war, daß sein Gegner in die Luft schießen werde, dachte Laevskij, daß Gott sei Dank gleich alles beendet sei und er nur kräftig den Abzug drücken müsse...

Er verspürte einen heftigen Schlag gegen die Schulter, der Schuß erscholl, und in den Bergen antwortete das Echo: pachtach!

Auch von Koren spannte nun den Hahn und schaute zu Ustimovič hinüber, der nach wie vor, die Hände auf dem Rücken, auf und ab schritt und nichts umher beachtete.

– Doktor, – sagte der Zoologe, – seien Sie so gut, und gehen Sie nicht wie ein Pendel hin und her. Es flimmert ja schon vor den Augen.

Der Doktor blieb stehen. Von Koren begann, auf Laevskij zu zielen.

»Das ist das Ende!« – dachte Laevskij.

Die Mündung der Pistole, direkt auf das Gesicht gerichtet, der Ausdruck des Hasses und der Verachtung in der Haltung und der ganzen Gestalt von Korens, und dieser Mord, den jetzt gleich ein anständiger Mensch am hellichten Tag in Gegenwart anständiger Menschen verüben würde, diese Stille und die unbekannte Kraft, die Laevskij zwang stehenzubleiben und nicht zu fliehen, – wie geheimnisvoll war das alles, wie unbegreiflich und wie schrecklich! Die Zeit, während von Koren zielte, erschien Laevskij länger als die Nacht. Er blickte flehentlich zu den Sekundanten; sie rührten sich nicht und waren bleich.

»Schieß doch endlich!« – dachte Laevskij und spürte, daß sein bleiches, zitterndes, jämmerliches Gesicht in von Koren nur noch größeren Haß erwecken mußte.

»Jetzt werde ich ihn töten, – dachte von Koren, während er auf die Stirn zielte und mit dem Finger schon den Abzug fühlte. – Ja natürlich, ich werde ihn töten...«

– Er wird ihn töten! – hörte man plötzlich einen verzweifelten Schrei irgendwo ganz in der Nähe.

Im selben Augenblick ertönte der Schuß. Da sie sahen, daß Laevskij an seinem Platz stand und nicht gefallen war, schauten alle nach der Seite, von wo der Schrei zu hören gewesen war, und erblickten den Diakon. Bleich, mit nassen, an Stirn und Wange klebenden Haaren, ganz naß und schmutzig stand er am anderen Ufer im Mais, lächelte irgendwie merkwürdig und schwenkte den nassen Hut. Šeškovskij lachte vor Freude, brach in Tränen aus und ging beiseite...

XX

Wenig später trafen sich von Koren und der Diakon an der kleinen Brücke. Der Diakon war erregt, atmete schwer und vermied es, von Koren in die Augen zu schauen. Er schämte sich sowohl seiner Angst als auch seiner schmutzigen, nassen Kleidung.

– Mir schien, Sie wollten ihn töten... – murmelte er. – Wie widerspricht das der menschlichen Natur! Wie ist das im höchsten Grade widernatürlich!

– Aber wie kommen Sie hierher? – fragte der Zoologe.

– Fragen Sie nicht, – winkte der Diakon ab. – Der Böse hat mich verführt: geh hin, geh hin... Also bin ich losgegangen und wäre in dem Maisfeld beinahe gestorben vor Angst. Aber jetzt, Gott sei Dank, Gott sei Dank... Ich bin sehr zufrieden mit Ihnen, – murmelte der Diakon. – Auch unser Opa Tarantel wird zufrieden sein... Gott, wird das ein Gelächter, ein Gelächter! Nur bitte ich Sie dringend, sagen Sie niemandem, daß ich hier war, sonst kriege ich von meinem Vorgesetzten eine aufs Dach. Sie werden sagen: der Diakon war Sekundant.

– Meine Herren! – sagte von Koren. – Der Diakon bittet Sie, niemandem zu sagen, daß Sie ihn hier gesehen haben. Er könnte Unannehmlichkeiten bekommen.

– Wie widerspricht das der menschlichen Natur! – seufzte der Diakon. – Entschuldigen Sie großmütig, aber Sie hatten ein Gesicht, daß ich dachte, Sie würden ihn unbedingt töten.

– Ich war heftig versucht, Schluß zu machen mit diesem Schurken, – sagte von Koren, – aber Sie sind mir mit Ihrem Schrei in den Arm gefallen, und ich habe ihn verfehlt. Aber diese ganze Prozedur ist mir aus Mangel an Gewohnheit so zuwider und hat mich ermüdet, Diakon. Ich bin schrecklich geschwächt. Fahren wir...

– Nein, mir müssen Sie erlauben, zu Fuß zu gehen. Ich muß wieder trocken werden, ich bin durchnäßt und durchgefroren.

– Na schön, wie Sie wollen, – sagte mit matter Stimme der geschwächte Zoologe, während er sich in die Kalesche setzte und die Augen schloß. – Wie Sie wollen...

Während sie um die Equipage herumgingen und sich setzten, stand Kerbalaj an der Straße und verbeugte sich, mit beiden Händen den Bauch umfaßt, tief und zeigte die Zähne; er dachte, die Herren seien gekommen, sich der Natur zu erfreuen und Tee zu trinken, und begriff nicht, warum sie sich in die Equipagen setzten. Unter allgemeiner Wortlosigkeit setzte sich der Zug in Bewegung, am Duchan zurück blieb allein der Diakon.

– Ich gehen Duchan, Tee trinken, – sagte er zu Kerbalaj. – Ich wollen essen.

Kerbalaj sprach gut russisch, doch der Diakon dachte, der Tatare verstünde ihn eher, wenn er mit ihm in gebrochenem Russisch spräche.

– Rührei gebraten, Käse geben...

– Komm, komm, Pope, – sagte Kerbalaj, sich verneigend. – Ich gebe dir alles... Ich habe Käse, habe Wein... Iß nach Herzenslust.

– Wie heißt auf tatarisch Gott? – fragte der Diakon, als er den Duchan betrat.

– Dein Gott und mein Gott sind das gleiche, – sagte Kerbalaj, der nicht begriff. – Alle haben nur einen Gott, nur die Menschen sind verschieden. Welche sind Russen, welche Türken oder welche sind englisch – es gibt viele Menschen, aber nur einen Gott.

– Gut. Wenn sich alle Völker vor dem einen Gott verneigen, warum seht ihr Muselmanen dann in den Christen seit Jahrhunderten euern Feind?

– Warum wirst du böse? – sagte Kerbalaj und umfaßte mit beiden Händen den Bauch. – Du bist Pope, ich Muselmane, du sagst – ich will essen, ich gebe dir... Nur der Reiche unterscheidet, welcher Gott deiner ist, welcher meiner, dem Armen ist es gleich. Iß, bitte.

Während im Duchan ein theologisches Gespräch geführt wurde, fuhr Laevskij nach Hause und erinnerte sich daran, wie unheimlich ihm gewesen war, in der Dämmerung zu fahren, als die Straße, die Felsen und Berge naß und dunkel waren und die ungewisse Zukunft schrecklich erschien wie ein Abgrund, dessen Boden man nicht sieht, jetzt dagegen glitzerten die Regentropfen, die am Gras und an den Steinen hingen, in der Sonne wie Diamanten, die Natur lächelte freudig, die schreckliche Zukunft lag hinter ihm. Er blickte in das finstere, verweinte Gesicht Šeškovskijs und weiter vorn auf die zwei Kaleschen, in denen von Koren, dessen Sekundanten und der Doktor saßen, und ihm schien, als kehrten sie alle vom Friedhof zurück, wo sie soeben einen schwierigen, unerträglichen Menschen beerdigt hatten, der allen das Leben sauer gemacht hatte.

»Es ist alles zu Ende«, – dachte er von seiner Vergangenheit, indem er sich mit den Fingern vorsichtig über den Hals strich.

An der rechten Seite seines Halses, oberhalb des Kragens, hatte sich eine kleine Schwellung von der Länge und Breite eines kleinen Fingers gebildet, und diese schmerzte, als sei ihm jemand mit dem Bügeleisen über den Hals gefahren. Hier hatte ihn die Kugel gestreift.

Danach, zu Hause zurück, begann für ihn ein langer, merkwürdiger, süßer Tag, wie im Nebel des Vergessens. Wie ein aus dem Gefängnis oder Krankenhaus Entlassener betrachtete er die altbekannten Gegenstände und staunte, daß die Tische, Fenster, Stühle, das Licht und das Meer eine lebhafte, kindliche Freude in ihm erweckten, wie er sie seit langer-langer Zeit nicht mehr erlebt hatte. Die bleiche und stark eingefallene Nadežda Fjodorovna konnte seine sanfte Stimme und seinen merkwürdigen Gang nicht begreifen; sie beeilte sich, ihm alles zu erzählen, was ihr geschehen war ... Ihr schien, er höre wahrscheinlich schlecht und verstehe sie nicht, und er werde sie, wenn er alles erführe, verfluchen und töten, doch er hörte ihr zu, strich ihr über Gesicht und Haare, schaute ihr in die Augen und sagte:

– Ich habe niemanden außer dir ...

Danach saßen sie aneinandergeschmiegt lange im Vorgarten, und schwiegen oder aber sprachen, wenn sie laut von ihrem künftigen glücklichen Leben träumten, kurze, abgehackte Sätze, und ihm schien, er habe noch nie zuvor so lange und so schön gesprochen.

XXI

Mehr als drei Monate waren vergangen.

Der Tag brach an, den von Koren für die Abreise festgesetzt hatte. Seit dem frühen Morgen regnete es in großen, kalten Tropfen, es wehte ein Nordost, und auf dem Meer war hoher Seegang. Man sprach davon, daß bei solch einem Wetter der Dampfer wohl kaum im Hafenbecken einlaufen werde. Laut Fahrplan hätte er gegen zehn Uhr morgens kommen sollen, doch von Koren, der zu Mittag und nach dem Essen auf die Uferpromenade hinausgegangen war, hatte in seinem Fernglas nichts als graue Wellen und den Regen gesehen, der den Horizont verhängte.

Gegen Ende des Tages hörte es zu regnen auf, und der Wind ließ merklich nach. Von Koren hatte sich bereits mit dem Gedanken ausgesöhnt, daß er heute nicht abreisen werde, und mit Samojlenko ans Schachbrett gesetzt; aber als es dunkel wurde, meldete der Bursche, auf dem Meer seien Lichter erschienen und man habe eine Rakete gesehen.

Von Koren hatte es eilig. Er warf die Reisetasche über die Schulter, küßte sich mit Samojlenko und dem Diakon, ging ohne jede Notwendigkeit alle Zimmer ab, verabschiedete sich vom Burschen und von der Köchin und trat auf die Straße mit einem Gefühl, als habe er beim Doktor oder in der eigenen Wohnung etwas vergessen. Auf der Straße ging er neben Samojlenko, ihnen folgte der Diakon mit der Kiste, und hinter allen ging der Bursche mit zwei Koffern. Nur Samojlenko und der Bursche konnten die kleinen trüben Lichter auf dem Meer ausmachen, die anderen schauten ins Dunkel und sahen nichts. Der Dampfer ankerte weit draußen vor der Küste.

– Schnell, schnell, – hatte von Koren es eilig. – Ich fürchte, er fährt ab!

Als sie an dem Häuschen mit drei Fenstern vorbeigingen, in das Laevskij bald nach dem Duell umgezogen war, konnte von

Koren es nicht lassen und warf einen Blick durchs Fenster. Laevskij saß gebeugt am Tisch, mit dem Rücken zum Fenster, und schrieb.

– Ich muß staunen, – sagte der Zoologe leise. – Wie der sich rausgerissen hat!

– Ja, das ist staunenswert, – seufzte Samojlenko. – So sitzt er von morgens bis abends, sitzt und arbeitet. Die Schulden will er abbezahlen. Und führt ein Leben schlimmer als ein Bettler!

Eine halbe Minute verging in Schweigen. Der Zoologe, der Doktor und der Diakon standen am Fenster und schauten die ganze Zeit auf Laevskij.

– So ist er denn auch nicht abgereist, der Ärmste, – sagte Samojlenko. – Und weißt du noch, wie er sich drum bekümmert hat?

– Ja, er hat sich rausgerissen, – wiederholte von Koren. – Seine Hochzeit, diese Arbeit den ganzen Tag für das liebe Stück Brot, der neue Ausdruck in seinem Gesicht und sogar in seinem Gang, – all das ist in einem Maße außergewöhnlich, daß ich nicht einmal weiß, wie ich es nennen soll, – der Zoologe faßte Samojlenko am Ärmel und fuhr mit Erregung in der Stimme fort: – Richte ihm und seiner Frau aus, daß ich bei meiner Abreise über ihn gestaunt habe, ihm alles Gute wünsche ... und ihn bitte, er möge mich, wenn das möglich ist, nicht in schlechter Erinnerung behalten. Er kennt mich. Er weiß, daß ich, wenn ich diese Veränderung hätte voraussehen können, sein bester Freund hätte werden können.

– Geh zu ihm hinein, verabschiede dich.

– Nein. Das wäre peinlich.

– Wieso? Gott weiß, vielleicht siehst du ihn nie wieder.

Der Zoologe dachte nach und sagte:

– Das ist wahr.

Samojlenko klopfte leise mit dem Finger ans Fenster. Laevskij fuhr zusammen und blickte sich um.

– Vanja, Nikolaj Vasiljevič wünscht sich von dir zu verabschieden, – sagte Samojlenko. – Er reist gleich ab.

Laevskij stand vom Tisch auf und ging in den Flur, um die Tür zu öffnen. Samojlenko, von Koren und der Diakon gingen ins Haus.

– Ich komme nur auf eine Minute, – begann der Zoologe, indem er im Flur die Galoschen auszog und bereits bedauerte, daß er dem Gefühl nachgegeben hatte und ungebeten hier hereingekommen war. »Als wolle ich mich ihm aufdrängen, – dachte er, – das ist dumm.« – Verzeihen Sie, daß ich Sie behellige, – sagte er, Laevskij in dessen Zimmer folgend, – aber ich reise gleich ab, und es zog mich zu Ihnen. Gott weiß, ob wir uns jemals wiedersehen.

– Freut mich sehr... Bitte ergebenst... – sagte Laevskij und rückte den Gästen ungeschickt Stühle hin, als wolle er ihnen den Weg verstellen, und blieb, sich die Hände reibend, mitten im Zimmer stehen.

»Zu dumm, daß ich die Zeugen nicht auf der Straße gelassen habe«, – dachte von Koren und sagte mit fester Stimme:

– Behalten Sie mich nicht in schlechter Erinnerung, Ivan Andreič. Das Vergangene zu vergessen ist natürlich unmöglich, es ist zu traurig, und ich bin nicht hierhergekommen, um mich zu entschuldigen oder zu versichern, ich sei unschuldig. Ich habe ehrlich gehandelt und meine Überzeugungen seitdem nicht geändert... Zwar habe ich mich, wie ich jetzt zu meiner großen Freude sehe, in Ihnen geirrt, aber man kann ja auch auf ebener Straße stolpern, so ist nun einmal das Schicksal des Menschen: wenn man sich in der Hauptsache nicht irrt, dann irrt man sich in Einzelheiten. Niemand kennt die ganze Wahrheit.

– Ja, niemand kennt die Wahrheit... – sagte Laevskij.

– Also leben Sie wohl ... Gott schenke Ihnen alles Gute.

Von Koren gab Laevskij die Hand; der drückte sie und verbeugte sich.

– Behalten Sie mich nicht in schlechter Erinnerung, – sagte von Koren. – Grüßen Sie Ihre Frau und sagen Sie ihr, ich hätte es sehr bedauert, daß ich mich nicht von ihr habe verabschieden können.

– Sie ist zu Hause.

Laevskij ging zur Tür und sagte ins andere Zimmer:

– Nadja, Nikolaj Vasiljevič wünscht sich von dir zu verabschieden.

Nadežda Fjodorovna kam herein; sie blieb an der Tür stehen und blickte schüchtern auf die Gäste. Ihr Gesicht war schuldbewußt und erschrocken, und die Hände hielt sie wie eine Gymnasiastin, der man einen Verweis erteilt.

– Ich reise gleich ab, Nadežda Fjodorovna, – sagte von Koren, – und bin gekommen, um mich von Ihnen zu verabschieden.

Sie streckte ihm unschlüssig die Hand hin, und Laevskij verbeugte sich.

»Was sind die beiden jämmerlich! – dachte von Koren. – Es kommt sie teuer zu stehen, dieses Leben.« – Ich werde in Moskau und in Petersburg sein, – fragte er, – brauchen Sie etwas von dort?

– Was denn? – sagte Nadežda Fjodorovna zu ihm und wechselte einen unruhigen Blick mit ihrem Mann. – Mir scheint, nichts . . .

– Nein, nichts . . . – sagte Laevskij, sich die Hände reibend. – Grüßen Sie.

Von Koren wußte nicht, was er noch hätte sagen können oder sollen, dabei hatte er vorher, als er hereinkam, gedacht, er habe sehr viel Gutes, Warmes und Bedeutsames zu sagen. Schweigend drückte er Laevskij und seiner Frau die Hand und verließ sie mit einem bedrückten Gefühl.

– Was für Menschen! – sagte der Diakon halblaut, als letzter gehend. – Mein Gott, was für Menschen. Wahrhaftig hat Gottes Rechte diesen Weinberg gepflanzt! Herrgott, Herrgott!

Der eine hat Tausende besiegt, der andere die Finsternis. Nikolaj Vasiljevič, – sagte er entzückt, – Sie sollen wissen, Sie haben heute den größten Feind der Menschen besiegt – den Stolz!

– Hören Sie auf, Diakon! Was sind er und ich schon für Sieger? Sieger blicken wie Adler drein, er ist jämmerlich, schüchtern, geprügelt, verbeugt sich wie ein chinesischer Götze, und ich... ich bin traurig.

Hinter sich hörten sie Schritte. Es war Laevskij, der ihnen nachkam, um sie zu begleiten. Am Hafen stand der Bursche mit den zwei Koffern, und etwas weiter vier Ruderer.

– Wie das weht... brr! – sagte Samojlenko. – Auf dem Meer muß jetzt ein Sturm sein – oje, oje! Das ist die falsche Zeit zu reisen, Kolja.

– Ich habe keine Angst vor der Seekrankheit.

– Das meine ich nicht... Daß diese Dummköpfe bloß nicht mit dir kentern. Nimm lieber die Agentenschaluppe. Wo ist die Agentenschaluppe?

– Auf See, Euer Exzellenz.

– Und das Zollboot?

– Ebenfalls.

– Warum habt ihr das nicht gemeldet? – ärgerte sich Samojlenko. – Holzköpfe!

– Ist doch egal, reg dich nicht auf, – sagte von Koren. – Also leb wohl. Behüt euch Gott.

Samojlenko umarmte von Koren und bekreuzigte ihn dreimal.

– Vergiß nicht, Kolja... Schreib... Nächstes Frühjahr erwarten wir dich.

– Leben Sie wohl, Diakon, – sagte von Koren, dem Diakon die Hand drückend. – Danke für Ihre Gesellschaft und die guten Gespräche. Und denken Sie an die Expedition!

– Ja, Herrgott, bis ans Ende der Welt! – lachte der Diakon. – Als hätte ich etwas dagegen?

Im Dunkeln erkannte von Koren Laevskij und drückte ihm schweigend die Hand. Die Ruderer standen schon unten und hielten das Boot, das gegen die Pfähle stieß, obwohl die Mole es gegen hohen Seegang abschirmte. Von Koren kletterte die Strickleiter hinab, sprang ins Boot und setzte sich ans Steuer.

– Schreib! – rief ihm Samojlenko zu. – Bleib gesund!

»Niemand kennt die ganze Wahrheit«, – dachte Laevskij, schlug den Mantelkragen hoch und steckte die Hände in die Ärmel.

Das Boot bog wendig um die Mole und erreichte das freie Meer. Es verschwand in den Wellen, glitt aber sogleich aus einem tiefen Tal auf einen hohen Kamm, so daß man sowohl die Menschen als auch die Ruder ausmachen konnte. Das Boot kam drei Klafter voran und wurde um zwei Klafter zurückgeworfen.

– Schreib! – rief Samojlenko. – Dich reitet der Teufel, bei so einem Wetter!

»Ja, niemand kennt die ganze Wahrheit...« – dachte Laevskij und blickte wehmütig auf das unruhige dunkle Meer.

»Das Boot wird zurückgeworfen, – dachte er, – es macht zwei Schritte vorwärts und einen Schritt zurück, doch die Ruderer geben nicht nach, sie schwenken unermüdlich die Ruder und fürchten keine hohen Wellen. Das Boot fährt immer weiter vorwärts und vorwärts, jetzt ist es schon nicht mehr zu sehen, und in einer halben Stunde, da werden die Ruderer bereits die Lichter des Dampfers erkennen, und in einer Stunde werden sie an der Schiffsleiter anlegen. So ist es auch im Leben... Auf der Suche nach der Wahrheit machen die Menschen zwei Schritte vorwärts, einen Schritt zurück. Leiden, Irrtümer und die Langeweile des Lebens werfen sie zurück, doch der Durst nach Wahrheit und unnachgiebiger Wille treiben sie vorwärts und vorwärts. Und wer weiß? Vielleicht erreichen sie einmal die ganze Wahrheit...«

– Leb wo-o-ohl! – rief Samojlenko.

– Nichts zu sehen, nichts zu hören, – sagte der Diakon. – Glückliche Reise!

Regen begann zu tröpfeln.

Erzählung eines Unbekannten

I

Aus Gründen, über die heute nicht die Zeit ist ausführlich zu sprechen, mußte ich als Lakai in Dienst treten bei einem Petersburger Beamten namens Orlov. Er war etwa fünfunddreißig Jahre alt und hieß Georgij Ivanyč.

Bei diesem Orlov in Dienst getreten war ich wegen seines Vaters, eines bekannten Staatsmannes, den ich für einen ernstlichen Feind meiner Sache hielt. Ich rechnete damit, daß ich bei seinem Sohn anhand der Gespräche, die ich hören, und der Papiere und Notizen, die ich auf dem Schreibtisch finden würde, in aller Ausführlichkeit die Pläne und Absichten des Vaters würde studieren können.

Gewöhnlich rasselte gegen elf Uhr in meiner Bedientenstube die elektrische Klingel, die mich wissen ließ: der gnädige Herr ist erwacht. Wenn ich mit den gereinigten Kleidern und Stiefeln ins Schlafzimmer kam, saß Georgij Ivanyč regungslos im Bett, weniger verschlafen als vom Schlaf erschöpft, und starrte auf einen Punkt, ohne über sein Erwachen irgendein Vergnügen zu äußern. Ich half ihm beim Anziehen, er fügte sich nur ungern, schweigend und ohne meine Anwesenheit zu bemerken; danach, mit nassem Kopf nach dem Waschen und nach frischem Parfum riechend, ging er ins Eßzimmer, um Kaffee zu trinken. Er saß am Tisch, trank Kaffee und blätterte in den Zeitungen, während das Zimmermädchen Polja und ich ehrerbietig an der Tür standen und ihm zuschauten. Zwei erwachsene Menschen hatten allen Ernstes aufmerksam zuzuschauen, wie ein dritter Kaffee trinkt und Zwieback knabbert. Das ist wahrscheinlich lächerlich und barbarisch, doch ich sah für mich nichts Erniedrigendes darin, an der Tür zu stehen, auch wenn ich ebenso ein Adeliger und gebildeter Mensch war wie Orlov.

Bei mir hatte damals die Schwindsucht eingesetzt, und mit ihr etwas wohl noch Wichtigeres als die Schwindsucht. Ich weiß nicht, ob unter dem Eindruck der Krankheit oder dem des beginnenden Wandels meiner Weltanschauung, den ich damals nicht bemerkte, ergriff mich, von Tag zu Tag mehr, ein leidenschaftlicher, aufreizender Durst nach einem gewöhnlichen bürgerlichen Leben. Ich wollte seelische Ruhe, Gesundheit, gute Luft, gutes Essen. Ich wurde zum Träumer und wußte als Träumer nicht, was ich eigentlich wollte. Mal wollte ich ins Kloster gehen, dort tagelang am Fenster sitzen und auf die Bäume und Felder schauen; mal stellte ich mir vor, wie ich fünftausend Desjatinen Land kaufe und als Gutsbesitzer lebe; mal gab ich mir das Wort, Wissenschaft zu betreiben und unbedingt Professor zu werden an irgendeiner Provinzuniversität. Ich bin Leutnant a. D. unserer Marine; mein Traum gewesen war das Meer, unser Geschwader und die Corvette, auf der ich eine Weltumseglung mitgemacht habe. Ich wollte noch einmal das unaussprechliche Gefühl erfahren, wenn man, auf einer Fahrt durch den Tropenwald oder beim Anblick des Sonnenuntergangs über dem Golf von Bengalen, vor Begeisterung erstirbt und sich gleichzeitig nach der Heimat sehnt. Ich träumte von Bergen, Frauen, Musik, und neugierig wie ein kleiner Junge betrachtete ich die Gesichter, horchte auf die Stimmen. Und wenn ich an der Tür stand und zuschaute, wie Orlov Kaffee trank, fühlte ich mich nicht als Lakai, sondern als ein Mensch, den alles interessiert auf der Welt, selbst Orlov.

Orlovs Äußeres war petersburgisch: schmale Schultern, lange Taille, eingefallene Schläfen, Augen von unbestimmter Farbe und spärlicher, trüb gefärbter Haarwuchs an Kopf, Bart und Schnurrbart. Sein Gesicht war gepflegt, verlebt und unangenehm. Besonders unangenehm war es, wenn er nachdachte oder schlief. Ein gewöhnliches Äußeres beschreiben sollte man eher nicht; zudem ist Petersburg nicht Spanien, das Äußere von Männern hat hier nicht einmal in Liebesdingen große Bedeutung und wird nur für repräsentative Diener und Kutscher gebraucht. Wenn ich von Orlovs Gesicht und Haaren gesprochen habe, so nur deshalb, weil in seinem Äußeren eines war, das erwähnenswert ist, nämlich: wenn Orlov zur Zeitung oder zu einem Buch griff, gleichgültig zu welcher oder welchem, oder Menschen begegnete, gleichgültig welchen, so begannen seine Augen ironisch zu lächeln und sein gesamtes Gesicht nahm den Ausdruck eines leichten, nicht bösartigen Spottes an. Bevor er etwas las oder hörte, jedesmal war die Ironie zur Stelle, wie der Schutzschild des Wilden. Es war eine angewöhnte, tief verwurzelte Ironie, und in letzter Zeit erschien sie auf seinem Gesicht ohne jedes Zutun des Willens, wahrscheinlich wie ein Reflex. Doch davon später.

Nach zwölf nahm er mit dem Ausdruck der Ironie seine Aktentasche, vollgestopft mit Papieren, und fuhr zum Dienst. Das Essen nahm er nicht zu Hause und kehrte nach acht zurück. Ich steckte im Arbeitszimmer die Lampe und Kerze an, und er setzte sich in den Sessel, streckte die Beine auf einen Stuhl und begann, so dahingeflezt, zu lesen. Fast jeden Tag brachte er neue Bücher mit oder ließ sie sich aus den Buchhandlungen schicken, in meiner Bedientenstube lag in der Ecke und unter dem Bett eine Menge Bücher in drei Sprachen, das Russische nicht gerechnet, die er gelesen und weggeworfen hatte. Er las außergewöhnlich schnell. Man sagt: sage mir, was du liest, und ich sage dir, wer du bist. Das stimmt vielleicht, doch Orlov den Büchern nach zu beurteilen, die er las, ist völlig unmöglich. Es war das reinste Durcheinander. Philosophie, französische Romane, politische Ökonomie, Finanzen, neue Dichter, die Ausgaben des »Posrednik« – er las alles gleichermaßen schnell und immer mit demselben ironischen Ausdruck in den Augen.

Nach zehn kleidete er sich sorgsam an, oft in Frack, sehr selten in seine Kammerjunkeruniform, und fuhr aus. Zurück kehrte er gegen Morgen.

Ich lebte mit ihm still und in Frieden, zu Mißverständnissen kam es nie. Gewöhnlich bemerkte er meine Anwesenheit gar nicht, und wenn er mit mir sprach, so fehlte in seinem Gesicht der ironische Ausdruck, – er hielt mich offensichtlich nicht für einen Menschen.

Nur ein Mal habe ich ihn zornig gesehen. Einmal – es war eine Woche, nachdem ich bei ihm in Dienst getreten war, – kehrte er von einem Essen gegen neun Uhr zurück; sein Gesicht war launisch, erschöpft. Als ich zu ihm ins Arbeitszimmer kam, um dort die Kerzen anzustecken, sagte er zu mir:

– In unseren Zimmern stinkt es nach etwas.

– Nein, die Luft ist frisch, – antwortete ich.

– Und ich sage dir, es stinkt, – wiederholte er gereizt.

– Ich öffne jeden Tag die Lüftungsfenster.

– Halt hier keine Volksreden, Holzkopf! – schrie er.

Ich war beleidigt und wollte widersprechen, und Gott weiß, wie das geendet hätte, hätte nicht Polja sich eingemischt, die ihren Herren besser kannte als ich.

– Tatsächlich, was für ein schlechter Geruch! – sagte sie, die Brauen hochgezogen. – Woher kann das kommen? Stepan, öffne im Salon die Lüftungsfenster und mach Feuer im Kamin.

Sie seufzte in einem fort ach!, tat geschäftig und ging, mit ihren Röcken raschelnd und mit dem Zerstäuber zischend, durch alle Zimmer. Doch Orlov hatte noch immer schlechte Laune; er beherrschte sich sichtlich, um nicht laut zu schimpfen, saß am Tisch und schrieb schnell einen Brief. Als er einige Zeilen geschrieben hatte, schnaubte er zornig und zerriß den Brief, dann fing er wieder an zu schreiben.

– Hol sie doch alle der Teufel! – murmelte er. – Sie wollen, daß ich mir einfach alles merke!

Endlich war der Brief geschrieben; Orlov stand vom Tisch auf und sagte, an mich gewandt:

– Du fährst in die Znamenskaja und übergibst diesen Brief Zinaida Fjodorovna Krasnovskaja eigenhändig. Aber frag zuerst den Portier, ob ihr Mann nicht schon zurück sei, ich meine Herr Krasnovskij. Wenn er zurück ist, übergib den Brief nicht und komm wieder her. Halt!.. Für den Fall, daß sie fragt, ob jemand bei mir sei, sagst du ihr, seit acht Uhr säßen zwei Herren bei mir, die etwas zu schreiben hätten.

Ich fuhr in die Znamenskaja. Der Portier sagte mir, Herr Krasnovskij sei noch nicht zurück, und ich begab mich in die dritte Etage. Die Tür öffnete mir ein großer, dicker, brauner Lakai mit schwarzem Backenbart und fragte mich verschlafen, träge und grob, wie nur ein Lakai mit Lakaien sprechen kann, was ich wolle. Ich hatte noch nicht antworten können, als schnell aus dem Saal eine Dame in schwarzem Kleid auf den Flur trat. Mich sehend, kniff sie die Augen zusammen.

– Ist Zinaida Fjodorovna zu Hause? – fragte ich.

– Das bin ich, – sagte die Dame.

– Ein Brief von Georgij Ivanyč.

Ungeduldig entsiegelte sie den Brief und begann, ihn in beiden Händen haltend und mir ihre Brillantringe zeigend zu lesen. Ich betrachtete ein weißes Gesicht mit weichen Linien, ein vorstehendes Kinn, lange dunkle Wimpern. Dem Aussehen nach war diese Dame nicht älter als fünfundzwanzig Jahre.

– Grüßen Sie und danken Sie ihm, – sagte sie, als sie zu Ende gelesen hatte. – Ist jemand bei Georgij Ivanyč? – fragte sie weich, freudig und so, als schäme sie sich ihres Zweifels.

– Zwei Herren, – antwortete ich. – Sie haben etwas zu schreiben.

– Grüßen Sie und danken Sie ihm, – wiederholte sie und ging, den Kopf zur Seite geneigt und im Gehen den Brief lesend, hinaus.

Ich begegnete damals wenigen Frauen, und diese Dame, die ich flüchtig gesehen hatte, hatte mich beeindruckt. Während ich zu Fuß nach Hause zurückkehrte, erinnerte ich mich an ihr Gesicht und den Geruch des feinen Parfums und träumte. Als ich zurückkehrte, war Orlov nicht mehr zu Hause.

II

Also, mit meinem Herrn lebte ich still und in Frieden, dennoch war das Unreine und Beleidigende, das ich so gefürchtet hatte, als ich als Lakai in seinen Dienst trat, gegenwärtig und jeden Tag zu spüren. Ich vertrug mich nicht mit Polja. Sie war ein wohlgenährtes, verwöhntes Geschöpf, das Orlov dafür vergötterte, daß er der Herr war, und mich dafür verachtete, daß ich Lakai war. Wahrscheinlich war sie aus der Sicht eines echten Lakaien oder Kochs eine verführerische Frau: rote Wangen, Stupsnase, zusammengekniffene Augen und eine Körperfülle, die schon ins Massige überging. Sie puderte sich, schminkte sich die Augenbrauen und Lippen, zwängte sich in ein Korsett und trug Tournüre und ein Armband aus Münzen. Ihr Gang waren kleine, hüpfende Schritte; wenn sie ging, wakkelte sie oder ließ, wie man so sagt, die Schultern und den Hintern tanzen. Das Rascheln ihrer Röcke, das Knistern des Korsetts und das Klingeln des Armbands und dieser pöbelhafte Geruch nach Schminke, Toilettenessig und Parfum, das sie ihrem Herrn stahl, erregten in mir, wenn ich morgens mit ihr die Zimmer aufräumte, ein Gefühl, als tue ich mit ihr zusammen etwas Abscheuliches.

Sei es, weil ich nicht zusammen mit ihr stahl oder keinerlei Neigung zeigte, ihr Liebhaber zu werden, was sie wahrscheinlich beleidigte, oder vielleicht, weil sie in mir einen Fremden ahnte – sie haßte mich vom ersten Tage an. Mein Ungeschick, mein nicht lakaienhaftes Äußere und meine Krankheit erschienen ihr jämmerlich und weckten in ihr ein Gefühl des Ekels. Ich hustete damals heftig, und es kam vor, daß ich sie nachts beim Schlafen störte, denn ihr und mein Zimmer teilte nur eine hölzerne Trennwand, und jeden Morgen sagte sie zu mir:

– Du hast mich wieder nicht schlafen lassen. Ins Krankenhaus solltest du gehen, aber nicht bei Herrschaften leben.

Sie glaubte so offen und ehrlich, daß ich kein Mensch sei, sondern etwas, das so unermeßlich weit unter ihr stünde, daß sie, wie die römischen Matronen, die sich nicht schämten, in Anwesenheit ihrer Sklaven zu baden, manchmal in meiner Gegenwart im bloßen Hemd ging.

Einmal beim Essen (wir bekamen jeden Tag aus einem Gasthaus Suppe und Braten), als ich in schöner träumerischer Stimmung war, fragte ich:

– Polja, glauben Sie an Gott?

– Was denn sonst?

– Sie glauben also, – fuhr ich fort, – daß es ein Jüngstes Gericht geben wird und daß wir uns vor Gott werden verantworten müssen für jede unserer schlechten Taten?

Sie antwortete nicht und zog nur eine verächtliche Grimasse, und als ich diesmal ihre satten, kalten Augen ansah, begriff ich, daß diese in sich ruhende, völlig in sich abgeschlossene Natur weder Gott, noch Gewissen, noch Gesetze hatte und daß ich, hätte ich töten, Feuer legen oder stehlen sollen, für Geld keinen besseren Spießgesellen hätte finden können.

In der ungewohnten Umgebung, außerdem bei meinem Unvermögen, mich an das du und das ständige Lügen zu gewöhnen (zu sagen »Der Herr ist nicht zu Hause«, wenn er zu Hause war), fiel mir in der ersten Woche das Leben bei Orlov nicht leicht. Im Frack des Lakaien fühlte ich mich wie in einem Panzer. Doch dann gewöhnte ich mich. Wie ein echter Lakai servierte ich, räumte die Zimmer auf, lief und fuhr, um jede Art von Aufträgen zu besorgen. Wenn Orlov keine Lust hatte, zum Rendezvous mit Zinaida Fjodorovna zu fahren, oder wenn er vergaß, daß er versprochen hatte, zu ihr zu kommen, fuhr ich in die Znamenskaja, übergab dort eigenhändig den Brief und log. Und im Ergebnis kam es durchaus nicht zu dem, was ich erwartet hatte, als ich als Lakai in Dienste trat; jeder Tag dieses meines neuen Lebens erwies sich als verloren, sowohl für mich als auch für meine Sache, denn Orlov sprach nie von seinem Vater, auch seine Gäste nicht, und von der Tätigkeit des bekannten Staatsmannes wußte ich nur, was ich wie zuvor aus Zeitungen und aus dem Briefwechsel mit den Genossen hatte erfahren können. Hunderte von Notizen und Papieren, die ich im Arbeitszimmer fand und las, standen auch nicht im entferntesten in Beziehung zu dem, was ich suchte. Orlov war völlig gleichgültig gegenüber der Aufsehen erregenden Tätigkeit seines Vaters und gab sich den Anschein, als höre er nichts von ihr oder als sei sein Vater längst gestorben.

III

Donnerstags hatten wir Gäste.

Ich bestellte im Restaurant ein Stück Roastbeef und sagte Eliseev am Telephon, man möge uns Kaviar, Käse, Austern und dergleichen schicken. Ich kaufte Spielkarten. Polja bereitete schon vom Morgen an das Teegeschirr und das Tafelservice für das Abendessen vor. Um die Wahrheit zu sagen, diese kleine Tätigkeit brachte ein wenig Abwechslung in unser müßiges Leben, und die Donnerstage waren für uns die interessantesten Tage.

An Gästen kamen nur drei. Der solideste und wohl interessanteste war ein Gast mit Namen Pekarskij, ein großer, hagerer Mann, Mitte vierzig, mit langer Hakennase, einem dichten schwarzen Bart und mit Glatze. Seine Augen waren groß, hervorstehend, der Gesichtsausdruck ernst, nachdenklich wie der eines griechischen Philosophen. Er diente in der Direktion einer

Eisenbahn und in einer Bank, war Juriskonsult einer wichtigen staatlichen Behörde und unterhielt Geschäftsbeziehungen mit einer Menge von Privatpersonen als Vormund, Konkursverwalter und dergleichen mehr. Er hatte einen ganz niedrigen Rang und nannte sich bescheiden Rechtsanwalt, aber sein Einfluß war gewaltig. Seine Visitenkarte oder eine Nachricht von ihm genügten, daß ein bekannter Arzt, ein Eisenbahndirektor oder ein wichtiger Beamter Sie außer der Reihe empfingen; man sagte, dank seiner Protektion könne man eine Stellung sogar der vierten Rangklasse bekommen und jede beliebige unangenehme Angelegenheit niederschlagen. Er galt als sehr kluger Mensch, doch war das eine besondere, merkwürdige Klugheit. Er konnte binnen eines Augenblicks im Kopf 213 mit 373 multiplizieren oder eine Summe Pfund Sterling in Mark umrechnen, ohne Bleistift und Tabelle zu Hilfe zu nehmen, er kannte sich vorzüglich aus im Eisenbahn- wie im Finanzwesen, in allem, was administrative Dinge betraf, gab es für ihn keine Geheimnisse; in Zivilsachen, sagte man, war er ein ausgefuchster Advokat, mit dem zu prozessieren nicht leicht war. Doch dieser außergewöhnlichen Klugheit war vieles völlig unbegreiflich, was sogar manch Dummkopf weiß. So konnte er absolut nicht begreifen, warum sich Menschen langweilen, warum sie weinen, sich schießen und andere sogar töten, warum sie sich über Dinge und Ereignisse erregen, die sie persönlich nichts angehen, und warum sie lachen, wenn sie Gogol oder Ščedrin lesen... Alles Abstrakte, das im Bereich des Denkens und Fühlens verschwindet, war ihm unbegreiflich und langweilig wie Musik für einen Gehörlosen. Menschen sah er nur unter dem geschäftlichen Gesichtspunkt und teilte sie ein in Fähige und Unfähige. Eine andere Einteilung gab es nicht für ihn. Ehrlichkeit und Anstand bilden lediglich ein Merkmal für Fähigkeit. Trinkgelage, Karten spielen und ein lasterhaftes Leben sind erlaubt, aber nur, wenn sie das Geschäft nicht stören. An Gott zu glauben ist nicht klug, doch die Religion muß aufrecht erhalten werden, denn das Volk braucht ein beherrschendes Prinzip, sonst würde es nicht arbeiten. Strafen sind nur zur Abschreckung notwendig. Im Sommer aufs Land zu fahren besteht kein Grund, denn auch in der Stadt ist es schön. Und so weiter. Er war Witwer und hatte keine Kinder, führte aber ein Haus auf großem Fuß und zahlte für die Wohnung dreitausend im Jahr.

Der zweite Gast, Kukuškin, Wirklicher Staatsrat, noch jung, war von kleinem Wuchs und stach hervor durch seinen im höchsten Grade unangenehmen Ausdruck, der resultierte aus dem Mißverhältnis seines dicken, massigen Rumpfs und seinem kleinen, hageren Gesicht. Seine Lippen bildeten ein Herzchen, und der gestutzte Schnurrbart sah aus, als sei er mit Lack angeklebt. Er hatte das Verhalten einer Eidechse. Er trat nicht ein, sondern kam irgendwie gekrochen, mit kleinen Trippelschritten, schwankend und kichernd, und wenn er lachte, bleckte er die Zähne. Er war bei jemandem Beamter für besondere Aufträge und tat nichts, obwohl er ein hohes Gehalt bezog, besonders im Sommer, wenn man sich für ihn die verschiedensten Dienstreisen ausdachte. Er war Karrierist nicht bis auf die Knochen, sondern noch tiefer, bis zum letzten Blutstropfen, und dabei ein kleiner Karrierist, ohne Selbstvertrauen, der seine Karriere einzig und allein auf Almosen aufbaute. Für irgendein ausländisches Ordenskreuzchen oder dafür, daß man in die Zeitung setzte, er sei auf einer Totenmesse oder einem Gedenkgottesdienst zusammen mit anderen hochgestellten Persönlichkeiten gesehen worden, war er bereit, jede beliebige Erniedrigung in Kauf zu nehmen, zu betteln, zu schmeicheln, Versprechungen zu machen. Aus Feigheit schmeichelte er Orlov und Pekarskij, weil er sie für starke Menschen hielt, Polja und mir, weil wir einen einflußreichen Menschen bedienten. Jedesmal, wenn ich ihm den Pelz abnahm, kicherte er und fragte mich: »Stepan, bist du verheiratet?« – dann folgten schlüpfrige Geschmacklosigkeiten – Zeichen der besonderen

Aufmerksamkeit für mich. Kukuškin schmeichelte den Schwächen Orlovs, seiner Verdorbenheit, Sattheit: um ihm zu gefallen, spielte er den bösen Spötter und Gottlosen, kritisierte mit ihm gemeinsam diejenigen, vor denen er an anderer Stelle heuchelte wie ein Sklave. Wenn beim Abendessen über Frauen und über die Liebe gesprochen wurde, spielte er den raffinierten und ausgefuchsten Wüstling. Überhaupt, muß ich bemerken, sprechen Petersburger Lebemänner gern über ihren ausgefallenen Geschmack. Manch Wirklicher Staatsrat der jüngeren Generation ist überaus zufrieden mit den Liebkosungen seiner Köchin oder irgendeiner Unglücklichen, die den Nevskij entlangspaziert, hört man ihm aber zu, so ist er infiziert mit allen Lastern des Ostens und des Westens, ist Ehrenmitglied eines ganzen Dutzends anrüchiger Geheimgesellschaften und steht schon unter Polizeiaufsicht. Kukuškin gab solch gewissenlosen Unsinn von sich, daß man ihm nicht nur nicht glaubte, sondern all seine Märchen zu einem Ohr hinein- und zum anderen hinausließ.

Der dritte Gast war Gruzin, Sohn eines verehrten gelehrten Generals, ein Altersgenosse Orlovs, ein langhaariger und kurzsichtiger Blonder, mit Goldbrille. Ich erinnere mich an seine langen, bleichen Finger, wie die eines Pianisten; auch seine ganze Gestalt hatte etwas von einem Musiker, einem Virtuosen. Gestalten wie er spielen in Orchestern die erste Geige. Er hustete und litt an Migräne, überhaupt wirkte er kränklich und schwächlich. Wahrscheinlich wurde er zu Hause aus- und angekleidet wie ein Kind. Er hatte an der Lehranstalt für Rechtswissenschaft studiert und zuerst in der Justizbehörde gedient, war dann zum Senat versetzt worden, von dort ging er weg und bekam durch Protektion eine Stelle im Ministerium für Staatsdomänen und ging auch von dort bald wieder weg. Zu meiner Zeit diente er in der Abteilung Orlovs, war dort Tischvorsteher, sagte aber oft, er werde bald wieder an die Justizbehörde wechseln. Dem Dienst und seinem Nomadendasein gegenüber verhielt er sich mit einem seltenen Leichtsinn, und wenn man in seiner Gegenwart ernsthaft über Ränge, Orden und Gehälter sprach, dann lächelte er gutmütig und wiederholte den Prutkovschen Aphorismus: »Nur im Staatsdienst erkennst du die Wahrheit!« Er hatte eine kleine Frau mit runzligem Gesicht, sehr eifersüchtig, und fünf dürre Kinder; seine Frau betrog er, die Kinder liebte er nur, wenn er sie sah, und im allgemeinen verhielt er sich der Familie gegenüber ziemlich gleichgültig und machte sich über sie lustig. Er lebte mit der Familie auf Pump, lieh sich Geld, wo und bei wem er es bekommen konnte, bei jeder sich bietenden Gelegenheit, und verschonte nicht einmal seine Dienstherren und Portiers. Er war eine kränkliche Natur, faul bis zur völligen Gleichgültigkeit gegen sich, und schwamm mit dem Strom, ohne zu wissen, wohin und wozu. Wohin man ihn auch führte, er ging mit. Führte man ihn in eine Spelunke – er ging, setzte man ihm Wein vor – er trank; setzte man ihm keinen vor – trank er nicht; schimpfte man in seiner Gegenwart auf Ehefrauen – schimpfte auch er auf die seine, wobei er versicherte, sie habe ihm das Leben zur Hölle gemacht, lobte man sie dagegen, so lobte er sie ebenfalls und sagte aufrichtig: »Ich liebe die Ärmste sehr.« Einen Pelz besaß er nicht und trug immer ein Plaid, das nach Kinderzimmer roch. Wenn er beim Abendessen gedankenverloren Kügelchen aus Brot rollte und viel Rotwein trank, dann war ich mir, merkwürdigerweise, beinahe sicher, in ihm stecke etwas, das er selbst wahrscheinlich undeutlich spürte, das er aber vor Geschäftigkeit und Geschmacklosigkeiten nicht dazukam zu begreifen und einzuschätzen. Er spielte ein wenig Klavier. Manchmal setzt er sich an den Flügel, greift zwei-drei Akkorde und singt leise:

Was bringt er mir, der morgige Tag?

Doch sofort, als sei er erschrocken, steht er auf und geht vom Flügel weg, soweit er kann.

Die Gäste kamen gewöhnlich gegen zehn Uhr. Sie spielten bei Orlov im Arbeitszimmer Karten, und Polja und ich servierten ihnen Tee. Hier erst konnte ich die ganze Süße des Lakaienlebens so richtig auskosten. Vier-fünf Stunden lang an der Tür stehen, darüber wachen, daß die Gläser nicht leer bleiben, die Aschenbecher wechseln, zum Tisch laufen, um die heruntergefallene Kreide oder eine Karte aufzuheben, vor allem aber stehen, warten, aufmerksam sein und ja nicht wagen, zu sprechen, zu husten oder zu lächeln, ich versichere Sie, das ist schwerer als die schwerste Bauernfron. Ich habe früher in stürmischen Winternächten vier Stunden lang Wache stehen müssen und finde, Wache stehen ist unvergleichlich leichter.

Sie spielten Karten bis zwei Uhr, manchmal bis drei, dann gingen sie, sich streckend, ins Eßzimmer zum Essen oder, wie Orlov zu sagen pflegte, einen Imbiß nehmen. Beim Essen die Gespräche. Gewöhnlich begann es damit, daß Orlov mit lachenden Augen die Rede auf einen Bekannten brachte, auf ein vor kurzem gelesenes Buch, auf eine neue Ernennung oder ein Projekt; der schmeichlerische Kukuškin griff den Ton auf, und es begann, für meine damalige Stimmung, eine widerwärtige Musik. Die Ironie Orlovs und seiner Freunde kannte keine Grenzen und machte vor niemandem und nichts halt. Sprachen sie über Religion – Ironie, sprachen sie über Philosophie, den Sinn und die Ziele des Lebens – Ironie, stellte jemand die Frage nach dem Volk – Ironie. In Petersburg gibt es eine besondere Spezies von Menschen, die vor allem damit beschäftigt sind, sich über jede Erscheinung des Lebens lustig zu machen; sie können nicht einmal an einem Hungrigen oder Selbstmörder vorbeigehen, ohne eine Geschmacklosigkeit zu sagen. Doch Orlov und seine Freunde scherzten und spotteten nicht, sondern sprachen voller Ironie. Sie sagten, es gebe keinen Gott, und mit dem Tode erlösche die Persönlichkeit völlig; Unsterbliche gebe es nur in der Académie française. Ein wahres Gut gebe es nicht und könne es nicht geben, denn sein

Vorhandensein setze die Vollkommenheit des Menschen voraus, und letztere sei ein logischer Unfug. Rußland sei ein ebenso langweiliges und bettelarmes Land wie Persien. Die Intelligenz – ein hoffnungsloser Fall; nach Meinung Pekarskijs besteht sie in ihrer überwiegenden Mehrheit aus unfähigen Menschen, die zu nichts taugen. Das Volk dagegen habe sich um den Verstand gesoffen, sei faul, betreibe nichts als Diebstahl und entarte. Eine Wissenschaft haben wir nicht, die Literatur ist plump, der Handel beruht auf Gaunerei: »Betrügst du nicht, verkaufst du nichts.« Alles in dieser Art, und alles ist komisch.

Vom Wein waren sie gegen Ende des Essens angeheitert und gingen zu heiteren Gesprächen über. Sie spöttelten über Gruzins Familienleben, über die Siege Kukuškins oder über Pekarskij, in dessen Ausgabenbuch angeblich eine Seite den Titel trug: *Für wohltätige Werke*, eine andere – *Für physiologische Bedürfnisse.* Sie sagten, treue Ehefrauen gebe es nicht; es gebe keine Ehefrau, der man nicht, bei einiger Fertigkeit, Zärtlichkeiten abtrotzen könne, ohne den Salon zu verlassen, während nebenan in seinem Arbeitszimmer der Ehemann sitzt. Heranwachsende Mädchen seien verdorben und wüßten schon alles. Orlov bewahrt den Brief einer vierzehnjährigen Gymnasiastin auf: Sie hatte sich, auf dem Heimweg vom Gymnasium, »auf dem Nevskij einen kleinen Offizier geangelt«, der sie mit zu sich nach Hause genommen und erst spät abends wieder hatte gehen lassen, und sie hatte nichts Eiligeres zu tun, als davon ihrer Freundin zu schreiben, um die Freuden mit ihr zu teilen. Sie sagten, Reinheit der Sitten gebe es nicht und habe es nie gegeben, also brauche man sie auch nicht; die Menschheit sei bis heute sehr gut ohne sie ausgekommen. Die Schädlichkeit des sogenannten Lasters werde zweifellos übertrieben. Die Perversion, die unser Strafgesetzbuch ahndet, habe Diogenes nicht gehindert, Philosoph und Lehrer zu sein; Caesar und Cicero seien Wüstlinge, zugleich aber große Männer gewesen. Der alte Cato habe eine junge Frau geheiratet und dennoch weiterhin als strenger Sittenhüter gegolten, der die Fasten einhielt.

Um drei oder vier Uhr trennten sich die Gäste oder fuhren gemeinsam zur Stadt hinaus oder in die Oficerskaja zu einer Varvara Osipovna, und ich ging in meine Bedientenstube und konnte vor Kopfschmerzen und Husten lange nicht einschlafen.

IV

Etwa drei Wochen, nachdem ich bei Orlov in Dienst getreten war, ich weiß noch, an einem Sonntagmorgen, klingelte jemand. Es war nach zehn, Orlov schlief noch. Ich ging öffnen. Können Sie sich meine Verwunderung vorstellen: vor der Tür auf dem Treppenabsatz stand eine Dame mit Schleier.

– Ist Georgij Ivanyč aufgestanden? – fragte sie.

Und an der Stimme erkannte ich Zinaida Fjodorovna, der ich immer Briefe in die Znamenskaja brachte. Ich weiß nicht, ob ich es fertigbrachte und imstande war, ihr zu antworten, – zu verwirrt war ich durch ihr Erscheinen. Und sie wollte auch gar keine Antwort von mir. Im Nu huschte sie an mir vorbei und ging, den Flur mit dem Duft ihres Parfums erfüllend, an den ich mich noch heute genau erinnere, in die Wohnung, und ihre Schritte verstummten. Mindestens eine halbe Stunde war nichts zu hören. Dann klingelte wieder jemand. Diesmal brachten eine herausgeputzte junge Frau, offensichtlich Stubenmädchen aus reichem Haus, und unser Portier, beide außer Atem, zwei Koffer und einen Reisekorb herein.

– Das ist für Zinaida Fjodorovna, – sagte die junge Frau.

Und ging, ohne ein Wort mehr zu sagen. Das alles war geheimnisvoll und entlockte Polja, die Ehrfurcht hegte für die Streiche ihres Herren, ein verschmitztes Lächeln; als wolle sie sagen: »Seht her, was wir für Hechte sind!« – und ging die ganze Zeit auf Zehenspitzen. Endlich hörte man Schritte; Zinaida Fjodorovna kam schnell auf den Flur heraus und sagte, als sie mich in der Tür zu meiner Bedientenstube sah:

– Stepan, bringen Sie Georgij Ivanyč die Sachen zum Ankleiden.

Als ich mit den Kleidern und Stiefeln zu Orlov kam, saß er auf dem Bett, die Füße hingen auf das Bärenfell herab. Seine ganze Gestalt drückte Verwirrung aus. Mich bemerkte er nicht und war an meiner Lakaienmeinung nicht interessiert; offensichtlich war er verwirrt und verlegen vor sich selbst, vor seinem »inneren Auge«. Er kleidete sich an, wusch sich und betätigte schweigend und ohne Eile Kamm und Bürste, als wolle er sich Zeit lassen, seine Lage zu überdenken und zu begreifen, und selbst seinem Rücken war anzusehen, daß er verwirrt und mit sich unzufrieden war.

Den Kaffee tranken sie zu zweit. Zinaida Fjodorovna schenkte sich und Orlov aus der Kaffeekanne ein, dann stützte sie die Ellbogen auf den Tisch und fing an zu lachen.

– Ich kann es immer noch nicht glauben, – sagte sie. – Wenn man auf einer langen Reise ist und dann ins Hotel kommt, dann kann man immer noch nicht glauben, daß man nicht mehr zu fahren braucht. Es ist so angenehm, erleichtert aufzuatmen.

Mit dem Ausdruck eines kleinen Mädchens, das Lust hat, Streiche zu spielen, atmete sie erleichtert auf und fing wieder an zu lachen.

– Sie werden mir verzeihen, – sagte Orlov, über die Zeitung gebeugt. – Beim Kaffee zu lesen ist eine tief verwurzelte Gewohnheit von mir. Aber ich kann zweierlei gleichzeitig: lesen und zuhören.

– Lesen Sie, lesen Sie ... Ihre Gewohnheiten und Ihre Freiheit sollen Sie behalten. Aber wieso machen Sie so ein Fastengesicht? Sind Sie morgens immer so oder nur heute? Freuen Sie sich nicht?

– Im Gegenteil. Aber zugegeben, ich bin ein bißchen verblüfft.

– Wieso? Sie hatten Zeit, sich auf meinen Überfall vorzubereiten. Ich habe ihn Ihnen jeden Tag angedroht.

– Ja, aber ich hatte nicht erwartet, daß Sie Ihre Drohung ausgerechnet heute wahrmachen würden.

– Ich hatte es ja selber nicht erwartet, aber so ist es besser. Es ist besser, mein Freund. Einen kranken Zahn soll man sofort ziehen – und Schluß.

– Ja, natürlich.

– Ach, Liebster! – sagte sie zwinkernd. – Ende gut, alles gut, aber bevor es zum guten Ende kam, wieviel Kummer hat es bis dahin gegeben! Achten Sie nicht darauf, daß ich lache; ich freue mich, bin glücklich, aber ich bin dem Weinen näher als dem Lachen. Gestern habe ich eine ganze Bataille geschlagen, – fuhr sie auf französisch fort. – Gott allein weiß, wie schwer mir war. Aber ich lache, weil ich es noch nicht glauben kann. Mir ist, als säße ich mit Ihnen beim Kaffee nicht in Wirklichkeit, sondern im Traum.

Weiter erzählte sie, auf französisch fortfahrend, wie sie sich gestern von ihrem Ehemann getrennt habe, und ihre Augen füllten sich bald mit Tränen, bald lachten sie und blickten Orlov entzückt an. Sie erzählte, ihr Mann habe sie schon lange in Verdacht gehabt, eine Aussprache aber vermieden; sehr oft habe es Streit gegeben, und gewöhnlich sei er im hitzigsten Augenblick unvermittelt verstummt und zu sich ins Arbeitszimmer gegangen, um nicht plötzlich im Aufbrausen mit seinem Verdacht herauszuplatzen, oder damit nicht sie mit der Aussprache begann. Zinaida Fjodorovna dagegen fühlte sich schuldig, nichtswürdig, unfähig zu einem kühnen, ernsthaften Schritt, und deshalb haßte sie sich und ihren Mann mit jedem Tag mehr und litt Höllenqualen. Doch gestern, während des Streits, als er mit weinerlicher Stimme aufschrie: »Mein Gott, wann wird das alles enden?« – und zu sich ins Arbeitszimmer gegangen war, war sie ihm nachgejagt wie die Katze der Maus, hatte ihn gehindert, die Tür hinter sich zu schließen, und geschrieen, sie hasse ihn von ganzer Seele. Darauf habe er sie in sein Arbeitszimmer gelassen, und sie habe ihm alles gesagt und gestanden, daß sie einen anderen liebe, daß dieser andere ihr wahrer, legitimer Ehemann sei und sie es für ihre Gewissenspflicht halte, noch heute zu ihm zu ziehen, ohne Rücksicht auf irgend etwas, selbst wenn man sie aus Kanonen beschießen würde.

– Sie klopft heftig, Ihre romantische Ader, – unterbrach sie Orlov, ohne den Blick von der Zeitung zu heben.

Sie fing an zu lachen und erzählte weiter, ohne ihren Kaffee anzurühren. Ihre Wangen glühten, das verwirrte sie ein wenig, und verlegen blickte sie des öfteren nach Polja und mir. Aus ihrer weiteren Erzählung erfuhr ich, daß ihr Mann mit Vorwürfen, Drohungen und schließlich mit Tränen geantwortet hatte und es richtiger gewesen wäre zu sagen, daß nicht sie, sondern er die Bataille geschlagen hatte.

– Ja, mein Freund, solange ich die Nerven behielt, ging alles gut, – erzählte sie, – doch kaum war die Nacht angebrochen, verließ mich der Mut. Sie, Georges, glauben nicht an Gott, aber ich glaube ein bißchen und fürchte Vergeltung. Gott verlangt von uns Geduld, Großmut, Selbstaufopferung, und da lehne ich es nun ab, geduldig zu sein, und will mir ein Leben einrichten, wie es mir paßt. Ist das gut? Vielleicht ist das aus Gottes Sicht aber schlecht? Um zwei Uhr nachts kam mein Mann zu mir und sagt: »Wagen Sie es nicht zu gehen. Ich lasse Sie unter Skandal von der Polizei zurückbringen.« Eine Weile später schaue ich hin, da steht er wieder in der Tür, wie ein Schatten. »Verschonen Sie mich. Ihre Flucht könnte mir im Dienst schaden.« Diese Worte wirkten grob, ich war davon wie verrostet, dachte, jetzt beginne bereits die Vergeltung, und fing vor Angst an zu zittern und zu weinen. Mir schien, als stürze die Decke über mir ein, als würde man mich gleich auf die Polizei bringen, als liebten Sie mich nicht mehr – kurz, Gott weiß was! Ich gehe ins Kloster, denke ich, oder irgendwohin als Krankenschwester, ich verzichte auf das Glück, doch da fällt mir ein, daß Sie mich ja lieben und ich nicht das Recht habe, ohne Ihr Wissen Verfügungen über mich zu treffen, und alles in meinem Kopf gerät durcheinander, und ich bin verzweifelt, weiß nicht mehr, was ich denken und tun soll. Doch da ging die Sonne auf, und ich wurde wieder heiter. Ich wartete den Morgen ab und fuhr zu Ihnen. Ach, Liebster, habe ich mich gequält! Zwei Nächte nacheinander habe ich nicht geschlafen!

Sie war erschöpft und erregt. Sie hätte schlafen wollen und gleichzeitig endlos sprechen, lachen und weinen und zum Imbiß ins Restaurant fahren, um sich in Freiheit zu fühlen.

– Du hast eine gemütliche Wohnung, aber ich fürchte, für zwei ist sie zu klein, – sagte sie nach dem Kaffee, als sie schnell alle Zimmer abgegangen war. – Welches Zimmer gibst du mir? Mir gefällt dieses hier, es liegt neben deinem Arbeitszimmer.

Nach ein Uhr kleidete sie sich in dem Zimmer neben dem Arbeitszimmer um, das sie nunmehr ihres nannte, und fuhr mit Orlov frühstücken. Das Essen nahmen sie ebenfalls im Restaurant, und in der langen Pause zwischen Imbiß und Essen fuhren sie die Geschäfte ab. Bis zum späten Abend öffnete ich Ladenschwengeln und Boten die Tür und nahm von ihnen die verschiedensten Einkäufe in Empfang. Sie brachten unter anderem einen prachtvollen Trumeau, einen Toilettentisch, ein Bett und ein kostbares Teeservice, das wir nicht brauchten. Sie brachten eine ganze Familie von Kupfertöpfen, die wir nebeneinander ins Wandregal in unserer leeren kalten Küche stellten. Als wir das Teeservice auspackten, fingen Poljas Augen an zu glühen, und dreimal blickte sie mich voller Haß und Angst an, als könnte vielleicht nicht sie, sondern ich der erste sein, der eines dieser graziösen Täßchen stiehlt. Sie brachten einen Damensekretär, sehr teuer, aber unbequem.

Offensichtlich hatte Zinaida Fjodorovna die Absicht, sich fest bei uns niederzulassen, als Hausherrin.

Sie kehrte mit Orlov nach neun Uhr zurück. Erfüllt vom stolzen Bewußtsein, etwas Kühnes und Außergewöhnliches vollbracht zu haben, leidenschaftlich liebend und, wie ihr schien, leidenschaftlich geliebt, schmachtend, im Vorgefühl eines festen und glücklichen Schlafs, berauschte sich Zinaida Fjodorovna an ihrem neuen Leben. Im Überschwang des Glückes drückte sie sich fest die Hände, versicherte, alles sei schön, und schwor, sie werde ihn ewig lieben, und diese Schwüre und die naive, fast kindliche Sicherheit, sie werde genauso sehr geliebt und ewig geliebt werden, machte sie um fünf Jahre jünger. Sie redete liebenswerten Unsinn und lachte über sich selbst.

– Es gibt kein höheres Gut als die Freiheit! – sagte sie, als sie sich zwang, etwas Ernstes und Bedeutsames zu sagen. – Was für ein Unsinn, sollte man denken! Wir messen unserer eigenen Meinung keinerlei Wert bei, selbst wenn sie klug ist, sondern zittern vor der Meinung verschiedenster Dummköpfe. Ich fürchtete eine fremde Meinung bis zur letzten Minute, aber sowie ich nur auf mich selbst gehört und beschlossen hatte, zu leben wie ich will, sind mir die Augen aufgegangen, ich habe meine dumme Angst besiegt und bin jetzt glücklich und wünsche jedem so ein Glück.

Sofort jedoch geriet die Ordnung ihrer Gedanken durcheinander und sie sprach von einer neuen Wohnung, von Tapeten, Pferden, von einer Reise in die Schweiz und nach Italien. Orlov dagegen war erschöpft von der Fahrt durch die Restaurants und Geschäfte und verspürte noch dieselbe Verwirrung, die ich am Morgen an ihm bemerkt hatte. Er lächelte, aber eher aus Höflichkeit als aus Vergnügen, und wenn sie ernsthaft über etwas sprach, pflichtete er ihr ironisch bei: »Oh, ja!«

– Stepan, finden Sie so schnell wie möglich einen guten Koch, – wandte sie sich an mich.

– Mit der Küche sollte man nichts übereilen, – sagte Orlov, mit einem kalten Blick auf mich. – Zuerst müssen wir in eine neue Wohnung umziehen.

Er hatte nie eine Küche oder Pferde gehalten, weil er, wie er sich auszudrücken pflegte, »sich keinen Dreck anschaffen« wollte, Polja und mich duldete er in seiner Wohnung nur, weil es ohne uns nicht ging. Der sogenannte heimische Herd mit seinen gewöhnlichen Freuden und seinem Gezänk beleidigte seinen Geschmack; schwanger zu sein oder Kinder zu haben und von ihnen zu sprechen, das war schlechter Ton, Spießertum. Und ich war jetzt überaus neugierig, wie sich in ein und derselben Wohnung diese beiden Wesen einleben würden – sie, ans Haus gebunden, als Hausherrin, mit ihren Kupfertöpfen und Träumen von einem Koch und Pferden, und er, der so oft zu seinen Freunden sagte, in der Wohnung eines anständigen, sauberen Menschen dürfe es, wie auf einem Kriegsschiff, nichts Überflüssiges geben – weder Frauen noch Kinder, weder Putzlappen noch Küchengeschirr ...

V

Nun will ich Ihnen erzählen, was am nächsten Donnerstag geschah. An diesem Tag hatten Orlov und Zinaida Fjodorovna bei Contant oder Donon gegessen. Nach Hause zurückgekehrt war nur Orlov, Zinaida Fjodorovna war, wie ich später erfuhr, auf die Petersburger Seite zu ihrer alten Gouvernante gefahren, um bei ihr die Zeit zu überbrücken, solange die Gäste blieben. Orlov wollte sie seinen Freunden nicht zeigen. Dies begriff ich morgens beim Kaffee, als er sie zu versichern begann, um ihrer Ruhe willen sei es unumgänglich, die Donnerstage abzuschaffen.

Die Gäste kamen, wie gewöhnlich, beinahe gleichzeitig.

– Ist auch die gnädige Frau zu Hause? – fragte mich im Flüsterton Kukuškin.

– Ganz und gar nicht, – antwortete ich.

Er kam mit schlauen, ölig glänzenden Augen herein, geheimnisvoll lächelnd und sich vor Kälte die Hände reibend.

– Habe die Ehre zu gratulieren, – sagte er zu Orlov, am ganzen Körper vor schmeichlerischem, gefallsüchtigen Lachen zitternd. – Ich wünsche Ihnen, fruchtbar zu sein und sich zu mehren wie die Zedern des Libanon.

Die Gäste begaben sich ins Schlafzimmer und witzelten dort über die Damenpantoffeln, den Teppich zwischen beiden Betten und die graue Bluse, die über der Bettlehne hing. Sie waren darüber erheitert, daß der Dickkopf, der in der Liebe alles Gewöhnliche verachtete, sich plötzlich so einfach und gewöhnlich im Netz der Weiblichkeit verfangen hatte.

– Was wir verlacht, dem werden wir nun dienen, – wiederholte Kukuškin mehrmals, der übrigens die unangenehme Prätention hatte, mit kirchenslavischen Texten zu glänzen. – Leise! – flüsterte er, den Zeigefinger an die Lippen gehoben, als sie aus dem Schlafzimmer in das Zimmer neben dem Arbeitszimmer gingen. – Psst! Hier träumt Margarethe von ihrem Faust.

Und er brach in Gelächter aus, als habe er etwas schrecklich Komisches gesagt. Ich sah zu Gruzin hinüber, in der Erwartung, seine musikalische Seele werde dieses Gelächter nicht ertragen, doch ich irrte mich. Sein gutes, hageres Gesicht strahlte vor Vergnügen. Als sie sich an den Kartentisch setzten, sagte er, schnarrend und sich vor Lachen verschluckend, dem lieben Georges bliebe jetzt nur, um das Familienglück vollständig zu machen, sich eine Weichselholzpfeife und eine Guitarre anzuschaffen. Pekarskij lachte würdevoll dazu, aber seinem konzentrierten Gesichtsausdruck war anzusehen, daß ihm Orlovs neue Liebesgeschichte unangenehm war. Er begriff nicht, was eigentlich geschehen war.

– Ja und ihr Mann? – fragte er mißtrauisch, als schon drei Robber gespielt waren.

– Weiß ich nicht, – antwortete Orlov.

Pekarskij fuhr sich mit den Fingern durch seinen dichten Bart und verfiel in Nachdenken und schwieg danach bis zum Abendessen. Als sie sich zum Abendessen setzten, sagte er langsam, jedes Wort einzeln betonend:

– Entschuldige, ich verstehe euch beide ganz und gar nicht. Ihr hättet euch ineinander verlieben und das siebte Gebot verletzen können, sooft ihr wolltet, – das verstehe ich. Ja, das kann ich verstehen. Aber wozu den Ehemann in eure Geheimnisse einweihen? War das nötig?

– Ist das nicht egal?

– Hm... – verfiel Pekarskij in Nachdenken. – Dann will ich dir eines sagen, mein lieber Freund, – fuhr er sichtlich angestrengt überlegend fort, – wenn ich ein zweites Mal heiraten sollte und es dir einfallen sollte, mir Hörner aufzusetzen, dann tu es so, daß ich es nicht merke. Es ist bei weitem ehrlicher, einen Menschen zu betrügen, als ihm die Ordnung seines Lebens und seinen Ruf zu verderben. Ich verstehe. Ihr beide denkt, wenn ihr in aller Offenheit zusammenlebt, handelt ihr außergewöhnlich ehrlich und liberal, aber mit dieser... wie heißt es doch?.. mit dieser Romantik kann ich mich nicht einverstanden erklären.

Orlov antwortete nichts. Er hatte schlechte Laune und mochte nicht sprechen. Pekarskij, weiterhin uneins mit sich, trommelte mit den Fingern auf den Tisch, dachte nach und sagte:

– Trotzdem verstehe ich euch beide nicht. Du bist kein Student, und sie keine Weißnäherin. Ihr beide seid nicht unbemittelt. Ich denke, du könntest ihr eine separate Wohnung einrichten.

– Nein, könnte ich nicht. Lies mal Turgenev.

– Wozu sollte ich? Ich habe ihn gelesen.

– Turgenev lehrt in seinen Werken, daß jede erhabene, ehrlich denkende Jungfrau mit dem geliebten Mann bis ans Ende der Welt gehen sollte und seiner Idee dienen, – sagte Orlov, ironisch die Brauen gerunzelt. – Das Ende der Welt ist die licentia poetica; die ganze Welt mit all ihren Enden hat ihren Platz in der Wohnung des geliebten Mannes. Nicht in derselben Wohnung mit der Frau zu leben, die dich liebt, bedeutet deshalb, ihre hohe Bestimmung zu leugnen und ihre Ideale nicht zu teilen. Ja, mein Lieber, das hat Turgenev geschrieben, und ich muß jetzt die Suppe für ihn auslöffeln.

– Was Turgenev damit zu tun haben soll, verstehe ich nicht, – sagte Gruzin leise und zuckte die Achseln. – Aber erinnern Sie sich, liebster Georges, wie er in den »Drei Begegnungen« spät abends irgendwo in Italien herumgeht und plötzlich hört er: Vieni pensando a me segretamente! – fing Gruzin an zu singen. – Das ist schön!

– Aber sie ist doch nicht gewaltsam bei dir eingezogen, – sagte Pekarskij. – Du hast es selbst gewollt.

– Von wegen! Ich habe das nicht nur nicht gewollt, sondern mir nicht einmal denken können, daß es irgendwann geschehen würde. Als sie sagte, sie wolle bei mir einziehen, dachte ich, sie mache einen netten Scherz.

Alle mußten lachen.

– Ich habe das nicht wollen können, – fuhr Orlov in einem Ton fort, als habe man ihn gezwungen, sich zu rechtfertigen. – Ich bin kein Turgenevscher Held, und sollte ich irgendwann einmal Bulgarien befreien wollen, dann bedarf ich dazu keiner Damengesellschaft. In der Liebe sehe ich vor allem ein Bedürfnis meines Organismus, ein niederes, das meinem Geist feindlich gesonnen ist; man muß sie mit Verstand befriedigen oder ganz darauf verzichten, sonst trägt sie in dein Leben ebenso unreine Elemente, wie sie selbst eins ist. Damit sie Genuß ist und kein Martyrium, versuche ich sie schön zu machen und umgebe sie mit einer Menge Illusionen. Ich fahre nicht zu einer Frau, wenn ich nicht im vorhinein sicher bin, daß sie schön und attraktiv ist; ich fahre auch nicht zu ihr, wenn ich nicht in Schuß bin. Nur unter diesen Bedingungen gelingt es uns, einander zu betrügen, und uns scheint, wir liebten einander und seien glücklich. Aber wie kann ich denn Kupfertöpfe wollen und einen unfrisierten Kopf, oder daß mich jemand sieht, wenn ich noch nicht gewaschen bin und schlechte Laune habe? Zinaida Fjodorovna will mich in der Schlichtheit ihres Herzens zwingen, das zu lieben, wovor ich mein Leben lang davongelaufen bin. Sie will, daß es in meiner Wohnung nach Küche und Putzlappen riecht; sie muß mit Aplomb in eine neue Wohnung umziehen, mit eigenen Pferden ausfahren, sie muß meine Wäsche zählen und sich Sorgen machen um meine Gesundheit; sie muß sich jeden Augenblick in mein Privatleben einmischen und über jeden meiner Schritte wachen, um mich gleichzeitig zu versichern, meine Gewohnheiten und meine Freiheit solle ich behalten. Sie ist überzeugt, daß wir, wie frisch Vermählte, in Kürze eine Reise unternehmen werden, das heißt, sie will unzertrennlich mit mir zusammen sein im Coupé, in den Hotels, dabei liebe ich es, unterwegs zu lesen, und kann Gespräche nicht ausstehen.

– Dann gib ihr einen Wink, – sagte Pekarskij.

– Wie das? Denkst du, sie würde mich verstehen? Du meine Güte, wir denken so verschieden! Ihrer Meinung nach ist, Papa und Mama oder den Ehemann zu verlassen und zum Geliebten zu gehen – der Gipfel der Zivilcourage, für mich ist es Kinderkram. Sich zu verlieben, mit einem Mann ein Verhältnis einzugehen, bedeutet für sie: ein neues Leben beginnen, für mich bedeutet es gar nichts. Die Liebe und der Mann sind für sie das Wesentliche ihres Lebens, und vielleicht äußert sich in dieser Hinsicht die Philosophie des Unbewußten; versuch mal, sie davon zu überzeugen, daß die Liebe lediglich ein schlichtes Bedürfnis ist wie Nahrung und Kleidung, daß die Welt keineswegs daran zugrunde geht, daß Ehemänner und Ehefrauen schlecht sind, daß man ein Wüstling, ein Verführer sein kann und gleichzeitig ein genialer und edler Mensch, daß man andererseits auf die Genüsse der Liebe verzichten und gleichzeitig ein dummes, böses Tier sein kann. Der moderne Kulturmensch, selbst auf niedrigster Stufe, zum Beispiel ein französischer Arbeiter, gibt am Tag zehn Sous fürs Essen aus, für den Wein zum Essen fünf Sous und für Frauen fünf bis zehn Sous, doch seinen Verstand, seine Nerven schenkt er ganz seiner Arbeit. Zinaida Fjodorovna schenkt der Liebe nicht einen Sous, sondern ihre ganze Seele. Meinetwegen gebe ich ihr einen Wink, aber dann wird sie zur Antwort ehrlich anfangen zu jammern, ich hätte ihr Leben zerstört, ihr sei im Leben nichts geblieben.

– Sag ihr gar nichts, – sagte Pekarskij, – sondern miete ihr einfach eine separate Wohnung. Das ist alles.

– Das ist leicht gesagt ...

Sie schwiegen eine Weile.

– Aber sie ist nett, – sagte Kukuškin. – Sie ist reizend. Solche Frauen bilden sich ein, sie würden ewig lieben, und geben sich mit Pathos hin.

– Aber man muß den Kopf oben behalten, – sagte Orlov, – man muß nachdenken. Alle Erfahrungen, die uns aus dem Alltag bekannt sind und uns auf dem Tablett unzähliger Romane und Dramen serviert werden, bestätigen einstimmig, daß Ehebrüche und wilde Ehen bei anständigen Menschen, so groß die Liebe anfangs auch gewesen sein mag, nicht länger dauern als zwei, wenn es hoch kommt – drei Jahre. Das muß sie wissen. Und deshalb sind all diese Umzüge, Kupfertöpfe und Hoffnungen auf ewige Liebe und Eintracht nichts weiter als der Wunsch, sich selbst und mir etwas vorzumachen. Sie ist nett, ist reizend, – wer bestreitet das? Aber sie hat den Leiterwagen meines Lebens in eine andere Richtung gelenkt; was ich bis heute für Unsinn und dummes Zeug gehalten habe, das zwingt sie mich, auf die Stufe einer ernsten Frage zu heben, ich diene einem Idol, das ich nie für einen Gott gehalten habe. Sie ist nett, ist reizend, aber aus irgendeinem Grunde habe ich, wenn ich jetzt vom Dienst nach Hause fahre, ein ungutes Gefühl, als erwarte ich, bei mir zu Hause etwas Unangenehmes anzutreffen, Ofensetzer zum Beispiel, die alle Öfen abgerissen und Berge von Ziegelsteinen aufgehäuft haben. Kurz, für die Liebe gebe ich nicht mehr einen Sous, sondern einen Teil meiner Ruhe und meiner Nerven. Und das ist abscheulich.

– Und sie hört ihn nicht, den Bösewicht! – seufzte Kukuškin. – Gnädiger Herr, – sagte er theatralisch, – ich befreie Sie von der schweren Verpflichtung, dieses reizende Geschöpf zu lieben! Ich werde Ihnen Zinaida Fjodorovna ausspannen!

– Tun Sies doch ... – sagte Orlov wegwerfend.

Eine halbe Minute lang lachte Kukuškin mit dünnem Stimmchen und zitterte am ganzen Körper, dann sagte er:

– Sehen Sie sich vor, ich scherze nicht! Und spielen Sie dann nicht den Othello!

Alle begannen jetzt von Kukuškins Unerschöpflichkeit in Liebesdingen zu sprechen, wie unwiderstehlich er für Frauen sei und wie gefährlich für Ehemänner und wie ihn im Jenseits die Teufel auf Kohlen rösten würden für sein Lotterleben. Er schwieg und runzelte die Brauen, und als die Namen bekannter Damen fielen, drohte er mit dem kleinen Finger – fremde Geheimnisse gibt man nicht preis. Orlov schaute plötzlich auf die Uhr.

Die Gäste verstanden und begannen aufzubrechen. Ich erinnere mich, Gruzin, vom Wein berauscht, brauchte dieses Mal qualvoll lange mit dem Ankleiden. Er zog den Mantel an, der aussah wie die Kapote, die man Kindern in armen Familien näht, schlug den Kragen hoch und begann, umständlich etwas zu erzählen; dann, als er sah, daß ihm niemand zuhörte, warf er das Plaid, das nach Kinderzimmer roch, über die Schulter und bat mich mit schuldbewußtem, flehentlichen Gesicht, seine Pelzmütze zu suchen.

– Liebster Georges, mein Engel! – sagte er zärtlich. – Bester, hören Sie auf mich, fahren wir sofort zur Stadt hinaus!

– Fahren Sie, ich kann nicht. Ich bin jetzt ein verheirateter Mann.

– Sie ist ein Schatz, sie wird es Ihnen nicht verübeln. Mein guter Herr Direktor, fahren wir! Das Wetter ist großartig, Schneegestöber, Frost... Ehrenwort, sie müssen sich auslüften, sonst haben Sie schlechte Laune, weiß der Teufel...

Orlov streckte sich, gähnte und schaute Pekarskij an.

– Fährst du mit? – fragte er nachdenklich.

– Ich weiß nicht. Meinetwegen.

– Sich einen antrinken, ja? Na schön, ich fahre mit, – beschloß Orlov nach einigem Schwanken. – Wartet, ich hole nur Geld.

Er ging ins Arbeitszimmer, ihm nach trottete Gruzin, das Plaid hinter sich herschleifend. Eine Minute später kehrten beide in den Flur zurück. Der angetrunkene und sehr zufriedene Gruzin zerknüllte in der Hand einen Zehnrubelschein.

– Wir verrechnen das morgen, – sagte er. – Und sie hat ein gutes Herz, sie wird es Ihnen nicht verübeln... sie hat meine Lizočka getauft, ich liebe sie, die Ärmste. Ach, Sie lieber Mensch! – lachte er plötzlich auf und lehnte die Stirn an den Rücken Pekarskijs. – Ach, Pekarskij, mein Schatz! Advokatissimus, alter Zwieback durch und durch, aber die Frauen liebt er immer noch...

– Sie müssen dazu sagen: die dicken, – sagte Orlov, den Pelz anziehend. – Aber fahren wir, sonst begegnen wir ihr noch auf der Treppe.

– Vieni pensando a me segretamente! – sang Gruzin.

Endlich fuhren sie. Orlov übernachtete nicht zu Hause und kehrte am andern Tag zum Essen zurück.

VI

Zinaida Fjodorovnas kleine goldene Uhr war verschwunden, ein Geschenk ihres Vaters. Dieser Verlust erstaunte und erschreckte sie. Einen halben Tag lang ging sie alle Zimmer ab, untersuchte fahrig Tische und Fenster, doch die Uhr war wie ins Wasser gefallen.

Bald danach, etwa drei Tage später, vergaß Zinaida Fjodorovna, von irgendwo zurück, im Flur ihre Geldbörse. Zu meinem Glück half ihr dieses Mal nicht ich aus dem Mantel, sondern Polja. Als die Geldbörse vermißt wurde, war sie im Flur nicht mehr zu finden.

– Merkwürdig! – wunderte sich Zinaida Fjodorovna. – Ich weiß genau, ich habe sie aus der Tasche geholt, um die Droschke zu bezahlen... und sie dann hier am Spiegel abgelegt. Wunder über Wunder!

Ich hatte sie nicht gestohlen, aber meiner bemächtigte sich ein Gefühl, als hätte ich sie gestohlen und sei erwischt worden. Mir traten sogar Tränen in die Augen. Als sie sich zum Essen setzten, sagte Zinaida Fjodorovna zu Orlov auf französisch:

– Bei uns gibt es Geister. Ich habe heute im Flur meine Geldbörse verloren, und eben schaue ich hin, liegt sie bei mir auf dem Tisch. Aber die Geister haben dieses Kunststück nicht ganz uneigennützig vollführt. Für ihre Arbeit haben sie sich ein Goldstück und zwanzig Rubel genommen.

– Mal verschwindet Ihre Uhr, mal Geld... – sagte Orlov. – Wieso geschieht mir so etwas nie?

Eine Minute später hatte Zinaida Fjodorovna das Kunststück, das die Geister vollführt hatten, schon vergessen und erzählte unter Gelächter, wie sie sich vorige Woche Briefpapier bestellt, aber vergessen hatte, ihre neue Adresse mitzuteilen, weshalb das Geschäft das Papier in die alte Wohnung an ihren Mann geschickt hatte, der laut Rechnung zwölf Rubel hatte bezahlen müssen. Und plötzlich heftete sie den Blick auf Polja und schaute sie durchdringend an. Dabei errötete sie und wurde dermaßen verlegen, daß sie begann, von etwas anderem zu sprechen.

Als ich den Kaffee ins Arbeitszimmer brachte, stand Orlov am Kamin mit dem Rücken zum Feuer, sie saß ihm im Sessel gegenüber.

– Ich bin durchaus nicht schlechter Stimmung, – sagte sie auf französisch. – Aber ich bin jetzt dahintergekommen und verstehe alles. Ich kann Ihnen den Tag und sogar die Stunde nennen, wann sie mir die Uhr gestohlen hat. Und die Geldbörse? Hier ist jeder Zweifel ausgeschlossen. Oh! – lachte sie, als sie von mir den Kaffee entgegennahm. – Jetzt verstehe ich, wieso ich so oft meine Taschentücher und Handschuhe verliere. Wie du willst, morgen entlasse ich diese Elster in die Freiheit und schicke Stepan nach meiner Sofja. Sie ist keine Diebin und auch nicht so . . . abstoßend.

– Sie haben schlechte Laune. Morgen werden Sie anderer Stimmung sein und begreifen, daß man einen Menschen nicht davonjagen kann, nur weil Sie ihn wegen irgendetwas verdächtigen.

– Ich verdächtige sie nicht, ich bin sicher, – sagte Zinaida Fjodorovna. – Solange ich diesen Proletarier mit dem unglücklichen Gesicht, Ihren Lakaien, in Verdacht hatte, habe ich kein Wort gesagt. Es kränkt mich, Georges, daß Sie mir nicht glauben.

– Wenn wir über einen Gegenstand verschieden denken, so bedeutet das nicht, daß ich Ihnen nicht glaubte. Mögen Sie recht haben, – sagte Orlov und wandte sich zum Feuer um, in das er seine Papyrosa warf, – aber sich aufregen sollten Sie nicht. Überhaupt muß ich zugeben, ich hatte nicht erwartet, daß Ihnen mein kleiner Haushalt so viel Sorgen und Aufregungen bereiten würde. Ein Goldstück ist verschwunden, na Gott mit ihm, nehmen Sie von mir meinetwegen hundert, aber die Ordnung ändern, ein neues Stubenmädchen von der Straße holen, warten, bis sie sich eingewöhnt hat, – all das dauert lange, ist langweilig und liegt mir nicht. Unser jetziges Stubenmädchen ist zwar dick und hat vielleicht eine Schwäche für Handschuhe und Taschentücher, aber dafür ist sie durch und durch anständig, diszipliniert und kreischt nicht, wenn Kukuškin sie kneift.

– Kurz, Sie wollen sich nicht von ihr trennen... Dann sagen Sie es doch.

– Sind Sie eifersüchtig?

– Ja, ich bin eifersüchtig! – sagte Zinaida Fjodorovna entschlossen.

– Ich danke.

– Ja, ich bin eifersüchtig! – wiederholte sie, und in ihren Augen blitzten Tränen. – Nein, das ist keine Eifersucht, sondern etwas Schlimmeres... ich weiß nicht, wie ich es nennen soll. – Sie faßte sich an die Schläfen und fuhr mit Inbrunst fort: – Ihr Männer könnt so ekelhaft sein! Das ist schrecklich!

– Ich kann hier nichts Schreckliches erkennen.

– Ich habe es nicht gesehen, ich weiß nicht, aber man sagt, ihr Männer fangt schon als Kinder mit den Stubenmädchen an und empfindet danach, schon aus Gewohnheit, keinen Ekel. Ich weiß es nicht, ich weiß nicht, aber ich habe es sogar gelesen... Georges, du hast natürlich recht, – sagte sie, auf Orlov zutretend, und wandelte ihren Ton in einen liebevollen, flehentlichen um, – ich habe heute wirklich schlechte Laune. Aber begreif doch, ich kann nicht anders. Sie ist mir zuwider, und ich habe Angst vor ihr. Es bedrückt mich, sie zu sehen.

– Kann man denn über diesen Kleinkram nicht erhaben sein? – sagte Orlov, verwundert die Achseln zuckend, und ging vom Kamin weg. – Nichts ist doch einfacher als das: bemerken Sie sie gar nicht, dann ist sie Ihnen nicht mehr zuwider, und Sie haben es nicht mehr nötig, aus einer Lappalie ein ganzes Drama zu machen.

Ich ging hinaus und weiß nicht, welche Antwort Orlov bekam. Wie dem auch sei, Polja blieb bei uns. Danach wandte sich Zinaida Fjodorovna um nichts mehr an sie und gab sich sichtlich Mühe, ohne ihre Dienste auszukommen; wenn Polja ihr etwas servierte oder auch nur, mit ihrem Armband klingelnd und den Röcken raschelnd, an ihr vorbeiging, fuhr sie jedesmal zusammen.

Ich denke, wenn Gruzin oder Pekarskij Orlov gebeten hätten, Polja zu entlassen, er hätte es getan, ohne auch nur im geringsten zu zögern, und sich mit keinerlei Erklärungen abgegeben; er war nachgiebig, wie alle gleichgültigen Menschen. Doch in seinen Beziehungen zu Zinaida Fjodorovna legte er aus irgendeinem Grunde einen Eigensinn an den Tag, der an Sturheit grenzte. So wußte ich immer im voraus: wenn Zinaida Fjodorovna etwas gefiel, würde es ihm mit Sicherheit nicht gefallen. Wenn sie es, aus einem Geschäft zurück, eilig hatte, ihm stolz ihre Erneuerungen vorzuführen, so warf er nur einen flüchtigen Blick darauf und sagte kalt, je mehr überflüssige Dinge es in der Wohnung gebe, desto weniger Luft habe man. Es geschah, daß er, schon im Frack, um irgendwohin zu gehen, sich von Zinaida Fjodorovna schon verabschiedet hatte und aus Eigensinn plötzlich doch zu Hause blieb. Mir schien damals, er bleibe nur deshalb zu Hause, um sich unglücklich zu fühlen.

– Warum bleiben Sie denn hier? – sagte Zinaida Fjodorovna mit aufgesetztem Ärger, zugleich aber strahlend vor Vergnügen. – Warum? Sie sind es gewohnt, abends auszugehen, und ich will nicht, daß Sie meinetwegen Ihren Gewohnheiten untreu werden. Fahren Sie bitte, wenn Sie nicht wollen, daß ich mich schuldig fühle.

– Hat Sie jemand beschuldigt? – sagte Orlov.

Mit Opfermiene flezte er sich in seinem Arbeitszimmer in den Sessel und griff, eine Hand über den Augen, nach einem Buch. Doch bald fiel ihm das Buch aus der Hand, schwer drehte er sich in seinem Sessel um und wieder hielt er die Hand über die Augen, wie um sie gegen die Sonne zu schützen. Jetzt ärgerte er sich bereits, nicht gegangen zu sein.

– Darf man eintreten? – sagte Zinaida Fjodorovna und kam unschlüssig ins Arbeitszimmer. – Sie lesen? Ich hatte Sehnsucht und komme nur auf eine Minute... Sie anzuschauen.

Ich erinnere mich, eines Abends kam sie so unschlüssig und ungelegen herein und ließ sich Orlov zu Füßen auf dem Teppich nieder, und ihren schüchternen, weichen Bewegungen war anzusehen, daß sie seine Stimmung nicht begriff und Angst hatte.

– Immer müssen Sie lesen... – begann sie lauernd, sichtlich im Wunsch, ihm zu schmeicheln. – Wissen Sie, Georges, worin ein weiteres Geheimnis Ihres Erfolges liegt? Sie sind sehr gebildet und klug. Was ist das für ein Buch?

Orlov antwortete. Schweigend vergingen einige Minuten, die mir sehr lang erschienen. Ich stand im Salon, von wo ich die beiden beobachtete und fürchtete, husten zu müssen.

– Ich wollte Ihnen etwas sagen... – sagte Zinaida Fjodorovna leise und lachte. – Soll ich es sagen? Vielleicht werden Sie lachen und es Selbstüberschätzung nennen. Sehen Sie, ich möchte furchtbar, furchtbar gern denken, Sie wären heute meinetwegen zu Hause geblieben... um den Abend mit mir zu verbringen. Ja? Darf ich so denken?

– Denken Sie es, – sagte Orlov, die Hand über den Augen. – Ein wahrhaft glücklicher Mensch ist derjenige, der nicht nur an das denkt, was ist, sondern auch an das, was nicht ist.

– Sie haben etwas so Langes gesagt, ich habe es nicht ganz verstanden. Das heißt, Sie wollen sagen, daß glückliche Menschen davon leben, was sie sich einbilden? Ja, das ist wahr. Ich liebe es, abends in Ihrem Arbeitszimmer zu sitzen und die Gedanken in die weite, weite Ferne schweifen zu lassen... Es ist manchmal angenehm zu träumen. Lassen Sie uns träumen, Georges, laut träumen!

– Ich war nicht im Mädchenpensionat, diese Wissenschaft ist mir verschlossen.

– Haben Sie schlechte Laune? – fragte Zinaida Fjodorovna und nahm Orlovs Hand. – Sagen Sie – weshalb? Wenn Sie so sind, habe ich Angst. Dann weiß ich nicht, haben Sie Kopfschmerzen oder sind Sie mir böse...

Schweigend vergingen noch einige lange Minuten.

– Weshalb haben Sie sich verändert? – sagte sie leise. – Weshalb sind Sie nicht mehr so zärtlich und heiter wie in der Znamenskaja? Ich lebe seit fast einem Monat bei Ihnen, aber mir scheint, wir haben noch gar nicht angefangen zu leben... wir haben noch über nichts gesprochen, wie es sich gehört. Jedesmal antworten Sie mir mit Scherzen oder lang und kalt wie ein Lehrer. Auch Ihre Scherze haben etwas Kaltes... Weshalb haben Sie aufgehört, im Ernst mit mir zu sprechen?

– Ich spreche immer im Ernst.

– Nun, dann lassen Sie uns sprechen. Um Gottes willen, Georges ... Sprechen wir?

– Sprechen wir. Aber worüber?

– Sprechen wir über unser Leben, über die Zukunft... – sagte Zinaida Fjodorovna verträumt. – Ich mache dauernd Lebenspläne, dauernd – und mir ist dann so wohl! Georges, ich beginne mit der Frage: wann quittieren Sie Ihren Dienst?

– Wozu denn das? – fragte Orlov und nahm die Hand von der Stirn.

– Mit Ihren Ansichten kann man nicht im Staatsdienst stehen. Sie sind dort fehl am Platz.

– Meine Ansichten? – fragte Orlov. – Meine Ansichten? Meinen Überzeugungen und meiner Natur nach bin ich ein gewöhnlicher Beamter, ein Held von Ščedrin. Sie halten mich für jemand anderen, darf ich Sie versichern.

– Schon wieder Scherze, Georges!

– Nicht im geringsten. Der Dienst befriedigt mich vielleicht nicht, dennoch ist er für mich besser als irgend etwas anderes.

Dort bin ichs gewohnt, dort sind ebensolche Menschen wie ich; dort bin ich jedenfalls nicht überflüssig und fühle mich leidlich.

– Sie hassen den Dienst, und er ist Ihnen zuwider.

– Ja? Wenn ich meinen Abschied nehme, laut zu träumen anfange und in eine andere Welt entschwebe, denken Sie, dann wäre mir diese Welt weniger verhaßt als der Dienst?

– Um mir zu widersprechen, sind Sie sogar bereit, sich selbst zu verleumden, – war Zinaida Fjodorovna beleidigt und stand auf. – Ich bedaure, dieses Gespräch begonnen zu haben.

– Was werden Sie denn böse. Ich bin ja auch nicht böse, daß Sie nicht im Dienst stehen. Jeder lebt, wie er will.

– Leben Sie etwa, wie Sie wollen? Sind Sie etwa ein freier Mensch? Ein Leben lang Papiere schreiben, die Ihren Überzeugungen widersprechen, – fuhr Zinaida Fjodorovna, verzweifelt die Hände ineinander schlagend, fort, – sich unterordnen, Neujahrsbesuche bei den Vorgesetzten machen, dann Spielkarten, Spielkarten und nochmals Spielkarten, und vor allem, einer Ordnung dienen, die Ihnen nicht sympathisch sein kann, – nein, Georges, nein! Machen Sie keine so groben Scherze. Das ist schrecklich. Sie sind ein Mann der Idee und dürfen nur der Idee dienen.

– Wirklich, Sie halten mich für jemand anderen, – seufzte Orlov.

– Sagen Sie doch einfach, Sie wollen nicht mit mir sprechen. Ich bin Ihnen zuwider, das ist alles, – sagte Zinaida Fjodorovna unter Tränen.

– Folgendes, Liebste, – sagte Orlov wie ein Lehrer, sich in seinem Stuhl aufrichtend. – Sie selbst geruhten zu bemerken, ich sei ein kluger und gebildeter Mensch, und einen Gelehrten belehren heißt, ihn für dumm erklären. Alle Ideen, die kleinen wie die großen, die Sie meinen, wenn Sie mich einen Mann der Idee nennen, sind mir wohlbekannt. Wenn ich also diesen Ideen den Dienst und die Spielkarten vorziehe, so habe ich dafür wahrscheinlich meine Gründe. Das zum ersten. Zweitens haben Sie, soweit mir bekannt, nie im Dienst gestanden und können Ihre Urteile über den Staatsdienst nur aus Witzen und schlechten Romanen beziehen. Deshalb würde es uns nicht schaden, ein für alle Male zu verabreden: nicht über Dinge zu sprechen, die uns entweder längst bekannt sind oder die den Kreis unserer Kompetenz übersteigen.

– Wozu sprechen Sie so mit mir? – sagte Zinaida Fjodorovna und trat, wie vor Entsetzen, zurück. – Wozu? Georges, kommen Sie um Gottes willen zu sich!

Ihre Stimme erbebte und brach ab; sie wollte wohl die Tränen zurückhalten, schluchzte aber plötzlich los.

– Georges, mein Lieber, ich gehe zugrunde! – sagte sie auf französisch, sank schnell vor Orlov nieder und legte ihren Kopf auf seine Knie. – Ich bin am Ende, bin erschöpft und kann nicht mehr, ich kann nicht mehr ... In meiner Kindheit eine verhaßte, lasterhafte Stiefmutter, dann mein Mann und jetzt Sie ... Sie ... Sie beantworten meine wahnsinnige Liebe mit Ironie und Kälte ... Und dieses schreckliche, freche Stubenmädchen! – fuhr sie schluchzend fort. – Ja, ja, ich sehe: ich bin für Sie keine Ehefrau, keine Freundin, sondern eine Frau, die Sie verachten, weil sie Ihre Geliebte geworden ist ... Ich werde mich töten!

Ich hätte nicht erwartet, daß diese Worte und diese Tränen Orlov so stark beeindrucken würden. Er errötete, rutschte unruhig in seinem Sessel hin und her, und auf sein Gesicht trat, anstelle der Ironie, die dumpfe Angst eines kleinen Jungen.

– Meine Liebe, ich schwöre, Sie haben mich mißverstanden, – murmelte er verloren, während er ihre Haare und Schultern berührte. – Verzeihen Sie mir, ich flehe Sie an. Ich war im Unrecht und ... hasse mich.

– Ich beleidige Sie mit meinen Beschwerden und meinem Gejammer ... Sie sind ein ehrenhafter, großzügiger ... ein seltener Mensch, ich bin mir dessen jeden Augenblick bewußt, aber mich quälte alle diese Tage die Schwermut...

Zinaida Fjodorovna umarmte Orlov stürmisch und küßte ihn auf die Wange.

– Nur bitte nicht weinen, – sagte er.

– Nein, nein... Ich habe mich schon ausgeweint, mir ist leichter.

– Was das Stubenmädchen betrifft, so wird sie schon morgen nicht mehr hier sein, – sagte er und rutschte weiter im Sessel hin und her.

– Nein, sie muß bleiben, Georges! Hören Sie? Ich habe keine Angst mehr vor ihr... Man muß über den Kleinkram erhaben sein und kein dummes Zeug denken. Sie haben recht! Sie sind ein seltener... ein außergewöhnlicher Mensch!

Bald hörte sie auf zu weinen. Mit den noch frischen Tränen an den Wimpern, Orlov auf den Knien sitzend, erzählte sie ihm halblaut etwas Rührendes, etwas wie Erinnerungen an Kindheit und Jugend, und streichelte ihm das Gesicht, küßte und betrachtete eingehend seine Hände mit den Ringen und die Berlocken am Uhrkettchen. Sie gab sich ihrer Erzählung hin, der Nähe des geliebten Mannes, und wahrscheinlich, weil die Tränen von eben ihre Seele gereinigt und erfrischt hatten, klang ihre Stimme außergewöhnlich rein und aufrichtig. Orlov spielte mit ihren kastanienbraunen Haaren und küßte ihre Hände, sie lautlos mit den Lippen berührend.

Danach tranken sie im Arbeitszimmer Tee, und Zinaida Fjodorovna las irgendwelche Briefe vor. Nach Mitternacht gingen sie schlafen.

In dieser Nacht hatte ich heftige Schmerzen in der Hüfte und konnte bis zum frühen Morgen weder warm werden noch einschlafen. Ich konnte hören, wie Orlov aus dem Schlafzimmer zu sich ins Arbeitszimmer ging. Nachdem er dort etwa eine Stunde gesessen hatte, klingelte er. Vor Schmerzen und Erschöpfung vergaß ich alle Anstandsvorschriften der Welt und begab mich nur in der Unterwäsche und barfuß ins Arbeitszimmer. Orlov stand in Schlafrock und Mützchen in der Tür und erwartete mich.

– Wenn man dich ruft, hast du angezogen zu erscheinen, – sagte er streng. – Bring andere Kerzen.

Ich wollte mich entschuldigen, bekam aber plötzlich einen starken Hustenanfall und faßte, um nicht zu fallen, mit einer Hand nach dem Türpfosten.

– Sind Sie krank? – fragte Orlov.

Mir scheint, es war das erste Mal während der ganzen Zeit unserer Bekanntschaft, daß er Sie zu mir sagte. Weiß Gott, warum. Wahrscheinlich spielte ich in der Unterwäsche und mit dem vom Husten verzerrten Gesicht meine Rolle schlecht und hatte wenig Ähnlichkeit mit einem Lakaien.

– Wenn Sie krank sind, warum tun Sie dann Dienst? – sagte er.

– Um nicht Hungers zu sterben, – antwortete ich.

– Ist das im Grunde alles gräßlich! – sagte er leise und ging an seinen Schreibtisch.

Während ich, das Jackett übergeworfen, die neuen Kerzen einsetzte und ansteckte, saß er am Tisch, die Füße auf dem Sessel ausgestreckt, und schnitt ein Buch auf.

Ich verließ ihn ins Lesen vertieft, und das Buch fiel ihm nicht mehr aus der Hand, wie am Abend.

VII

Heute, da ich diese Zeilen schreibe, beherrscht meine Hand eine von klein auf anerzogene Angst – empfindsam und lächerlich zu erscheinen; wenn ich liebevoll sein und etwas Zärtliches sagen möchte, kann ich nicht ehrlich sein. Aus eben dieser Angst und weil ich es nicht gewohnt bin, kann ich nicht mit voller Klarheit ausdrücken, was damals in meiner Seele geschah.

Ich war in Zinaida Fjodorovna nicht verliebt, aber in dem gewöhnlichen menschlichen Gefühl, das ich für sie hegte, lag weit mehr Jugend, Frische und Freude als in der Liebe Orlovs.

Wenn ich morgens die Schuhbürste oder den Reisigbesen schwang, wartete ich ersterbenden Herzens, wann ich endlich ihre Stimme und Schritte hören würde. Einfach dazustehen und ihr zuzuschauen, wenn sie Kaffee trank und später den Imbiß nahm, ihr im Flur den Halbpelz zu reichen und an ihre kleinen Füßchen die Galoschen zu ziehen, wobei sie sich auf meine Schulter stützte, dann darauf zu warten, bis von unten der Portier klingelte, damit ich sie an der Tür abholte, rosig, kalt, mit Schnee bepudert, auf ihre kurzen spitzen Rufe zu hören, den Frost oder die Droschke betreffend, – wenn Sie wüßten, wie wichtig mir das alles war! Ich wollte mich verlieben, eine eigene Familie haben, wollte, daß meine künftige Ehefrau genauso ein Gesicht hätte, genauso eine Stimme. Ich träumte sowohl beim Essen, als auch auf der Straße, wenn man mich irgendwohin schickte, auch nachts, wenn ich nicht schlief. Orlov stieß Frauenfetzen, Kinder, Küche, Kupfertöpfe angeekelt von sich, ich dagegen hob all das auf und hegte es in meinen Träumen zärtlich, liebte es, betete zum Schicksal, und im Traum erschienen mir meine Ehefrau, das Kinderzimmer, die Wege im Garten, ein Häuschen ...

Ich wußte, wenn ich mich in sie verlieben würde, hätte ich auf ein Wunder wie Gegenliebe nicht rechnen dürfen, doch das beunruhigte meine Vorstellungskraft nicht. In meinem bescheidenen, stillen Gefühl, das eher gewöhnliche Anhänglichkeit war, gab es keine Eifersucht auf Orlov, nicht einmal Neid, denn ich wußte, daß persönliches Glück für einen Krüppel wie mich nur in den Träumen möglich war.

Wenn Zinaida Fjodorovna in den Nächten, während sie auf ihren Georges wartete, regungslos in ein Buch blickte, ohne umzublättern, oder wenn sie zusammenfuhr und erbleichte, weil Polja durchs Zimmer ging, litt ich mit ihr gemeinsam, und mir ging durch den Kopf – so schnell wie möglich diesen schweren Abszeß aufschneiden, so schnell wie möglich alles tun, damit sie alles erfuhr, was hier donnerstags beim Abendessen gesagt wurde, aber – wie sollte ich das tun? Immer öfter und öfter mußte ich Tränen mitansehen. In den ersten Wochen hatte sie gelacht und ihr Liedchen geträllert, selbst wenn Orlov nicht zu Hause war, doch schon im zweiten Monat herrschte bei uns in der Wohnung beklommene Stille, die nur donnerstags gebrochen wurde.

Sie schmeichelte Orlov, und um von ihm ein falsches Lächeln oder einen Kuß zu erheischen, lag sie vor ihm auf den Knien, bettelte wie ein Schoßhündchen. Ging sie an einem Spiegel vorbei, selbst wenn ihr schwer zumute war, konnte sie sich nicht beherrschen, sich anzusehen und die Frisur zu richten. Mir erschien es merkwürdig, daß sie noch immer damit fortfuhr, sich für ihren Aufputz zu interessieren und über ihre Einkäufe in Begeisterung zu verfallen. Das paßte irgendwie nicht zu ihrem aufrichtigen Kummer. Sie folgte der Mode und ließ sich teure Kleider nähen. Für wen und wofür? Besonders in Erinnerung ist mir ein neues Kleid, das vierhundert Rubel gekostet hatte. Für ein überflüssiges Kleid, das man nicht brauchte, vierhundert Rubel ausgeben, wenn unsere Tagelöhnerinnen für ihre Zuchthausarbeit über die Verpflegung hinaus zwanzig Kopeken am Tag erhalten und wenn man den Spitzenklöpplerinnen von Venedig und Brüssel nur einen halben Franken am Tag zahlt in der Annahme, das übrige würden sie sich durchs Laster verdienen; für mich war merkwürdig, daß Zinaida Fjodorovna das nicht erkannte, und ich ärgerte mich. Doch sie brauchte nur aus dem Haus zu gehen, und ich entschuldigte alles, erklärte mir alles und wartete, wann mich der Portier nach unten klingeln würde.

Mir gegenüber verhielt sie sich wie zu einem Lakaien, einem niederen Wesen. Man kann einen Hund streicheln und gleichzeitig nicht bemerken; man befahl mir, stellte Fragen, bemerkte meine Gegenwart aber gar nicht. Die Herrschaft hielt es für unanständig, mehr als üblich mit mir zu sprechen; hätte ich mich, während ich beim Essen bediente, ins Gespräch eingemischt oder gelacht, sie hätten mich mit Sicherheit für verrückt gehalten oder entlassen. Dennoch war mir Zinaida Fjodorovna gewogen. Immer, wenn sie mich irgendwohin schickte oder mir erklärte, wie man mit der neuen Lampe umgeht, oder etwas dergleichen, war ihr Gesicht außergewöhnlich klar, gütig und entgegenkommend, und ihre Augen blickten mir direkt ins Gesicht. Dabei schien mir jedesmal, als erinnere sie sich voller Dankbarkeit, wie ich ihr die Briefe in die Znamenskaja gebracht hatte. Wenn sie klingelte, sagte Polja, die mich für ihren Favoriten hielt und mich dafür haßte, mit giftigem Spott:

– Geh, deine will was von dir.

Zinaida Fjodorovna verhielt sich mir gegenüber wie zu einem niederen Wesen und kam nicht auf den Verdacht, daß, wenn es im Hause einen Erniedrigten gab, nur sie selbst es war. Sie wußte nicht, daß ich, der Lakai, um sie litt und mich zwanzigmal am Tage fragte, was sie in der Zukunft noch erwarten und wie das alles enden würde. Die Dinge verschlimmerten sich mit jedem Tag spürbar. Nach jenem Abend, an dem sie über den Dienst gesprochen hatten, begann Orlov, der Tränen haßte, Gespräche sichtlich zu fürchten und zu meiden; wenn Zinaida Fjodorovna zu streiten oder zu flehen anfing oder drohte, in Tränen auszubrechen, dann ging er unter einem fadenscheinigen Vorwand in sein Arbeitszimmer oder ganz aus dem Haus. Er übernachtete immer seltener zu Hause und nahm das Essen noch seltener dort ein; donnerstags war nun er es, der seine Freunde bat, ihn irgendwohin mitzunehmen. Zinaida Fjodorovna träumte nach wie vor von ihrer Küche, von der neuen Wohnung und der Auslandsreise, doch die

Träume blieben Träume. Das Essen wurde aus dem Restaurant gebracht, die Wohnungsfrage bat Orlov nicht vor der Rückkehr aus dem Ausland aufzuwerfen, und von der Reise sagte er, fahren könne er erst, wenn ihm lange Haare gewachsen seien, denn von Hotel zu Hotel zu ziehen und der Idee zu dienen sei ohne lange Haare undenkbar.

Als Gipfel all dessen begann uns in Orlovs abendlicher Abwesenheit Kukuškin mit Besuchen zu beehren. An seinem Verhalten war nichts Besonderes, doch konnte ich einfach das Gespräch nicht vergessen, als er angekündigt hatte, er wolle Orlov Zinaida Fjodorovna ausspannen. Man bediente ihn mit Tee und Rotwein, er kicherte und versicherte im Wunsch, etwas Angenehmes zu sagen, die bürgerliche Ehe sei in jeder Beziehung erhaben über die kirchliche, und eigentlich müßten alle anständigen Menschen zu Zinaida Fjodorovna kommen und sich fußfällig vor ihr verneigen.

VIII

Die Weihnachtsfeiertage verliefen langweilig, in der dumpfen Erwartung von etwas Ungutem. Am Tag vor Neujahr verkündete Orlov beim morgendlichen Kaffee überraschend, die Direktion schicke ihn mit Sondervollmachten zu einem Senator, der auf Revision in irgendeinem Gouvernement sei.

– Ich habe keine Lust zu fahren, aber da kannst du dich nicht herausreden! – sagte er ärgerlich. – Ich muß fahren, es ist nichts zu machen.

Bei dieser Neuigkeit röteten sich sofort Zinaida Fjodorovnas Augen.

– Für lange? – fragte sie.

– Für etwa fünf Tage.

– Offen gesagt, ich freue mich, daß du fährst, – sagte sie, nach einigem Nachdenken. – Du wirst dich amüsieren. Dich unterwegs in jemanden verlieben und es mir dann erzählen.

Bei jeder sich bietenden Gelegenheit war sie bemüht, Orlov zu verstehen zu geben, daß sie ihn nicht im mindesten einenge und daß er über sich verfügen könne, wie er wolle, und diese törichte, mit durchsichtigem Faden gestrickte Politik täuschte niemanden, sie erinnerte Orlov nur einmal mehr daran, daß er nicht frei war.

– Ich fahre heute abend, – sagte er und vertiefte sich in die Zeitungen.

Zinaida Fjodorovna schickte sich an, ihn zum Bahnhof zu begleiten, doch er redete ihr das aus, indem er sagte, er reise ja nicht nach Amerika und nicht für fünf Jahre, sondern nur für fünf Tage, wenn nicht sogar weniger.

Nach sieben Uhr kam es zum Abschied. Er umarmte sie mit einem Arm und küßte sie auf Stirn und Lippen.

– Sei ein kluges Kind, langweile dich nicht, solange ich weg bin, – sagte er im liebevollen, herzlichen Ton, der auch mich rührte. – Der Schöpfer behüte dich.

Sie blickte ihm gierig ins Gesicht, um sich die geliebten Züge fest einzuprägen, dann umschlang sie graziös mit beiden Armen seinen Hals und lehnte den Kopf an seine Brust.

– Verzeih mir unsere Mißverständnisse, – sagte sie auf französisch. – Ehemann und Ehefrau müssen sich streiten, wenn sie sich lieben, und ich liebe dich bis zum Wahnsinn. Vergiß das nicht... Telegraphiere, sooft es geht und ausführlich.

Orlov küßte sie noch einmal und ging, ohne ein Wort zu sagen, in Verwirrung hinaus. Als die Tür schon schnalzend ins Schloß gefallen war, blieb er auf halber Treppe nachdenklich stehen und blickte nach oben. Mir schien, wenn in diesem Augenblick von oben ein Laut zu ihm gedrungen wäre, er wäre umgekehrt. Doch es blieb still. Er rückte den Uniformmantel zurecht und stieg unschlüssig die Treppe hinab.

An der Hauseinfahrt warteten schon lange die Droschken.

Orlov setzte sich in die eine, ich mich mit den zwei Koffern in die andere. Es herrschte starker Frost, und an den Straßenkreuzungen rauchten Feuer. Von der schnellen Fahrt kniff mir der Wind in Gesicht und Hände, verschlug mir den Atem, und ich dachte, die Augen geschlossen: was für eine wunderbare Frau! Wie sie liebt! Heutzutage sammelt man auf den Höfen sogar unbrauchbare Dinge, um sie zu wohltätigen Zwecken zu verkaufen, selbst Glasbruch gilt als gute Ware, aber eine Kostbarkeit, eine Seltenheit wie die Liebe einer eleganten, jungen, nicht dummen und anständigen Frau geht vollkommen sinnlos zugrunde. Ein Soziologe der Antike sah in jeder bösen Leidenschaft eine Kraft, die man bei einigem Geschick aufs Gute richten könne, bei uns dagegen entsteht selbst die edelste, schönste Leidenschaft und stirbt dann kraftlos ab, auf nichts gerichtet, unverstanden oder in den Schmutz getreten. Warum?

Plötzlich hielten die Droschken. Ich öffnete die Augen und sah, daß wir in der Sergievskaja standen, vor dem großen Haus, in dem Pekarskij wohnte. Orlov stieg aus dem Schlitten und verschwand in der Hauseinfahrt. Fünf Minuten später erschien in der Tür Pekarskijs Lakai, ohne Pelzmütze, und rief mir, über den Frost erbost, zu:

– Bist du taub? Laß die Droschken fahren und komm rauf. Man ruft nach dir!

Ohne zu begreifen, begab ich mich in die zweite Etage. Ich war früher schon in Pekarskijs Wohnung gewesen, das heißt ich hatte im Flur gestanden und in den Saal geschaut und war nach der feuchten, düsteren Straße jedesmal verblüfft vom Glanz der Bilderrahmen, der Bronzen und teuren Möbel. In diesem Glanz erblickte ich diesmal Gruzin, Kukuškin und wenig später auch Orlov.

– Hör zu, Stepan, – sagte er, auf mich zutretend. – Ich wohne hier bis Freitag oder Sonnabend. Wenn Briefe oder Telegramme kommen, bringst du sie täglich hierher. Zu Hause sagst du natürlich, ich sei abgereist und ließe grüßen. Geh mit Gott.

Als ich nach Hause zurückkehrte, lag Zinaida Fjodorovna im Salon auf dem Sofa und aß eine Birne. Es brannte nur eine Kerze, die im Kandelaber steckte.

– Sind Sie nicht zu spät zum Zug gekommen? – fragte Zinaida Fjodorovna.

– O nein. Man hat mir befohlen, Sie zu grüßen.

Ich ging in meine Bedientenstube und legte mich ebenfalls. Es war nichts zu tun, und zu lesen hatte ich keine Lust. Ich war weder erstaunt noch empört, sondern strengte nur mein Denken an, um zu begreifen, wozu dieser Betrug nötig war. So pflegen doch nur Halbwüchsige ihre Geliebten zu betrügen. Hätte er, ein belesener und denkender Mensch, sich nicht etwas Klügeres einfallen lassen können? Zugegeben, ich hatte eine gute Meinung von seinem Verstand. Ich dachte, wenn es nötig gewesen wäre, seinen Minister oder einen anderen starken Menschen zu betrügen, so hätte er viel Energie und Kunst darauf verwandt, hier dagegen, um eine Frau zu betrügen, war offenbar das erste, was ihm in den Sinn kam, gerade gut genug; würde der Betrug gelingen – gut, würde er mißlingen – wäre es nicht weiter schlimm, man würde ein zweites Mal ebenso einfach und schnell lügen können, ohne sich groß den Kopf zu zerbrechen.

Zu Mitternacht, als in der Etage über uns, um das neue Jahr zu feiern, Stühle gerückt und Hurra gerufen wurde, klingelte Zinaida Fjodorovna aus dem Zimmer neben dem Arbeitszimmer. Welk vom langen Liegen, saß sie am Tisch und schrieb etwas auf einen Zettel.

– Ein Telegramm ist aufzugeben, – sagte sie und lächelte. – Fahren Sie schnell zum Bahnhof und bitten Sie, es ihm nachzuschicken.

Als ich danach auf die Straße trat, las ich auf dem Zettel: »Gutes glückliches neues Jahr! Telegraphiere bald, langweile mich schrecklich. Ganze Ewigkeit vergangen. Bedaure, daß unmöglich, telegraphisch tausend Küsse zu schicken und mein Herz dazu. Amüsier dich, meine Freude. Zina.«

Ich schickte das Telegramm ab und gab ihr am Morgen des anderen Tages die Quittung.

IX

Am schlimmsten war, daß Orlov unbedachterweise in das Geheimnis seines Betruges auch Polja eingeweiht hatte, indem er ihr befahl, ihm Hemden in die Sergievskaja zu bringen. Danach blickte sie voll Schadenfreude und mit einem mir unfaßlichen Haß auf Zinaida Fjodorovna herab und hörte nicht auf, bei sich im Zimmer und auf dem Flur vor Vergnügen loszuprusten.

– Hat sich hier breitgemacht, dabei ist Zeit für sie zu gehen! – sagte sie immer wieder begeistert. – Daß sie das nicht selber merkt...

Mit ihrer Nase spürte sie bereits, daß Zinaida Fjodorovna nicht mehr lange bei uns bleiben würde, und um keine Zeit zu verlieren, schleppte sie alles fort, was ihr unter die Augen fiel, – Flakons, Haarnadeln aus Schildpatt, Taschentücher, Stiefeletten. Am zweiten Tag des neuen Jahrs rief mich Zinaida Fjodorovna in ihr Zimmer und teilte mir halblaut mit, ihr schwarzes Kleid sei verschwunden. Danach ging sie alle Zimmer ab, bleich, mit erschrockenem und entrüstetem Gesicht und sprach mit sich selbst:

– Was sagt man dazu? Nein, was sagt man dazu? Das ist doch eine unerhörte Frechheit.

Beim Essen wollte sie sich Suppe nehmen, vermochte es aber nicht, – ihr zitterten die Hände. Auch ihre Lippen zitterten. Hilflos blickte sie auf Suppe und Piroggen in der Erwartung, das Zittern würde nachlassen, und plötzlich hielt sie es nicht mehr aus und schaute Polja an.

– Polja, Sie können gehen, – sagte sie. – Es reicht, daß Stepan hier ist.

– Kommt nicht in Frage, ich bleibe hier stehen, – antwortete Polja.

– Sie haben keinen Grund, hier zu stehen. Sie gehen ganz von hier weg... ganz! – fuhr Zinaida Fjodorovna fort, in heftiger Erregung aufstehend. – Sie können sich eine andere Stellung suchen. Gehen Sie, sofort!

– Ohne Befehl des gnädigen Herrn kann ich nicht gehen. Er haben mich eingestellt. Wie er befehlen, so soll es sein.

– Auch ich kann Ihnen befehlen! Ich bin hier die Herrin im Hause! – sagte Zinaida Fjodorovna, über und über errötend.

– Vielleicht sind Sie die Herrin im Haus, aber mich entlassen kann nur der gnädige Herr. Er haben mich eingestellt.

– Wagen Sie es nicht, noch eine Minute länger zu bleiben! – schrie Zinaida Fjodorovna und schlug mit dem Messer auf den Teller. – Sie Diebin! Hören Sie?

Zinaida Fjodorovna warf die Serviette auf den Tisch und ging schnell, mit jämmerlicher Leidensmiene aus dem Eßzimmer. Polja, laut schluchzend und barmend, ging ebenfalls hinaus. Die Suppe und das Haselhuhn wurden kalt. Und aus irgendeinem Grund erschien mir all dieser Luxus aus dem Restaurant, der hier auf dem Tisch stand, armselig, diebisch, Polja ähnlich. Das jämmerlichste und verbrecherischste Aussehen hatten die zwei Piroggen auf dem Teller. »Uns bringt man heute ins Restaurant zurück, – schienen sie zu sagen, – und morgen serviert man uns irgendeinem Beamten oder einer berühmten Sängerin.«

– Spielt die gnädige Frau, sieh mal an! – drang es aus Poljas Zimmer an mein Ohr. – Wenn ich wollte, ich könnte längst so eine gnädige Frau sein, aber ich habe Schamgefühl! Wir werden ja sehen, wer von uns als erste geht! Jawohl!

Zinaida Fjodorovna klingelte. Sie saß in ihrem Zimmer, in einer Ecke, mit einem Ausdruck im Gesicht, als hätte man sie zur Strafe in die Ecke gesetzt.

– Ist kein Telegramm gekommen? – fragte sie.

– Nein.
– Erkundigen Sie sich beim Portier, vielleicht hat er das Telegramm. Und gehen Sie nicht aus dem Haus, – rief sie mir nach, – ich habe Angst, allein zu sein.

Danach mußte ich beinahe stündlich hinunterlaufen und beim Portier fragen, ob kein Telegramm gekommen sei. Was für eine unheimliche Zeit, muß ich gestehen! Um Polja nicht sehen zu müssen, nahm Zinaida Fjodorovna das Essen und den Tee in ihrem Zimmer, hier schlief sie auch auf dem zu kurzen Divan, der die Form einer Drei hatte und machte sich das Bett selbst. In den ersten Tagen gab die Telegramme ich auf, da sie aber keine Antwort bekam, hörte sie auf, mir zu vertrauen, und fuhr selbst zum Telegraphenamt. Wenn ich sie so sah, wartete auch ich ungeduldig auf ein Telegramm. Ich hoffte, er werde sich eine Lüge einfallen lassen, es zum Beispiel arrangieren, daß man ihr von irgendeinem Bahnhof ein Telegramm schickte. Wenn er zu sehr im Spielrausch war, dachte ich, oder es bereits geschafft hatte, sich mit einer anderen Frau einzulassen, so würden ihn natürlich Gruzin und Kukuškin an uns erinnern. Aber wir warteten vergeblich. Fünfmal am Tag ging ich zu Zinaida Fjodorovna, um ihr die ganze Wahrheit zu sagen, aber sie blickte mich an wie eine Ziege, mit hängenden Schultern, mit bebenden Lippen, und ich ging zurück, ohne ein Wort gesagt zu haben. Mitleid und Bedauern nahmen mir allen Mut. Polja, heiter und zufrieden, so als sei nichts geschehen, räumte das Arbeitszimmer des gnädigen Herrn auf, das Schlafzimmer, wühlte in den Schränken und klapperte mit dem Geschirr, und wenn sie an der Tür von Zinaida Fjodorovna vorbeiging, trällerte sie etwas und hustete. Ihr gefiel, daß man sich vor ihr versteckte. Abends ging sie irgendwohin weg, und klingelte um zwei oder drei Uhr, und ich mußte ihr öffnen und mir Bemerkungen über meinen Husten anhören. Sofort war ein zweites Klingeln zu hören, ich lief zu den Zimmern neben dem Arbeitszimmer, und Zinaida Fjodorovna, den Kopf zur Tür herausgestreckt, fragte: »Wer hat da geklingelt?« Und schaute mir auf die Hände – ob sie nicht ein Telegramm hielten...

Als endlich am Sonnabend unten geklingelt wurde und auf der Treppe die bekannte Stimme zu hören war, freute sie sich dermaßen, daß sie in Schluchzen ausbrach; sie stürzte ihm entgegen, umarmte ihn, küßte ihm die Brust, die Ärmel, und redete etwas, das unmöglich zu verstehen war. Der Portier brachte die Koffer herein, zu hören war Poljas heitere Stimme. Als sei jemand in der Sommerfrische angekommen!

– Wieso hast du nicht telegraphiert? – sagte Zinaida Fjodorovna, schwer atmend vor Freude. – Wieso? Ich habe so gelitten, ich habe diese Zeit kaum überlebt... Oh, du mein Gott.

– Sehr einfach! Der Senator ist mit mir noch am ersten Tag nach Moskau gefahren, ich habe deine Telegramme nicht bekommen, – sagte Orlov. – Nach dem Essen, mein Liebes, werde ich dir ausführlichst Bericht erstatten, aber jetzt nur schlafen, schlafen, schlafen... Ich bin völlig zerschlagen von der Bahnfahrt.

Zu sehen war, daß er die ganze Nacht nicht geschlafen hatte: wahrscheinlich hatte er Karten gespielt und viel getrunken. Zinaida Fjodorovna legte ihn ins Bett, und wir alle gingen bis zum Anbruch des Abends auf Zehenspitzen. Das Essen verlief ohne jeden Zwischenfall, doch als sie ins Arbeitszimmer gingen, um Kaffee zu trinken, begann die Aussprache. Zinaida Fjodorovna begann über etwas sehr schnell zu sprechen, halblaut, sie sprach französisch, und ihre Rede sprudelte wie ein Bach, danach war ein lauter Seufzer Orlovs und seine Stimme zu hören.

– Mein Gott! – sagte er auf französisch. – Haben Sie wirklich keine frischeren Neuigkeiten als dieses ewige Lied vom bösen Stubenmädchen?

– Aber, Liebster, sie hat mich bestohlen und mir Frechheiten gesagt.

– Aber wieso bestiehlt sie mich nicht und sagt mir keine Frechheiten? Wieso bemerke ich weder Stubenmädchen, noch Hausknechte, noch Lakaien? Liebste, Sie haben einfach Ihre Launen und wollen keinen Charakter haben. Ich habe sogar den Verdacht, Sie sind schwanger. Als ich Ihnen vorschlug, sie zu entlassen, haben Sie verlangt, daß sie bleibt, und jetzt wollen Sie, daß ich sie davonjage. Aber ich habe in solchen Fällen auch meinen Dickkopf: Launen beantworte ich ebenfalls mit Launen. Sie wollen, daß sie geht, schön, und ich will, daß sie bleibt. Das ist das einzige Mittel, Sie von Ihrer Nervosität zu heilen.

– Ist ja gut, ist ja gut! – sagte Zinaida Fjodorovna erschrokken. – Hören wir auf, davon zu sprechen... Verschieben wir es auf morgen. Erzähl mir jetzt von Moskau... Was war in Moskau?

X

Am anderen Tag – es war der 7. Januar, der Tag Johannes des Täufers – legte Orlov nach dem Mittagessen den schwarzen Frack und die Orden an, um zu seinem Vater zu fahren und ihn zum Tag seines Engels zu beglückwünschen. Fahren mußte er gegen zwei Uhr, doch als er das Ankleiden beendet hatte, war es erst halb zwei. Was tun mit dieser halben Stunde? Er ging im Salon auf und ab und deklamierte Glückwunschgedichte, die er in seiner Kindheit Vater und Mutter vorgetragen hatte. Hier saß auch Zinaida Fjodorovna, die zur Schneiderin oder in ein Geschäft fahren wollte, und hörte ihm mit einem Lächeln zu. Ich weiß nicht, womit ihr Gespräch begonnen hatte, doch als ich Orlov die Handschuhe brachte, stand er vor Zinaida Fjodorovna und sagte mit einem launenhaften, flehentlichen Gesicht zu ihr:

– Um Gottes, um aller Heiligen willen, sprechen Sie nicht von Dingen, die bereits allen und jedem bekannt sind! Und was soll diese unselige Begabung unserer klugen, denkenden Damen, mit tiefsinnigem Blick und aufs Geratewohl Dinge zu sagen, die sogar schon den Gymnasiasten zum Halse heraushängen. Ach, wenn Sie aus unserem Eheprogramm nur all diese ernsten Fragen herauslassen wollten! Welchen Gefallen Sie mir damit täten!

– Wir Frauen dürfen keine eigene Meinung haben.

– Ich gebe Ihnen alle Freiheiten, seien Sie liberal und zitieren Sie alle Autoren, die Sie wollen, aber machen Sie mir dies eine Zugeständnis und sprechen Sie in meiner Gegenwart nicht über diese zwei Dinge: über die Verderbnis der besseren Gesellschaft und über die Abnormität der Ehe. Begreifen Sie doch endlich. Die bessere Gesellschaft wird immer beschimpft, um sie der anderen Welt gegenüberzustellen, in der die Kaufleute, Popen, Kleinbürger und Bauern leben, all diese Sidors und Nikitas. Beide Welten sind mir zuwider, wenn man mir aber antrüge, meinem Gewissen folgend zwischen der einen und der anderen zu wählen, ich würde ohne lang zu überlegen die bessere wählen, und das wäre keine Lüge oder Verstellung, denn alle meine Vorlieben sind auf ihrer Seite. Unsere Welt ist sowohl abgeschmackt als auch leer, aber dafür sprechen wir beide immerhin anständig französisch, lesen das eine oder andere und schlagen uns nicht in die Weichteile, selbst wenn wir heftig streiten, bei den Sidors, Nikitas und ihresgleichen dagegen – dir verpaß ich eine, daß dir alles hochkommt, und die völlige Zügellosigkeit der Kneipensitten, die Götzenanbeterei.

– Bauer und Kaufmann ernähren Sie.

– Ja und? Das zeigt nicht nur mich von der schlechten Seite, sondern auch sie. Sie ernähren mich und ziehen vor mir die Mütze, das heißt, sie haben weder Verstand noch Ehrgefühl genug, anders zu handeln. Ich beschimpfe oder lobe niemanden, sondern will nur sagen: bessere und niedere Gesellschaft taugen beide nicht viel. Mit Herz und Verstand bin ich gegen beide, aber meine Vorlieben sind auf seiten der ersteren. Und was nun die Abnormitäten der Ehe betrifft, – fuhr Orlov mit einem Blick auf die Uhr fort, – so wäre es für Sie an der Zeit zu begreifen, daß es diese Abnormitäten gar nicht gibt, was es gibt, sind vorläufig undefinierte Forderungen an die Ehe. Was wollen Sie von einer Ehe? Am legitimen und illegitimen Zusammenleben, an allen Verbindungen und eheähnlichen Verhältnissen, guten wie schlechten, ist das Wesentliche das gleiche. Sie, die Damen, leben nur für dieses eine Wesentliche, es ist für Sie das Ein und Alles, ohne dieses Ein und Alles hätte Ihr Dasein keinen Sinn. Sie brauchen nichts anderes als dieses Wesentliche, und Sie nehmen es sich, nur seit Sie zu viel Romane gelesen haben, schämen Sie sich, es einfach zu nehmen, und flattern von einer Seite auf die andere, wechseln blindlings die Männer, und um diesen Wirrwarr zu rechtfertigen, sprechen Sie von der Abnormität der Ehe. Und weil Sie von dem einen Wesentlichen weder lassen können noch wollen, Ihrem Hauptfeind, Ihrem Satan, weil Sie fortfahren, ihm sklavisch zu dienen, wie kann da die Rede sein von ernsten Gesprächen? Was immer Sie mir sagen wollen, es ist Quatsch und Grimasse. Ich glaube Ihnen nicht.

Ich ging, um den Portier zu fragen, ob die Droschke vorgefahren sei, und als ich zurückkehrte, war der Streit in vollem Gange. Wie die Seeleute sagen, rauhe See.

– Ich sehe, Sie wollen mich heute mit Ihrem Zynismus verblüffen, – sagte Zinaida Fjodorovna, in heftiger Erregung im Salon auf und ab gehend. – Es ekelt mich, Ihnen zuzuhören. Ich bin rein vor Gott und den Menschen und habe nichts zu bereuen. Ich habe Ihretwegen meinen Mann verlassen, und ich bin stolz darauf. Stolz, ich schwöre es Ihnen bei meiner Ehre!

– Na wunderbar!

– Wenn Sie ein ehrenhafter, anständiger Mensch sind, dann müßten Sie stolz sein auf mein Handeln. Es erhebt Sie und mich über Tausende von Menschen, die gern genauso handeln würden wie ich, sich aber nicht dazu entschließen können, aus Kleinmut oder kleinlicher Berechnung. Aber Sie sind kein anständiger Mensch. Sie haben Angst vor der Freiheit und spotten über eine ehrenhafte Tat, aus Angst, irgendein Ignorant könnte Sie verdächtigen, ein ehrenhafter Mensch zu sein. Sie fürchten, mich Ihren Bekannten zu zeigen, für Sie gibt es keine größere Strafe, als mit mir die Straße entlang zu fahren... Was? Ist das etwa nicht wahr? Warum haben Sie mich bis heute nicht Ihrem Vater und Ihrer Cousine vorgestellt? Warum nicht? Nein, ich habe es jetzt satt! – schrie Zinaida Fjodorovna und stampfte mit dem Fuß auf. – Ich verlange, was mir rechtlich zusteht. Bitte stellen Sie mich Ihrem Vater vor!

– Wenn Sie etwas von ihm wollen, stellen Sie sich ihm selbst vor. Er empfängt morgens täglich von zehn bis halb elf.

– Sind Sie gemein! – sagte Zinaida Fjodorovna, verzweifelt die Hände ringend. – Selbst wenn Sie nicht ehrlich sind und nicht sagen, was Sie denken, so könnte man Sie schon allein für diese Grausamkeit hassen. Oh, sind Sie gemein!

– Wir bewegen uns ständig im Kreis und dringen nie zum Kern der Sache vor. Und der besteht darin, daß Sie sich geirrt haben und sich das nicht offen eingestehen wollen. Sie haben sich eingebildet, ich sei ein Held und hätte irgendwelche außergewöhnlichen Ideen und Ideale, beim näheren Hinsehen stellt sich aber heraus, ich bin ein absolut durchschnittlicher Beamter, Kartenspieler und hege keinerlei Vorliebe für irgendwelche Ideen. Ich bin ein würdiger Sproß eben jener verfaulten Welt, der Sie entflohen sind, empört über deren Leere und Abgeschmacktheit. Geben Sies doch zu und seien Sie gerecht: ärgern Sie sich nicht über mich, sondern über sich, denn geirrt haben Sie sich, nicht ich.

– Ja, ich gebe zu: ich habe mich geirrt!

– Na wunderbar. Gott sei Dank sind wir zur Hauptsache vorgedrungen. Jetzt hören Sie, wenn Sie mögen, weiter. Mich zu Ihnen erheben kann ich nicht, dazu bin ich zu verdorben;

sich in Ihrer Erhabenheit zu mir herablassen können Sie nicht. Also bleibt nur das eine...

– Was? – fragte Zinaida Fjodorovna hastig, hielt den Atem an und wurde plötzlich bleich wie Papier.

– Es bleibt nur, die Logik zu Hilfe zu rufen...

– Georgij, warum quälen Sie mich? – sagte Zinaida Fjodorovna plötzlich auf russisch, mit gebrochener Stimme. – Warum? Begreifen Sie mein Leiden...

Orlov, von den Tränen erschrocken, ging schnell ins Arbeitszimmer, ich weiß nicht wozu, – wollte er ihr einen weiteren Schmerz zufügen, oder hatte er sich erinnert, daß man das in derartigen Fällen so macht, – er schloß die Tür hinter sich ab. Sie schrie auf und lief ihm, mit dem Kleid raschelnd, nach.

– Was soll das bedeuten? – fragte sie, an die Tür klopfend. – Was... Was soll das bedeuten? – wiederholte sie mit dünner, vor Ärger erstickter Stimme. – So machen Sie das also? Dann sollen Sie wissen, ich hasse, ich verachte Sie! Zwischen uns ist damit alles beendet! Alles!

Zu hören war hysterisches Weinen mit lautem Gelächter. Im Salon fiel etwas Kleines vom Tisch und zerschellte. Orlov stahl sich durch die andere Tür aus dem Arbeitszimmer in den Flur, zog schnell, sich feige umblickend, den Uniformmantel über und ging hinaus.

Eine halbe Stunde verging, eine ganze, sie weinte noch immer. Mir fiel ein, daß sie weder Vater noch Mutter hatte, auch keine Verwandten, daß sie hier zwischen einem Mann lebte, der sie haßt, und Polja, die sie bestiehlt, – wie trostlos erschien mir plötzlich ihr Leben! Ich ging, ich weiß selbst nicht wozu, zu ihr in den Salon. Sie, schwach, hilflos, mit ihren schönen Haaren, die mir als Inbegriff der Zärtlichkeit und Eleganz erschienen, quälte sich wie eine Kranke; sie lag auf der Couchette, das Gesicht verborgen, und zitterte am ganzen Körper.

– Gnädige Frau, befehlen Sie nicht, den Doktor zu holen? – fragte ich leise.

– Nein, nicht nötig... es ist nichts, – sagte sie und schaute mich mit verweinten Augen an. – Ich habe ein wenig Kopfschmerzen... Danke.

Ich ging hinaus. Und abends schrieb sie einen Brief nach dem anderen und schickte mich mal zu Pekarskij, mal zu Kukuškin, mal zu Gruzin, und schließlich wohin ich wollte, nur um schnellstens Orlov zu finden und ihm den Brief zu übergeben. Jedesmal, wenn ich mit dem Brief zurückkehrte, schimpfte sie mit mir, flehte mich an, drückte mir Geld in die Hand – wie im Fieber. Und nachts schlief sie nicht, sondern saß im Salon und sprach mit sich selbst.

Am andern Tag kehrte Orlov zum Essen zurück, und sie versöhnten sich.

Am ersten Donnerstag danach beklagte sich Orlov bei seinen Freunden über das unerträglich schwere Leben, er rauchte viel und sagte gereizt:

– Das ist kein Leben, sondern die Inquisition. Tränen, Gejammer, kluge Gespräche, Bitten um Verzeihung, wieder Tränen und Gejammer, und im Endergebnis – ich habe keine eigene Wohnung mehr, ich quäle mich und quäle sie zu Tode. Muß ich wirklich noch einen Monat so leben oder zwei? Muß ich das wirklich? Es wäre ja möglich!

– Sprich doch mit ihr, – sagte Pekarskij.

– Das habe ich versucht, aber ich kann es nicht. Einem selbständigen, denkenden Menschen kann man jede beliebige Wahrheit kühn ins Gesicht sagen, aber hier hast du es doch mit einem Wesen zu tun ohne Willen, ohne Charakter, ohne Logik. Ich kann Tränen nicht ertragen, sie entwaffnen mich. Wenn sie weint, bin ich bereit, ewige Liebe zu schwören und selber zu weinen.

Pekarskij begriff es nicht, kratzte sich nachdenklich die breite Stirn und sagte:

– Wirklich, du solltest ihr eine separate Wohnung mieten! Das ist doch ganz einfach!

– Sie will keine eigene Wohnung, sie will mich. Was ist da groß zu reden? – seufzte Orlov. – Ich höre nur endlose Gespräche, sehe aber keinen Ausweg aus meiner Lage. Das ist wahrhaftig schuldlos schuldig! Du bist zwar kein Pfifferling, trotzdem rein in den Korb. Mein Leben lang habe ich mich bekreuzigt vor der Rolle des Helden, habe die Romane Turgenevs nie ausstehen können, und plötzlich, wie zum Hohn, gerate ich unter die wahrsten Helden. Ich versichere bei meinem Ehrenwort, ich bin kein Held, ich bringe dafür unwiderlegliche Beweise, aber man glaubt mir nicht. Warum glaubt man mir nicht? Ich muß in meinem Gesicht tatsächlich was von einem Helden haben.

– Dann fahren Sie doch auf Revision in die Gouvernements, – sagte Kukuškin lachend.

– Das ist das einzige, was bleibt.

Eine Woche nach diesem Gespräch verkündete Orlov, er sei erneut zu dem Senator abkommandiert worden, und reiste noch am selben Abend mit seinen Koffern zu Pekarskij.

XI

Auf der Schwelle stand ein alter Mann um die Sechzig, in langem, bis zum Boden reichenden Pelz und in Biberpelzmütze.

– Ist Georgij Ivanyč zu Hause? – fragte er.

Zuerst dachte ich, es sei einer der Wucherer, der Gläubiger Gruzins, die manchmal wegen kleinerer Beträge zu Orlov kamen, doch als er den Flur betrat und den Pelz aufschlug, erblickte ich die dichten Augenbrauen und die charaktervoll aufeinandergepreßten Lippen, die ich so lange und genau auf den Photographien studiert hatte, sowie zwei Reihen Sterne auf dem Uniformfrack. Ich erkannte ihn: er war es, Orlovs Vater, der bekannte Staatsmann.

Ich antwortete ihm, Georgij Ivanyč sei nicht zu Hause. Der Alte preßte die Lippen fest aufeinander und blickte nachdenklich zur Seite, mir sein trockenes, zahnloses Profil zeigend.

– Ich werde ihm eine Nachricht hinterlassen, – sagte er. – Begleite mich.

Er ließ die Galoschen im Flur und ging, ohne seinen langen, schweren Pelz abzulegen, ins Arbeitszimmer. Hier setzte er sich in den Sessel vor dem Schreibtisch, dachte, ehe er zur Feder griff, etwa drei Minuten lang nach, die Hand über den Augen, wie um sie gegen die Sonne zu schützen, – haargenau so wie sein Sohn, wenn er schlechte Laune hatte. Sein Gesicht war traurig, nachdenklich, mit dem Ausdruck jener Ergebenheit, wie ich sie nur von den Gesichtern alternder religiöser Menschen kannte. Ich stand hinter ihm, blickte auf seine Glatze und das Grübchen im Genick, und mir war klar wie der Tag, daß ich diesen schwachen, kranken alten Mann jetzt in der Hand hatte. Denn außer mir und meinem Feind war in der ganzen Wohnung keine Menschenseele. Ich hätte nur ein wenig physische Gewalt anwenden, dann, um die Ziele zu verwischen, die Uhr von der Wand reißen und über den Dienstboteneingang weggehen müssen, und ich hätte unermeßlich viel mehr erreicht, als ich hätte annehmen können, als ich als Lakai in Dienst getreten war. Ich dachte: eine bessere Gelegenheit wird sich mir kaum je wieder bieten. Doch statt zu handeln, schaute ich völlig gleichgültig mal auf die Glatze, mal auf den Pelz und dachte in aller Ruhe nach über die Beziehungen dieses Menschen zu seinem einzigen Sohn, und dachte weiter, daß Menschen, die von Reichtum und Macht verwöhnt sind, wahrscheinlich nicht gern sterben möchten...

– Dienst du schon lange bei meinem Sohn? – fragte er, während er große Buchstaben auf dem Papier ausführte.

– Den dritten Monat, Euer hochwohlgeborene Exzellenz.

Er war mit dem Schreiben zu Ende und stand auf. Noch blieb mir Zeit. Ich trieb mich zur Eile und ballte die Fäuste im

Versuch, aus meiner Seele zumindest einen Tropfen des ehemaligen Hasses herauszupressen; ich erinnerte mich daran, welch leidenschaftlicher, unerbittlicher und unermüdlicher Feind ich noch vor kurzem gewesen war . . . Aber es ist schwer, ein Streichholz an bröckelndem Stein anzureißen. Das alte, traurige Gesicht und der kalte Glanz der Sterne erweckten in mir nur kleinliche, billige und überflüssige Gedanken an die Vergänglichkeit alles Irdischen, an den baldigen Tod...

– Leb wohl, mein Freund! – sagte der Alte, setzte die Pelzmütze auf und ging hinaus.

Es bestand kein Zweifel mehr: in mir war eine Veränderung vor sich gegangen, ich war ein anderer geworden. Um mich zu überprüfen, begann ich mich zu erinnern, doch sofort wurde mir unheimlich, als hätte ich versehentlich in eine dunkle, feuchte Ecke geblickt. Ich erinnerte mich meiner Genossen und Bekannten, und mein erster Gedanke war, daß ich jetzt erröten und verlegen werden würde, würde ich einem von ihnen begegnen. Wer aber war ich heute? Woran sollte ich denken und was tun? Wohin gehen? Wofür lebe ich?

Ich begriff nichts und war mir nur des einen bewußt: ich mußte so schnell wie möglich meine Sachen packen und weggehen. Vor dem Besuch des Alten hatte mein Lakaiendasein einen Sinn gehabt, jetzt war es nur noch lächerlich. Tränen tropften in meinen geöffneten Koffer, mir war unerträglich traurig zumute, doch wie gern wollte ich leben! Ich war bereit, alles zu umarmen und in meinem kurzen Leben alles Menschenmögliche unterzubringen. Ich wollte sprechen, lesen, irgendwo in einer großen Fabrik den Hammer schwingen, Wache stehen, pflügen. Es zog mich auf den Nevskij, aufs Feld, auf das Meer – überall hin, soweit meine Vorstellungskraft reichte. Als Zinaida Fjodorovna zurückgekehrt war, stürzte ich, um ihr zu öffnen und ihr mit besonderer Zärtlichkeit den Pelz abzunehmen. Zum letzten Mal!

Außer dem Alten kamen an diesem Tag noch zwei zu uns. Abends, als es bereits ganz dunkel war, kam überraschend Gruzin, um für Orlov irgendwelche Papiere zu holen. Er öffnete den Schreibtisch, holte die Papiere, die er brauchte, heraus, rollte sie zusammen und befahl mir, sie im Flur neben seine Mütze zu legen, selbst ging er zu Zinaida Fjodorovna. Sie lag im Salon auf dem Sofa, die Hände unter dem Kopf. Fünf oder sechs Tage waren schon vergangen, seit Orlov auf Revision abgereist war, und niemandem war bekannt, wann er zurückkehren würde, doch sie schickte keine Telegramme mehr und erwartete auch keine. Polja, die noch immer bei uns lebte, schien sie gar nicht zu bemerken. »Soll sie!« – las ich in ihrem leidenschaftslosen, sehr bleichen Gesicht. Sie wollte, wie Orlov, schon aus Eigensinn unglücklich sein; sich selbst und allem auf der Welt zum Trotz lag sie tagelang regungslos auf dem Sofa, wünschte sich selbst nur das Schlechteste und erwartete nur Schlechtes. Wahrscheinlich stellte sie sich Orlovs Rückkehr und die unvermeidlichen Streitereien mit ihm vor, dann sein Erkalten, seine Untreue, dann, wie sie auseinandergehen würden, und diese qualvollen Gedanken bereiteten ihr, vielleicht, Vergnügen. Aber was hätte sie gesagt, wenn sie plötzlich die ganze Wahrheit erfahren hätte?

– Ich liebe Sie, Gevatterin, – sagte Gruzin, indem er sie begrüßte und ihr die Hand küßte. – Sie sind ein so guter Mensch! Und der gute Georges ist weggefahren, – log er. – Ist weggefahren, der Bösewicht!

Er setzte sich und streichelte ihr zärtlich die Hand.

– Erlauben Sie mir, Liebes, ein Stündchen bei Ihnen zu sitzen, – sagte er. – Nach Hause zu gehen habe ich keine Lust, und zu den Biršovs ist es noch zu früh. Die Biršovs feiern heute Katjas Geburtstag. Ein prächtiges Mädchen!

Ich servierte ihm ein Glas Tee und die Karaffe mit dem Kognak. Er trank langsam mit sichtlicher Unlust den Tee und fragte, als er mir das Glas zurückgab, zaghaft:

– Habt ihr nicht etwas... zu essen, Freundchen? Ich habe noch nicht gegessen.

Wir hatten nichts. Ich ging ins Restaurant und brachte ihm ein gewöhnliches Ein-Rubel-Menu.

– Auf Ihr Wohl, Liebes! – sagte er zu Zinaida Fjodorovna und trank ein Gläschen Kognak. – Meine Kleine, Ihr Patenkind, läßt Sie grüßen. Die Ärmste hat die Skropheln! Ach, die Kinder, die Kinder! – seufzte er. – Was immer Sie sagen, Gevatterin, es ist angenehm, Vater zu sein. Dem lieben Georges ist dieses Gefühl unbegreiflich.

Er trank weiter. Ausgemergelt, bleich, die Serviette vor der Brust wie eine Schürze, aß er gierig und warf, die Augenbrauen hochgezogen, schuldbewußt Blicke mal auf Zinaida Fjodorovna, mal auf mich, wie ein kleiner Junge. Es schien, hätte ich ihm nicht Haselhuhn oder Sülze serviert, er hätte angefangen zu weinen. Nachdem er seinen Hunger gestillt hatte, heiterte er auf und begann etwas von der Familie Biršov zu erzählen, als er jedoch bemerkte, daß das langweilig war und daß Zinaida Fjodorovna nicht lachte, schwieg er. Und irgendwie wurde es plötzlich langweilig. Nach dem Essen saßen beide im Salon beim Licht einer einzigen Lampe und schwiegen: ihm fiel es schwer zu lügen, und sie wollte ihn etwas fragen, konnte sich aber nicht dazu entschließen. So verging eine halbe Stunde. Gruzin blickte auf die Uhr.

– Aber es scheint, es wird Zeit.

– Nein, bleiben Sie noch... Wir müssen miteinander reden.

Wieder schwiegen sie. Er setzte sich an den Flügel, berührte eine Taste, dann spielte er und sang leise: »Was bringt er mir, der morgige Tag?« – doch wie gewöhnlich stand er sofort auf und schüttelte den Kopf.

– Spielen Sie etwas, Gevatter, – bat Zinaida Fjodorovna.

– Was denn? – fragte er, die Achseln zuckend. – Ich habe alles vergessen. Habe es längst aufgegeben.

Den Blick zur Decke erhoben, so als versuche er sich zu

erinnern, spielte er wunderbar ausdrucksvoll zwei Čajkovskij-Stücke, so warm, so klug! Sein Gesicht war wie immer – weder klug noch dumm, und es erschien mir einfach wie ein Wunder, daß ein Mensch, den ich unter niedrigsten, schmutzigsten Umständen zu sehen gewohnt war, fähig war zu einem so erhabenen und mir unerreichbaren Gefühlsaufschwung, zu einer solchen Reinheit. Zinaida Fjodorovna war über und über errötet und ging im Salon auf und ab.

– Warten Sie, Gevatterin, wenn es mir wieder einfällt, dann spiele ich Ihnen ein Stück vor, – sagte er. – Ich habe es auf Cello spielen hören.

Anfangs zaghaft, suchend, dann immer sicherer begann er das »Schwanenlied« von Saint-Saëns zu spielen. Er spielte es zu Ende und wiederholte es.

– Ist doch nett? – sagte er.

Erregt blieb Zinaida Fjodorovna vor ihm stehen und fragte:

– Gevatter, sagen Sie mir ehrlich, als Freund: Was denken Sie von mir?

– Was soll ich dazu sagen? – stieß er, die Brauen hochgezogen, hervor. – Ich liebe Sie und denke von Ihnen nur das Beste. Aber wenn Sie wollen, daß ich grundsätzlich über die Sie interessierende Frage spreche, – fuhr er fort, mit dem Ellbogen über den Ärmel fahrend und die Augen zusammengekniffen, – dann, Liebste, wissen Sie . . . Den Neigungen des eigenen Herzens frei zu folgen bringt guten Menschen nicht immer das Glück. Um sich frei und gleichzeitig glücklich zu fühlen, darf man, so scheint mir, nicht vor sich selbst verbergen, daß das Leben grausam, grob und in seinem Konservatismus schonungslos ist, und man muß ihm mit derselben Münze antworten, die es wert ist, nämlich damit, daß man genauso ist wie es selbst – grob und schonungslos im eigenen Freiheitsstreben. So denke ich.

– Wo soll ich hin? – lächelte Zinaida Fjodorovna bekümmert. – Ich, Gevatter, bin bereits erschöpft. Ich bin so erschöpft, daß ich keinen Finger rühren kann, um mich zu retten.

– Gehen Sie ins Kloster, Gevatterin.

Er sagte das im Scherz, doch nach seinen Worten blitzten in Zinaida Fjodorovnas Augen, dann auch in seinen eigenen Tränen.

– So, – sagte er, – da haben wir nun gesessen und gesessen, es wird Zeit zu fahren. Leben Sie wohl, liebste Gevatterin. Gott schenke Ihnen alles Gute.

Er küßte ihr beide Hände und sagte, während er sie zärtlich streichelte, er werde unbedingt in den nächsten Tagen vorbeikommen. Als er im Flur seinen Mantel anzog, der aussah wie eine Kinderkapote, kramte er lange in den Taschen, um mir ein Trinkgeld zu geben, fand aber nichts.

– Leb wohl, mein Guter! – sagte er traurig und ging hinaus.

Nie werde ich die Stimmung vergessen, die dieser Mensch nach seinem Weggehen hinterließ. Zinaida Fjodorovna ging weiterhin erregt im Salon auf und ab. Sie lag nicht, sie ging – schon das war gut. Ich wollte diese Stimmung nutzen, um offen mit ihr zu sprechen und sofort danach zu gehen, aber kaum hatte ich Gruzin hinausbegleitet, als die Klingel ertönte. Kukuškin war gekommen.

– Ist Georgij Ivanyč zu Hause? – fragte er. – Ist er zurück? Du sagst: nein? Ist das ein Jammer! Wenn das so ist, werd ich der Herrin des Hauses das Händchen küssen – und nichts wie weg. Zinaida Fjodorovna, darf ich? – rief er. – Ich will Ihnen das Händchen küssen. Entschuldigen Sie, daß es so spät ist.

Er saß nicht lange im Salon, höchstens zehn Minuten, doch mir schien, als sitze er dort schon sehr lange und werde nie wieder gehen. Ich biß mir vor Mißmut und Ärger auf die Lippen und haßte Zinaida Fjodorovna bereits. »Warum jagt sie ihn nicht fort?« – empörte ich mich, obwohl offensichtlich war, daß er sie langweilte.

Als ich ihm den Pelz reichte, fragte er mich, zum Zeichen der besonderen Zuneigung, wie ich es ohne Ehefrau aushielte.

– Aber ich denke, du kommst schon auf deine Kosten, – sagte er lachend. – Du hast doch sicher ein Techtelmechtel mit Polja... Schwerenöter!

Ungeachtet meiner Lebenserfahrung hatte ich damals wenig Menschenkenntnis, und es ist gut möglich, daß ich Bedeutungsloses oft überschätzte und das Wichtige ganz übersah. Mir schien, Kukuškin kichere und schmeichle mir nicht ohne Grund: hoffte er nicht vielleicht, daß ich als Lakai überall in fremden Bedientenstuben und Küchen ausposaunen würde, daß er abends bei uns verkehre, wenn Orlov nicht zu Hause war, und die Abende bis in die tiefe Nacht mit Zinaida Fjodorovna verbringe? Und wenn mein Geklatsche seinen Bekannten zu Ohren käme, würde er verlegen die Augen niederschlagen und mit dem kleinen Finger drohen. Und würde er nicht, – dachte ich, in sein kleines, honigsüßes Gesicht blikkend, – heute am Kartentisch den Anschein erwecken und vielleicht sogar aussprechen, er habe Orlov Zinaida Fjodorovna schon ausgespannt?

Der Haß, der mir zu Mittag so gefehlt hatte, als der Alte gekommen war, überkam mich jetzt. Endlich ging Kukuškin, und ich, der ich dem Schlurfen seiner Ledergaloschen lauschte, verspürte den heftigen Wunsch, ihm zum Abschied einen groben Fluch hinterherzuschicken, beherrschte mich aber. Und als die Schritte auf der Treppe verstummt waren, kehrte ich in den Flur zurück und ergriff, ohne zu wissen, was ich tat, die Rolle Papier, die Gruzin vergessen hatte, und rannte Hals über Kopf nach unten. Ohne Mantel und ohne Pelzmütze stürzte ich auf die Straße hinaus. Es war nicht kalt, doch es schneite in großen Flocken und Wind wehte.

– Euer Exzellenz! – rief ich, Kukuškin einholend. – Euer Exzellenz!

Er blieb an einer Laterne stehen und blickte sich verwundert um.

– Euer Exzellenz! – rief ich, außer Atem. – Euer Exzellenz! Und da ich mir nicht überlegt hatte, was ich sagen sollte, schlug ich ihm zweimal mit der Papierrolle ins Gesicht. Ohne etwas zu begreifen, ja sogar ohne zu erstaunen, – so sehr hatte ich ihn überrascht, – lehnte er sich rücklings an eine Laterne und schützte das Gesicht mit den Händen. In diesem Augenblick kam ein Militärarzt vorbei und sah, wie ich einen Menschen schlug, doch er schaute uns nur verwundert an und ging weiter.

Ich schämte mich und rannte ins Haus zurück.

XII

Mit schneenassem Kopf und außer Atem, rannte ich in meine Bedientenstube und warf sofort den Frack von mir, zog Jakkett und Mantel an und trug meinen Koffer auf den Flur. Fliehen! Doch bevor ich ging, setzte ich mich schnell und schrieb an Orlov:

»Ich hinterlasse Ihnen meinen falschen Paß, – begann ich, – behalten Sie ihn bitte zur Erinnerung, Sie falscher Mensch, Herr Petersburger Beamter!

Sich unter fremdem Namen in ein Haus zu stehlen, unter der Maske eines Lakaien ein Intimleben zu beobachten, alles zu sehen und zu hören, um einen danach ungebetenermaßen der Lüge zu überführen, – all das, werden Sie sagen, ist etwas wie Diebstahl. Ja, aber mir steht jetzt nicht der Sinn nach Edelmut. Ich habe Dutzende Ihrer Diners und Essen miterlebt, bei denen Sie sagten und taten, was Sie wollten, ich habe zuhören, zusehen und schweigen müssen, – das will ich Ihnen nicht schenken. Außerdem, wenn Sie schon keine Menschenseele um sich haben, die es wagt, Ihnen die Wahrheit zu sagen und nicht zu schmeicheln, dann soll wenigstens der Lakai Stepan Ihnen Ihr großartiges Gesicht waschen.«

Dieser Anfang gefiel mir nicht, doch ihn verbessern wollte ich nicht. Und war es nicht auch egal?

Die hohen Fenster mit den dunklen Portieren, das Bett, der zusammengeknüllte Frack auf dem Boden und meine nassen Fußspuren schauten streng und bekümmert drein. Auch die Stille war irgendwie besonders.

Wahrscheinlich, weil ich ohne Mütze und Galoschen auf die Straße gelaufen war, bekam ich starkes Fieber. Das Gesicht brannte, Schmerzen in den Beinen... Den schweren Kopf zog es auf den Tisch, und in den Gedanken kam es zu einer Art Doppelung, so als folge jedem meiner Gedanken im Hirn dessen Schatten.

»Ich bin krank, schwach, moralisch unterdrückt, – fuhr ich fort, – ich kann Ihnen nicht schreiben, wie ich es gewollt hätte. Im ersten Augenblick hatte ich den Wunsch, Sie zu beleidigen und zu erniedrigen, jetzt dagegen scheint mir, ich hätte dazu nicht das Recht. Sie wie ich – wir beide sind gefallen und werden nie wieder aufstehen, und mein Brief, selbst wenn er beredsam, stark und schreckenerregend würde, wäre doch nur so etwas wie ein Klopfen auf den Sargdeckel: klopf, solange du willst – aufwecken wirst du ihn nicht! Keinerlei Anstrengungen könnten Ihr verfluchtes kaltes Blut erwärmen, das wissen Sie besser als ich. Wozu also schreiben? Aber Herz und Kopf brennen, ich fahre fort, aus irgendeinem Grunde erregt, so als könnte dieser Brief Sie und mich doch noch retten. Vor Fieber wollen die Gedanken sich nicht fügen, die Feder kratzt sinnlos über das Papier, doch die Frage, die ich Ihnen stellen will, steht klar vor mir, wie Feuer.

Weshalb ich vor der Zeit schwachgeworden und gefallen bin, ist nicht schwer zu erklären. Ich habe, gleich dem Kraftprotz aus der Bibel, mir die Türen von Gaza auferlegt, um sie den Berg hinauf zu tragen, doch erst, als ich bereits entkräftet war, als Jugend und Gesundheit für immer in mir erloschen waren, habe ich bemerkt, daß diese Türen für meine Schultern zu schwer waren und daß ich mich selbst betrogen hatte. Außerdem verspürte ich ununterbrochen einen grausamen Schmerz. Ich ertrug Hunger, Kälte, Krankheiten, Freiheitsentzug; ein persönliches Glück kannte und kenne ich nicht, ich habe kein Obdach, meine Erinnerungen sind bedrückend, und mein Gewissen fürchtet sie oft. Aber weshalb sind denn Sie gefallen? Sie? Welche fatalen, verteufelten Gründe haben verhindert, daß sich Ihr Leben in voller Frühlingsblüte entfaltet, weshalb hatten Sie, der Sie noch nicht einmal angefangen hatten zu leben, es so eilig, das Ebenbild Gottes von sich zu werfen und sich in ein feiges Tier zu verwandeln, das bellt und mit diesem Bellen andere erschreckt, nur weil es sich selber fürchtet? Sie fürchten das Leben, fürchten es wie der Asiate, eben jener, der tagelang in den Federpfühlen sitzt und seinen Kaljan raucht. Ja, Sie lesen viel, und Ihr europäischer Frack sitzt wie angegossen, und doch, mit welch zärtlicher, rein asiatischer, eines Chans würdiger Sorgfalt schützen Sie sich vor Hunger, Kälte und physischer Anstrengung – vor Schmerz und Unruhe, wie früh hat Ihre Seele sich im Schlafrock versteckt, welch einen Feigling geben Sie ab vor dem wirklichen Leben und der Natur, mit denen jeder gesunde und normale Mensch kämpft. Wie weich, gemütlich, warm und bequem Sie es haben – und wie langweilig! Ja, es ist bei Ihnen manchmal tödlich, ausweglos langweilig wie in einer Einzelzelle, aber Sie geben sich alle Mühe, sich auch vor diesem Feind zu verstekken: Sie spielen täglich acht Stunden lang Karten.

Und Ihre Ironie? Oh, wie gut ich sie begreife! Ein lebendiges, freies, waches Denken ist wißbegierig und herrschsüchtig; für einen trägen, müßigen Verstand ist es unerträglich. Damit es Ihre Ruhe nicht stört, hatten Sie es, wie Tausende Ihrer Altersgenossen, von kleinauf eilig, es in Rahmen zu zwängen; Sie haben sich ein ironisches Verhältnis zum Leben zugelegt, nennen Sie es, wie Sie wollen, und Ihr beherrschtes, verschrecktes Denken wagt es nicht, den Staketenzaun zu überspringen, den Sie um es gezogen haben, und wenn Sie sich über die Ideen lustig machen, die Ihnen angeblich *alle* bekannt sind, so gleichen Sie dem Deserteur, der in Schande vom Schlachtfeld flieht und, um das Schamgefühl zu erstikken, spottet über Krieg und Tapferkeit. Zynismus erstickt den Schmerz. In einem Roman Dostoevskijs tritt ein alter Mann das Porträt seiner Lieblingstochter mit Füßen, weil er ihr gegenüber im Unrecht ist, Sie dagegen verspotten auf ekelhafte und geschmacklose Weise die Ideen des Guten und der Wahrheit, weil es Ihre Kräfte übersteigt, zu ihnen zurückzukehren. Jede ehrliche und gerechtfertigte Anspielung auf Ihren Absturz macht Ihnen Angst, und deshalb umgeben Sie sich absichtlich mit Menschen, die nichts anderes verstehen, als Ihren Schwächen zu schmeicheln. Nicht ohne Grund, nicht ohne Grund fürchten Sie Tränen so sehr!

A propos, zu Ihren Beziehungen zur Frau. Schamlosigkeit haben wir durch Fleisch und Blut geerbt, in Schamlosigkeit sind wir erzogen worden, aber Menschen sind wir doch dazu, um das Tier in uns zu besiegen. Bei Erreichen des Mannesalters, als Ihnen alle Ideen bekannt wurden, konnten Sie nicht umhin, die Wahrheit zu sehen; Sie haben sie gekannt, sind ihr aber nicht gefolgt, sondern vor ihr erschrocken und haben sich, um das eigene Gewissen zu betrügen, mit lauten Worten eingeredet, schuld seien nicht Sie, sondern die Frau, die ebenso niedrig sei wie Ihre Beziehungen zu ihr. Sind nicht alle Ihre kalten, schlüpfrigen Witze, das Pferdegewieher, all Ihre ungezählten Theorien über das Wesentliche, die vagen Anforderungen an die Ehe, über die zehn Sous, welche der französische Arbeiter der Frau zahlt, Ihre ewigen Verweise auf die Weiberlogik, ihre Verlogenheit, Schwäche etc. – sind sie nicht alle etwas wie der Wunsch, die Frau um jeden Preis tief in den Schmutz zu drücken, damit sie und Ihre Beziehungen zu ihr auf demselben Niveau stehen? Sie sind ein schwacher, unglücklicher, unsympathischer Mensch.«

Im Salon begann Zinaida Fjodorovna auf dem Flügel zu spielen, bemüht, sich des Stücks von Saint-Saëns zu erinnern, das Gruzin gespielt hatte. Ich ging und legte mich aufs Bett, als ich mich aber erinnerte, daß es für mich Zeit war zu gehen, erhob ich mich mühsam und ging mit schwerem, brennenden Kopf wieder an den Tisch.

»Aber das ist die Frage, – fuhr ich fort. – Weshalb sind wir erschöpft? Weshalb werden wir, die wir anfangs so leidenschaftlich, kühn, edelmütig und gläubig waren, schon mit dreißig bis fünfunddreißig Jahren zu absoluten Bankrotteuren? Weshalb erlischt der eine an Schwindsucht, jagt sich der andere eine Kugel in den Kopf, sucht der dritte Vergessen im Vodka, beim Kartenspiel, tritt der vierte, um Angst und Schwermut zu ersticken, zynisch das Porträt seiner reinen, schönen Jugend mit Füßen? Weshalb versuchen wir nicht, da wir einmal gefallen sind, uns zu erheben, und suchen, da wir das eine verloren haben, nach etwas anderem? Weshalb?

Der Räuber, der am Kreuz hing, hat es vermocht, sich Lebensmut und kühne, erfüllbare Hoffnung zurückzuholen, obwohl er vielleicht kaum mehr als eine Stunde zu leben hatte. Vor Ihnen liegen noch lange Jahre, auch ich werde vermutlich nicht so bald sterben, wie es den Anschein hat. Was, wenn durch ein Wunder die Gegenwart sich als ein Traum erwiese, als schrecklicher Alptraum, und wir erwachten erneuert, rein, stolz auf unsere Wahrheit?.. Süße Träume verbrennen mich, und ich kann vor Erregung kaum atmen. Ich möchte schrecklich gern leben, möchte, daß unser Leben heilig sei, hoch und erhaben wie das Firmament des Himmels. Wir werden leben! Die Sonne geht nicht zweimal am Tage auf, auch das Leben wird nicht zweimal gegeben, – klammern sie sich also an die Reste Ihres Lebens und retten Sie sie...«

Weiter schrieb ich kein einziges Wort. Gedanken hatte ich viele im Kopf, doch alle verschwammen und fügten sich nicht zu Zeilen. Ohne den Brief beendet zu haben, unterschrieb ich mit meinem Titel, Namen und Familiennamen und ging ins Arbeitszimmer. Es war dunkel. Ich tastete nach dem Schreibtisch und legte den Brief darauf. Wahrscheinlich hatte ich im Dunkeln ein Möbelstück angestoßen und ein Geräusch erzeugt.

– Wer ist da? – war eine besorgte Stimme aus dem Salon zu hören.

Und im selben Augenblick schlug auf dem Tisch die Uhr zärtlich ein Uhr nachts.

XIII

Im Dunkeln kratzte ich mindestens eine halbe Minute an der Tür, sie ertastend, dann öffnete ich sie langsam und betrat den Salon. Zinaida Fjodorovna lag, auf den Ellbogen gestützt, auf der Couchette und blickte mir entgegen. Da ich mich nicht entschließen konnte zu sprechen, ging ich langsam an ihr vorbei, und sie folgte mir mit dem Blick. Ich stand eine Weile im Saal und ging wieder an ihr vorbei, sie betrachtete mich aufmerksam und verwundert, sogar voller Angst. Endlich blieb ich stehen und sagte mühsam:

– Er kommt nicht zurück!

Sie stellte sich schnell auf die Füße und schaute mich an, ohne zu begreifen.

– Er kommt nicht zurück! – wiederholte ich und bekam schreckliches Herzklopfen. – Er kommt nicht zurück, weil er Petersburg gar nicht verlassen hat. Er wohnt bei Pekarskij.

Sie begriff und glaubte mir, – das sah ich an ihrem jähen Erbleichen und daran, wie sie plötzlich voller Angst und Flehen die Arme über der Brust kreuzte. In dem einen Augenblick war in ihrem Gedächtnis ihre jüngste Vergangenheit vorübergezogen, alles hatte sich zusammengefügt, und sie erkannte nun mit unerbittlicher Klarheit die ganze Wahrheit. Zugleich jedoch hatte sie sich dessen erinnert, daß ich Lakai war, ein niederes Wesen... Ein hergelaufener Kerl, mit zerzausten Haaren, vom Fieber gerötetem Gesicht, vielleicht betrunken, in irgendeinem geschmacklosen Mantel, hatte sich aufs gröbste in ihr Intimleben eingemischt, und das beleidigte sie. Streng sagte sie zu mir:

– Sie hat niemand gefragt. Gehen Sie weg von hier.

– Oh, glauben Sie mir! – sagte ich überwältigt, ihr beide Arme entgegenstreckend. – Ich bin kein Lakai, ich bin ein ebenso freier Mensch wie Sie.

Ich nannte meinen Namen und erklärte ihr schnell-schnell, damit sie mich nicht unterbrach oder in ihr Zimmer ging, wer ich war und wozu ich hier lebte. Diese neue Eröffnung verblüffte sie noch stärker als die erste. Zuvor hatte sie immerhin noch die Hoffnung gehabt, der Lakai könnte gelogen oder sich geirrt oder eine Dummheit gesagt haben, jetzt hingegen, nach meinem Geständnis, waren keine Zweifel mehr möglich. Am Ausdruck ihrer unglücklichen Augen und ihres Gesichts, das auf einmal häßlich war, denn es war gealtert und hatte seine Weichheit verloren, sah ich, daß ihr unerträglich schwer zumute war, daß ich dieses Gespräch nicht im rechten Augenblick begonnen hatte; doch überwältigt fuhr ich fort:

– Der Senator, die Revision sind reine Erfindungen, um Sie zu betrügen. Im Januar ist er, so wie jetzt, nirgendwohin gereist, sondern hat bei Pekarskij gewohnt, und ich habe mich täglich mit ihm getroffen und mich an dem Betrug beteiligt. Sie fielen ihm zur Last, Ihre Anwesenheit hier hat er gehaßt, über Sie gespottet... Wenn Sie hätten hören können, wie er und seine Freunde sich über Sie und Ihre Liebe lustig gemacht haben, Sie wären hier nicht eine Minute länger geblieben! Fliehen Sie von hier! Fliehen Sie!

– Ja nun? – sagte sie mit zitternder Stimme und fuhr sich mit der Hand übers Haar. – Ja nun? Soll er.

Ihre Augen standen voller Tränen, die Lippen zitterten, das ganze Gesicht war bestürzend bleich und atmete Zorn. Die grobe, kleinliche Lüge Orlovs empörte sie und erschien ihr verächtlich, lächerlich; sie lächelte, und dieses Lächeln gefiel mir nicht.

– Ja nun? – wiederholte sie und fuhr sich wieder mit der Hand über das Haar. – Soll er. Er bildet sich ein, ich würde vor Erniedrigung sterben, aber ich ... kann darüber nur lachen. Er braucht sich nicht zu verstecken. – Sie ging vom Flügel weg und sagte, die Achseln zuckend: – Er braucht es nicht ... Einfacher gewesen wäre sich auszusprechen, statt sich zu verstekken und in fremden Wohnungen herumzutreiben. Ich habe Augen im Kopf, ich habe es längst selbst gesehen ... und nur auf seine Rückkehr gewartet, um mich endgültig mit ihm auszusprechen.

Danach setzte sie sich in den Sessel am Tisch, lehnte den Kopf auf die Lehne des Divans und fing bitterlich an zu weinen. Im Salon brannte nur eine Kerze im Kandelaber, und um den Sessel, in dem sie saß, war es dunkel, doch ich sah, wie ihr Kopf und ihre Schultern bebten und wie die Haare, aus der Frisur gelöst, ihren Hals, ihr Gesicht, ihre Arme bedeckten ... Aus ihrem leisen, gleichmäßigen Weinen, keinem hysterischen, dem gewöhnlichen Weinen einer Frau, hörte man Beleidigung, erniedrigten Stolz, Kränkung und jenes Ausweglose, Hoffnungslose, das unabänderlich ist und an das man sich nicht gewöhnen kann. In meiner erregten, leidenden Seele erzeugte ihr Weinen ein Echo; längst hatte ich meine Krankheit und alles auf der Welt vergessen, ich ging im Salon auf und ab und murmelte verloren:

– Was ist das für ein Leben?.. Oh, so kann man nicht leben! Man kann nicht! Das ist Wahnsinn, Verbrechen, aber kein Leben!

– Welche Erniedrigung! – sagte sie weinend. – Zusammen leben ... mich anlächeln, während ich ihm zur Last falle, lächerlich bin ... Oh, welche Erniedrigung!

Sie hob den Kopf, blickte mich aus verweinten Augen durch die tränennassen Haare an, ordnete diese Haare, die sie hinderten, mich anzuschauen, und fragte:

– Gelacht haben sie über mich?

– Diese Leute fanden alles lächerlich: Sie, Ihre Liebe und Turgenev, von dem Sie angeblich zu viel gelesen hätten. Und wenn wir beide gleich vor Verzweiflung sterben würden, fänden sie auch das zum Lachen. Sie würden sich einen Witz ausdenken und ihn auf Ihrer Totenmesse erzählen. Aber was gibt es über die zu reden? – sagte ich voll Ungeduld. – Wir müssen von hier fliehen. Ich kann hier keine Minute länger bleiben.

Wieder fing sie an zu weinen, ich ging zum Flügel und setzte mich.

– Worauf warten wir? – fragte ich niedergeschlagen. – Es ist schon nach zwei.

– Ich warte auf nichts mehr, – sagte sie. – Ich bin verloren.

– Warum sagen Sie so etwas? Lassen Sie uns lieber gemeinsam überlegen, was wir tun können. Weder Sie noch ich können länger hier bleiben ... Wohin beabsichtigen Sie von hier zu fahren?

Plötzlich ertönte im Flur die Klingel. Mein Herz erbebte. War das nicht vielleicht Orlov, bei dem Kukuškin sich über mich beschwert hatte? Wie würde ich ihm entgegentreten? Ich ging öffnen. Es war Polja. Sie kam herein, schüttelte im Flur den Schnee von ihrem Burnus und begab sich, ohne ein Wort zu sagen, auf ihr Zimmer. Als ich in den Salon zurückkehrte, stand Zinaida Fjodorovna totenbleich mitten im Zimmer und blickte mir aus großen Augen entgegen.

– Wer ist da gekommen? – fragte sie leise.

– Polja, – antwortete ich.

Sie fuhr sich mit der Hand übers Haar und schloß erschöpft die Augen.

– Ich reise sofort von hier ab, – sagte sie. – Seien Sie so gut, begleiten Sie mich auf die Petersburger Seite. Wie spät ist es?

– Dreiviertel drei.

XIV

Als wir wenig später aus dem Haus traten, war es draußen dunkel und menschenleer. Nasser Schnee fiel, und ein feuchter Wind peitschte ins Gesicht. Ich erinnere mich, es war damals Anfang März, Tauwetter, und die Droschken fuhren schon seit einigen Tagen auf Rädern. Unter dem Eindruck der schwarzen Treppe, der Kälte, der nächtlichen Dunkelheit und des Hausmeisters im Bauernschaftspelz, der uns ausfragte, ehe er uns zum Tor hinausließ, verzagte Zinaida Fjodorovna völlig und verlor jeden Mut. Nachdem wir uns in eine Droschke gesetzt und das Verdeck hochgeklappt hatten, begann sie eilig, am ganzen Körper zitternd, davon zu sprechen, wie dankbar sie mir sei.

– Ich zweifle nicht an Ihrem guten Willen, aber ich schäme mich, Sie zu behelligen... – murmelte sie. – Oh, ich begreife, ich begreife... Als Gruzin heute da war, spürte ich, daß er log und mir etwas verheimlichte. Ja nun? Soll er. Dennoch ist es mir peinlich, daß ich Sie damit behellige.

Sie hatte immer noch Zweifel. Um diese endgültig zu zerstreuen, befahl ich dem Kutscher, durch die Sergievskaja zu fahren; ließ ihn vor Pekarskijs Einfahrt halten, stieg aus der Kutsche aus und klingelte. Als der Portier herauskam, fragte ich ihn laut, damit Zinaida Fjodorovna es hören konnte, ob Georgij Ivanyč zu Hause sei.

– Ja, – antwortete er. – Vor einer halben Stunde gekommen. Schläft bestimmt schon. Und was willst du von ihm?

Zinaida Fjodorovna hielt es nicht aus und steckte den Kopf aus der Droschke.

– Und wohnt Georgij Ivanovič schon lange hier? – fragte sie.

– Schon die dritte Woche.

– Und ist nirgendwohin gereist?

– Nirgendwohin, – antwortete der Portier und schaute mich verwundert an.

– Bestell ihm morgen in der Frühe, – sagte ich, – seine Schwester aus Warschau sei zu Besuch gekommen. Leb wohl.

Danach fuhren wir weiter. Die Droschke hatte keine Schürze, der Schnee wehte uns in Schwaden entgegen, und der Wind, besonders auf der Neva, war durchdringend bis auf die Knochen. Mir schien, als führen wir schon lange, als litten wir schon lange und als hörte ich schon lange Zinaida Fjodorovnas Atem zittern. Flüchtig, in einer Art Fiebertraum, wie vor dem Einschlafen, blickte ich zurück auf mein merkwürdiges, sinnloses Leben, und mir kam aus irgendeinem Grunde das Melodram »Pariser Bettler« in den Sinn, das ich ein-zweimal in meiner Kindheit gesehen hatte. Und aus irgendeinem Grunde, als ich, um diesen Fiebertraum abzuschütteln, unter dem Verdeck hervorblickte und die Morgendämmerung sah, ergossen sich all die Bilder der Vergangenheit, all die nebulosen Gedanken plötzlich zu dem einen klaren, starken Gedanken: Zinaida Fjodorovna und ich waren unwiederbringlich verloren. Es war Gewißheit, so als enthielte der dunkelblaue kalte Himmel eine Prophezeiung, doch einen Augenblick später dachte ich bereits an etwas anderes und glaubte an etwas anderes.

– Was soll ich jetzt tun? – sagte Zinaida Fjodorovna mit einer Stimme, heiser von Kälte und Feuchtigkeit. – Wohin soll ich gehen, was soll ich tun? Gruzin sagte: Gehen Sie ins Kloster. Oh, ich würde ja gehen! Würde die Kleider wechseln, mein Gesicht ändern, meinen Namen, meine Gedanken … alles, alles, und mich für immer verstecken. Aber man wird mich im Kloster nicht nehmen. Ich bin schwanger.

– Ich fahre morgen mit Ihnen ins Ausland, – sagte ich.

– Das geht nicht. Mein Mann wird mir den Paß nicht geben.

– Ich bringe Sie ohne Paß über die Grenze.

Der Kutscher hielt vor einem zweistöckigen Holzhaus, das mit dunkler Farbe gestrichen war. Ich klingelte. Als ich ihr den kleinen leichten Korb übergab, – das einzige Gepäck, das wir mitgenommen hatten, – lächelte Zinaida Fjodorovna irgendwie säuerlich und sagte:

– Das sind mes bijoux...

Aber sie war so geschwächt, daß sie nicht die Kraft hatte, diese bijoux zu halten. Lange wurde nicht geöffnet. Nach dem dritten oder vierten Klingeln huschte in den Fenstern Licht vorbei, und zu hören waren Schritte, Husten, Geflüster; endlich schnalzte das Schloß und in der Tür erschien ein dickes Weib mit rotem erschrockenen Gesicht. Hinter ihr, in einiger Entfernung, stand eine kleine, hagere alte Frau mit kurzgeschnittenen grauen Haaren, in weißem Jäckchen und mit einer Kerze in Händen. Zinaida Fjodorovna lief in den Flur und warf sich dieser Alten an den Hals.

– Nina, man hat mich betrogen! – schluchzte sie laut auf. – Man hat mich grob und gemein betrogen! Nina! Nina!

Ich gab dem Weib den Korb. Die Tür wurde abgeschlossen, doch immer noch hörte man das Schluchzen und den Ruf: »Nina!« Ich setzte mich in die Droschke und befahl dem Kutscher, ohne Eile zum Nevskij zu fahren. Ich mußte auch für mich an ein Nachtlager denken.

Am anderen Tag, gegen Abend, war ich bei Zinaida Fjodorovna. Sie hatte sich stark verändert. In ihrem bleichen, stark abgemagerten Gesicht war nicht einmal mehr eine Spur von Tränen, auch der Ausdruck war ein anderer. Ich weiß nicht, war es, weil ich sie jetzt in einer anderen, bei weitem nicht so luxuriösen Umgebung sah und weil unsere Beziehungen bereits andere waren, oder weil ihr der starke Kummer bereits sein Siegel aufgedrückt hatte – sie wirkte jetzt nicht mehr so elegant und aufgeputzt wie immer; ihre Figur war gleichsam geschrumpft, kleiner, in ihren Bewegungen, ihrem Gang, in ihrem Gesicht bemerkte ich eine überflüssige Nervosität, Heftigkeit, so als habe sie es eilig, und die frühere Weichheit war nicht mal mehr in ihrem Lächeln. Ich war jetzt in einen teuren Anzug gekleidet, den ich tagsüber gekauft hatte. Sie warf einen Blick zuerst auf diesen Anzug und den Hut in meiner Hand, dann richtete sie einen ungeduldigen, forschenden Blick in mein Gesicht, wie um es zu studieren.

– Ihre Verwandlung erscheint mir immer noch wie ein Wunder, – sagte sie. – Entschuldigen Sie, daß ich Sie mit solcher Neugierde betrachte. Sie sind schon ein außergewöhnlicher Mensch.

Ich erzählte ihr noch einmal, wer ich war und wozu ich bei Orlov gelebt hatte, und erzählte länger und ausführlicher als gestern. Sie hörte mit großer Aufmerksamkeit zu und sagte, ohne mich zum Ende kommen zu lassen:

– Dort ist für mich alles schon zu Ende. Wissen Sie, ich habe es nicht ausgehalten und ihm einen Brief geschrieben. Hier die Antwort.

Auf dem Zettel, den Sie mir gab, stand in Orlovs Handschrift geschrieben: »Ich werde mich nicht rechtfertigen. Aber geben Sie zu: geirrt haben Sie sich, nicht ich. Ich wünsche Ihnen Glück und bitte Sie, vergessen Sie so bald wie möglich den Sie achtenden G. O.

P. S. Ich schicke Ihre Sachen.«

Die Kisten und Körbe, die Orlov geschickt hatte, standen bereits hier im Salon, unter ihnen befand sich auch mein jämmerlicher Koffer.

– Also . . . – sagte Zinaida Fjodorovna und sprach nicht zu Ende.

Wir schwiegen eine Weile. Sie nahm den Zettel und hielt ihn sich etwa zwei Minuten vor Augen, und dabei nahm ihr Gesicht denselben überheblichen, verächtlichen und stolzen, harten Ausdruck an, den sie gestern zu Beginn unserer Aussprache aufgesetzt hatte; in ihre Augen traten Tränen, keine verzagten, keine bitteren, sondern stolze Zornestränen.

– Hören Sie, – sagte sie, abrupt sich erhebend und ans Fenster tretend, damit ich ihr Gesicht nicht sah. – Ich habe beschlossen: noch morgen fahre ich mit Ihnen ins Ausland.

– Na wunderbar. Ich wäre schon heute bereit.

– Werben Sie mich an. Haben Sie Balzac gelesen? – fragte sie plötzlich, zu mir gewandt. – Haben Sie ihn gelesen? Sein Roman »Père Goriot« endet damit, daß der Held vom Gipfel eines Hügels auf Paris hinabblickt und dieser Stadt droht: »Jetzt rechnen wir ab!« – und danach beginnt ein neues Leben. So werde auch ich, aus dem Zug ein letztes Mal auf Petersburg blickend, zu ihm sagen: »Jetzt rechnen wir ab!«

Und als sie das gesagt hatte, lächelte sie über diesen ihren Scherz und erschauderte aus irgendeinem Grunde am ganzen Körper.

XV

In Venedig bekam ich eine schmerzhafte Pleuritis. Wahrscheinlich hatte ich mich am Abend erkältet, als wir übers Wasser vom Bahnhof ins Hôtel Bauer gefahren waren. Ich mußte mich gleich am ersten Tag ins Bett legen und etwa zwei Wochen liegen. Jeden Morgen, solange ich krank war, kam aus ihrem Zimmer Zinaida Fjodorovna zu mir, um den Kaffee mit mir zu trinken, dann las sie mir französische und russische Bücher vor, mit denen wir uns in Wien eingedeckt hatten. Diese Bücher waren mir längst bekannt oder interessierten mich nicht, aber in meiner Nähe erklang eine geliebte, gute Stimme, so daß sich im wesentlichen der Inhalt all dieser Bücher für mich auf das eine reduzierte: ich war nicht einsam. Sie ging spazieren, kehrte zurück in ihrem hellgrauen Kleid, im leichten Strohhut, heiter, von der Frühlingssonne erwärmt, und wenn sie sich an mein Bett setzte, dicht über mein Gesicht gebeugt, erzählte sie mir etwas von Venedig oder las aus diesen Büchern vor – und ich fühlte mich wohl.

Nachts war mir kalt, ich hatte Schmerzen und langweilte mich, doch tagsüber betrank ich mich am Leben – einen besseren Ausdruck kann man nicht finden. Die helle, brennende Sonne, die zu den geöffneten Fenstern und der Balkontür hereindrang, die Rufe von unten, das Plätschern der Ruder, das Läuten der Glocken, der rollende Donner der Kanone zu Mittag und das Gefühl der absoluten, absoluten Freiheit wirkten bei mir Wunder; ich spürte an meinen Schultern starke, weite Flügel, die mich Gott weiß wohin davontrugen. Und was für ein Zauber, wieviel Freude zuweilen bei dem Gedanken, daß neben meinem Leben nun ein anderes Leben einherging, und ich war Diener, Bewacher, Freund und unentbehrlicher Gefährte eines jungen, schönen und reichen, aber schwachen, beleidigten und einsamen Wesens! Sogar krank zu sein ist angenehm, wenn du weißt, daß es Menschen gibt, die auf deine Genesung warten wie auf einen Feiertag. Einmal hörte ich, wie sie vor der Tür mit meinem Arzt flüsterte und danach mit verweinten Augen zu mir hereinkam, – ein schlechtes Zeichen, – doch ich war gerührt, und mir wurde ungewöhnlich leicht in der Seele.

Doch da erlaubte man mir, auf den Balkon hinauszugehen. Die Sonne und der leichte Wind vom Meer streicheln und liebkosen meinen kranken Körper. Ich schaue hinunter auf die längst bekannten Gondeln, die mit weiblicher Grazie, leicht und feierlich dahinziehen, als lebten und fühlten sie den ganzen Luxus dieser eigenartigen, bezaubernden Kultur. Es riecht nach Meer. Irgendwo spielt man ein Saiteninstrument und singt zweistimmig dazu. Wie schön! Welch Kontrast zu jener Petersburger Nacht, als der nasse Schnee fiel und so grob ins Gesicht schlug! Wenn man dagegen heute über den Kanal blickt, sieht man die Lagune, und am Horizont im Raum flimmert die Sonne über dem Wasser so hell, daß es wehtut hinzuschauen. Dorthin zieht es die Seele, an das vertraute, schöne Meer, dem ich meine Jugend schenkte. Man möchte leben! Leben und – nichts weiter!

Zwei Wochen später begann ich wieder zu gehen, wohin ich wollte. Ich liebte es, in der Sonne zu sitzen, dem Gondoliere zuzuhören, nichts zu verstehen und stundenlang das Häuschen anzuschauen, in dem angeblich Desdemona gelebt hatte, – ein biederes, trauriges Häuschen mit jungfräulichem Ausdruck, leicht wie Spitze, so leicht, daß man meint, man könne es mit einer Hand von seinem Platz verrücken. Lange stand ich vor dem Grab Canovas und betrachtete unverwandt den traurigen Löwen. Im Dogenpalast lockte mich alles in die Ecke, wo man den unglücklichen Marino Faliero mit schwarzer Farbe verhängt hat. Schön wäre es, Maler, Dichter, Dramatiker zu sein, dachte ich, aber wenn mir das verschlossen bleibt, dann stürze ich mich wenigstens auf die Mystik! Ach, hätte man bei dieser friedlichen Ruhe und Zufriedenheit, die die Seele ausfüllen, doch wenigstens ein kleines Stückchen eines Glaubens.

Abends aßen wir Austern, tranken Wein, fuhren spazieren. Ich erinnere mich, unsere schwarze Gondel schaukelt still auf der Stelle, unter ihr gluckst kaum hörbar das Wasser. Da und dort zittern und wiegen sich die Spiegelbilder der Sterne und Lichter vom Ufer. Nicht weit von uns in der Gondel, die mit bunten Lampions behängt ist, die sich im Wasser spiegeln, sitzen einige Leute und singen. Der Klang der Guitarren, Geigen, Mandolinen, Männer- und Frauenstimmen ertönen in der Dunkelheit, und Zinaida Fjodorovna, bleich, mit ernstem, beinahe strengen Gesicht, sitzt neben mir, Lippen und Hände fest zusammengepreßt. Sie denkt über etwas nach und bewegt nicht einmal eine Augenbraue und hört mich nicht. Ihr Gesicht, ihre Pose und der unbewegliche, ausdruckslose Blick, und die geradezu unwahrscheinlich trostlosen, unheimlichen

Erinnerungen, kalt wie Schnee, und ringsum Gondeln, Lichter, Musik, das Lied mit dem energischen, leidenschaftlichen Ausruf: »Jam-mo!.. Jam-mo!..«, – was für Kontraste des Lebens! Als sie so dasaß, die Hände zusammengepreßt, versteinert, bekümmert, kam es mir so vor, als spielten wir beide in irgendeinem Roman im alten Stil, unter dem Titel »Die Unglückliche«, »Die Verlassene« oder etwas in der Art. Wir beide: sie – die Unglückliche, Verlassene, und ich der treue, ergebene Freund, der Träumer und, wenns beliebt, der überflüssige Mensch, Pechvogel, der zu nichts anderem mehr in der Lage ist als zu husten und zu träumen und, vielleicht noch, sich selbst aufzuopfern... doch wer braucht heute meine Opfer und wozu? Und was überhaupt opfern, fragt es sich?

Nach dem abendlichen Spaziergang tranken wir den Tee jedesmal bei ihr und unterhielten uns. Wir fürchteten uns nicht, an die alten, noch nicht verheilten Wunden zu rühren, – im Gegenteil, ich verspürte aus irgendeinem Grunde sogar Vergnügen, wenn ich ihr von meinem Leben bei Orlov erzählte oder offen Beziehungen berührte, die mir bekannt waren und mir nicht hatten verborgen bleiben können.

– Manchmal habe ich Sie gehaßt, – sagte ich. – Wenn er seine Launen hatte, herablassend war und log, dann verblüffte mich, wie Sie das nicht sehen, nicht begreifen, wo doch alles so klar ist. Sie küssen ihm die Hände, knieen vor ihm, schmeicheln...

– Als ich... seine Hände küßte, vor ihm kniete, da liebte ich ihn... – sagte sie errötend.

– War es wirklich so schwer, ihn zu durchschauen? Eine schöne Sphinx! Der Kammerjunker als Sphinx! Ich mache Ihnen keinen Vorwurf, Gott bewahre, – fuhr ich fort, da ich spürte, daß ich keine Weltläufigkeit hatte und nicht das Feingefühl, das man so nötig braucht, wenn man es mit einer fremden Seele zu tun hat; früher, vor der Bekanntschaft mit ihr, hatte ich diesen Mangel an mir nicht bemerkt. – Wie haben

Sie das nicht durchschauen können? – wiederholte ich, doch bereits leiser und weniger sicher.

– Sie wollen sagen, Sie verachten meine Vergangenheit, und Sie haben recht, – sagte sie in starker Erregung. – Sie gehören zu der besonderen Kategorie von Menschen, die man nicht mit der gewöhnlichen Elle messen darf, Ihre moralischen Anforderungen zeichnen sich durch exklusive Strenge aus, und ich begreife, Sie können nicht vergeben; ich begreife Sie, und wenn ich manchmal widerspreche, so bedeutet das nicht, daß ich die Dinge anders sähe als Sie; ich rede den Unsinn von früher einfach deshalb, weil ich noch nicht die Zeit hatte, meine alten Kleider und Vorurteile aufzutragen. Auch ich hasse und verachte meine Vergangenheit, Orlov und meine Liebe . . . Was war das schon für eine Liebe? Heute ist das alles geradezu lächerlich, – sagte sie, ans Fenster tretend, und blickte auf den Kanal hinunter. – Alle diese Lieben vernebeln nur das Gewissen und werfen einen aus der Bahn. Der Sinn des Lebens besteht nur in einem – im Kampf. Mit dem Stiefelabsatz auf den widerwärtigen Schlangenkopf treten, daß es kracht! Das ist der Sinn. Das ist er, oder es gibt überhaupt keinen Sinn.

Ich erzählte ihr lange Geschichten aus meiner Vergangenheit und beschrieb tatsächlich erstaunliche Abenteuer. Doch die Veränderung, die in mir vorgegangen war, erwähnte ich mit keinem Wort. Sie hörte mir jedesmal mit großer Aufmerksamkeit zu und rieb sich an spannenden Stellen die Hände, wie aus Ärger, daß es nicht auch ihr gelungen war, solche Abenteuer, Ängste und Freuden zu erleben, doch plötzlich wurde sie nachdenklich, ging in sich, und schon ihrem Gesicht sah ich an, daß sie mir nicht mehr zuhörte.

Ich schloß die Fenster, die auf den Kanal gingen, und fragte: soll ich nicht den Kamin heizen?

– Nein, Gott mit Ihnen. Mir ist nicht kalt, – sagte sie, welk lächelnd, – ich bin nur sehr geschwächt. Wissen Sie, mir scheint, ich bin in letzter Zeit schrecklich viel klüger geworden.

Ich habe jetzt außergewöhnliche, originelle Gedanken. Wenn ich zum Beispiel an die Vergangenheit denke, an mein damaliges Leben... an die Menschen im allgemeinen, dann verfließt das alles für mich zu einem – zum Bild meiner Stiefmutter. Eine grobe, dreiste, seelenlose, verlogene, lasterhafte Frau und noch dazu Morphinistin. Mein Vater, schwach und charakterlos, hatte meine Mutter des Geldes wegen geheiratet und sie in die Schwindsucht getrieben, doch diese seine zweite Frau, meine Stiefmutter, liebte er leidenschaftlich, besinnungslos... Da hatte ich was auszustehen! Aber wozu darüber reden! So verfließt, sage ich, alles zu einem Bild... Und mich ärgert: Warum ist meine Stiefmutter gestorben? Ich würde mich heute gern mit ihr treffen!..

– Wozu?

– Nur so, ich weiß nicht... – antwortete sie mit einem Lachen, ihr schönes Haar ausschüttelnd. – Gute Nacht. Werden Sie gesund. Sobald Sie wieder auf den Beinen sind, befassen wir uns mit unseren Angelegenheiten... Es ist Zeit.

Als ich, nachdem ich mich bereits verabschiedet hatte, nach der Türklinke griff, sagte sie:

– Was meinen Sie? Ist Polja immer noch bei ihm?

– Wahrscheinlich.

Und ich ging zu mir. So verbrachten wir einen ganzen Monat. An einem trüben Mittag, als wir beide in meinem Zimmer am Fenster standen und schweigend auf die Gewitterwolken blickten, die vom Meer heraufzogen, auf den tiefblau gewordenen Kanal, und warteten, daß gleich der Regen lospeitschen würde, und als bereits ein schmaler, dichter Regenstreifen wie Gaze die Lagune bedeckte, wurde uns beiden plötzlich langweilig. Noch am selben Tag reisten wir nach Florenz.

XVI

Die Sache geschah bereits im Herbst, in Nizza. Eines Morgens, als ich zu ihr ins Hotelzimmer kam, saß sie im Sessel, die Beine übereinandergeschlagen, gebeugt, eingefallen, die Hände vor dem Gesicht, und weinte bitterlich, laut schluchzend, und ihre langen, unfrisierten Haare fielen ihr auf die Knie. Der Eindruck des wunderbaren, herrlichen Meeres, das ich eben erst gesehen hatte, von dem ich erzählen wollte, verließ mich plötzlich, und mein Herz krampfte sich vor Schmerz zusammen.

– Worüber weinen Sie? – fragte ich; sie nahm eine Hand vom Gesicht und winkte mir, ich solle gehen. – Worüber weinen Sie denn? – wiederholte ich, und zum ersten Mal während unserer ganzen Bekanntschaft küßte ich ihr die Hand.

– Nein, nein, es ist nichts! – sagte sie hastig. – Ach, nichts, nichts ... Gehen Sie ... Sie sehen doch, ich bin nicht angekleidet.

Ich ging in schrecklicher Verwirrung hinaus. Die Ruhe und die sorglose Stimmung, in der ich mich so lange befunden hatte, waren vom Mitleid vergiftet. Ich hätte ihr zu Füßen fallen mögen, sie anflehen, nicht einsam in einer Zelle zu weinen, sondern ihren Kummer mit mir zu teilen, und das gleichmäßige Rauschen des Meeres klang in meinen Ohren bereits wie eine düstere Prophezeiung, ich sah neue Tränen voraus, neue Leiden und Verluste. – Worüber, worüber weint sie? – fragte ich, während ich mich an ihr Gesicht und ihren leidenden Blick erinnerte. Ich erinnerte mich daran, daß sie schwanger war. Sie gab sich alle Mühe, ihren Zustand vor den Menschen, aber auch vor sich selbst zu verbergen. Zu Hause ging sie in einer weiten Bluse oder in einer Jacke mit übertrieben üppigen Falten auf der Brust, und wenn sie irgendwohin ausging, schnürte sie sich so stark ins Korsett, daß sie schon zweimal während des Spaziergangs in Ohnmacht gefallen war. Mit mir sprach sie über ihre Schwangerschaft nie, und einmal, als ich zu sagen wagte, es wäre kein Fehler, den Doktor zu Rate zu ziehen, errötete sie über und über und sagte kein Wort.

Als ich danach zu ihr ging, war sie bereits angekleidet und frisiert.

– Genug jetzt, genug! – sagte ich, da ich sah, daß sie bereit war, gleich wieder zu weinen. – Gehen wir lieber ans Meer und reden dort.

– Ich kann nicht sprechen. Verzeihen Sie, ich bin gerade in einer Stimmung, in der ich allein sein möchte. Und bitte, Vladimir Ivanovič, wenn Sie das nächste Mal zu mir hereinkommen wollen, klopfen Sie vorher an die Tür.

Dieses »an die Tür« klang irgendwie besonders, nicht fraulich. Ich ging hinaus. Zurück war die verfluchte Petersburger Stimmung, und alle meine Träume hatten sich eingerollt und gekrümmt wie das Laub in der Hitze. Ich spürte, daß ich wieder einsam war, daß es Nähe zwischen uns nicht gab. Ich war für sie dasselbe wie hier für diese Palme das Spinnengewebe, das sich zufällig an sie gehängt hatte und das morgen der Wind abreißen und davontragen würde. Ich spazierte durch die Anlagen, wo eine Kapelle spielte, ging ins Casino; hier betrachtete ich die herausgeputzten, stark parfümierten Frauen, und jede blickte mich an, so als wolle sie sagen: »Du bist einsam, na wunderbar . . .« Dann ging ich auf die Terrasse hinaus und blickte lange aufs Meer. Fern am Horizont kein einziges Segel, am linken Ufer im violetten Dunst Berge, Gärten, Türme, Häuser, auf allem spielt die Sonne, aber alles ist fremd, gleichgültig, ein Wirrwarr.

XVII

Sie kam wie früher morgens zu mir, um Kaffee zu trinken, aber wir aßen nicht mehr gemeinsam; sie hatte, wie sie sagte, keinen Hunger, und ernährte sich einzig von Kaffee, Tee und verschiedenen Kleinigkeiten wie Apfelsinen und Karamelbonbons.

Auch die abendlichen Gespräche zwischen uns gab es nicht mehr. Ich weiß nicht, warum. Nachdem ich sie in Tränen angetroffen hatte, benahm sie sich mir gegenüber irgendwie leichthin, manchmal herablassend, sogar mit Ironie und nannte mich aus irgendeinem Grunde »mein Herr«. Das, was ihr früher schrecklich, erstaunlich, heroisch erschienen war und Neid und Entzücken in ihr geweckt hatte, rührte sie jetzt ganz und gar nicht mehr, und gewöhnlich, wenn sie mich zu Ende angehört hatte, streckte sie sich leichthin und sagte:

– Ja, bei Poltava war die Sache, mein Herr, sie war.

Es geschah sogar, daß ich ihr tagelang nicht begegnete. Manchmal klopfe ich schüchtern und schuldbewußt an ihre Tür – keine Antwort; ich klopfe noch einmal – Schweigen... Ich stehe an der Tür und horche; da kommt das Stubenmädchen vorbei und verkündet kalt: »Madame est partie.« Dann gehe ich den Hotelkorridor auf und ab, gehe und gehe... Irgendwelche Engländer, vollbusige Damen, Garçons im Frack... Und wenn ich lange auf den langen gestreiften Teppich schaue, der sich über den gesamten Korridor erstreckt, kommt mir in den Sinn, daß ich im Leben dieser Frau eine merkwürdige, wahrscheinlich verlogene Rolle spiele und daß es nicht in meinen Kräften steht, diese Rolle zu ändern; ich laufe zu mir aufs Zimmer, falle aufs Bett und denke, denke und kann mir nichts ausdenken, klar ist mir nur, daß ich leben möchte und daß sie, je häßlicher, spröder und härter ihr Gesicht wird, mir desto näher steht und ich desto stärker und schmerzhafter unsere Verwandtschaft spüre. Meinetwegen bin ich »mein Herr«, meinetwegen dieser leichte, herablassende Ton, meinetwegen alles was beliebt, nur verlasse mich nicht, mein Schatz. Ich habe Angst, allein.

Dann gehe ich wieder auf den Korridor hinaus, horche besorgt... Ich esse nicht, bemerke nicht, wie der Abend anbricht.

Schließlich, nach zehn Uhr, sind die vertrauten Schritte zu hören, und auf dem Treppenabsatz an der Ecke erscheint Zinaida Fjodorovna.

– Sie gehen spazieren? – fragt sie im Vorübergehen. – Sie sollten lieber nach draußen gehen... Gute Nacht!

– Aber sehen wir uns denn heute nicht mehr?

– Es ist schon spät, scheint mir. Aber wie Sie wollen.

– Sagen Sie, wo sind Sie gewesen? – frage ich, ihr Zimmer betretend.

– Wo? In Monte Carlo, – sie holt zehn Goldmünzen aus der Tasche und sagt: – Hier, mein Herr. Ich habe gewonnen. Beim Roulette.

– Sie werden doch nicht anfangen zu spielen.

– Weshalb denn nicht? Ich fahre morgen wieder hin.

Ich stellte mir vor, wie sie mit ihrem häßlichen, kränklichen Gesicht, schwanger, stark geschnürt, am Spieltisch steht in der Menge der Kokotten, der verblödeten alten Frauen, die sich ums Gold drängen wie die Fliegen um den Honig, erinnerte mich, daß sie aus irgendeinem Grunde heimlich nach Monte Carlo gefahren war...

– Ich glaube Ihnen nicht, – sagte ich. – Sie werden nicht wieder dorthinfahren.

– Regen Sie sich nicht auf. Viel kann ich nicht verlieren.

– Nicht das Verlieren ist die Sache, – sagte ich ärgerlich. – Ist Ihnen, als Sie dort spielten, nicht in den Sinn gekommen, daß der Glanz des Goldes, all diese Frauen, die alten wie die jungen, der Croupier, die ganze Einrichtung, daß all das ein gemeiner, widerlicher Hohn ist auf die Mühen des Arbeiters, auf den blutigen Schweiß?

– Wenn nicht spielen, was soll ich denn sonst hier tun? – fragte sie. – Und die Mühen des Arbeiters, der blutige Schweiß – diese Rednerkünste verschieben Sie auf ein andermal, aber jetzt, wo Sie schon mal begonnen haben, erlauben Sie mir fortzufahren; erlauben Sie mir, Ihnen offen die Frage zu stellen: was soll ich hier tun und was werde ich tun?

– Was tun? – sagte ich, die Achseln zuckend. – Diese Frage ist nicht sofort zu beantworten.

– Ich bitte um eine ehrliche Antwort, Vladimir Ivanyč, – sagte sie, und ihr Gesicht wurde zornig. – Wenn ich mich einmal entschlossen habe, Ihnen diese Frage zu stellen, dann nicht, um Allgemeinplätze zu hören. Ich frage Sie, – fuhr sie fort, mit der flachen Hand auf den Tisch klopfend, wie um den Takt zu schlagen, – was soll ich hier tun? Und nicht nur hier, in Nizza, sondern überhaupt?

Ich schwieg und schaute zum Fenster hinaus aufs Meer. Mein Herz fing schrecklich an zu klopfen.

– Vladimir Ivanyč, – sagte sie leise und stoßweise atmend; es fiel ihr schwer zu sprechen. – Vladimir Ivanyč, wenn Sie selbst nicht an Ihre Sache glauben, wenn Sie nicht mehr daran denken, zu ihr zurückzukehren, wozu... wozu haben Sie mich dann aus Petersburg verschleppt? Wozu die Versprechungen und wozu haben Sie diese Wahnsinnshoffnungen in mir geweckt? Ihre Überzeugungen haben sich geändert, Sie sind ein anderer Mensch geworden, und niemand beschuldigt Sie deswegen – Überzeugungen stehen nicht immer in unserer Macht, aber... aber, Vladimir Ivanyč, warum um Gottes willen sind Sie nicht ehrlich? – fuhr sie leise fort und kam auf mich zu. – Als ich all diese Monate laut träumte, phantasierte, mich an meinen Plänen entzückte, mein Leben neu einrichten wollte, warum haben Sie mir nicht die Wahrheit gesagt, sondern geschwiegen oder mich mit Ihren Erzählungen ermuntert und sich so verhalten, als seien Sie ganz meiner Meinung? Warum? Wozu war das nötig?

– Es ist schwer, sich den eigenen Bankrott einzugestehen, – sagte ich, mich umwendend, aber ohne sie anzublicken. – Ja, ich glaube nicht mehr, bin erschöpft, mutlos... Es ist schwer, ehrlich zu sein, schrecklich schwer, also habe ich geschwiegen.

Bei Gott, möge niemand das ausstehen, was ich ausgestanden habe.

Mir schien, ich würde gleich anfangen zu weinen, und ich verstummte.

– Vladimir Ivanyč, – sagte sie und faßte mich an beiden Händen. – Sie haben viel durchgemacht und erlitten, Sie wissen mehr als ich; denken Sie ernsthaft nach und sagen Sie mir: was soll ich tun? Bringen Sie es mir bei. Wenn Sie selbst nicht mehr die Kraft haben zu gehen und andere zu führen, so zeigen Sie wenigstens mir, wohin ich gehen soll. Geben Sie zu, ich bin ein lebendiger, fühlender und denkender Mensch. In eine falsche Lage geraten... irgendeine unsinnige Rolle spielen... mir fällt das schwer. Ich mache Ihnen keine Vorwürfe, beschuldige Sie nicht, ich bitte Sie lediglich.

Man brachte den Tee.

– Nun, was ist? – fragte Zinaida Fjodorovna, indem sie mir ein Glas reichte. – Was haben Sie mir zu sagen?

– Es gibt nicht nur das Licht, das zum Fenster hereinkommt, – antwortete ich. – Es gibt noch andere Menschen außer mir, Zinaida Fjodorovna.

– Dann zeigen Sie sie mir, – sagte sie lebhaft. – Nur darum bitte ich Sie.

– Und noch etwas will ich sagen, – fuhr ich fort. – Der Idee dienen kann man nicht nur auf dem einen einzigen Gebiet. Wenn Sie sich geirrt, wenn Sie den Glauben an den einen verloren haben, so kann man sich einen anderen suchen. Die Welt der Ideen ist weit und unerschöpflich.

– Die Welt der Ideen! – sagte sie und blickte mir spöttisch ins Gesicht. – Dann hören wir lieber auf... Was soll das...

Sie errötete.

– Die Welt der Ideen! – wiederholte sie und warf die Serviette beiseite, und ihr Gesicht nahm einen widerwilligen, angewiderten Ausdruck an. – Alle diese Ihre schönen Ideen reduzieren sich, wie ich sehe, auf den einen unumgänglichen, unvermeidlichen Schritt: ich soll Ihre Geliebte werden. Das ist es, was Sie wollen. Sich mit Ideen herumtragen und nicht die Geliebte eines so ehrenhaften, den Ideen so ergebenen Menschen sein – heißt die Ideen nicht begreifen. Damit muß man beginnen... das heißt mit der Geliebten, alles übrige ergibt sich von selbst.

– Sie sind gereizt, Zinaida Fjodorovna, – sagte ich.

– Nein, ich bin ehrlich! – rief sie, schwer atmend. – Ich bin ehrlich!

– Sie sind vielleicht ehrlich, aber Sie irren sich, und es tut mir weh, Ihnen zuzuhören.

– Ich irre mich! – lachte sie. – Jeder dürfte das sagen, aber nicht Sie, mein Herr. Und wenn ich Ihnen grob, grausam erscheinen sollte, aber wie dem auch sei: lieben Sie mich? Sie lieben mich doch?

Ich zuckte die Achseln.

– Ja, zucken Sie die Achseln! – fuhr sie spöttisch fort. – Als Sie krank waren, habe ich Sie phantasieren hören, dann ständig diese anhimmelnden Blicke, die Seufzer, die gutgemeinten Gespräche über die Nähe, die geistige Verwandtschaft... Aber die Hauptsache, warum waren Sie bis heute nicht ehrlich? Warum haben Sie verschwiegen, was ist, und darüber gesprochen, was nicht ist? Hätten Sie von Anfang an gesagt, welche Ideen Sie wirklich darauf gebracht haben, mich aus Petersburg zu verschleppen, dann hätte ich es gewußt. Dann hätte ich mich vergiftet, wie ich es vorhatte, und dann hätten wir heute nicht diese stumpfsinnige Komödie. Ach, wozu noch darüber reden! – Sie winkte in meine Richtung ab und setzte sich.

– Sie sprechen in einem Ton, als verdächtigten Sie mich unehrenhafter Absichten, – war ich beleidigt.

– Na schön. Was solls. Ich verdächtige Sie keiner Absichten, sondern dessen, daß Sie keinerlei Absichten hatten. Hätten Sie welche, dann wüßte ich davon. Außer Ideen und der Liebe hatten Sie nichts. Heute Ideen und Liebe und in der Perspektive – ich Ihre Geliebte. So ist die Ordnung der Dinge im Leben wie in den Romanen... Da haben Sie auf ihn geschimpft, – sagte sie und schlug mit der flachen Hand auf den Tisch, – aber ohne es zu wollen, muß man ihm recht geben. Nicht ohne Grund verachtet er all diese Ideen.

– Er verachtet die Ideen nicht, er fürchtet sie, – rief ich. – Er ist ein Feigling und Lügner.

– Na schön! Er ist ein Feigling, ein Lügner und hat mich betrogen, und Sie? Entschuldigen Sie meine Offenheit: wer sind Sie schon? Er hat mich in Petersburg betrogen und der Willkür des Schicksals überlassen, Sie haben es hier getan. Er hat für seinen Betrug wenigstens keine Ideen gebraucht, Sie dagegen...

– Wozu um Gottes willen sagen Sie das? – entsetzte ich mich, die Hände ringend und schnell auf sie zutretend. – Nein, Zinaida Fjodorovna, nein, das ist Zynismus, man darf nicht so verzweifeln, hören Sie mich an, – fuhr ich fort, indem ich mich an einen Gedanken klammerte, der mir plötzlich unklar durch den Kopf geschossen war und der uns beide, so schien es, noch hätte retten können. – Hören Sie mir zu. Ich habe in meinem Leben viel erlebt, so viel, daß es mich heute schwindelt, wenn ich nur daran denke, heute habe ich klar begriffen, mit meinem Hirn, mit meiner kranken Seele: die Bestimmung des Menschen besteht entweder in gar nichts oder in der aufopferungsvollen Liebe zum Nächsten. Das ist, wohin wir gehen müssen und worin unsere Bestimmung besteht! Das ist mein Glaube!

Weiter wollte ich von der Barmherzigkeit sprechen, vom Allesvergeben, aber meine Stimme klang plötzlich unehrlich, und ich wurde verlegen.

– Ich möchte leben! – sagte ich ehrlich. – Leben, leben! Ich will Frieden, Stille, will Wärme, hier dieses Meer, Ihre Nähe. Oh, wie gern würde ich auch Ihnen diesen leidenschaftlichen Lebensdurst einhauchen! Sie sprachen eben von Liebe, mir genügen würde Ihre Nähe, Ihre Stimme, Ihr Gesichtsausdruck…

Sie errötete und sagte schnell, um mich am Weitersprechen zu hindern:

– Sie lieben das Leben, ich hasse es. Also sind unsere Wege verschieden.

Sie schenkte sich Tee ein, rührte ihn aber nicht an, ging ins Schlafzimmer und legte sich hin.

– Ich denke, wir sollten dieses Gespräch lieber abbrechen, – sagte sie von dort zu mir. – Für mich ist alles zu Ende, ich brauche nichts mehr… Was solls, wozu darüber reden!

– Nein, es ist nicht alles zu Ende!

– Na schön!.. Ich weiß schon! Ich habe es satt… genug.

Ich stand eine Weile; schritt auf und ab und ging hinaus auf den Korridor. Als ich danach, spät in der Nacht, an ihre Tür trat und horchte, hörte ich deutlich ein Weinen.

Am nächsten Tag teilt mir der Lakai, der mir morgens meine Kleider brachte, mit einem Lächeln mit, die Dame von Nummer 13 komme nieder. Ich zog mich irgendwie an und eilte, ersterbend vor Entsetzen, zu Zinaida Fjodorovna. In ihrem Zimmer befanden sich der Doktor, die Hebamme und eine betagte russische Dame aus Charkov, die Darja Michajlovna hieß. Es roch nach Äthertropfen. Kaum hatte ich die Schwelle überschritten, als aus dem Zimmer, in dem sie lag, ein leises klagendes Stöhnen zu hören war, und so, als habe es mir den Wind aus Rußland zugeweht, erinnerte ich mich an Orlov, an seine Ironie, an Polja, die Neva, die Schneeschwaden, dann an die schürzenlose Droschke, die Prophezeiung, die ich am kalten Morgenhimmel gelesen hatte, und den verzweifelten Ruf: »Nina! Nina!«

– Gehen Sie zu ihr, – sagte die Dame.

Ich ging zu Zinaida Fjodorovna hinein mit einem Gefühl, als sei ich der Vater des Kindes. Sie lag mit geschlossenen Augen, eingefallen, bleich, im weißen Spitzenhäubchen. Auf ihrem Gesicht lag ein zwiefacher Ausdruck: der eine gleichgültig, kalt und welk, der andere kindlich und hilflos, den ihr das weiße Häubchen verlieh. Sie hörte nicht, wie ich eintrat, oder hatte es vielleicht gehört, beachtete mich aber nicht. Ich stand, schaute sie an und wartete.

Doch da verzog sich ihr Gesicht vor Schmerz, sie öffnete die Augen und blickte zur Decke hinauf, wie um zu begreifen, was mit ihr war... Ihr Gesicht drückte Ekel aus.

– Widerlich, – flüsterte sie.

– Zinaida Fjodorovna, – rief ich schwach.

Sie warf mir einen gleichgültigen, welken Blick zu und schloß die Augen. Ich stand eine Weile und ging hinaus.

Nachts teilte Darja Michajlovna mir mit, ein Mädchen sei geboren worden, aber die Wöchnerin sei in einem gefährlichen Zustand; dann auf dem Korridor Rennerei und Lärm. Noch einmal kam Darja Michajlovna zu mir und sagte mit verzweifeltem Gesicht, die Hände ringend:

– Oh, es ist entsetzlich! Der Doktor hat den Verdacht, sie habe Gift genommen. Oh, wie häßlich die Russen sich hier benehmen!

Am andern Tag, gegen Mittag, war Zinaida Fjodorovna gestorben.

XVIII

Zwei Jahre waren vergangen. Die Umstände hatten sich geändert, ich fuhr wieder nach Petersburg und konnte hier leben, ohne mich mehr verstecken zu müssen. Ich fürchtete nicht mehr, empfindsam zu sein und zu scheinen, und war ganz im Vatergefühl oder richtiger, dem der Götzenanbeterei aufgegangen, das Sonja in mir erweckte, Zinaida Fjodorovnas Tochter. Ich fütterte sie eigenhändig, badete sie, legte sie schlafen, ließ nächtelang kein Auge von ihr und schrie auf, wenn mir schien, die Kinderfrau würde sie gleich fallen lassen. Mein

Durst nach einem gewöhnlichen, alltäglichen Leben war im Laufe der Zeit immer stärker und aufreizender geworden, doch die hochfliegenden Träume hielten inne bei Sonja, so als hätten sie in ihr endlich genau das gefunden, was ich wollte. Ich liebte dieses Mädchen bis zum Wahnsinn. In ihm sah ich die Fortsetzung meines eigenen Lebens, und es schien mir nicht nur, sondern ich fühlte, ja glaubte beinahe: würde ich am Ende diesen langen, knochigen, bärtigen Körper abstreifen, so würde ich in diesen blauen Äuglein weiterleben, in diesen hellblonden seidigen Härchen und in diesen molligen rosigen Händchen, die mir so liebevoll das Gesicht streichelten und meinen Hals umarmten.

Sonjas Schicksal machte mir Angst. Ihr Vater war Orlov, laut Geburtsurkunde hieß sie Krasnovskaja, jedoch der einzige Mensch, der von ihrem Dasein wußte und für den es von Interesse war, das heißt ich, war mit seinem Lied bereits am Ende. Ich mußte mir ernsthaft Gedanken um sie machen.

Am Tag nach meiner Ankunft in Petersburg begab ich mich zu Orlov. Es öffnete mir ein dicker alter Mann mit rotem Backenbart und ohne Schnurrbart, offenbar ein Deutscher. Polja, die im Salon aufräumte, erkannte mich nicht, doch dafür erkannte Orlov mich sofort.

– Ah, der Herr Verschwörer! – sagte er, mich voller Neugier betrachtend, und lachte. – Woher des Wegs?

Er hatte sich nicht im mindesten verändert: noch immer dasselbe gepflegte, unangenehme Gesicht, dieselbe Ironie. Und auf dem Tisch lag, wie zu früherer Zeit, ein neues Buch, darin das Messer aus Elfenbein. Offenbar hatte er vor meinem Kommen gelesen. Er wies mir einen Platz zu, bot mir eine Zigarre an, und mit dem Feingefühl, das nur sehr gut erzogenen Menschen eigen ist, das unangenehme Gefühl verbergend, das mein Gesicht und meine hagere Gestalt in ihm erweckten, bemerkte er beiläufig, ich hätte mich nicht im mindesten verändert und man könne mich leicht erkennen, sogar ungeachtet des Barts, den ich mir hatte wachsen lassen. Wir sprachen über das Wetter, über Paris. Um sich so bald wie möglich der schweren, unvermeidlichen Frage zu entledigen, die sowohl ihn als auch mich quälte, fragte er:

– Zinaida Fjodorovna ist gestorben?

– Ja, sie ist gestorben, – antwortete ich.

– Bei der Entbindung?

– Ja, bei der Entbindung. Der Arzt äußerte den Verdacht auf eine andere Todesursache, aber… für Sie wie für mich ist es beruhigender zu denken, sie sei bei der Entbindung gestorben.

Er seufzte anstandshalber und schwieg. Ein stiller Engel flog vorbei.

– Tja. Bei mir ist alles beim alten, keinerlei besondere Veränderungen, – begann er plötzlich lebhaft, als er bemerkte, daß ich mich im Arbeitszimmer umsah. – Mein Vater hat, wie Sie wissen, seinen Abschied genommen und lebt im Ruhestand, ich bin immer noch am alten Platz. Erinnern Sie sich an Pekarskij? Er ist immer noch derselbe. Gruzin ist vergangenes Jahr an Diphtherie gestorben… Tja, Kukuškin lebt und denkt oft an Sie. A propos, – fuhr Orlov fort, schüchtern die Augen niederschlagend, – als Kukuškin erfuhr, wer Sie waren, erzählte er überall herum, Sie hätten einen Anschlag auf ihn verübt, hätten ihn töten wollen… und er habe sich gerade noch retten können.

Ich schwieg.

– Die alten Diener vergessen ihre Herrschaft nicht… Das ist sehr nett Ihrerseits, – scherzte Orlov. – Aber wollen Sie nicht ein Glas Wein oder Kaffee? Ich lasse welchen kochen.

– Nein, danke. Ich komme in einer sehr wichtigen Sache zu Ihnen, Georgij Ivanyč.

– Ich bin kein Liebhaber von wichtigen Sachen, stehe Ihnen aber gern zu Diensten. Sie befehlen?

– Sehen Sie, – begann ich erregt, – hier bei mir befindet sich zur Zeit die Tochter der verstorbenen Zinaida Fjodorovna…

Bis heute habe ich mich um ihre Erziehung gekümmert, aber wie Sie sehen, werde ich mich wenn nicht heute, so doch morgen in einen leeren Klang verwandeln. Ich möchte mit dem Gedanken sterben, daß sie versorgt ist.

Orlov errötete leicht, runzelte die Brauen und warf mir flüchtig, streng einen Blick zu. Unangenehm berührte ihn weniger die »wichtige Sache«, als vielmehr meine Worte über die Verwandlung in einen leeren Klang, über den Tod.

– Ja, darüber muß man sich Gedanken machen, – sagte er, die Augen bedeckend wie gegen die Sonne. – Ich danke Ihnen. Sie sagen: ein Mädchen?

– Ja, ein Mädchen. Ein wunderbares Mädchen!

– Tja. Das ist natürlich kein Mops, sondern ein Mensch... versteht sich, darüber muß man sich ernsthaft Gedanken machen. Ich bin bereit, Anteil zu nehmen und... bin Ihnen sehr verbunden.

Er stand auf, ging, an den Fingernägeln kauend, auf und ab und blieb vor einem Bild stehen.

– Darüber muß man sich Gedanken machen, – sagte er dumpf, mit dem Rücken zu mir stehend. – Ich werde heute bei Pekarskij sein und ihn bitten, zu Krasnovskij zu fahren. Ich denke, Krasnovskij wird keine langen Umstände machen und einwilligen, das Mädchen zu sich zu nehmen.

– Aber verzeihen Sie, ich weiß nicht, was Krasnovskij damit zu tun hat, – sagte ich, stand ebenfalls auf und trat vor ein Bild am anderen Ende des Zimmers.

– Aber sie trägt doch seinen Namen, will ich hoffen! – sagte Orlov.

– Ja, er ist vielleicht von Gesetzes wegen verpflichtet, dieses Kind zu sich zu nehmen, aber ich bin nicht zu Ihnen gekommen, Georgij Ivanyč, um über Gesetze zu sprechen.

– Ja, ja, Sie haben recht, – pflichtete er lebhaft bei. – Mir scheint, ich rede Unsinn. Aber regen Sie sich nicht auf. Wir werden das alles zur gegenseitigen Zufriedenheit regeln. Wenn nicht auf die eine, dann auf eine andere, wenn nicht auf die andere, dann auf eine dritte Weise, aber so oder anders wird diese heikle Frage gelöst. Pekarskij wird alles besorgen. Sie werden so gut sein und mir Ihre Adresse hinterlassen, und ich werde Ihnen unverzüglich die Lösung mitteilen, zu der wir gelangen. Wo wohnen Sie?

Orlov notierte meine Adresse, seufzte und sagte mit einem Lächeln:

– Welch Katastrophe, großer Gott, einer kleinen Tochter Vater zu sein! Aber Pekarskij wird alles besorgen. Er ist ein »heller« Kopf. Wie lange haben Sie in Paris gelebt?

– Etwa zwei Monate.

Wir schwiegen. Orlov befürchtete offenbar, ich könnte wieder anfangen, von dem Mädchen zu sprechen, und um meine Aufmerksamkeit in eine andere Richtung zu lenken, sagte er:

– Ihren Brief haben Sie wahrscheinlich längst vergessen. Aber ich bewahre ihn auf. Ihre damalige Stimmung kann ich begreifen und gebe zu, ich habe Achtung vor diesem Brief. Verfluchtes kaltes Blut, der Asiate, Pferdegewieher – das ist hübsch und trifft zu, – fuhr er ironisch lächelnd fort. – Und der Hauptgedanke kommt der Wahrheit wohl nahe, obwohl man darüber endlos streiten könnte. Das heißt, – stockte er, – streiten nicht über den Gedanken selbst, sondern über Ihr Verhältnis zu der Frage, sozusagen über Ihr Temperament. Ja, mein Leben ist abnorm, verdorben, taugt zu nichts, und ein neues Leben zu beginnen hindert mich die Feigheit, – hier haben Sie völlig recht. Aber daß Sie sich das so zu Herzen nehmen, sich erregen und in Verzweiflung verfallen, – das ist ohne raison, hier haben Sie absolut unrecht.

– Ein lebender Mensch kann nicht anders als sich erregen und in Verzweiflung verfallen, wenn er sieht, wie er selbst zugrundegeht und rings umher andere zugrundegehen.

– Wer sagt das? Ich predige mitnichten die Gleichgültigkeit, ich will nur ein objektives Verhältnis zum Leben. Je objektiver, desto geringer das Risiko, Fehler zu begehen. Man muß auf die Wurzel schauen und in jeder Erscheinung die Ursache aller Ursachen finden. Wir sind schwach, heruntergekommen, sind am Ende gefallen, unsere Generation besteht aus lauter Neurasthenikern und Jammerlappen, wir können nichts anderes als über Ermüdung und Erschöpfung zu reden, doch schuld daran sind nicht Sie und nicht ich: wir sind zu klein, als daß von unserem Wollen das Schicksal einer ganzen Generation abhängen könnte. Hier, sollte man denken, liegen größere Ursachen vor, allgemeine, die vom biologischen Gesichtspunkt ihre solide raison d'être besitzen. Wir sind Neurastheniker, Sauertöpfe, Renegaten, aber vielleicht ist das notwendig und nützlich für jene Generationen, die nach uns leben werden. Kein einziges Haar fällt aus ohne den Willen des himmlischen Vaters, – mit anderen Worten, in der Natur und in der menschlichen Gesellschaft geschieht nichts von selbst. Alles ist begründet und notwendig. Und wenn das so ist, wozu sollen wir uns groß beunruhigen und einander verzweifelte Briefe schreiben?

– Soweit so gut, – sagte ich nach einigem Nachdenken. – Ich glaube, die nächsten Generationen werden es leichter haben und vieles genauer sehen können; ihnen wird unsere Erfahrung zur Verfügung stehen. Aber man möchte doch leben, unabhängig von den künftigen Generationen und nicht nur für sie. Das Leben wird nur einmal gegeben, und leben möchte man es mutig, sinnerfüllt und schön. Man möchte eine angesehene, selbständige, vornehme Rolle spielen, möchte Geschichte machen, damit jene Generationen nicht das Recht haben, von jedem von uns zu sagen: er war ein Nichts oder noch etwas Schlimmeres ... Ich glaube sowohl an die Zweckmäßigkeit als auch an die Notwendigkeit dessen, was ringsum geschieht, aber was habe ich mit dieser Notwendigkeit zu tun, wozu muß mein »Ich« verschwinden?

– Nun ja, was soll man tun! – seufzte Orlov, indem er sich erhob und damit gleichsam zu verstehen gab, daß unser Gespräch nun zu Ende sei.

Ich griff nach meiner Mütze.

– Nur eine halbe Stunde haben wir gesessen, und wie viele Fragen gelöst, sieh einer an! – sagte Orlov, indem er mich auf den Flur begleitete. – Also, ich kümmere mich darum... Noch heute treffe ich mich mit Pekarskij. Seien Sie unbesorgt.

Er blieb wartend stehen, bis ich mich angezogen hatte, und es bereitete ihm sichtlich Vergnügen, daß ich gleich gehen würde.

– Georgij Ivanyč, geben Sie mir meinen Brief zurück, – sagte ich.

– Zu Befehl.

Er ging ins Arbeitszimmer und kehrte eine Minute später mit dem Brief zurück. Ich dankte und ging.

Am andern Tag bekam ich von ihm eine Nachricht. Er beglückwünschte mich zur glücklichen Lösung der Frage. Unter Pekarskijs Bekannten sei eine Dame, schrieb er, die ein Pensionat unterhalte, eine Art Kindergarten, in den auch sehr kleine Kinder aufgenommen würden. Auf die Dame sei voll und ganz Verlaß, doch bevor man sich mit ihr ins Benehmen setze, wäre es kein Fehler, mit Krasnovskij zu sprechen – dies verlange die Form. Er riet mir, mich unverzüglich zu Pekarskij zu begeben und dazu, falls eine solche vorhanden, die Geburtsurkunde mitzunehmen. »Empfangen Sie die Versicherung der aufrichtigen Hochachtung Ihres ergebenen Dieners...«

Ich las diesen Brief, und Sonja saß auf dem Tisch und schaute mich aufmerksam, ohne zu zwinkern an, als wüßte sie, daß sich ihr Los entschied.

Anmerkungen

Eine langweilige Geschichte

Eine langweilige Geschichte [Skučnaja istorija] – erschien erstmals in Heft XI [November] 1889 in der Petersburger Zeitschrift *Severnyj vestnik* [Bote des Nordens], dort mit dem Vermerk: »Dorf Luka, Kr. Sumy, 1889.«

Die Arbeit am Text 1889 überschnitt sich mit der an Čechovs zweitem abendfüllenden Theaterstück, der Komödie *Der Waldschrat*, die unterbrochen wurde durch Krankheit und Tod des Bruders Nikolaj in Luka [17. Juni 1889]. Danach reiste Čechov nach Jalta, wo er im Juli mit der *Langweiligen Geschichte* begann. Im September, in Moskau zurück, machte er sich an die Überarbeitung des Texts, den er am 24. September an A. N. Pleščeev schickte; der Redakteur, von dem Roman begeistert, riet zu einer Änderung des Titels, was Čechov am 30. September ablehnte: »Die Müllkutscher, die Ihrer Voraussicht nach über die ›Langweilige Geschichte‹ Witze reißen werden, sind so geistreich nicht, als daß man sie zu fürchten bräuchte; wenn jemand einen guten Witz machen sollte, so werde ich mich freuen, den Anlaß dafür gegeben zu haben.«

Gegenüber dem Wortlaut der Zeitschriftenveröffentlichung weist der Text der Buchausgaben, abgesehen von stilistischen Änderungen, nur wenige Kürzungen auf. In Buchform erschien die *Langweilige Geschichte* 1890 in dem Prosaband *Mürrische Menschen*, Petersburg, A. S. Suvorin, sowie in dessen Nachauflagen; später in Band V der Werkausgabe im Verlag A. F. Marks, Petersburg 1901.

I

Nikolaj – griech. nikolaos; nike: der Sieg, laos: das Volk.

Stepanovič – griech. stephanos: der Kranz. Die intimere Form des Patronyms, die im Text häufig in der Anrede gebraucht wird, lautet Stepanyč.

Soundso – ursprünglicher Titel Čechovs für diesen Text: *Mein Name und ich* [Moe imja i ja].

Geheimrat – 3. Rang der alten Rangtabelle, Generalsrang, dem die Anrede »Euer Exzellenz« gebührt.

Ritter – russ. kavaler, Mitglied eines Ordens.

Ikonostas – Ikonenwand der orthodoxen Kirche, die das Kirchenschiff vom Altarraum trennt.

Pirogov – Nikolaj Ivanovič, 1810–1881, russ. Mediziner, Chirurg und Pädagoge, europäische Kapazität auf dem Gebiet der Kriegschirurgie und Lazaretthygiene. Pirogovs Fragment gebliebene, 1884–1885 posthum veröffentlichte Memoiren *Lebensfragen. Tagebuch eines alten Arztes* [Voprosy žizni. Dnevnik starogo vrača], die Čechov mehrfach sinngemäß oder sogar im Wortlaut zitiert, sind eine wesentliche Quelle der *Langweiligen Geschichte.*

Kavelin – Konstantin Dmitrievič, 1818–1885, russ. Historiker, Jurist und Philosoph, der 1861 aus Protest gegen die Schließung der Universität St. Petersburg seine Lehrtätigkeit aufgegeben hatte. In seinen späteren Werken *Aufgaben der Ethik* [Zadači etiki] und *Die Tagesordnung* [Zloba dnja] beklagt Kavelin das »absolute Fehlen leitender Richtungen, Ideen und Meinungen« und fordert eine »allgemeine Richtung«, die zum »Kammerton des Handelns« werden könnte. Kataev stellt einen Zusammenhang zwischen Čechovs Titel und einer Feststellung Kavelins von 1884 her: »Die Menschen sind überaus erfindungsreich bei Vergnügungen und Zerstreuungen, indessen – sie langweilen sich. Langeweile ist eine Krankheit, die früher unbekannt war.« (V. B. Kataev, *Literaturnye svjazi Čechova,* Moskau 1989)

Nekrasov – Nikolaj Alekseevič, 1821–1878, russ. Lyriker, populärer Vertreter einer sozial und politisch engagierten Dichtung, Herausgeber der berühmten Zeitschrift *Sovremennik* [Der Zeitgenosse] bis zu deren Verbot 1866, danach der *Otečestvennyja zapiski* [Vaterländische Annalen]. Bekanntestes Werk Nekrasovs ist die epische Dichtung *Wer gut lebt in Rußland,* 1866–1867.

tic – latein. im russ. Text.

Turgenevsche Heldin – im *Tagebuch eines Überflüssigen*, 1850, Eintrag vom 27. März.

Was die Schwalbe sang – Roman des in Rußland viel übersetzten deutschen Schriftstellers Friedrich Spielhagen, 1829–1911, deutsch 1872; Titel der russischen Übersetzung: Wovon die Schwalbe sang.

Liza – Kurzform von Elizaveta, althebr.: ich schwöre bei Gott, Gott ist mein Eid. Liza heißt die Angebetete in Turgenevs *Tagebuch eines Überflüssigen*, Liza heißt auch die Tochter in Tolstojs Erzählung *Der Tod des Ivan Iljič*, 1886, die sich in derselben Situation wie die Tochter des Professors befindet.

Saal – der Raum für festliche Anlässe, so genannt auch in bescheideneren Wohnungen.

Offizier in Warschau – meint: im Ausland, in der Fremde. Warschau, seit dem Wiener Kongreß unter russ. Verwaltung, beherbergte eine russische Garnison.

Varja – Kurzform v. Varvara, griech. barbaros, Ausländerin, Fremde.

Othello Desdemona – *Othello* I, 3, zit. in der russ. Übersetzung von P. I. Vejnberg. Schlegel/Tieck: Sie liebte mich, weil ich Gefahr bestand; ich liebte sie um ihres Mitleids willen.

Egor – Kurzform von Georgij, griech. georgos: Landwirt, Bauer.

Historia morbi – latein. im russ. Text, Krankheitsgeschichte.

Papyrosy – russ. Zigarette mit hohlem Pappmundstück, nur das vordere Drittel ist mit Tabak gestopft.

Geschichte des Russischen Pessimismus – meint keine konkrete Gesamtdarstellung, sondern die allgemeine Stimmung; das von Vladimir Solovjev geschriebene Stichwort P. im Enzyklopädischen Wörterbuch von Brockhaus/Efron behandelt ausführlich Schopenhauer und Hartmann, nennt aber keine russ. Gesamtdarstellung des Phänomens.

vier Fakultäten – an der Universität Moskau: Historisch-Philologische, Naturwissenschaftlich-Mathematische, Medizinische und Juristische.

Dissertation verteidigen – den Doktorgrad mit dem Recht, z. B. den Arztberuf auszuüben, erlangte man in Rußland mit Ablegen des Doktorexamens; die Dissertation, die gedruckt vorgelegt und öffentlich verteidigt werden mußte, war dazu nicht erforderlich, wohl aber für eine akademische Laufbahn, vgl. w. u., Kapitel II.

Gruber – Venceslav Leopoldovič, 1819–1890, russ. Mediziner, Anatom und Pädagoge in St. Petersburg, populärer Universitätslehrer, der die praktische Beschäftigung im Anatomiesaal zur Pflicht machte und als erster in Rußland auch Studentinnen zum Sezieren zuließ. »Gruber war nach außen hin rauh, streng in seinen Anforderungen, gütig im alltäglichen Umgang, bis zur Schroffheit offen in der Äußerung seiner Ansichten, ungewöhnlich arbeitsam und seinem Werke ergeben; nicht selten saß er im Anatomiesaal von 8 Uhr morgens bis 3 Uhr nachts« (Enzyklop. Wörterbuch, St. Petersburg, 1893, Bd.18).

Babuchin – Aleksandr Ivanovič, 1835–1891, russ. Mediziner, Histologe und Pädagoge in Moskau seit 1864; Babuchin galt, nicht zuletzt wegen seines glänzenden und humorvollen Vortrags, vielen als Prototyp des Čechovschen Professors. 1897 von Studenten befragt, ob diese Annahme zutreffe, antwortete Čechov ausweichend: sein Professor sei eine kollektive, zuammengesetzte Figur, »obwohl vieles von Babuchin übernommen« sei.

Prosektor – latein. Zergliederer, Assistent an anatomischen Instituten, der Präparate zu Unterrichtszwecken vorzubereiten hatte.

Pjotr Ignatjevič – griech. petra: der Stein, Fels, latein. Petrus. Ignatij latein. ignatus: ungeboren; Vorname der Titelfigur von Denis Fonvizins Komödie *Der Brigadier.*

Spezialistentum – vgl. Pirogov: »Unser subjektives Wesen kann und darf seiner Natur nach nicht einseitig und allzu konzentriert sein, oder aber wir verwandeln uns in einseitige, beschränkte und kurzsichtige Monomanen.« (Kap. 17) »Streng konsequent, und auch das nur relativ, können nur zwei Arten von Leuten sein: solche, die starken Geistes sind, und die beschränkten, einseitigen Spezialisten.« (Kap. 33)

Skobelev – Michail Dmitrievič, 1843–1882, russ. General, Kriegsheld im Russisch-Türkischen Krieg (Schlacht bei Plevna), »bei seinen Untergebenen sehr beliebt und ein Mann von rücksichtsloser Entschlossenheit« (Brockhaus, Leipzig 1903); den Kriegsschauplatz von Plevna hatte u. a. auch N. I. Pirogov inspiziert: *Das Kriegs-Sanitäts-Wesen und die Privat Hülfe auf dem Kriegsschauplatze in Bulgarien und im Rücken der operirenden Armee 1877–1878,* dt. Leipzig 1882.

Professor Perov – Vasilij Grigorjevič, 1834–1882, russ. Maler, Mitbegründer der Gruppe der Wandermaler [Peredvižniki], seit 1871 Professor an der Moskauer Lehranstalt für Malerei, Bildhauerei und Architektur.

Patti – Adelina, 1843–1919, italien. Sopranistin, Opernsängerin, gefeiert auf allen Bühnen Europas und der USA, gastierte zwischen 1869 und 1877 mehrmals auch in Rußland.

Was ist ihm Hekuba – Hamlet II, 2, zit. in der Übersetzung von A. I. Kronberg, 1844.

Unfehlbarkeit der Wissenschaft – vgl. hierzu ausführlich N. I. Pirogov, *Lebensfragen.*

Für Pulver braucht es Phantasie – N. I. Pirogov: »Nichts Großes in der Welt ist ohne die Mitwirkung der Phantasie ausgekommen.« (Kap. 12)

vielköpfige Hydra besiegen – eine der zwölf Heldentaten des Herakles, vgl. w. u.: Herkules nach der pikantesten seiner Heldentaten; unklar, ob die Zeugung des Telephos gemeint ist oder die Vereinigung mit Deianeira; jedenfalls bereitet die Erwähnung des Herakles den späteren Bezug auf das Orakel von Delphi vor.

Visionen, Schlaf im Grabe – *Hamlet* III, 1: »Sterben – schlafen – schlafen! Vielleicht auch träumen!«

ohne zu warten, bis er gestorben ist – Anspielung auf Nikolaj Gogols Testament, der von derselben Angst besessen war.

Ich sei vergiftet – vgl. Tolstoj, *Tod des Ivan Iljič*, Kap. IV: »Sein Leben ist für ihn vergiftet und er vergiftet das Leben der anderen, und das Gift wird nicht schwächer, sondern durchdringt mehr und mehr sein ganzes Wesen.«

II

collega – latein. im russ. Text.

Sanguiniker – eines der vier Temperamente: bei leichter Erregbarkeit aber auch leichter Erschöpfbarkeit des Nervensystems, frischem Aussehen.

Katja – Kurzform von Ekaterina, griech. katharios: rein.

Porträt – es handelt sich natürlich um Photographien, Čechov schreibt in Anlehnung an Gogols gleichnamige Erzählung: Porträt.

Sein oder nicht sein – Hamlet III, 1.

Čackij – Held der klassischen russischen Komödie *Verstand schafft Leiden* [Gore ot uma] von Aleksandr Griboedov, 1795–1829.

Ufa – meint, aus Sicht der russ. Metropolen, tiefste Provinz; Gouvernementshauptstadt im südlichen Ural.

Jalta – Kleinstadt auf der Krim, zu Čechovs Zeiten bereits mondänster und teuerster Badeort an der Schwarzmeerküste.

Aleksandr Adolfovič Gnekker – wie an dem Patronym erkennbar, Sohn eines deutschstämmigen Vaters mit Namen Adolf, der seinen Jungen, möglicherweise zu Ehren des Zaren, Alexander taufte; griech. alexo: schützen, aner, andros: der Mann. Der Familienname ist sehr wahrscheinlich ein Anagramm des Namens des Adoptivvaters des Georges d'Anthès, der 1837 Puškin im Duell tödlich verwundete; Baron van Heeckeren, russisch allgemein transkribiert als »Gekkern«, seltener »Gekeren«. Van Heeckeren, holländischer Gesandter in St. Petersburg, reich, aber kinderlos, hatte d'Anthès adoptiert unter der Bedingung, seinen Namen anzunehmen.

Krebs – Hamlet II, 2. »Wenn Ihr wie ein Krebs rückwärts gehen könntet, denn Ihr selbst, Herr, würdet so alt werden wie ich.« Stichwort für den berühmten Satz: »Ist dies auch Wahnsinn, hat es doch Methode.«

Lafitte – damals der bekannteste, erstklassige franz. Rotwein, schwerer Bordeaux.

Agaša – Koseform des vorwiegend bäuerlichen Vornamens Agafja, griech. agathe: die Gute.

votre excellence – franz. im russ. Text.

Und ich bin mürrisch – Der folgende Satz wörtlich aus dem Epilog zu Turgenevs Roman *Rudin*.

Charkov – Hauptstadt des gleichnamigen Gouvernements in Südrußland (Ukraine), Universitätsstadt seit 1805 mit [1910] ca. 4000 Studenten.

Beginne ohne Grund zu weinen – vgl. Tolstoj, *Tod des Ivan Iljič*, Kap. IX: begann zu weinen »wie ein Kind, über die Hilflosigkeit, über die schreckliche Einsamkeit, die Grausamkeit der Menschen, die Grausamkeit Gottes, über die Abwesenheit Gottes«.

III

Ich habe nie gerichtet – Matthäus 7, 1. Mit dem Imperativ »Richte nicht!« [Ne sudi] überschreibt Čechov in seinem Exemplar der *Selbstbetrachtungen* Marc Aurels drei Aphorismen, darunter in Buch III § 4: »So etwas zieht den Geist nur ab von der Erkenntnis seiner selbst. Man muß seine Gedanken reinigen von allem Nutzlosen und Müßigen, von leerer Neugierde und sich konzentrieren auf solche Gedanken, die du jedem offen, immer und ohne zu überlegen mitteilen könntest, wenn man dich fragte: ›Was denkst du gerade?‹«

Veränderung der Überzeugungen – mit »Überzeugung« überschrieb Čechov in Marc Aurels *Selbstbetrachtungen* in Buch VIII § 15: »Seine Meinung ändern und dem zustimmen, der unsern Fehler berichtigt hat, bedeutet nicht, die Selbständigkeit aufzugeben.«

das Finale nicht verderben – unter dem Begriff »Gesellschaft« strich Čechov in Marc Aurels *Selbstbetrachtungen*, Buch VI § 42, nur den Schluß des Gedankens an, der beginnt mit den Worten: »Wir alle arbeiten an der Vollendung eines Werkes, die einen mit Bewußtsein und Verstand, die anderen unbewußt« usw. Čechovs Anstreichung: »Du aber sorge dafür, daß du nicht bist wie der schlechteste Vers, der das ganze Gedicht verdirbt.«

Michail Fjodorovič – althebr. Mikael: Dem Gott Jahve gleich; griech. theos doron: von Gott gegeben.

Shakespearesche Totengräber – *Hamlet* V, 1.

N. N. – wie Z. Z. latein. im russ. Text.

Archimandrit – Vorsteher eines oder mehrerer orthodoxer Klöster, Abt. Die Vorstellung eines Archimandriten auf dem Fahrrad wurde als sehr komisch empfunden.

Jahresfestakt – am 12. Januar, dem Tatjanentag, der jährlich mit einem Festakt begangen wurde als Gründungstag der ältesten russischen Universität Moskau, 1755.

Voll Trauer blicke ich auf unsre Zeitgenossen – erster Vers des Gedichts *Der Gedanke* [Duma] von Michail Lermontov, 1838.

Ich bin ein alter Mann – vgl. N. I. Pirogov: »Bekanntlich loben alte Leute immer die Vergangenheit und ziehen dieselbe den zeitgenössischen Zuständen vor.« Doch Pirogov fährt fort: »Eine Ausnahme davon macht nur, abgesehen von den Herren Katkow, Ljubimow und Georgijewsky, unsre ältere Generation mit Bezug auf ihre einstigen Universitätsstudien: hier gedenkt sie sicherlich nicht freundlich der noch nicht vergessenen alten Zustände.« (Kap. 18)

Frage der Umsiedelung – meint das Problem der inneren Kolonisation [pereselenie] durch landarme Bauern in den durch Rußland eroberten Gebieten, früher im Süden und Osten des europäischen Rußlands, in den 80er Jahren vornehmlich in Sibirien und Zentralasien. Die wilde Landnahme war verboten, dennoch waren 1894 knapp 80 % der Umsiedler Illegale. Zahlreiche Versuche der Regierung, das Problem gesetzlich zu regeln, schlugen fehl.

Methoden der Verleumdung – mit dem Begriff »Verleumdung« [kleveta] überschrieb Čechov im VIII. Buch Marc Aurels unter Ziffer 51 diese Stelle: »Hört denn die reine süße Quelle auf, rein und süß zu quellen, wenn einer, der dabeisteht, sie verwünscht? Und wenn er Schmutz und Schlamm hineinwürfe, würde sie's nicht sofort ausscheiden und hinwegspülen, um rein zu bleiben wie zuvor? Auch du bist im Besitz einer solchen ewig reinen Quelle, wenn du die Seele frei, liebevoll, einfältig, ehrfurchtvoll dir zu bewahren weißt.« (Übersetzung C. F. Schneider)

Dobroljubov – Nikolaj Aleksandrovič, 1836–1861, russ. Kritiker und Publizist, radikaler Demokrat. Auf Porträts schmal, mit hoher Stirn, Nickelbrille und melancholisch-tiefsinnigem Blick.

»unsere Loit« – meint: jüdischen Studenten.

Bene – latein.-italien. im russ. Text.

Arakčeev – Graf Aleksej Andreevič, 1769–1834, russ. General und Staatsmann, Kriegsminister unter Alexander I. und Zuchtmeister der Nation. Um welchen der intimen Briefe es sich handelt, ist nicht ermittelt, Schriften A.s wurden ab 1866 in Zeitschriften veröffentlicht.

Pud – altes russ. Gewicht, entspricht 16,38 kg.

IV

Traktir – russ. für Schenke, Gasthaus, Lehnwort von franz.-deutsch traktieren, d. i. behandeln, bewirten.

Gefühl der persönlichen Freiheit – vgl. Čechovs Brief vom 7. 1. 1889 an Suvorin: »Außer einem Überfluß an Material und Talent braucht man noch etwas nicht weniger Wichtiges. Man braucht Reife – das zum ersten; zweitens braucht man unbedingt das Gefühl der persönlichen Freiheit [von Čechov unterstrichen], und dieses Gefühl begann erst vor kurzem in mir aufzuflackern. Vorher hatte ich es nicht«.

Angst errege das, was unbegreiflich ist – vgl. A. P. Čechov, *Angst.*

ultima ratio – latein. im russ. Text, ergänze: regum – der Könige, wörtlich: der letzte Beweisgrund der Könige, geht zurück auf die Inschrift, die Richelieu allen Kanonen geben ließ, die während seiner Amtszeit 1624–1642 gegossen wurden.

Komm herauf, Kahlkopf! – 2. Könige 2, 23; zitiert auch von N. S. Leskov, in: *Die Klerisei* – I, 6.

Gaudeamus igitur juvenestus – falsch verstandenes Latein, Zitat des alten Studentenliedes, das beginnt mit dem Vers: »Gaudeamus igitur, juvenes dum sumus« – Lasset uns fröhlich sein, solange wir jung sind.

Jean-Jacques Petit – unklar, ob Čechovs Professor seinem Assistenten absichtlich einen Fehler unterschiebt oder sich selbst irrt; bekannt sind drei französische Mediziner des Namens Petit: Antoine, 1718–1794, Marc-Antoine, 1766–1811, und Jean-Louis, 1674–1750.

Professor Nikita Krylov – Nikita Ivanovič, 1807–1879, russ. Jurist, Professor an der Universität Moskau, berühmt als glänzender Redner, aber auch dafür, daß er – vgl. Kap. I – nie ein Lehrbuch verfaßte oder seine Vorlesungen hätte drucken lassen.

Reval – Hauptstadt des russ. Gouvernements Estland, kam 1710 an Rußland. Für den akademischen Nachwuchs Rußlands war die »deutsche« Universität Reval von großer Bedeutung.

Als er einmal mit Pirogov in Reval badete – vgl. N. I. Pirogov, *Lebensfragen,* Kap. 71, russisch in Heft V der Zeitschrift *Russkaja starina,* 1885 S. 259, hier zitiert nach der deutschen Übersetzung von 1894: »Wir entkleiden uns und gehen, Krylow voran, ins Wasser; kaum ist dieser aber einmal untergetaucht, als er auch schon sofort mit lautem Geschrei, am ganzen Körper zitternd und blau vor Kälte zurückläuft und mit bebender Stimme ausruft: ›Dieses gemeine Volk, die Deutschen!‹ Wir lachten über seine Aufregung, daß wir umfallen wollten. Das war ganz russisch und speziell ganz moskauisch gedacht und gesagt. Warum war denn auch nur das Wasser kalt? Da sind natürlich gleich die Deutschen oder die Juden oder ist gar die ganze Welt schuld, wenn ich thöricht, unvorsichtig und leichtgläubig gewesen bin.«

Wie leicht kann sich der Adler – Zitat der Fabel *Der Adler und die Hühner* von Ivan Krylov, Buch I, 22.

Arbeite – 2. Mose 20, 9: Sechs Tage sollst du arbeiten.

Gib dein Vermögen den Armen – Lukas 19, 8, bzw. Matthäus 19, 21: Willst du vollkommen sein, so gehe hin, verkaufe, was du hast und gibs den Armen, so wirst du einen Schatz im Himmel haben.

Erkenne dich selbst – einer der Weisheitssprüche, die in klassischer Zeit am Apollontempel zu Delphi hingen.

Meine Kollegen, die Therapeuten, raten – Krankheit als Einzelfall zu »individualisieren«, also nicht zu generalisieren, ist einer der Kernpunkte der *Klinischen Vorlesungen* des Mediziners und Universitätslehrers Grigorij Antonovič Zacharjin, 1829–1897, den Čechov in Moskau noch nach seinem Studium gehört hatte und verehrte und – »dem Talent nach« – Tolstoj gleichsetzte, dessen schriftliche Darlegung seiner *Klinischen Vorlesungen* ihn aber 1889 enttäuscht hatte, vgl. Brief vom 27. XI. 1889 an Suvorin. Am Prinzip der »Individualisierung« jedes Krankheitsfalles hat der Diagnostiker Čechov zeitlebens festgehalten.

V

Sperlingsnächte – volkstümlich so für – vgl. Shakespeare, *Mittsommernachtstraum* – die sommerliche Tages- und Nachtgleiche, nach altem Kalender um den 10., nach dem westlichen um den 20. Juni, die kürzeste Nacht des Jahres; später für sommerliche Gewitternächte. (Dal')

Der Tod schleicht sich von hinten an – vgl. Brief Čechovs vom 24. August 1893 an A. S. Suvorin: »Der Feind, der den Körper tötet, schleicht sich gewöhnlich unbemerkt an, maskiert, wenn Sie zum Beispiel die Schwindsucht haben und meinen, es sei nicht die Schwindsucht, sondern irgendeine Lappalie… Die alles heilende Natur, die uns tötet, betrügt uns gleichzeitig kunstvoll wie eine Amme das Kind, wenn sie es aus dem Salon holt und ins Bett bringt.«

italienische Fenster – bunt verglaste Fenster, um die Sonneneinstrahlung zu brechen; so, zur Sonnenseite, das Fenster von Čechovs Arbeitszimmer in Jalta.

Vorzeichen – nachts plötzlich heulende Hunde wie auch der Schrei der Eule, des Uhus bedeuten im russischen Volksglauben: bald wird es im Haus einen Toten geben.

VI

Berdičev – Kreisstadt im Gouvernement Kiev, russisch seit 1793, wurde berühmt durch den Aufenthalt Honoré de Balzacs von September 1848 bis April 1850, in dessen Verlauf er die polnische Gutsbesitzerin Ewelyna Hanska heiratete, mit der er seit 1833 befreundet war und im Briefwechsel stand, vgl. *Drei Schwestern.*

Hotel unweit der Kathedrale – sehr wahrscheinlich das Grand-Hôtel vorm. Prosper, Universitetskaja, gegenüber dem Gerichtshof.

tic – latein. im russ. Text.

Bettwäsche – mit der man in Rußland normalerweise reiste.

Porträt – vgl. Anm. zu Kap. II.

Niva – Die Flur, populäre und auflagenstarke Wochenzeitung, der deutschen Gartenlaube nachgebildet, erschien im Petersburger Verlag A. F. Marks 1870–1918.

Vsemirnaja illjustracija – Illustrierte Welt, wie die *Niva* weit verbreitete Wochenzeitung, 1869 von H. Hoppe begründet, erschien ebenfalls in St. Petersburg.

Paß-System – der Paß als Überwachungsmittel zu Zwecken der Staatssicherheit war in Rußland erforderlich für Bewohner der Hauptstädte sowie Bewohner von Orten unter Sonderbewachung, ferner bei längerem Ortswechsel über die Grenzen des Kreises, Gouvernements oder Landes hinaus. Einen Paß beantragen konnten nur Männer, verheiratete Frauen unabhängig vom Lebensalter nur mit Einwilligung des Ehemanns.

Mein Name hat mich betrogen – vgl. zwei Anstreichungen mit dem Stichwort »Ruhm« in den *Selbstbetrachtungen,* Buch IV § 33: »Worte, die ehemals im Gebrauch waren, sind nun veraltet. So sind auch die Namen einst hochberühmter Männer, eines Camill, Scipio, Cato, dann eines Augustus, dann Hadrians, dann Antonius Pius, später gleichsam veraltete Worte. Sie verbleichen bald« usw. Buch V § 33: »Wie lange noch, und du bist Staub und Asche! und nur der Name lebt noch, ja nicht einmal der Name; denn was ist er? – ein bloßer Schall und Nachklang.«

Weise seien gleichgültig – vgl. Marc Aurel, etwa Buch IX § 1: »Jedenfalls muß doch, wer in Übereinstimmung mit der Natur leben und ihr folgen will, gleichgültig sein gegen das, wogegen sich die Natur gleichgültig verhält, das aber tut sie gegen Lust und Schmerz, gegen Tod und Leben, Ehre und Schande.«

allgemeine Idee, der Gott des lebenden Menschen – praktisch die Summe aller Anstreichungen, die Čechov in den Selbstbetrachtungen des Marc Aurel vorgenommen hat, am knappsten zusammengefaßt in dem von Čechov mit dem Begriff »Rede« überschriebenen Passus in Buch III § 5: »Drücke deine Gedanken aus ohne Ziererei, sei kein Schwätzer und kein Vielgeschäftiger. Sondern mit einem Worte: dein Herr sei der Gott, der in dir ist.«

Kurierzug – im Gegensatz zum Expreßzug, der schneller, aber auch teurer war.

Ein Duell

Ein Duell [Duel'] – erschien erstmals in Fortsetzungen in der Zeitung Suvorins, der Petersburger Tageszeitung *Novoe vremja* [Neue Zeit], und zwar in den Ausgaben vom 22., 23., 25., 29. und 30. Oktober sowie vom 5., 12., 13., 19., 26. und 27. November 1891, gezeichnet mit »Anton Čechov« und dem Vermerk »D[orf] Bogimovo, 1891«.

Die Geschichte der Niederschrift reicht zurück in den Herbst 1888, als Čechov mit dem Roman, der von ihm erwartet wurde, rang, andererseits die Eindrücke der Schwarzmeer- und Kaukasusreise reflektierte, die er im Sommer 1888 mit dem Sohn Suvorins unternommen hatte [vgl. Brief an A. S. Suvorin vom 24.–25. November 1888].

An die Ausarbeitung des Texts begab sich Čechov im Dezember 1890 bzw. Januar 1891, nach Rückkehr von der Sachalin-Expedition; abgeschlossen wurde der Text am 18. August 1891 in der Sommerfrische in Bogimovo. An diesem Tage schickte Čechov den Roman an Suvorin mit der Bemerkung: »Für die Zeitung ist sie zu lang, und dem Inhalt nach eignet sie sich auch nicht, in mehrere Teile aufgeteilt zu werden.« Die Veröffentlichung wurde auf Anregung Čechovs auf den Oktober verschoben; von der Absicht, den Roman in der Zeitung zu publizieren, war Suvorin nicht abzubringen. Auch Suvorin riet zu einem anderen Titel, worauf Čechov am 8. September 1891 antwortete: »Der von Ihnen vorgeschlagene Titel ›Die Lüge‹ paßt nicht für meinen Roman. Er wäre nur dort angebracht, wo von einer bewußten Lüge die Rede ist. Eine unbewußte Lüge ist keine Lüge, sondern ein Irrtum. Daß wir Geld besitzen und Fleisch essen, nennt Tolstoj eine Lüge – das geht zu weit.«

Noch während der Veröffentlichung las Čechov die Korrekturfahnen für die Buchausgabe und nahm z. T. erhebliche Veränderungen, vor allem Kürzungen vor, die mitzuteilen den Umfang des vorliegenden Bandes sprengen würde. Die Buchausgabe erschien Dezember

1891 im Verlag Suvorin, wo sie bis 1899 acht Nachausgaben erlebte. In der Werkausgabe des Verlages A. F. Marks erschien das *Duell* in Band VI, St. Petersburg 1901.

I

Ivan Andreevič – Ivan, althebr. Iohanan, Iehohanan, Gott war gnädig, sehr häufiger russ. Name, vgl. Čechovs Ivan Ivanovič Ivanov; Andrej, griech. andreios: tapfer.

Laevskij – frühere Gestalten des Namens: Lagievskij, Ladzevskij, vgl. Brief vom 30. August 1891 an Suvorin; der Name ist abgeleitet von russ. lajat': bellen von Hunden; schimpfen, herumzanken, auch: abgehackt aufschreien.

Schirmmütze des Finanzministeriums – russ. Beamtenuniformen waren unterschieden nach den übergeordneten Ministerien.

Samojlenko – ukrainisch gebildeter Name, die Wurzel sam- bedeutet allein, einzeln, einsam.

Šašlyk – turkotatar.-kaukasisch, gebratener Spieß aus Hammelfleisch und Gemüse.

Euer Exzellenz, obwohl nur Staatsrat – in der alten Rangtabelle der Beamtentitel gebührte die Anrede Euer Exzellenz nur den oberen vier Rängen, beginnend mit dem Wirklichen Staatsrat; Staatsrat war Rang fünf.

Aleksandr Davidyč – griech. alexo andros: beschütze den Mann. Davidyč ist die intimere Form des Patronyms Davidovič, gebraucht von Personen, die den Angeredeten zwar siezen, aber doch enger mit ihm bekannt sind.

Zusammenleben ohne Liebe – vgl. das Eingangsgespräch über Liebe, Zusammenleben und Ehe in Tolstojs *Kreutzersonate*.

keinen Groschen Geld – russ. groš, von dt. Groschen, meint das kupferne Zweikopekenstück.

Nadežda Fjodorovna – russ. nadežda: die Hoffnung; Fjodorovna, griech. theos doron: von Gott gegeben, Gottesgeschenk.

Überflüssige Menschen – terminus technicus der russ. Literatur- und Geistesgeschichte, Prototypen: Evgenij Onegin, Lermontovs Pečorin, die Romanhelden Turgenevs; Männer, die mit ihren Idealen an der Gesellschaft scheitern und ihr Dasein als überflüssig empfinden. Die Čechov zeitgenössische Kritik hat mehrfach behauptet, er schreibe diesen Menschentyp fort, wogegen sich Čechov immer verwahrt hat.

recht hat Tolstoj – in Anspielung auf *Anna Karenina*, 1873-1877, vor allem aber auf die *Kreutzersonate*, die Čechov 1889 im Manuskript gelesen hatte; möglich aber auch in bezug auf die Kritik der modernen Zivilisation, die Tolstoj in seinen moralphilosophischen Traktaten entwickelte.

Spencer, Ideale – von einer besseren, menschlicheren Gesellschaft; das System einer »synthetischen Philosophie« des englischen Soziologen und Philosophen Herbert Spencer, 1820-1903, das den Evolutionismus zum tragenden Prinzip erhebt, wurde auch in Rußland viel diskutiert.

im Kaukasus, ein Stück Land nehmen – militärisch war die Eroberung des Kaukasus erst Mitte der 60er Jahre abgeschlossen, seine Kolonisierung oder Russifizierung dagegen noch lange nicht.

arbeiten im Schweiße unseres Angesichts – hier als leere Phrase, zusammengezogen aus 2. Mose 20, 9 (Sechs Tage sollst du arbeiten) und 1. Mose 3, 19: im Schweiße deines Angesichts sollst du dein Brot essen.

Weinberg anlegen – das Gleichnis vom Weinberg, Jesajah 5.

Zoologe von Koren – deutsch gebildeter Name, nachdem besonders in den Naturwissenschaften deutschstämmige Russen eine große Rolle spielten; russ. koren': die Wurzel, radix, radikal.

Desjatine – altes russ. Flächenmaß, entspricht 1,0925 ha.

Walzenspinne – russ. falanga, Spinnentier, das im Kaukasus beheimatet ist, wird bis zu 6 cm lang, mit walzenförmigem Hinterleib, wie in Kap. XI beschrieben; der Biß der W. galt als giftig, obwohl das Gift zu Čechovs Zeiten noch niemand nachgewiesen hatte.

Nevskij – der Nevskij Prospekt in St. Petersburg, Lebensader und Prachtstraße Petersburgs.

Anfisa, Akulina – vorwiegend bäuerliche Vornamen, auch Dienstmädchen.

Agent – Angestellter einer Handelsgesellschaft.

Vereščagin – Vasilij Vasiljevič, 1842–1904, russ. Maler, aktiver Offizier, dessen Kriegs- und Schlachtenbilder nicht nur die russische Öffentlichkeit schockierten »durch ihre geradezu brutale Realistik«: »Der die Leichenfelder segnende Pope, die Haufen Gestorbener in den türk. Lazaretthöhlen, die Verstümmelten auf den Verbandplätzen, die erfrorenen Vorposten (Ruhe auf dem Schipka) und andere Gräßlichkeiten«, »kalt und empfindungsleer, mit der Präcision, aber auch der Seelenlosigkeit der Photographie« gemalt (Brockhaus, Leipzig 1903). In der Tretjakovschen Galerie in Moskau war u. a. das Bild *Unterirdisches Gefängnis in Samarkand* zu sehen, auf das hier vermutlich angespielt wird.

Gehirnerweichung – medizin. encephalomalacia, das Absterben von

Gehirnabschnitten infolge unterbrochener Blutzufuhr; kann durch Embolien zum Tode führen. »Die Behandlung ist in den weitaus meisten Fällen erfolglos, da natürlich die zerstörte Hirnpartie nicht wieder ersetzt werden kann« (Brockhaus, Leipzig 1902).

L. hielt zwei dicke Zeitschriften – russ. terminus technicus der Literatur- und Geistesgeschichte; diese Zeitschriften spielten im sozialen und politischen Diskurs der Intelligencija eine große Rolle, dick genannt, weil sie, bei monatlichem Erscheinen, den Umfang eines Buchs besaßen, bis weit über 400 Seiten.

Frau braucht vor allem das Schlafzimmer – im Gegensatz zu Tolstoj, *Kreutzersonate*, in der Pozdnyšev gegen die »Gemeinheit« des Trieblebens polemisiert.

Vladimirorden – Orden, gestiftet von Katharina II. »für alle Stände«, erneuert von Alexander I. »für bürgerliche Verdienste in Friedenszeiten« mit vier Klassen.

Tscherkessen, ein ehrliches Volk – im Gegensatz zu den Abchasen galten die Tscherkessen schon zu Zeiten Puškins und Lermontovs als besonders kriegerisches und listiges, verschlagenes Volk.

Marja Konstantinovna – Konstantin, latein. constans, beständig.

Nikodim Aleksandryč – griech. nike: Sieg, demos: das Volk.

II

Haß; alles, was sie sagte – vgl. Tolstoj, *Kreutzersonate*, XVII: »Was sie auch sagen mochte, ich war schon im voraus anderer Meinung, und das gleiche war auch bei ihr der Fall.«

Anna Karenina, als sie ihren Mann nicht mehr liebte – Teil I, 30.

Sich aufs Schiff setzen – mit Odessa, Sevastopol und anderen Häfen auf der Krim verbanden die Kaukasusküste zwei Schiffahrtslinien, die folgende Stationen der »kaukasischen Riviera« anliefen: Novorossijsk, Tuapse, Soči, Adler, Novye Gagry, Gudauty, Novyj Afon, Suchum, Očemčiry, Poti und Batum. Den Beschreibungen des 1913 erschienenen Kaukasusführers von G. Moskvič zufolge könnte Čechov der Ort Gudauty zum Vorbild gedient haben; die Kaukasusküste hatte Čechov im Juli 1888 bereist.

franko-russische Sympathien – meint die Annäherung zwischen Rußland und Frankreich Ende der 80er Jahre, die zur Auflösung des Dreikaiserbündnisses und des Bismarckschen Sicherheitssystems führte.

Nevskij, Große Morskaja, Kovenskij – Straßen in St. Petersburg.

Zemstvo-Vertreter – Zemstvo ist die durch die Reform der 60er Jahre geschaffene teilweise Selbstverwaltung auf Kreis- wie auf Gouvernementsebene, parallel zur zentralen staatlichen Verwaltung; die Mitarbeit am Zemstvo galt in liberalen Kreisen als Ehensache.

Ustimovič – russ. ust'e, die Mündung von Flüssen, Gewehren.

als er ihr Schlucken hörte – vgl. *Anna Karenina* VII, 25: »Nach einigen Schlucken sah sie ihn an. Sie erkannte an seinem Gesichtsausdruck, daß ihm ihre Hand, ihre Bewegung und das Geräusch, das sie mit den Lippen beim Trinken hervorbrachte, zuwider waren.« Vgl. *Kreutzersonate*: »Wenn ich zusah, wie sie den Tee eingoß oder mit dem Bein schlenkerte oder den Löffel zum Munde führte und den Trank hinunterschlürfte, haßte ich sie.« (Kap. XVII).

Merci – franz. im russ. Text.

Šeškovskij – russ. šešok: der Iltis; šaška: der Säbel.

Whint – Kartenspiel zu viert, dem Whist verwandt, vgl. Čechovs gleichnamige Erzählung.

Unentschlossenheit, Hamlet – vgl. A. P. Čechov, *In Moskau.*

III

Table d'hôte – franz., russ. transkribiert, Gästetafel.

Medusen – Schirmquallen.

Pobedov – russ. pobeda: der Sieg; in zweiter Bedeutung laut dem Dal'schen Wörterbuch: ein kleiner Kummer [beda], der auf einen großen folgt [po].

Fürst Voroncov – Michail Semënovič, 1772–1856, russ. General, Feldmarschall, 1844–1854 Statthalter über Kaukasien, an dessen Eroberung er maßgeblich beteiligt war, und Generalgouverneur von Neurußland und Bessarabien.

Kraushaar wie das eines Negers – und wie das Aleksandr Puškins.

Okroška – kalte Suppe aus Kvas mit Gurke, Fisch und Fleisch.

Kaulkopf – cottus gobio oder Groppe, Kaulquappe, ein bis zu 15 cm langer, sehr schleimiger (daher auch Rotzgober, Rotzgopper oder Rotzkolbe genannt), dunkelfarbiger Fisch aus der Familie der Panzerwangen.

Die Arbeit ist kein Bär – russ. Sprichwort.

Cholera-Mikrobe – oder Bakterie, 1883 von Robert Koch entdeckt; zuvor hielt man für den Erreger das »Choleragift«.

Onegin – Held von Aleksandr Puškins Roman in Versen *Evgenij Onegin,* 1833.

Pečorin – Michail Lermontov, *Ein Held unserer Zeit,* 1841.

Byrons Cain – *Cain. A Mystery*, Drama, 1821.

Bazarov – Held des Turgenev-Romans *Väter und Söhne.*

Wir Menschen der achtziger Jahre – vielgehörte Phrasen des Selbstmitleids, die achtziger Jahre: nach dem Bankrott der Ideale der Volkstümler [Narodniki] und ihrer Diskreditierung nach der Ermordung Alexander II. 1881.

Leibeigenenrecht – das System der Leibeigenschaft, d. h. der Sklaverei, wurde in Rußland durch die Große Reform von 1861 abgeschafft.

la femme – franz. im russ. Text.

kaufte eine Prostituierte frei – Klischee aus dem studentischen Leben, vgl. Dostoevskij, *Verbrechen und Strafe*, vgl. auch *Die Vaterlosen* Čechovs.

polnische Sauce – süß-scharfe Sauce mit Rosinen, fein gehackten Mandeln und Varenje.

cherchez la femme – franz. im russ. Text.

IV

Makaken – macacus, Affengattung mit 25 Arten in einer Verbindungsreihe zwischen den Meerkatzen und Pavianen. Vgl. Tolstoj in der *Kreutzersonate*, Kap. XIX, wo Pozdnyšev den Hintern seines Nebenbuhlers mit dem einer Frau oder der Hottentotten vergleicht.

L. ist ein Faust – den Čechov 1889 in der Übersetzung von A.A. Fet gelesen hatte.

Todesstrafe – war durch Katharina II. per Erlaß von 1753 und 1754 abgeschafft worden, hatte nach dem Gesetzeskodex von 1832 Bestand nur für Quarantäneverbrechen und Kriegsverbrechen auf Feldzügen; in den letzten Regierungsjahren Alexander II. wurde sie zu einem brisanten Diskussionsstoff, nachdem wieder Todesurteile vollstreckt wurden (P. Kropotkin berichtet in seinen Memoiren von 23 Hinrichtungen binnen zweier Jahre). Gegen die Hinrichtung der Mörder Alexander II. hatte Tolstoj einen flammenden Protestbrief geschrieben, der die Diskussion über Berechtigung und Nutzen der Todesstrafe neu entfachte.

Kabački – ukrain. kabaka, Speisekürbis.

Kampf ums Dasein, natürliche Zuchtwahl – Charles Darwin, 1809–1882, gehörte zu Čechovs Lieblingsautoren, Čechov bezeichnete sich mehrfach brieflich als Anhänger der Darwinschen Methode. Sommer 1891 verbrachte Čechov in Nachbarschaft des Moskauer Zoologen und Ethnologen V. A. Wagner, 1849–1934, mit dem er nächtelang über Darwin diskutiert haben soll.

Dich haben die Deutschen verdorben – vgl. die Episode mit Professor Krylov, Kap. IV der *Langweiligen Geschichte*.

Dorpat – russ. Derpt, damals Kreisstadt im russ. Gouvernement Livland mit bedeutender Universität, gegründet 1632.

Varenje – russ. Konfitüre, die zum Süßen des Tees gereicht wird.

Seminaristen standen vor der Schenke – Lied der Priesterschüler und Seminaristen, offenbar anzüglichen Inhalts.

V

Ačmianov – russifiz. Name eines, wie sich erst später klärt, Angehörigen der armenischen Minderheit, die als besonders geschäftstüchtig galt; der Name weckt im russischen Ohr keine Assoziationen.

Kirilin – vgl. den russ. Vornamen Kirill, griech. kyrios, der Herrscher.

Bitjugov – russ. bitjug: Arbeitspferd, vor Gesundheit strotzender Mann; assoziiert aber auch das Bügeleisen [utjug].

Garatynskij – Baratynskij, richtiger Boratynskij, Evgenij Abramovič, 1800–1844, war ein bedeutender Dichter der Puškinzeit.

VI

Duchan – turkotatar.-kaukas. für Wirtshaus, Schenke.

Schwarzes und Gelbes Flüßchen – russ. černaja und želtaja rečka; Černaja rečka ist der Ort bei St. Petersburg, an dem am 27. Januar 1837 das Duell zwischen Puškin und Georges d'Anthès stattfand.

Arba – im Kaukasus ein zweiräderiger Bauernkarren.

Mündung des Enisej – den Čechov auf seiner Reise nach Sachalin überquert hatte; seine Mündung ins Nördliche Eismeer ist in den Sommermonaten ab 10. Juni eisfrei.

Kerbalaj – Vgl. den Tataren gleichen Namens auf der Insel Sachalin, Kap. XVI, Aleksandrovsk. tatar. kel buraja: komm her; Kerbalajka ist ein russ. gebildeter, abschätziger Diminutiv.

Hüttchen auf Hühnerbeinen – im russ. Volksmärchen das Haus der Hexe Baba Jaga, in die Literatur eingegangen durch den Prolog von Puškins romantischem Märchen *Ruslan und Ljudmila*, 1817–1820.

Puškins Ukrainische Nacht – kein eigener Puškin-Titel, sondern ein häufig für sich zitiertes Fragment aus dem Zweiten Gesang der Versdichtung *Poltava*, 1828–1829, die als Musterbeispiel von belebter Naturschilderung angesehen werden muß, gerade im Sinn von Čechovs Poetik.

Kvareli – georgischer Wein, benannt nach seinem Herkunftsort, einer Weinbausiedlung im Gouvernement Tiflis.

Archimandrit – Vorsteher eines oder mehrerer Klöster; im russ. Text bilden beide Titel eine alliterierende Reihe; Archimandrit, Archierej [Bischof].

panhagion – griech. Allerheiliges, rundes Medaillon mit dem Bildnis der Maria; wie die goldene Mitra Zeichen der Bischofswürde, das auf der Brust getragen wird.

Kreuzesprozession an einem heißen Julitag – Čechov zitiert mit dieser Beschreibung Ilja Repins berühmtes Gemälde *Kreuzesprozession im Gouvernement Kursk*, 1880–1883, das in Moskau in der Tretjakov-Galerie zu sehen war.

VII

Offizier [Kirilin] – im Erstdruck des Romans war Kirilin noch Offizier, in der Fassung für die Buchausgabe degradierte Čechov K. zum einfachen Polizeibeamten [pristav].

Verwelkt, noch ehe sie erblüht – die poetische Wortgestalt im Original deutet auf ein Zitat hin, das jedoch in der klass. russ. Lyrik nicht auffindbar ist; entstammt sehr wahrscheinlich – analog dem Zitat »Geh nicht fort von hier, Geliebter«, Kap. XIII – einer populären Romanze.

Adieu! – im russ. Text franz.

schmeichlerischer Ton – vgl. *Kreutzersonate*, XXI: »Gleichwohl oder vielleicht gerade deshalb trieb mich eine geheime Macht wider Willen nicht besonders höflich, sondern geradezu zuvorkommend gegen ihn zu sein.«

Nur um ihr zu widersprechen – vgl. erste Anm. Kap. II.

VIII

Manu militari – latein. im russ. Text, mit Militärgewalt.

IX

wie Stanley – Henry Morton Stanley, 1841–1904, englischer Forschungsreisender, Erforscher Zentralafrikas.

das Kreuz auf seinem Grabe weithin sichtbar – Anspielung auf das Grab des russischen Forschungsreisenden und Erforschers Zentralasiens N. M. Prževalskij, der sterbend um ein Grab in der Wüste gebeten hatte und am Ufer des Sees Issyk-kul beerdigt worden war. In seinem Nachruf vom 26. Oktober 1888 setzt Čechov Prževalskij mit Stanley und Livingston gleich und schreibt u. a.: »In unserer kranken Zeit, da die Gesellschaften Europas besessen sind von Faulheit, Lebensüberdruß und Unglauben, da überall in einer merkwürdigen wechselseitigen Kombination Lebenshaß und Todesangst herrschen, da selbst die besten Leute mit gefalteten Händen dasitzen und ihre Faulheit und ihre Verkommenheit mit dem Fehlen eines bestimmten Zieles im Leben rechtfertigen, werden Helden gebraucht wie die Sonne... Ihre Persönlichkeiten sind lebende Dokumente, die die Gesellschaft daran erinnern, daß es außer Menschen, die sich streiten über Optimismus und Pessimismus, die aus Langeweile müßige Romane, überflüssige Projekte und billige Dissertationen schreiben, ein verkommenes Leben führen im Namen der Negation des Lebens und lügen um des lieben Stücks Brot willen, daß es außer Skeptikern, Mystikern, Psychopathen, Jesuiten, Philosophen, Liberalen und Konservativen auch noch Menschen anderer Ordnung gibt, Menschen der Tat, des Glaubens und eines klar bewußten Ziels.«

Biologische Stationen – bzw. zoologische St., Institute zur Erforschung speziell der Meeresfauna, die berühmteste, 1874 von A. Dohrn gegründete, war die Stazione zoologica in Neapel, die Čechov im April 1891 besichtigt hatte (»In Neapel gibt es ein erstaunliches Aquarium.«); die von Rußland im französischen Villefranche-sur-Mer unterhaltene Station besuchte Čechov später.

Katorga – term. technicus des russ. Strafvollzugs, Verurteilung zu Zwangsarbeit in »entlegenen Gebieten«, d. h. in Sibirien oder auf der Insel Sachalin mit anschließender Verbannung.

Graf Arakčeev Aleksej Andreevič, 1769–1834, russ. General, Kriegsminister unter Alexander I., nach dem Dekabristenaufstand 1825 entlassen, Zucht- und Drillmeister der Nation.

X

Wer aber ärgert dieser Geringsten einen – Matthäus 8, 16, auch Markus 9 42, Lukas 17, 2.

Schuld sind immer die Frauen – vgl. *Kreutzersonate:* »Jede Jungfrau steht in moralischer Beziehung über dem Mann, weil sie unvergleichlich reiner ist als er. Beim Eintritt in die Ehe überragt stets die Frau den Mann. Ob Jungfrau oder Weib, in unserer Zeit steht sie über ihm.«

Staatsfeiertag – die Zahl der Feiertage lag in Rußland [1898] bei weitem höher als zur selben Zeit in westlichen Ländern; bei 267 Arbeitstagen wurden 98 Feiertage begangen; zum Vergleich Preußen: 305 Arbeitstage, 60 Feiertage. Begangen wurden Staatsfeiertage wie der Namenstag der Kaiserin, Geburtsfest des Kaisers, Krönungsfest, Geburtstag des Thronfolgers, Namenstag der Kaiserin-Witwe usw.

S. verschrieb Chininlösung – im russ. Text lateinisch: kalii bromati – Bromkalium, tincturae gentianae – Enziantinktur, und acquae foeniculi – Fenchelwasser.

XI

Anathema – griech. anathem, Kirchenbannfluch, im übertrag. Sinn: der Verfluchte, Verwünschte, Satan.

Pelzmantel ganz aus Maulwurfsfellen – nicht ermittelt.

treten in einen grausamen Kampf – die Beschreibung des Maulwurfduells entspricht exakt der Darstellung des Meyerschen Lexikons [5. Aufl. 1896] mit Ausnahme des Umstands, daß der unterlegene »dann vom Sieger gefressen wird«.

Räuber Kerim – vermutlich Abd ul Kerim Pascha, 1807–1885, türk. General, der am Krimkrieg gegen die Russen teilnahm, 1876 Oberbefehlshaber der türk. Armee war, 1877 im Russ.-Türk. Krieg abgelöst wurde; hier als Synonym f. türk. Eroberer.

unter dem Zaun – Spitze gegen den Kritiker A. Skabičevskij, der in seiner Besprechung der *Bunten Erzählungen* prophezeit hatte: »Enden wird es damit, daß er sich in eine ausgepreßte Zitrone verwandeln und, gleich einer ausgepreßten Zitrone, in absoluter Vergessenheit irgendwo unter einem Zaun sterben wird.«

Rudin – Held des gleichnamigen Romans von Ivan Turgenev.

XII

L'hombre-Tisch – auch Lombertisch, Kartentisch, benannt nach dem span. Kartenspiel l'hombre [der Mensch].

XIII

Säuglingsepilepsie – Čechov gebraucht hier das russ. Wort rodimčik, das Dal's Wörterbuch erklärt mit »Fallsucht von Säuglingen oder, genauer, Entzündung des Gehirns mit Krämpfen«, das Pavlovskijsche Wörterbuch mit »1. die Epilepsie (bei Kindern – während des Zahnens); 2. die Kinderkrämpfe«.

XIV

Ačkasov, Lačkasov – meint abschätzig: Kaukasier, Tatare, vgl. russ. lačka, lačkan: abfällig f. Tatare.

Alter Wall – vgl. den Festungswall in der Erzählung *Bela* in Lermontovs Roman *Ein Held unserer Zeit*.

Mjuridov – russ. mjurid, auch morid, dt. Muride, Anhänger einer mohammedanischen, 1828 gestifteten Sekte zur Vernichtung des Christentums, Bewegung, die zwischen 1830 und 1860 beträchtliche Teile des Kaukasus erfaßte. Ihr bekanntester Führer war der Tscherkessen-Iman Schamyl, 1797–1871, der den Russen erst 1859 in die Hände fiel.

XV

Novyj Afon, Novorossijsk – beide Orte stehen hier für: egal wohin, nur weg. Novorossijsk: wichtigster Hafen im Nordosten der Schwarzmeerküste, Novyj Afon [Neu-Athos], ein im Zuge der Russifizierung des Kaukasus 1875 gegründetes Kloster weit im Süden.

Haß – vgl. *Kreutzersonate*, vgl. schon *Anna Karenina*, VII, 30, wo sich die Heldin der Bemerkung erinnert, Existenzkampf und Haß seien das einzige, was die Menschen verbinde; vgl. die Gedanken des Diakons über den Haß, Kap. XVIII.

in Rußland würde man das Telegramm – meint die damals so genannte Kurznachricht in Tageszeitungen.

Mjuridka – abfälliger Diminutiv, vgl. Kerbalajka.

XVI

Eher wird sich die Erde mit einer Eiskruste überziehen – die phantastischen Szenarien des Weltunterganges, die der auch in Rußland populäre franz. Astronom Camille Flammarion, 1842–1925, in seinen zahlreichen Werken entwickelte (über 30 russ. Übersetzungen), liefen zumeist auf eine Abkühlung der Erdatmosphäre hinaus, infolge derer sich die Erde mit einer dicken Eisschicht bedecken würde.

Aussterben der Menschheit – ist Thema auch in der *Kreutzersonate*, Kap. XI, als Pozdnyšev angewidert von der Hochzeitsnacht spricht und der Ich-Erzähler die Frage der Fortpflanzung aufwirft.

den Bienen humane Ideen einflößen – *Kreutzersonate*, Kap. XI; von Koren stellt als Materialist und Darwinist Tolstoj-Pozdnyševs Vergleich des Menschen mit der Biene richtig: »Will der Mensch sich im Kampfe mit den übrigen Lebewesen behaupten, so muß er sich mit seinesgleichen in eins zusammenschließen wie ein Bienenschwarm, und sich nicht ins Endlose vermehren; er muß, wie die Bienen, Geschlechtslose zeugen, das heißt, wiederum nach Enthaltsamkeit streben« usw.

aristokratisches Duell – Duelle wurden nur unter Adeligen ausgetragen; eine der ersten Ausnahmen von dieser Regel schildert Ivan Turgenev in seinem Roman *Väter und Söhne*, wo der Aristokrat Kirsanov den nichtadeligen Bazarov zum Duell fordert.

Bei Leskov – N. S. Leskov, *Legende vom gewissenhaften Danila,* erstmals erschienen am 3. Februar 1888 im *Novoe vremja.* Da offenbar nie ins Deutsche übersetzt, der Inhalt: Danila [Daniel] hat im Zorn einen ungläubigen Schwarzen getötet. Doch alle – untereinander zerstrittenen – geistlichen Hirten, die Patriarchen, selbst der Papst zu Rom, heißen die Tat gut, da sie an einem Ungläubigen verübt wurde, und werden Danila böse, wenn er darum bittet, ihm die Bibelstelle zu zeigen, die Mord erlaube. Durch selbst auferlegte Buße und freiwillige Leiden gelangt Danila zur Erkenntnis, daß treue Befolgung der Lehre Christi und Dienst am Nächsten der Weisheit letzter Schluß sei. Von Koren spielt auf die letzte Szene an, in der Danila einen Aussätzigen pflegte [Nach: Vs. Setschkareff, *N. S. Leskov,* Wiesbaden 1959]

Glaube ohne Taten ist tot – vgl. *Anna Karenina*, VII, 20: »Ja, aber ein Glaube ohne gute Werke ist ein toter Glaube.«

Govorovskij – russ. govorit': sprechen; govorok: Schönredner.

Bojko – russ. bojkij: gewandt, flink, rasch, schlagfertig.

welche Strafe steht auf Duell? – Duelle, im vorpetrinischen Rußland unbekannt, waren 1787 als Staatsverbrechen unter drakonische Strafen gestellt worden, 6-10 Jahre Festungshaft oder Verbannung bei Tötung des Gegners, Tötung des Gegners ohne Zeugen wurde als vorsätzlicher Mord mit der Todesstrafe geahndet; einem Sekundanten drohten selbst bei unblutigem Ausgang ein bis zwei Jahre. Im XIX. Jahrhundert wurden Duelle nach den gleichen Rechtsnormen geahndet wie in Westeuropa, alles war bis in die geringste Eventualität geregelt; Annahme der Forderung – ein bis drei Tage Haft, nur wenn der Geforderte zum Duell geht; forderte ein Untergebener einen Vorgesetzten ohne dienstlichen Anlaß – vier bis acht Monate Festungshaft oder ein Jahr und vier Monate Gefängnis; mit dienstlichem Anlaß – Festung zwischen einem und vier Jahren usw.

Peter-und-Pauls-Festung – das berüchtigte Staatsgefängnis für Staatsverbrecher und politische Gefangene in St.Petersburg, auf einer Insel in der Neva.

XVII

Im Geist, von Schwermut dumpf bedrückt – Schlußverse des Gedichts Erinnerung [Vospominanie], 1828, von Aleksandr Puškin. Laevskijs Nacht vor dem Duell evoziert Erinnerungen an die Lenskijs im *Evgenij Onegin,* Vl. Buch, XXf., auch die Pečorins in Lermontovs Roman *Ein Held unserer Zeite.*

Seine Mutter, eine dicke, massige alte Frau – Laevskijs Vorstellung zitiert, wie in Kap. VI die des Diakons, ein berühmtes Bild: Großmutters Garten von Vasilij Dmitrievič Polenov, 1844–1927, im Besitz der Tretjakov-Galerie, Moskau.

Heilig, heilig, heilig… – ist der Herr Zebaoth, Jesaiah 6, 3.

Wer die Rettung im Ortswechsel sucht – in seinem Exemplar der *Selbst-*

betrachtungen des Marc Aurel hatte Čechov in Buch IV den § 3 angestrichen und mit der Überschrift »Wie soll man leben« versehen; der Beginn des Aphorismus: »Es ist Gewohnheit geworden, von Zeit zu Zeit aufs Land zu fahren, ins Gebirge, ans Meer, auch dich zieht es vielleicht dorthin. Im Grunde aber steckt dahinter eine große Beschränktheit und Einseitigkeit. Denn du bist doch frei, dich zu jeder Zeit in dich selbst zurückzuziehen, und nirgends gibt es eine so friedliche und stille Zuflucht wie in der eigenen Seele, wenn in ihr auch nur ein Funken Wahrheit verblieben ist, welche uns ausreicht, in einem einzigen Augenblick zu erkennen, uns in einen Zustand der Ruhe und des Glücks zu versetzen. So ziehe auch du dich beständig in dich zurück, um wieder stark zu werden.«

XVIII

Geist Gottes über dem Chaos – auch die russ. Bibel sagt in 1. Mose 1: »über den Wassern«.

daß ihn Tscherkessen überfallen – vgl. Kap. I, Samojlenko.

Schmuggelware – vgl. Michail Lermontov, *Ein Held unserer Zeit*, dort, in *Pečorins Tagebuch*, die Erzählung *Taman*.

XIX

Wie das bei Lermontov beschrieben ist – Michail Lermontov, *Ein Held unserer Zeit*, 1841, im Tagebuch Pečorins [Prinzessin Mary], Eintragung vom 16. Juni.

Bei Turgenev hat sich Bazarov – Ivan Turgenev, *Väter und Söhne*, 1862, Kap. 24 f.

XXI

Wir werden uns nie wiedersehen – Satz aus der Duellszene im *Helden unserer Zeit,* das erste Mal vom Rittmeister gesagt zu Grušnickij im Scherz und Vertrauen darauf, daß das Betrugsmanöver gelingt, das zweite Mal im bitteren Ernst.

Niemand kennt die ganze Wahrheit – bezieht sich auf die *Kreutzersonate*, vor allem aber auf das von Čechov abgelehnte Nachwort Tolstojs zu seiner Erzählung, in dem Tolstoj die Erzählung zu erklären versucht.

Stolz – unter dem Stichwort »Stolz« hat Čechov in den *Selbstbetrachtungen* Marc Aurels angestrichen: »Der unerträglichste Mensch ist der Stolze, der sich unter der Maske der Demut verbirgt.« (Buch XII, 27)

Erzählung eines Unbekannten [Rasskaz neizvestnogo čeloveka] – erstmals erschienen in den Heften 2 [Februar] und 3 [März] der Moskauer Zeitschrift *Russkaja mysl* [Russisches Denken, Der russische Gedanke], 1893.

Die *Erzählung eines Unbekannten* begann Čechov, einem Brief vom 22. Mai 1893 [an L. Ja. Gurevič] zufolge, »in den Jahren 1887–88, ohne die Absicht, sie irgendwo zu veröffentlichen«; am 14. August 1891 spricht er gegenüber dem Zeitschriftenredakteur N. M. Albov von der »Erzählung meines Patienten«, die nahezu fertig, »nur noch nicht redigiert und abgeschrieben« sei, schickte sie aber, aus begründeter Furcht vor Eingriffen der Zensur, nicht ab. Erst im Sommer des folgenden Jahres liest Čechov die Erzählung in Melichovo Freunden vor und schickt sie am 17. Oktober an die Redaktion der *Russkaja mysl*, während er weiter am Text arbeitete, auch noch in den Korrekturfahnen für die Zeitschriftenpublikation.

Auf Wunsch der Redaktion nach Änderung des Titels, Dezember 1892, stellt Čechov am 9. Februar 1893 V. M. Lavrov folgende Titel zur Wahl: »›Erzählung meines Patienten‹ eignet sich auf keinen Fall; das riecht nach Krankenhaus. ›Der Lakai‹ taugt ebenfalls nicht; das entspricht nicht dem Inhalt und ist grob. Was fällt einem sonst ein? 1) In Petersburg, 2) Erzählung eines meiner Bekannten. Das erste ist langweilig, das zweite irgendwie zu lang. Aber weiter: 4) Ohne Titel. 5) Novelle ohne Titel. ›Erzählung eines Unbekannten‹. Das letzte, glaube ich, geht.«

Ursprünglich hatte Čechov an einen Epilog gedacht, der erklären sollte, auf welche Weise das Manuskript des Unbekannten in die Hände des Autors geraten sei; den Druck des Epilogs verschob er jedoch auf die geplante Einzelausgabe des Texts im Verlag Suvorin, die aus ungeklärten Gründen unterblieb.

Ohne Epilog, in erheblich gekürzter Gestalt erschien die *Erzählung eines Unbekannten* danach erst wieder in Band VI der Werkausgabe, Petersburg, A. F. Marks, 1901.

I

Aus Gründen, über die – Čechov am 30. September 1891 an den Redakteur der Zeitschrift *Severnyj vestnik* [Bote des Nordens], M. N. Albov: »Ich habe den kleinen Roman fast fertig für Sie: skizziert, aber nicht überarbeitet und nicht ins reine geschrieben. Zu arbeiten wäre daran 1–2 Wochen, nicht länger. Sie heißt so: ›Erzählung eines meiner Patienten‹. Aber mich bestürmen Zweifel sehr ernster Art; wird die Zensur sie durchgehen lassen? Der ›Severn. vestn.‹ unterliegt doch der Zensur, und meine Erzählung könnte, obgleich sie keinerlei schädliche Lehren predigt, wegen ihrer personellen Zusammensetzung den Zensoren mißfallen. Erzählt wird sie von der Person eines ehemaligen Sozialisten, und als Held Nr. 1 figuriert in ihr der Sohn des Stellvertretenden Ministers für Inn. Angelegenheiten. Sowohl der Sozialist als auch der Sohn des Stellvertretenden Ministers sind bei mir stille Knaben und befassen sich in der Erzählung nicht mit Politik, aber ich fürchte dennoch oder halte es zumindest für verfrüht, diese Erzählung dem Publikum anzukündigen.« (Die *Erzählung eines Unbekannten* erschien schließlich in den Büchern 2 und 3, 1893, der Zeitschrift *Russkaja mysl* [Russisches Denken].)

Orlov – von russ. orël, gen. orlá: der Adler.

Feind meiner Sache – des Sozialismus, vgl. oben.

Fahrt durch den Tropenwald, Golf von Bengalen – die Čechov auf seiner Rückreise von der Insel Sachalin gesehen hatte, vgl. Brief vom 9. Dezember 1890 an A. S. Suvorin.

das Essen – meint die Hauptmahlzeit, nicht »Mittagessen«; die Essenszeiten im vornehmen Petersburg lagen, wie in Europa, für die Hauptmahlzeit [obed] zwischen 16 und 21 Uhr; mittags nahm man nur einen leichten Imbiß [zavtrak] ein, der, mit »Frühstück« übersetzt, im Deutschen falsche Assoziationen erweckt; Gabelfrühstück, das der alte Baedeker verwendet, wäre richtiger.

Ausgaben des »Posrednik« – Posrednik, russ. der Mittler, Vermittler; berühmter, 1884 auf Initiative Lev Tolstojs begründeter Verlag zur Verbreitung aufklärerischer und guter Literatur zu billigen, dem einfachen Volk erschwinglichen Preisen; bestand bis 1935.

Kammerjunker – höfischer Titel, Hofbeamter niederen Ranges.

Polja – Kurzform von Polina, Pauline. Polina hieß die uneheliche Tochter Ivan Turgenevs.

Znamenskaja – ergänze in Gedanken: ulica, Straße im Petersburger Stadtteil Litejnaja, führt vom Platz gleichen Namens und dem Moskauer Bahnhof vom Nevskij ab in Richtung Norden zur Neva.

Krasnovskij – russ. krasnyj; schön, zugleich: rot.

Zinaida Fjodorovna – griech. Zeus, gen. Zenos: Zeus.

II

Tournüre – franz. Körperhaltung, Figur, in der Mode des XIX. Jahrhunderts unter dem oberen Rocksaum zu tragendes Polster oder

Drahtgestell zur Betonung der Hüften und zum Aufbauschen des Rocks.

Genossen – russ. tovarišč, mit den Bedeutungen Gefährte, Begleiter, Kamerad, Kollege; doch der Erzähler ist, auch wenn abtrünnig geworden, Sozialist, vgl. erste Anm. zu Kap. I. Ironischerweise ist derselbe Begriff auch im Titel des »Feindes meiner Sache«, des Stellvertretenden Ministers gebraucht: tovarišč ministra.

III

Eliseev – vornehmes Feinkost- und Spezialitätengeschäft in St. Petersburg, mit Filiale in Moskau.

Pekarskij – russ. pekar': Bäcker.

Juriskonsult – latein. jures consultus, Rechtsgelehrter, Rechtsberater.

Rang, vierte Klasse – im zivilen Dienst Wirklicher Staatsrat bzw. Oberstaatsanwalt, dem die Anrede »Euer Exzellenz« gebührte.

Gogol, Ščedrin – hier stellvertretend für komische, satirische Literatur.

Kukuškin – russ. kukuška: Kuckuck.

Stepan – griech. stephanos: der Kranz.

Gruzin – russ. gruz: Last, Ladung, Schwere; gruznyj: schwer, lastend, schwerfällig; gruzin ist auch der russ. Name für Georgier.

Kozma Prutkov – von A. K. Tolstoj, 1817–1875, und den Brüdern Aleksej und Vladimir Žemčužnikov, 1821–1908 bzw. 1830–1884, erfundene Dichtergestalt vom Typ des treu ergebenen Staatsdieners, der in seinen Mußestunden sich dem Dichten und Denken widmet und der, nach dem Reformwerk Anfang der 60er Jahre, die Welt nicht mehr versteht. Seine Aphorismen, »Früchte des Nachdenkens«, sind sprichwörtlich und bilden ein Kernstück des russischen Humors noch heute.

Was bringt er mir, der morgige Tag – die Arie Lenskijs aus Čajkovskijs Oper *Evgenij Onegin*; im Puškinschen Roman Buch VI, 21.

Unsterbliche nur in der Académie – Académie française, besteht seit 1635 aus vierzig Mitgliedern, wobei im Todesfall eines der Mitglieder sofort ein neues erkoren wird, daher der Scherz von den Unsterblichen.

Betrügst du nicht, verkaufst du nichts – altes russ. Sprichwort.

Treue Ehefrauen gebe es nicht – vgl. Tolstoj, *Anna Karenina*, vor allem aber *Die Kreutzersonate.*

der alte Cato – Cato der Ältere, Marcus Portius Cato Censorius, 234–149 v. u. Z., heiratete, verwitwet, als Greis eine junge Frau, wohl jünger als sein eigener Sohn, der ihn nach der Verlobung, vor den versammelten Verwandten, zur Rede stellte und fragte, ob er ihm etwas vorzuwerfen habe. Darauf Cato: »Gott bewahre, mein Sohn! Ich bin vollkommen zufrieden mit dir und habe dir nichts vorzuwerfen. Aber ich wünsche mir, noch mehr solche Söhne wie dich zu haben und solche Bürger dem Vaterland zu hinterlassen.« Vgl. Plutarch, *Marcus Cato*, Ziffern 24 und 6 [33].

zur Stadt hinaus – vgl. Baedeker, *Rußland*, 7. Aufl. 1912: »Versäume der Fremde nicht, falls er die Kosten eines teuren Soupers und das Zusammentreffen mit möglicherweise lockerer Gesellschaft nicht scheut, die russischen und die Zigeuner-Sängerchöre anzuhören, die ihre sehr originellen Vorträge meist in den eleganten außerstädtischen Restaurants zum Besten geben, die im Winter das Ziel der nächtlichen Troiken (Schlitten)-Fahrten der Jeunesse dorée sind.«

Varvara Osipovna – das Patronym der Dame deutet auf jüdische Herkunft.

Oficerskaja – wie alle übrigen Straßen des Romans existent, verrufen wegen der dort ansässigen einschlägigen Etablissements.

IV

Bataille – im russ. Text als Lehnwort, franz.: die Schlacht.

Georges – franz. Form des Namens, russ. transkribiert.

Trumeau – franz. Fensterpfeiler, das Stück Wand zwischen zwei Fenstern; Wandspiegel.

fremde Meinung fürchten – Anstreichung Čechovs in Buch II der *Selbstbetrachtungen* Marc Aurels, unter der von Čechov gewählten Überschrift »Ruhm und Ehre«, § 6: »und du selbst kannst dich immer noch nicht achten, denkst immer noch, dein Glück hinge ab von der Meinung anderer.«

V

Contant, Donon – elegante Speiselokale, beliebte Restaurants im Zentrum Petersburgs; Contant: Mojka 58, Donon: Blagoveščenskaja 2, nahe der Nikolaj-Brücke.

Petersburger Seite – jenseits der Neva und des Zentrums, damals Außenbezirk kleinbürgerlichen Charakters, vgl. die Beschreibung des Hauses der Gouvernante, Kap. XIII.

seid fruchtbar und mehret euch – 1. Mose 1, 22 und 9, 7.

Zedern des Libanon – Psalm 103, 16.

Was wir verlacht, dem werden wir nun dienen – russ. Sprichwort, hier in kirchenslavischer Gestalt.

Hier träumt Margarethe – meint die Oper *Faust et Marguérite* von Charles Gounod, 1859, russ. Titel: *Faust.*

Robber – engl. rubber beim Whist, bzw. der russ. Spielart Whint; das durch zwei Gewinnpartien abgeschlossene Spiel.

Siebtes Gebot – Du sollst nicht ehebrechen, 6. Gebot in der Luther-Bibel, in der Zählung der orthodoxen Bibel – 2. Mose 20, 14 – das siebte.

Turgenev lehrt – verallgemeinert die Frauengestalten in Turgenevs Romanen, so Nataša in *Rudin*, 1856, Liza im *Adelsnest*, 1859, Elena im *Vorabend*, 1860. »Schon in Nataša hat Turgenev ein Porträt des russischen Mädchens gegeben, das in der Stille des Dorflebens aufgewachsen ist, aber in ihrem Herzen, ihrem Geist und ihrem Willen die Keime dessen hat, was Menschenherzen zu höherem Tun erhebt. Rudins begeisterte Worte, sein Appell an das, was groß und lebenswert ist, entflammt sie. Sie ist bereit, ihm zu folgen und an dem großen Werke zu helfen, für das er so eifrig und erfolglos eintrat; aber es zeigt sich, daß er ihr nicht ebenbürtig ist. Turgenev sah also schon im Jahre 1855 den Frauentypus kommen, der später eine so bedeutende Rolle im Aufleben des jungen Rußlands spielte.« (P. Kropotkin, *Ideale und Wirklichkeit in der russischen Literatur*, dt. Leipzig 1906)

licentia poetica – im russ. Text latein., dichterische Freiheit.

Drei Begegnungen – Erzählung Ivan Turgenevs, erschienen 1852, die Erinnerungen des Autors an einige 1840 in Sorrent verbrachte Tage verarbeitet.

Vieni pensando a me segretamente – im russ. Text italien.: Komm, indem du heimlich an mich denkst. Fragment des vierzeiligen Mottos, das den *Drei Begegnungen* voransteht, der unmittelbar darauffolgende Vers: Ch'io t'accompagni per tutta la via – Ich will dich auf dem ganzen Weg begleiten.

Bulgarien befreien – wie Insarov, bulgarischer Patriot und Held des Turgenev-Romans *Vorabend*, 1860.

Kapote – langschößiger, gerade geschnittener Tuchmantel.

kehrte zum Essen zurück – das heißt am Spätnachmittag oder frühen Abend.

VI

Held von Ščedrin – meint: ein kleiner Beamter, Typus, den der russ. Schriftsteller Michail E. Saltykov-Ščedrin in seinen satirischen Romanen und Erzählungen verewigt hat.

Mann der Idee – d. h. mit hohen Idealen, vom Typ der Romanhelden Turgenevs.

Berlocken – von franz. breloque, Herrenschmuck, Anhängsel, an der Uhrkette zu tragen.

VII

ohne lange Haare – iron. Anspielung auf die Haartracht russ. Oppositioneller.

VIII

auf Revision fahren – staatliche Maßnahme der Besichtigung und Überprüfung einzelner Gouvernements, die im Auftrag der Regierung von Mitgliedern des Senats durchgeführt wurde; hier selbstverständlich auch Anspielung auf Gogols Komödie *Der Revisor* und auf die Reise Čičikovs in den *Toten Seelen.*

Soziologe der Antike – Marc Aurel.

Sergievskaja – Straße in Petersburg, verbindet, parallel zur Großen Neva, den Sommer- mit dem Taurischen Garten; der hl. Sergij von Radonež ist in der russ.-orthodoxen Kirche Schutzheiliger der Ehe.

IX

Luxus erschien diebisch – Reminiszenz der sozialistischen Weltanschauung des Erzählers, verweist auf Proudhons Diktum »Eigentum ist Diebstahl« in dem berühmten Werk *Was ist Eigentum?* von 1840.

Form einer Drei – im russ. Text der kyrillische Buchstabe Э.

X

7. Januar, Johannes der Täufer – Orlovs Vater hieß mit Vornamen Ivan, vgl. das Patronym Ivanovič.

Tag des Engels – stehender Ausdruck für: Namenstag, der im Russ. wichtiger war als der Geburtstag.

Frauen dürfen keine eigene Meinung haben – abgewandeltes Zitat aus Griboedovs Komödie *Verstand schafft Leiden* [Gore ot uma], III, 3. Molčalin: »In meinen Jahren darf man keine eigne Meinung haben.«

Sidors, Nikitas – bäuerliche Vornamen; Sidor, von Isidor, Isida: altägyptische Göttin der Landwirtschaft; Nikita, griech. nike: der Sieg.

Verderbnis der besseren Gesellschaft – auf die vor allem Tolstojs Kritik der modernen Zivilisation abzielte, vgl. die *Kreutzersonate*, hier auch ausführlich zum Stichwort »Abnormität der Ehe«.

Bist zwar kein Pfifferling – russ. Sprichwort.
Romane Turgenevs, Helden – vgl. Anm. zu Kap. V.

XI

Hochwohlgeborene Exzellenz – der Erzähler imitiert hier, wie sehr diskret auch schon zuvor, die Sprache der Dienstboten.

Vergänglichkeit alles Irdischen – Verweis auf Marc Aurel, zentraler Gedanke der *Selbstbetrachtungen*, den Čechov in seinem Handexemplar mehrmals angestrichen und betitelt hat mit Begriffen wie: Tod, Ruhm, Wie soll man leben.

Biršov – russ. birža; die Börse.

Čajkovskij-Stücke – im Erstdruck des Romans wurden die beiden Stücke noch mit den Titeln genannt: *Barcarole* und *Schneeglöckchen* aus dem Zyklus *Die Jahreszeiten*; in dieser Variante spielte Gruzin vor den Č.-Stücken noch die *Mondscheinsonate.*

Schwanenlied von Saint-Saëns – Camille Saint-Saëns, 1835-1921, franz. Komponist; das Stück *Der Schwan* ist Teil der Orchestersuite *Karneval der Tiere.* Mit dem Namen Saint-Saëns verbindet sich der Operntitel *Samson et Delila*, wodurch die Erwähnung Simsons in Kap. XII eingebunden wird.

Gehen Sie ins Kloster – *Hamlet* III, 1.

XII

Kraftprotz aus der Bibel – Simson, auch Samson, Richter 16, 3.

Kaljan – turkotatar., Wasserpfeife.

In einem Roman Dostoevskijs – *Erniedrigte und Beleidigte*, 1861, Teil I, 13.

schon mit 30 bis 35 Jahren erschöpft – vgl. hierzu Čechovs Drama *Ivanov,* in dem diese Frage die zentrale Rolle spielt, vgl. hierzu auch seinen Brief an Suvorin vom 30. Dezember 1888.

Räuber am Kreuz – Lukas 23, 39–43; auch in der russ. Bibel nicht »Räuber« [razbojnik], sondern der am Kreuz »aufgehängte Missetäter«, Bösewicht [zlodej].

XIII

Petersburger Seite – um auf diese zu gelangen, mußte die Große Neva überquert werden über die Dreifaltigkeits- bzw. Nikolaj-Brücke.

XIV

Sergievskaja – vgl. Anm. zu Kap. VIII; auf dem Weg zur Petersburger Seite ein kleiner Umweg.

Melodram Pariser Bettler – russ. Bearbeitung des Melodrams *Les pauvres de Paris* von Edouard Brisebarre, 1857 im Kleinen Theater Moskau erstaufgeführt, populäres Repertoirestück, das Čechov im

Stadttheater Taganrog gesehen hatte. Im Erstdruck des Romans erwähnt der Erzähler, vor den Pariser Bettlern, noch eine Lieblingsstelle aus dem Epilog des Turgenevschen Romans *Rudin*, die Čechov später in der Möwe verwendet: »Gott stehe allen obdachlosen Wanderern bei.«

Man wird mir den Paß nicht geben – zum russ. Paß-System vgl. Anm. zur *Langweiligen Geschichte*, V.

mes bijoux – im russ. Text franz., mein Schmuck, meine Wertsachen.

Balzac, Père Goriot – Čechov zitiert die russ. Übersetzung; die Stelle, an die Z. F. denkt: »Und er warf auf diesen brausenden Bienenstock einen Blick, der im voraus den Honig daraus zu saugen schien, und sprach die erhabenen Worte: ›Jetzt wir zwei!‹« [A nous deux maintenant! – die Worte, die der 20jährige Balzac bei seiner Ankunft in Paris auf dem Friedhof von Montparnasse ausgerufen haben soll.]

zu ihm – ob an Petersburg oder an Orlov gerichtet, läßt der Text offen.

XV

Hôtel Bauer – im russ. Text deutsch, Hotel Bauer-Grünwald, Via 22 Marzo am Canal Grande, in dem Suvorin mit Čechov, von Wien kommend, im Frühjahr 1891 abgestiegen war; der Roman spielt im folgenden an Stätten und in Städten, die Čechov während seiner ersten Reise nach Westeuropa kennengelernt hatte.

französische und russische Bücher, aus Wien; – Bücher, die in Rußland von der Zensur verboten waren; dabei handelte es sich nicht nur um sozialistische Literatur, sondern auch um in Rußland verbotene russ. Autoren wie z. B. Lev Tolstoj, dessen kirchen- und staatskritische Traktate, ehe sie in Rußland erscheinen konnten, fast durchweg zuerst im Ausland herauskamen, entweder in deutschen und französischen Übersetzungen oder in der Originalsprache. Hierfür bezeichnend die Editionsgeschichte der Schrift *Worin besteht mein Glaube?*, vgl. Anm. zu Kap. XVII.

Canova – Antonio, 1757–1822, italien. Bildhauer, Hauptvertreter des Klassizismus; in Venedig wurde ihm 1827 in der Kirche de' Frari das Denkmal errichtet, das er selbst für Tizian entworfen hatte.

Faliero – Marino, Doge von Venedig, 1278–1355, wurde, nachdem seine Erhebung gegen den Senat verraten worden war, auf der Großen Treppe des Dogenpalastes enthauptet; sein Bildnis im Dogenpalast, in dem sämtliche Porträts der Dogen versammelt sind, wurde mit schwarzem Tuch verhängt.

stürze mich auf die Mystik – Seitenhieb auf die in Čechovs Generation verbreitete Neigung, das Heil in der religiösen Mystik zu suchen, möglicherweise auch Anspielung auf Dostoevskijs revolutionäre Vergangenheit und geistige Wandlung; nicht zuletzt haben Fürst Myškin, *Der Idiot*, und Čechovs Unbekannter gewisse Züge gemeinsam.

Jam-mo! – Ruf der venezianischen Gondolieri im Rhythmus des Stakens.

Manchmal habe ich Sie gehaßt – im Erstdruck des Romans spricht der Erzähler, dieses Geständnis vorbereitend, bereits in Kap. VII aus.

wenns beliebt, der überflüssige Mensch – ironischer Schlenker gegen die Kritik, die hartnäckig an der These festhielt, Čechov schreibe den durch Puškin, Lermontov und Turgenev begründeten Typus des »überflüssigen Menschen« fort.

Noch am selben Tag reisten wir nach Florenz – Čechov am 26. März 1891 an die Familie: »Der Regen schüttet wie aus Eimern. Venezia bella ist nicht länger bella. Vom Wasser her weht einen die traurige Langeweile an, und man möchte so schnell wie möglich dorthin fliehen, wo Sonne ist... Wir fahren nach Florenz.«

XVII

Bei Poltava war die Sache – erste Zeile eines populären, zum Volkslied gewordenen Liedes des Chorleiters I. E. Molčanov.

Madame est partie – im russ. Text franz., Madame ist weggefahren, ausgegangen.

Garçons – im russ. Text russ. transkribiert.

Mühen des Arbeiters, blutiger Schweiß – Rückfall des Erzählers in die Klischees der sozialistischen Propaganda.

Überzeugungen geändert – unter dem selbstgefundenen Titel *»Überzeugungen«* strich Čechov in Marc Aurels *Selbstbetrachtungen*, Buch IV § 12 den nachstehenden Passus an, übersetzt nach dem russ. Text: »Der Mensch muß immer bereit sein, folgende zwei Bedingungen zu erfüllen. Erstens, in seinen Handlungen sich leiten lassen vom obersten Gesetz des Verstandes, dessen Forderungen in allem übereinstimmen mit dem Wohl des Nächsten; zweitens, nicht bestehen auf seiner Meinung, wenn einer da ist, der sie mit einem richtigen Argument ins Schwanken gebracht hat. Jede Änderung von Überzeugungen muß dadurch gerechtfertigt sein, daß die neue Anschauung der Wahrheit und Gerechtigkeit näherstehen, daß sie annehmlicher oder vorteilhafter ist.«

nicht nur das Licht, das zum Fenster hereinkommt – abgewandelt das russ. Sprichwort: »Du bist mein Licht im Fenster.«

Dann hätte ich mich vergiftet – Verweis auf Tolstoj, *Anna Karenina*, VII, 25.

Das ist mein Glaube – vgl. Lev Tolstoj, *Worin besteht mein Glaube* [V čem moja vera?]; geradezu prototypisch die Editionsgeschichte dieser Bekennerschrift: 1884–85 geschrieben, erschien sie, »aus dem russischen Manuskript übersetzt« von S.Behr, 1885 in deutscher, zugleich auch französischer Übersetzung. In Rußland durften 1886 nur Auszüge aus dem 10. Kapitel veröffentlicht werden in der Zeitschrift *Russischer Reichtum* [Russkoe bogatstvo]. Der vollständige russ. Text erschien erstmals in Genf, o. J., ^{2}1888, ^{3}1892, ^{4}1900 und, 1902, in einem Exilverlag in Berlin. In Rußland durfte der vollständige Text erst nach der Revolution 1906 in einer Zeitschrift gedruckt und, als Buch, im Verlag »Posrednik«, verbreitet werden.

»Nina! Nina!« – im Erstdruck des Romans unternimmt Vladimir Ivanovič an dieser Stelle einen zweiten Versuch, Orlov zu schreiben; es folgte, von Čechov später gestrichen, nachstehende Passage:
Ich stürzte zurück.
Aus irgend einem Grunde schien mir, ich müsse Orlov unbedingt ein Telegramm schicken. Ich lief zur Telegraphenstation, griff zur Feder und schrieb: »Wir haben... zugrundegerichtet...« – und strich es durch. »Wir haben betrogen...« – strich es durch. »Die betrogene, beleidigte...« – strich es durch. Ich schrieb, sie leide unerträglich, sei verloren, ich warf aber auch das weg. Nachdem ich mehrere Formulare beschmiert und zerrissen hatte, warf ich dem Beamten eine Lira hin und lief hinaus.
Als ich, meine Kräfte zusammennehmend, wieder zu ihr kam, waren in ihrem Zimmer die Hebamme und die Dame aus Charkov. Ich begrüßte sie und blieb an der Tür mit einem Gefühl stehen, als liege in dem Zimmer ein Toter.

XVIII

Ein stiller Engel flog vorbei – russ. Redensart, Sprichwort für Situationen, in denen das Gespräch stockt, unangenehme Pausen eintreten; auch im Deutschen nachgewiesen, vgl. Wander, *Deutsches Sprichwörter-Lexikon*, Leipzig 1867: »Wahrscheinlich ist mit dem Engel der Todesengel gemeint.«

in einen leeren Klang verwandeln – wörtlich so in der russ. Übersetzung der *Selbstbetrachtungen*, Buch V § 26 [33]; die deutsche Entsprechung von C. F. Schneider: »Wie lange noch, und du bist Staub und Asche! und nur der Name lebt noch, ja nicht einmal der

Name; denn was ist er? ein bloßer Schall und Nachklang.« [Russ.: zvuk pustoj]

Welch Katastrophe, großer Gott – abgewandeltes Zitat aus der Komödie *Verstand schafft Leiden* von Aleksandr Griboedov, I, 10, wo es sich um eine »erwachsene Tochter« handelt.

Auf die Wurzel schauen – wörtliches Zitat einer »Frucht langen Nachdenkens« von Kozma Prutkov, vgl. Anm. zu Kap. III.

raison d'être – im russ. Text franz., Daseinsberechtigung.

Nachwort

1

In den Protagonisten aller drei kleinen Romane geht eine Veränderung vor, die sie die Welt ringsum und auch ihr eigenes Leben mit anderen, gleichsam fremden Augen sehen läßt. Für die Dynamik des Erzählens ist diese Veränderung ein entscheidender Faktor.

In ihre Entstehungsphase – von 1887/88 bis 1892 – fallen für ihren Autor gleich mehrere Ereignisse, die *ihn* verändern. Die Čechovs Denken und seine Sicht der Dinge wesentlich erweitern.

1. Die Bekanntschaft und Freundschaft mit A. S. Suvorin, einem »General der Literatur«, der mit Lev Tolstoj verkehrte, mit Dostoevskij bekannt gewesen war, mit Turgenev korrespondiert hatte, und der nicht nur Čechovs Verleger wurde, sondern auch zu einer Art Vaterfigur, der ihn in die literarische Welt Petersburgs einführte. Die Gespräche und der Briefwechsel mit Suvorin, von beiden Seiten in großer Offenheit geführt, beeinflußten Čechovs Entwicklung. In ihnen festigte er seine Position als Künstler.

2. Die öffentliche Anerkennung, die ihn 1887/88 traf. Für die *Steppe*, ein Gedicht in Prosa, in dem sich Čechov wichtige Eindrücke der eigenen Kindheit vom Leib geschrieben hatte, wurde ihm der Puškin-Preis zugesprochen. Übermütig werden läßt ihn der Preis nicht: »Die Zeitungsbelletristen zweiter und dritter Sorte müssen mir ein Denkmal errichten oder mir zumindest ein silbernes Zigarettenetui überreichen. Ich habe ihnen den Weg in die dicken Zeitschriften geebnet, zum Lorbeer und zu den Herzen anständiger Menschen. Das ist einstweilen mein einziges Verdienst, alles, was ich geschrieben habe und wofür man mir jetzt den Preis gibt, wird keine zehn

Jahre im Gedächtnis der Menschen bleiben.« Vor ihm stand, unbewältigt, die Aufgabe: der große Roman, der große Roman.

3. In Zusammenhang mit beiden: das Gefühl der »persönlichen Freiheit«, von dem Čechov am 7. I. 1889 an Suvorin schreibt, daß es »erst vor kurzem« in ihm aufgeflackert sei, das er aber in der Literatur für ebenso unabdingbar hält, wie es der Professor seiner *Langweiligen Geschichte* bei jüngeren Autoren vermißt.

4. Der Tod des Bruders, des Malers Nikolaj, am 17. Juni 1889, der erste Todesfall in Čechovs Familie, der ihn nicht nur als Verlust eines geliebten Menschen erschütterte. Als Mediziner hatte er dem Bruder nicht helfen können; nach anfänglicher Fehldiagnose (Unterleibstyphus) hatte er, der selbst seit Dezember 1884 jeden Herbst und Winter Blut hustete, die Wahrheit erkennen müssen: Lungentuberkulose, das Todesurteil.

5. Trotz Anerkennung, trotz Puškin-Preis: Zweifel am Wert der eigenen Arbeit, die zeitweise auch den Charakter von Selbstvorwürfen trugen, der schönen Literatur zuliebe den Arztberuf nicht auszuüben, und die wiederholt in depressive Stimmungen führten; Čechov begründet sie auch mit seiner Arbeitsweise: »Keine einzige Zeile, die in meinen Augen ernsthaft literarische Bedeutung besäße. Da war eine Masse Arbeit unter extremen Bedingungen, aber keine Minute ernsthafter Arbeit.« Er müsse »lernen, alles ganz von vorn lernen«, »gewissenhaft schreiben, mit Gefühl, mit Sinn und Verstand – nicht fünf Bogen in einem Monat, sondern einen Bogen in fünf Monaten« [20. XII. 1889 an Suvorin].

6. Die einsame, und gefährliche Expedition zur Sträflingsinsel Sachalin, zu der sich Čechov 1890 entschloß, um »seiner Medizin« Tribut zu zollen und mit seinem Bericht einen Beitrag zur Abschaffung der lebenslangen Freiheitsstrafe zu leisten; eine beschwerliche Reise durch ganz Sibirien, drei Mo-

nate und drei Tage im größten Zuchthaus des Reiches, danach, von Vladivostok aus, die Rückreise zur See. Die Veränderung, die dadurch in ihm vorgegangen sei, kommentiert Čechov, wieder zurück, am 17. Dezember 1890 lakonisch: »Vor meiner Reise war die ›Kreutzersonate‹ für mich ein Ereignis, jetzt finde ich sie komisch und unsinnig. Ob ich reifer geworden bin durch die Reise, ob ich den Verstand verloren habe, weiß der Teufel.« [An Suvorin]

7. Die erste Reise nach Westeuropa, 1891 in Begleitung Suvorins, die ihn über Wien nach Italien und Frankreich führt und die ihm nochmals die Rückständigkeit des Lebens in Rußland deutlich macht.

Alle diese Ereignisse spiegeln sich indirekt in den kleinen Romanen, die Auslandsreise 1891 sogar sehr direkt in den Schlußkapiteln der *Erzählung eines Unbekannten*, – und doch wäre die Liste unvollständig ohne die Erwähnung eines Buches, das für Čechov zum Ereignis wurde: die *Selbstbetrachtungen* des Marc Aurel.

Dieses Buch – in gekürzter Gestalt 1882 auf russisch erschienen und Oktober 1883 aus dem Nachlaß seines Freundes F. F. Popudoglo in seinen Besitz gelangt – hat Čechov spätestens im Winter 1888/89 gelesen, und er hat es nicht nur von A bis Z gelesen, sondern systematisch durchgearbeitet wie kein anderes, das in seiner Bibliothek der unverzichtbaren Bücher in Jalta aufbewahrt wird. Rund 125 Textstellen hat er darin mit einem kräftigen roten Senkrechtstrich versehen und diesen, ihm wichtigen Passagen, wohl der Auffindbarkeit halber, eigene Überschriften gegeben, die in ihrer Gesamtheit einen Katechismus der moralisch-ethischen und existenzphilosophischen Fragen ergeben, auf die Čechov immer wieder zurückkommt.

Zweimal erwähnt er Marc Aurel brieflich, dreimal namentlich im Werk. Als für ihn Gewißheit geworden war, daß sein Bruder würde sterben müssen, schreibt Čechov am 11. April

1889 an Suvorin: »Oh, Marcus Aurelius Antonin! Oh, Epiktet! Ich weiß, es ist kein Unglück, es ist nur meine Meinung; ich weiß, den Maler verlieren heißt ihn zurückgeben, aber ich bin doch mehr Potëmkin denn Philosoph, und ich bin absolut unfähig, dem Schicksal tapfer ins Auge zu blicken, wenn ich nichts an Tapferkeit im Herzen habe.« Zwei Tage zuvor schickte Čechov sein Exemplar der *Selbstbetrachtungen* dem Schauspieler A. P. Lenskij, dem er von dem Buch erzählt haben muß; der Begleitbrief enthält eine Beschreibung des Bandes nach Čechovs Lektüre: »An den Rändern werden Sie auf Bleistiftanmerkungen stoßen – sie haben für den Leser keinerlei Bedeutung; lesen Sie alles der Reihe nach, denn alles ist gleichermaßen gut.«

Im künstlerischen Werk erwähnt Čechov den Philosophen erstmals in der *Langweiligen Geschichte*, danach im *Krankensaal Nr. 6* und noch einmal 1894 im *Schwarzen Mönch*, danach nie wieder. Nie hat Čechov aus dem schmalen Band der *Selbstbetrachtungen* auch nur einen Gedanken in seine Notizbücher übertragen: das Werk Marc Aurels blieb sein verschwiegener, wohlgehüteter Ideenschatz, der in seiner Bedeutung für Čechov, so scheint es, nicht hoch genug angesetzt werden kann. Die *Selbstbetrachtungen* haben eigene Erkenntnisse Čechovs bestätigt, ihm Sicherheit verliehen und seinen Horizont erweitert. Es scheint schwer zu unterscheiden, wo Čechov sich auf Marc Aurel nur beruft, wo er ihn zitiert oder Aussprüche von ihm in eigene Worte kleidet. Es scheint vielmehr, als seien beider Erkenntnisse eine untrennbare symbiotische Verbindung eingegangen. Jedenfalls versetzte das Studium der *Selbstbetrachtungen* Čechov in die Lage, sich auf das von der Publizistik und, in einsamer Höhe, von Lev Tolstoj besetzte Terrain der großen Lebens- und Menschheitsfragen zu wagen; es gab ihm die Sicherheit, die eigene schriftstellerische Position mit leiser, aber fester Stimme zu behaupten und zu verteidigen. Und mit ihr befand sich Čechov im diametralen Gegensatz zum Zeitgeist, der vom Schriftsteller eine »Richtung«, eine Tendenz verlangte nebst Verhaltensmaßregeln und Wegen der praktischen Nutzanwendung.

Demgegenüber hatte Čechov am 4. Oktober 1888 in einem Brief an A. N. Pleščeev, einen Lyriker mit »liberaler« Vergangenheit, nun Redakteur der dicken Zeitschrift *Severnyj vestnik* [Bote des Nordens], sein künstlerisches Credo umrissen:

»Vor Ihnen und Anna Michajlovna [Evreinova, Hg. der Zeitschrift] habe ich keine Angst, Angst habe ich vor denen, die zwischen den Zeilen eine Tendenz suchen und die mich unbedingt als einen Liberalen oder als Konservativen sehen wollen. Ich bin kein Liberaler, kein Konservativer, kein Reformanhänger, kein Mönch, kein Indifferenter. Ich möchte ein freier Künstler sein und nichts weiter, und ich bedaure, daß Gott mir nicht die Kraft gegeben hat, einer zu sein. Ich hasse Lüge und Gewalt in allen ihren Erscheinungsformen, und Konsistorialsekretäre sind mir gleichermaßen zuwider wie Notovič und Gradovskij. Pharisäertum, Stumpfsinn und Willkür herrschen nicht allein in Kaufmannshäusern und Gefängnissen; ich sehe sie in der Wissenschaft, in der Literatur, unter der Jugend... Darum hege ich gleichermaßen geringe Vorliebe für Gendarmen, für Fleischer, für Gelehrte, für Schriftsteller, für die Jugend. Firma und Etikett halte ich für ein Vorurteil. Mein Allerheiligstes sind der menschliche Körper, Gesundheit, Geist, Talent, Begeisterung, Liebe und absolute Freiheit, Freiheit von Gewalt und Lüge, worin sich die beiden letzteren auch äußern mögen. Das ist das Programm, an das ich mich halten würde, wenn ich ein großer Künstler wäre.«

Dieses »Programm« wollte und sollte vorbauen, und zwar dem Lektüre-Eindruck der Erzählung *Der Namenstag*. Als Pleščeev, nach Erhalt der Erzählung, prompt bemängelte, ihr fehle eine »Richtung«, platzte es aus Čechov – am 10./11. X. 1888 – förmlich heraus: »Aber protestiere ich in der Erzählung denn nicht von Anfang bis Ende gegen die Lüge? Ist das denn keine Richtung? Nein? Nun, dann kann ich also nicht beißen, oder ich bin ein Floh...«

Der »Floh« ist ein Reflex auf die kleine Form der Kurzgeschichte, von der Čechov meinte, sie liege hinter ihm.

2

Erzählungen wie der *Namenstag*, vor allem aber – beginnend mit der *Langweiligen Geschichte* – die kleinen Romane markieren Čechovs Eintritt in den Diskurs der großen Fragen.

Mit den kleinen Romanen, aber auch den Erzählungen ab 1887, hat sich Čechov selbstbewußt und konsequent in den Kontext der großen russischen Literatur geschrieben. Der Anspruch, den er an sich stellte, wie der Maßstab, an dem er gemessen werden wollte, werden deutlich in den Namen der Autoren, mit deren Werken er in Zwiesprache tritt, die er zitiert, auf die er anspielt, mit denen er die eigenen Texte verkettet sehen will: Puškin, Lermontov, Aleksandr Griboedov, Kozma Prutkov und Turgenev, immer wieder Turgenev, mit dem ihn eine künstlerische Geistesverwandtschaft verbindet; unterschwellig polemisch mit Dostoevskij, offen und unverstellt mit Lev Tolstoj.

Dies hatte schon die zeitgenössische Kritik erkannt, indem sie die *Langweilige Geschichte* verglich mit Tolstojs Novelle *Der Tod des Ivan Iljič* [1886]. Parallelen zwischen *Duell* und der *Kreutzersonate*, die Čechov 1890 bei Suvorin im Manuskript gelesen hatte, drängen sich geradezu auf.

1890, im Bann der eben gelesenen *Kreutzersonate*, spricht Čechov, Pleščeev gegenüber, von den Vorzügen des Texts, aber auch von »sehr ärgerlichen Mängeln«: »Außerdem hat die Novelle noch etwas, was man ihrem Autor nicht verzeihen mag, und zwar – die Kühnheit, mit der Tolstoj von Dingen handelt, die er nicht kennt und die er in seiner Starrköpfigkeit nicht begreifen will. So können seine Ansichten über Syphilis, Erziehungshäuser, über den Ekel der Frauen am Beischlaf usw. nicht nur bestritten werden, sondern sie entlarven geradezu einen ungebildeten Menschen, der sich im Laufe seines langen Lebens nicht ein Mal die Mühe gemacht hat, zwei-drei Bücher von Spezialisten zu lesen.« [15. II. 1890]

Deutlicher wird Čechov nach Lektüre des Nachworts, das Tolstoj dem Text auf Wunsch von Lesern beigefügt hatte: »Schlagen Sie mich tot, aber das ist dümmer und dumpfer als die ›Briefe an eine Gouverneursgattin‹ [Gogol], die ich verachte. Der Teufel soll sie holen, die Philosophie der Großen dieser Welt! Alle großen Weisen sind despotisch wie Generäle, und unhöflich und unsensibel wie Generäle, weil sie davon überzeugt sind, straffrei auszugehen. Diogenes hat anderen in den Bart gespuckt, weil er wußte, daß man ihm dafür nichts tun würde; Tolstoj beschimpft die Ärzte als Schurken und flegelt herum in großen Fragen, weil er genauso ein Diogenes ist, den man nicht aufs Revier schleppen und in den Zeitungen nicht beschimpfen darf. Also zum Teufel mit der Philosophie der Großen dieser Welt! Die ganze Philosophie, mit ihren Nachworten und Briefen an Gouverneursgattinnen, ist nicht eine Stute aus dem ›Leinwandmesser‹ wert.« [18. IX. 1891 an Suvorin]

Seine Antwort auf Tolstoj und den Wahrheitsanspruch, den die *Kreutzersonate* erhebt, versteckt Čechov im *Duell*, kurz vor dem Schlußbild in dem leisen Satz, den er beiden Kontrahenten des grotesken Zweikampfs in den Mund legt: »Niemand kennt die ganze Wahrheit.«

Tatsächlich treten heute die Unterschiede klarer zutage, und diese Unterschiede liegen begründet in Čechovs Forderung nach »absoluter Objektivität«, auf der er zeitlebens beharrt hat und die ihrerseits beruht auf Čechovs Begriff von Gerechtigkeit. Čechov schreibt im *Duell* von der Liebe, aber nicht der Liebe »als solcher« und nicht, um mit ihr abzurechnen, nicht um jemanden zu beschuldigen, nicht um auch nur eine seiner Figuren anzuklagen oder zu verurteilen. So wie in seinen Theaterstücken jede Bühnenfigur von ihrem Standpunkt aus recht hat, so auch in der Prosa. Čechov schreibt nicht aus der Position dessen, der im vorhinein weiß, obwohl er, weil er viel zu genau hinschaut, vieles weiß, sondern aus der Perspektive des Wissenden, der weiß, daß niemand alles wissen kann, schon gar nicht die ganze Wahrheit.

Als das *Duell* 1891 erschienen war, merkte die Kritik an, Čechovs kleiner Roman erreiche stellenweise die »Kraft der Tolstojschen psychologischen Analyse«. Heute scheint festzustehen, Čechov hat mit dem *Duell* wie auch den anderen kleinen Romanen gerade durch die Präzision seiner psychologischen Analyse, durch ihre Wahrhaftigkeit und ihren unbestechlichen Sinn für Gerechtigkeit – Tolstoj, zumindest den der *Kreutzersonate*, weit übertroffen.

Zwischen der Genauigkeit der Analyse und der von Čechov beschworenen Objektivität besteht ein organischer Zusammenhang, den er, Suvorin gegenüber, auch »technisch« begründet: »Sie beschimpfen mich wegen meiner Objektivität, die Sie Gleichgültigkeit gegenüber Gut und Böse nennen, Fehlen von Idealen und Ideen usw. Sie wollen, daß ich, wenn ich Pferdediebe darstelle, sage: Pferdediebstahl ist etwas Böses. Aber das ist doch ohnehin längst bekannt, auch ohne mich. Über sie zu Gericht sitzen sollen die Geschworenen, meine Sache ist es *zu zeigen, was für Menschen das sind*… Natürlich wäre es angenehm, die Kunst mit der Predigt zu verbinden, aber mir persönlich fällt das überaus schwer und ist aus Gründen der Technik beinahe unmöglich. Um nämlich auf 700 Zeilen Pferdediebe darzustellen, *muß ich die ganze Zeit in ihrem Ton sprechen und denken* und *fühlen wie sie*, würde ich da Subjektives hinzufügen, so würden die Bilder verschwimmen und die Erzählung nicht so kompakt werden, wie es sich für alle Erzählungen gehört.« [1. IV. 1890]

Čechov löst in seinem künstlerischen Text mit Bedacht keine Fragen: »Der Künstler soll nur darüber urteilen«, – so hatte er schon Oktober 1888 an Suvorin geschrieben –, »wovon er etwas versteht; sein Gesichtskreis ist genauso beschränkt wie der jedes anderen Spezialisten auch, – das wiederhole ich und darauf werde ich immer bestehen.

Wenn Sie vom Künstler ein bewußtes Verhältnis zu seiner Arbeit verlangen, so haben Sie recht, aber Sie verwechseln zwei Begriffe: die *Lösung der Frage* und *die richtige Stellung der Frage.* Nur zum zweiten ist der Künstler verpflichtet. In ›Anna Karenina‹ und im ›Onegin‹ wird keine einzige Frage gelöst, aber beide befriedigen Sie völlig, nur weil in ihnen alle Fragen richtig gestellt sind.«

3

Es war kein geringerer als Lev Tolstoj, der Čechov schon zu Lebzeiten, 1903, einen »Puškin der Prosa« genannt hat und der, nach seinem Tode 1904, bekannte: »Čechov war ein unvergleichlicher Künstler... Ja... Ein unvergleichlicher...« Es war Tolstoj, der die Größe besaß, in demselben, von A. Zenger in der Zeitung *Rus'* mitgeteilten Gespräch anzuerkennen: »Čechov hat neue Formen geschaffen, und ohne jede falsche Bescheidenheit muß ich sagen, daß er, Čechov, was die Technik betrifft, weit über mir steht!.. Er ist ein einzigartiger Schriftsteller.«

Was diese Einzigartigkeit ausmacht, ist inzwischen von vielen Autoren beschrieben worden, am schönsten vielleicht, abgesehen von den Liebeserklärungen Thomas Manns, Nabokovs, Robert Walsers an Čechov, von John Middleton Murry und Virginia Woolf, die, ausgehend von der ihr geläufigen viktorianischen Prosa, der Irritation nachsinnt, die diese »Geschichten über gar nichts« in ihr ausgelöst hatten.

Die ästhetischen Mittel, mit denen Čechov arbeitet, sind dagegen kaum untersucht und dargestellt worden, und dies hat Gründe. Die Kritik des Auslands stand und steht vor dem Problem der Übersetzung. In Rußland wiederum standen die Texte Čechovs der auf ihn folgenden Generationen noch zu nahe als Zeugnisse einer überwunden geglaubten Zeit, man denke an die abschätzigen Äußerungen von Marina Cvetaeva oder Osip Mandelštam über Čechov; noch 1945 nennt Anna Achmatova die Welt Čechovs »eintönig mausgrau«, »ein schlammiges Meer, das die armseligen menschlichen Kreaturen in ihrer Hilflosigkeit gefangenhält, eine Travestie des Lebens«. Šklovskijs *Theorie der Prosa* befaßt sich dementsprechend nicht mit Čechov, sondern, als der avanciertesten Form, mit der »sujetlosen Prosa« Rozanovs. Mit Ausnahme der Analyse der Dramen Čechovs von Sergej Baluchatyj [1927] gibt es unter den Arbeiten der Formalen Schule keinen einzigen Text über Čechov, und ab 1930 ging es in der Sowjetunion vor allem darum, Čechov ideologisch zu verteidigen und sein Werk gegen die Postulate der Parteiliteratur – oder mit ihnen – am Leben zu erhalten.

So blieb es einigen wenigen Schriftstellern vorbehalten, Čechovs Ästhetik als Künstler zu erkennen und für das eigene Schreiben produktiv werden zu lassen. Das waren, im Exil, Ivan Bunin und Nabokov; in Rußland Daniil Charms, Isaak Babel, Leonid Dobyčin, Michail Zoščenko – sehr viel mehr waren es nicht. Doch diese wenigen haben Čechovs Texte genauestens studiert und von ihnen gelernt.

Sein ästhetisches Credo formuliert Čechov spielerisch, wie aus dem Stegreif, in einem Brief an seinen älteren, ebenfalls schreibenden Bruder Aleksandr am 10. Mai 1886, in dem er die Bedingungen festlegt, unter denen eine Erzählung zum Kunstwerk werde:

»1) Abwesenheit langgezogener Wortergüsse politisch-sozial-ökonomischen Charakters; 2) absolute Objektivität;

3) Wahrhaftigkeit in der Beschreibung der handelnden Personen und Gegenstände; 4) äußerste Kürze; 5) Kühnheit und Originalität; meide das Klischee; 6) Herzlichkeit.« Es folgt Čechovs Kommentar:

»Naturbeschreibungen müssen meiner Meinung nach sehr kurz sein und den Charakter des à propos besitzen. Gemeinplätze der Art: ›Die untergehende Sonne, die sich in den Wellen des dunkelnden Meeres badete, verströmte purpurnes Gold‹ usw. ›Die Schwalben, die über die Oberfläche dahinflogen, zwitscherten fröhlich‹ – solche Gemeinplätze muß man bleiben lassen. In Naturbeschreibungen muß man sich an kleine Einzelheiten halten, die man so gruppiert, daß sie beim Lesen, wenn man die Augen schließt, ein Bild ergeben. Du hast zum Beispiel die Mondnacht, wenn du schreibst, daß auf dem Mühlenwehr der Hals einer zerbrochenen Flasche blitzt wie ein heller Stern und, wie eine Kugel, der schwarze Schatten eines Hundes oder Wolfs vorbeirollt usw. Die Natur erscheint belebt, wenn du dich nicht scheust, Vergleiche Ihrer Erscheinungen mit menschl. Handlungen zu benützen usw. – In der Sphäre der Psychik ebenfalls Einzelheiten. Bewahre dich Gott vor Gemeinplätzen. Am besten meidet man die Beschreibung des Seelenzustands der Helden; man muß sich bemühen, daß er aus den Handlungen der Helden verständlich wird... Unnötig ist, einer Überfülle von hand. Personen nachzujagen, Schwerpunkt müssen zwei sein: er und sie...«

Eine klarere, konzisere Beschreibung des eigenen Stils ist kaum denkbar. Čechovs Forderung nach Objektivität, Wahrhaftigkeit und Kürze stellt ihn, wie Lev Tolstoj 1903 erkannte, in eine Reihe mit Aleksandr Puškin, der in einem Fragment *Über die russische Prosa* aus dem Jahre 1822 – das erst 1884 an die Öffentlichkeit gelangte – festgestellt hatte: »Genauigkeit und Kürze – das sind die vornehmsten Eigenschaften der Prosa. Sie braucht Gedanken und nochmals Gedanken, ohne Gedanken sind die glänzendsten Formulierungen nutzlos.«

Kürze? Für die »langen Erörterungen«, die das »Langweiligste« an der *Langweiligen Geschichte* seien, entschuldigt sich der Autor bei seinem Redakteur am 24. IX. 1889; sein Held, der Aufzeichnungen schreibe, könne ohne sie nicht auskommen: »Sie charakterisieren den Helden, seine Verfassung und seine Winkelzüge vor sich selbst.« Dabei was für ein Feuerwerk an Gedanken, diese Anmerkungen zum Theater, zum Universitätsleben, zur Kritik der modernen Literatur; eine tour d'horizon, durchaus in »äußerster Kürze«. Katjas Auftritt im Hotelzimmer in Charkov: ginge es kürzer? Objektivität: Katja hat sich bei ihrem Ziehvater bereits mehrere Abfuhren eingehandelt, auf ihre Frage erhält sie keine Antwort, doch Nikolaj Stepanovič möchte, in seiner Verlegenheit, mit ihr essen gehen – warum sollte sie?

Kürze, bezogen auf die Wahrhaftigkeit: »Aus Angst, nicht genau genug zu sein und nicht verstanden zu werden«, schreibt Čechov am 15. XI. 1888 an Suvorin: »halten Sie es für nötig, jede Situation und Bewegung zu motivieren. Die Repina sagt: ›Ich habe mich vergiftet!‹, aber Ihnen genügt das nicht, Sie lassen Sie noch 2–3 überflüssige Sätze sagen und opfern damit Ihrer Gewissenhaftigkeit die Wahrhaftigkeit.«

Überflüssige Sätze gibt es bei Čechov nicht, weder in den Stücken noch in der Prosa, ebenso wenig gibt es in seinen Sätzen überflüssige Wörter, schwelgerische Attributketten, Adjektive, funktionslose Zutaten oder Zierat. Čechovs Satz ist streng, von lakonischer Kürze selbst in »langen Erörterungen«, knapp und präzise wie ein Uhrwerk. Er folgt einer künstlerisch präzisen Logik – bei Beschreibung von Bildern, Landschaften und Räumen der Augenbewegung, in argumentativen Passagen der psychischen Logik.

Čechovs Satz funktioniert, anders gesagt, wie ein mathematischer oder philosophischer Beweis. Seine Gedankenführung lehnt sich an die Čechov als Naturwissenschaftler geläufige Dialektik des wissenschaftlichen Denkens an. Deshalb scheut sein Satz nicht nur keine Wiederholungen, die wohl auch der Russischlehrer als »schlechten Ausdruck« moniert hätte, er erhebt die Wiederholung identischer Wörter vielmehr zum Prinzip: die Wiederholung ein und desselben Begriffs wird für die Kette der Beweisführung konstitutiv. So erklärt sich der Umstand, daß in Čechovs Handexemplar des Romans *Krieg und Frieden* über 30 Seiten hinweg das unscheinbare Wort »vidimo« [sichtlich, offenbar] unterstrichen ist; Čechov hat den Lauf dieses einen Wortes durch den Text verfolgt. Er hat dieses Prinzip der Wiederholung auch kompositorisch genutzt, zur logischen Verknüpfung einzelner Kapitel.

Im Rhythmus und in seiner Musikalität kommt Čechovs Satz von der gesprochenen Sprache her. Auf Schönheit und Schlichtheit der Sprache hat Čechov stets größte Sorgfalt verwendet, für ihren Rhythmus hatte er ein hochempfindliches Ohr, weshalb nicht nur seine Dialoge wahr und lebensecht klingen, sondern auch sein erzählender Satz. Die Länge des Satzes, seine Phrasierung und Gliederung scheinen abgestimmt auf die Länge des menschlichen Atemzugs. Ein typisches, der gesprochenen Sprache entlehntes Kunstmittel, das Rhythmus und Intensität des Erzähltones variiert, ist auch der Tempuswechsel in der Erzählzeit.

Eine Zeitlang hat Čechov diesen Zug, der die Musik seines Satzes wesentlich bestimmt, zu bekämpfen versucht. »Die Erzählung wird langweilig«, teilt er am 28. XI. 1888 Suvorin mit, während er an der ersten Fassung des *Duells* arbeitet: »Ich lerne, ›Abhandlungen‹ zu schreiben, und bemühe mich, von der gesprochenen Sprache wegzukommen. Bevor ich an den Roman gehe, muß ich meine Hand daran gewöhnen, einen Gedanken frei in erzählerischer Form wiederzugeben. Mit dieser Dressur befasse ich mich zur Zeit.« Geblieben sind seinem Satz der Rhythmus und die Musik der gesprochenen Sprache, die in zahlreichen Fällen logisch auch dadurch begründet ist, daß Čechov ein konkretes Ich erzählen läßt.

Schon Januar 1888 hatte Čechov, Pleščeev gegenüber, zu seinem ersten kleinen Roman *Steppe* angemerkt, der Text enthalte »stellenweise Verse in Prosa«, ohne diese genauer zu bestimmen. Anzunehmen ist, daß damit nicht nur die Rhythmisierung gemeint war, sondern auch die klangliche Instrumentierung des Satzes. Indessen hatte Čechov wenig Grund zu hoffen, daß derlei Feinheiten von der Kritik bemerkt werden würden, denn wie er noch im Dezember desselben Jahres Suvorin gegenüber beklagte: »Wir haben keine Kritik... Die Literarische Gesellschaft, die Studenten, die Evreinova [Hg. des *Severnyi vestnik*], Pleščeev, die jungen Damen usw. – alle haben meinen ›Anfall‹ über den grünen Klee gelobt, aber die Beschreibung des ersten Schnees hat nur Grigorovič bemerkt.«

Wie im Detail, im Satz, im einzelnen Wort, so hat Čechov auch sorgsam auf das geachtet, was er Ende der 80er Jahre gern die Architektur des Erzähltexts nannte. Der *Flüchtling von Sachalin*, eine der damals jüngsten Erzählungen von Vladimir Korolenko aus dem Jahr 1885, sei, so schreibt er dem Autor, »geschrieben wie eine schöne musikalische Komposition, nach allen Regeln, die einem Künstler der Instinkt eingibt«.

Daß Čechov im Bereich des Kompositorischen nicht nur ein harter Arbeiter war, wie etwa seine Briefe zur *Langweiligen Geschichte* an Pleščeev zeigen, sondern ein durchaus experimentierfreudiger Avantgardist, belegt ein Brief an Suvorin über die Arbeit an einer ersten Fassung der *Erzählung eines Unbekannten.* Am 28. XI. 1888 schreibt Čechov: »Das Sujet der Erzählung ist dieses: ich behandle eine junge Dame, schließe Bekanntschaft mit ihrem Mann, einem anständigen Menschen, der keinerlei Überzeugungen und keine Weltanschauung besitzt... Unsere Bekanntschaft wird dadurch gekrönt, daß er mir ein Manuskript gibt – seine ›Autobiographie‹, die aus einer Menge kurzer Kapitel besteht. Ich wähle diejenigen Kapitel aus, die mir als die interessantesten erscheinen, und lege sie dem geneigten Leser vor. Meine Erzählung beginnt direkt mit Kapitel VII und endet damit, was längst bekannt ist, nämlich damit, daß ein sinnvolles Leben ohne bestimmte Weltanschauung kein Leben ist, sondern eine Quälerei.« Was Čechov von diesem Plan abgebracht hat, ist nicht zu belegen. Zu einem Stilmittel, den Roman mit Kapitel VII beginnen zu lassen oder, wie Egunov 1931 in seinem Roman *Jenseits von Tula*, die Zählung der Kapitel durcheinanderzubringen, obwohl der Erzähltext fortläuft, wurde dieser Kunstgriff erst in der Prosa der russischen Avantgarde.

Zur Komposition seiner Texte schreibt Čechov am 30. IX. 1889 an Pleščeev: »Eine Novelle hat wie die Bühne ihre Bedingungen. So sagt mir mein Gespür, daß ich im Finale einer Novelle oder Erzählung beim Leser künstlich den Eindruck der ganzen Novelle konzentrieren muß und ihm dazu, sei es auch nur flüchtig, andeutungsweise alle diejenigen in Erinnerung rufen muß, von denen zuvor die Rede war.«

Zu Čechovs kompositorischen Prinzipien gehören zwei weitere Eigenheiten seiner Erzählweise. Zum einen werden einzelne, bestimmte Wörter durch den gesamten Text geführt, etwa, im *Duell*, die Wörter »lügen« und »betrügen«, die auf die verschiedensten Verhaltensweisen der Personen angewandt und in ihren verschiedenen Bedeutungsmöglichkeiten untersucht werden. Diese Wörter – es sind in jedem Text andere – dienen der Verknüpfung, sie spielen mit der Erinnerung des Lesers, befragen sie, halten sie wach.

Da ist zum anderen die Doppelung von Motiven. So wie es in Čechovs Texten keinen Zufall gibt, so gibt es kein Detail, keine noch so gering erscheinende Einzelheit, die nicht mindestens einmal an anderer Stelle wiederkehrte. Ob die scheußliche »Walzenspinne«, ob die Vision der kämpfenden Maulwürfe, ob das Zukunftsbild von der »Kreuzesprozession auf dem Lande« – sie kommen, hier Beispiele aus dem *Duell*, nie einzeln, sondern immer mindestens zweimal vor. Nicht immer sind diese Doppelungen leicht zu erkennen, oft versteckt sie der Autor, der mit der Intelligenz seines Lesers auch spielt: in der *Erzählung eines Unbekannten* wird in einem der ersten Kapitel Kozma Prutkov, eine feste Größe des russischen Humors, namentlich erwähnt; das zweite Mal, im letzten Kapitel, wird er nicht beim Namen genannt, sondern Orlov zitiert ihn mit einem seiner absurden Aussprüche: »Blick auf die Wurzel!«

Bei späteren Redaktionen der Erstdrucke, die stets die Verknappung des Texts zum Ziel hatten, hat Čechov dieses Prinzip gelegentlich beschädigt, auf diesem Wege ist die eine oder andere Motivdoppelung der Kürze geopfert worden, allerdings immer so, daß der Leser der Fassung letzter Hand nichts vermißt. Mit einer Ausnahme, doch die vermißt nur, wer die Variante des Erstdruckes kennt: aus Gründen der Ökonomie, wohl aber auch, um den Akzent von Egoruška, dem Helden der *Steppe*, wegzuverlagern auf die Steppe als den eigentlichen Hauptakteur, hat Čechov einen wunderbaren Text ersatzlos gestrichen: Nach der Begegnung mit der Gräfin in der jüdischen Herberge schläft Egoruška ein und erlebt die bisherige Reise noch einmal, nur diesmal nicht in der klapprigen Brička, sondern in der Kalesche der Gräfin und in umgekehrter Richtung: nach Hause, nach Hause. Und auf dieser Traumreise kehren sie, wie in einem Film, der zurückgespult wird, alle wieder: die einsame Pappel, die Ziegeleien, der Friedhof, auf dem die Großmutter schläft, die Schmieden, das Gefängnis...

»Ein unvergleichlicher Künstler... Ja... Ein unvergleichlicher.«

Peter Urban